D0556821

WITHDRAWN

Después de Ti

Jojo Moyes

Después de Ti

SUMA
de letras

Título original: *After You*
Primera edición: agosto de 2016
Segunda edición: octubre de 2016

© 2015, Jojo's Mojo Ltd
© 2016, de la presente edición en castellano para todo el mundo:
Penguin Random House Grupo Editorial, S. A. U.
Travessera de Gràcia, 47-49. 08021 Barcelona
© 2016, derechos de la presente edición en lengua castellana:
Penguin Random House Grupo Editorial USA, LLC.
8950 SW 74th Court, Suite 2010
Miami, FL 33156
© 2016, María del Mar López Gil y Ana Momplet, por la traducción

Diseño de cubierta: Roberto De Vicq De Cumptich
Viñeta de portada: *Motion Picture Artwork* © 2016 WBEI, MGM *and* NEW LINE. *All Rights Reserved*

Penguin Random House Grupo Editorial apoya la protección del *copyright*.
El *copyright* estimula la creatividad, defiende la diversidad en el ámbito de las ideas y el conocimiento,
promueve la libre expresión y favorece una cultura viva. Gracias por comprar una edición autorizada
de este libro y por respetar las leyes del *copyright* al no reproducir, escanear ni distribuir ninguna
parte de esta obra por ningún medio sin permiso. Al hacerlo está respaldando a los autores
y permitiendo que PRHGE continúe publicando libros para todos los lectores.
Diríjase a CEDRO (Centro Español de Derechos Reprográficos, http://www.cedro.org)
si necesita fotocopiar o escanear algún fragmento de esta obra.

Printed in USA

ISBN: 978-1-941999-96-7

Compuesto en Arca Edinet, S. L.

Penguin
Random House
Grupo Editorial

Para mi abuela, Betty McKee

Para mi abuela, Barry McKee

1

El tipo grande del fondo de la barra está sudando. Tiene la cabeza gacha sobre su whisky doble, pero cada pocos segundos levanta la vista y mira hacia atrás, a la puerta. Un fino velo de sudor reluce bajo los tubos fluorescentes. Suelta un resoplido largo y tembloroso, disfrazado de suspiro, y vuelve a su copa.

—Eh, ¡disculpe!

Aparto la mirada de las copas a las que estoy sacando brillo.

—¿Me pone otra?

Quiero decirle que no es buena idea, que no le va a ayudar, que puede que incluso le haga pasar el límite. Pero es un tipo grande y queda un cuarto de hora para cerrar, y según las normas de la empresa no tengo motivo para decirle que no, así que me acerco, cojo su copa y la levanto hacia el dispensador de bebidas. Él asiente mirando la botella.

—Doble. —Y se pasa una de sus gordas manos por la cara empapada de sudor.

—Siete libras con veinte, por favor.

Son las once menos cuarto de la noche, y el martes en el pub irlandés Shamrock and Clover del London City Airport, que de irlandés tiene lo mismo que Mahatma Gandhi, va tocando a su fin. El bar cierra diez minutos después de despegar el último vuelo, y ahora mismo solo quedamos servidora, un joven de aspecto intenso con un portátil, las cotorras de la mesa dos, y el hombre del Jameson doble, que o bien está esperando a coger el SC107 destino Estocolmo o el DB224 destino Múnich —este último lleva cuarenta minutos de retraso—.

Llevo trabajando desde el mediodía, porque Carly tenía dolor de estómago y se fue a casa. No me importa. Nunca me importa quedarme hasta tarde. Mientras tarareo suavemente *Gaitas celtas de la Isla Esmeralda, Volumen III,* me acerco a recoger las copas de las dos mujeres, que están viendo atentamente un vídeo en el móvil. Se ríen con esa risa fácil del que va un poco achispado.

—Mi nieta. Tiene cinco días —dice la rubia mientras me inclino sobre la mesa para coger su copa.

—Preciosa. —Sonrío. Todos los bebés me parecen bollos con pasas.

—Vive en Suecia. Nunca he estado allí. Tendré que ir a ver a mi primer nieto, ¿no?

—¡Estamos bautizándola! —Se echan a reír de nuevo—. ¿Brindas con nosotras? Venga, tómate cinco minutitos. No nos va a dar tiempo a acabar la botella.

—¡Huy! Ya. Vamos, Dor. —Alertadas por una pantalla, recogen sus pertenencias, y puede que yo sea la única que nota que se tambalean un poco al ir hacia el control de seguridad. Dejo sus copas en la barra, y echo un vistazo a la sala para ver si hay algo más para lavar.

—¿Nunca te entra la tentación? —La más menuda de las dos ha vuelto a por su bufanda.

—¿Perdón?

—De irte hacia allí, al acabar el turno. Subirte a un avión. A mí me tentaría. —Vuelve a reírse—. Todos los malditos días.

Sonrío, con una de esas sonrisas profesionales que pueden significar cualquier cosa, y me vuelvo hacia la barra.

A mi alrededor, las tiendas del *duty free* están cerrando, y las persianas de acero caen ruidosamente ante los bolsos caros y los regalos de última hora de Toblerone. Las luces de las puertas tres, cinco y once se apagan mientras los últimos viajeros desaparecen en el cielo nocturno. Violet, la limpiadora congoleña, empuja su carrito hacia mí, con un lento bamboleo y sus zapatos de suela de goma rechinando sobre el brillante linóleo.

—Buenas noches, cariño.

—Buenas noches, Violet.

—No deberías estar aquí tan tarde, querida. Deberías estar en casa con tus seres queridos. —Cada noche me dice lo mismo.

—Ya queda poco. —Y cada noche contesto con las mismas palabras.

Satisfecha, asiente y sigue su camino.

El Intenso Joven del Portátil y el Sudoroso Bebedor de Whisky se han ido. Termino de apilar los vasos, y hago el arqueo, comprobando dos veces hasta que lo que dice la caja coincide con lo que hay en la bandeja. Anoto todo en el libro de cuentas, compruebo los surtidores y apunto lo que hay que pedir. En ese momento noto que el abrigo del tipo grande sigue sobre su taburete. Me acerco y alzo la mirada hacia la pantalla. El vuelo a Múnich debe de estar embarcando, si sintiera el impulso todavía me daría tiempo a acercarle el abrigo. Vuelvo a mirar, y me dirijo lentamente al aseo de caballeros.

—¿Hola? ¿Hay alguien aquí?

La voz que contesta suena estrangulada, con un tenue matiz de histeria. Empujo la puerta.

El Bebedor de Whisky está apoyado sobre los lavabos, echándose agua en la cara. Tiene la piel blanca como la tiza.

—¿Están llamando mi vuelo?

—Acaban de anunciarlo. Probablemente tenga unos minutos.

Estoy a punto de marcharme, pero algo me detiene. El hombre me está observando, y sus ojos son dos botoncitos llenos de ansiedad.

—No puedo hacerlo. —Coge una toalla de papel y se da golpecitos sobre la cara—. No puedo subir al avión.

Espero.

—Tengo que viajar a conocer a mi nuevo jefe, y no puedo. No he tenido agallas para decirle que me da miedo volar. —Niega con la cabeza—. Miedo no, pavor.

Dejo que la puerta se cierre detrás de mí.

—¿Qué trabajo es?

Parpadea varias veces.

—Eh..., repuestos de coche. Soy el nuevo Gerente Regional, abre paréntesis, Repuestos, cierra paréntesis, de Hunt Motors.

—Parece un buen puesto —digo—. Tiene... paréntesis.

—Llevo mucho tiempo trabajándomelo. —Traga saliva—. Y por eso no quiero morir en una bola de llamas. De veras no quiero morir en una bola de llamas en el aire.

Estoy tentada de decirle que en realidad no sería una bola de llamas en el aire, sino más bien una bola en caída rápida, pero sospecho que tampoco le ayudaría demasiado. Vuelve a echarse agua sobre la cara y le doy otra toallita de papel.

—Gracias. —Suelta un resoplido tembloroso, y se endereza, tratando de recomponerse—. Apuesto a que nunca has visto a un hombre adulto comportarse como un idiota, ¿eh?

—Unas cuatro veces al día.

Sus ojos diminutos se abren de repente.

—Tengo que sacar a alguien del aseo de caballeros unas cuatro veces al día. Y suele ser por miedo a volar.

Vuelve a parpadear.

—Pero, como les digo a todos, nunca se ha caído un avión que haya despegado de este aeropuerto.

Echa el cuello hacia atrás.

—¿En serio?

—Ni uno.

—¿Ni siquiera... un pequeño accidente en la pista de despegue?

Me encojo de hombros.

—De hecho, esto es bastante aburrido. La gente se va a dondequiera que vaya, y vuelve a los pocos días. —Me inclino contra la puerta para abrirla. Cuando llega la noche estos aseos nunca huelen muy bien—. Y, de todas formas, creo que le podrían pasar cosas peores.

—Bueno, supongo que tienes razón. —Se queda pensando y me mira de reojo—. ¿Cuatro al día?

—A veces, más. Bueno, si no le importa, tengo que volver. No conviene que me vean salir del aseo de caballeros muy a menudo.

Sonríe, y por un minuto puedo imaginar cómo será en otras circunstancias. Un hombre entusiasta por naturaleza. Un hombre alegre. Un hombre en lo más alto del mundo de los repuestos de coche de fabricación europea.

—Creo que están llamando su vuelo.

—¿Crees que no me pasará nada?

—No le pasará nada. Es una aerolínea muy segura. Y solo son un par de horas en su vida. Mire, el SK491 aterrizó hace cinco minutos. Cuando vaya hacia la puerta de embarque se cruzará con azafatos y azafatas de camino a casa, y les verá charlando y riendo. Para ellos, subirse a esos aviones es como subirse al autobús. Algunos lo hacen dos, tres, cuatro veces al día. Y no son tontos. Si no fuera seguro, no lo harían, ¿no cree?

—Como subirse al autobús —repite.

—Probablemente mucho más seguro.

—Bueno, eso desde luego. —Arquea las cejas—. Hay mucho imbécil en la carretera.

Asiento.

Él se ajusta la corbata.

—Y es un puesto importante.

—Una pena perderlo por algo tan pequeño. Estará bien en cuanto se acostumbre a estar ahí arriba otra vez.

—Puede ser. Gracias…

—Louisa —digo.

—Gracias, Louisa. Eres muy amable. —Me mira pensativo—. ¿Te apetecería… ir a tomar algo algún día?

—Creo que están anunciando su vuelo, señor —digo, y abro la puerta para dejarle salir.

Él asiente para disfrazar la vergüenza, se da golpecitos sobre los bolsillos.

—Sí, claro. Bueno…, allá voy.

—Disfrute de estos paréntesis.

Dos segundos después de marcharse me doy cuenta de que ha dejado vomitado el cubículo tres.

Llego a casa a la una y cuarto, y entro en el silencioso apartamento. Me pongo los pantalones del pijama y una sudadera con capucha, abro la nevera, saco una botella de vino blanco y me sirvo una copa. Está tan amargo que me hace fruncir los labios. Miro la etiqueta y me doy cuenta de que debí de abrirla la noche anterior y se me olvidó taparla, pero decido que no es buena idea dar demasiada importancia a estas cosas. Me hundo en un sillón con ella.

Sobre la repisa de la chimenea hay dos tarjetas. Una es de mis padres, deseándome feliz cumpleaños. Los «mejores deseos» de mi madre duelen como una puñalada. La otra es de mi hermana, que propone venir con Thom a pasar el fin de semana. Es de hace seis meses. Dos mensajes en mi buzón de voz, uno del dentista. El otro, no.

«Hola, Louisa. Soy Jared. Nos conocimos en el Dirty Duck, ¿recuerdas? Bueno, nos liamos. [Risa torpe y contenida]. En fin…, que… me lo pasé bien. He pensado que podíamos repetir. Tienes mi número…».

Cuando ya no queda nada en la botella, me planteo bajar a comprar otra, pero no quiero volver a salir. No quiero que Samir el de la tienda de 24 horas me suelte una de sus bromas sobre mis interminables botellas de Pinot Grigio. No quiero tener que hablar con nadie. De repente estoy agotada, pero es ese tipo de agotamiento en que notas un zumbido en la cabeza y sabes que no dormirás si te vas a la cama. Vuelvo a pensar brevemente en Jared y en que tenía unas uñas con forma extraña. ¿Me molestan las uñas con forma extraña? Observo las paredes desnudas del salón y de repente me doy cuenta de que lo que de verdad necesito es aire. Sí, necesito aire. Abro la ventana de la entrada y trepo con paso vacilante por la escalera de incendios hasta la azotea.

La primera vez que subí, hace nueve meses, el agente inmobiliario me enseñó el jardín que los inquilinos anteriores habían creado ahí, poniendo varios tiestos de plomo y un banquito.

—Oficialmente no es tuyo, claro —dijo—, pero el único apartamento con acceso directo es el tuyo. A mí me parece muy agradable. ¡Hasta podrías hacer una fiesta aquí! —Me quedé mirándole, y preguntándome si tenía aspecto de ser la clase de persona que da fiestas.

Hace mucho que las plantas se marchitaron y murieron. Parece que no se me da muy bien cuidar de las cosas. Ahora estoy de pie en la azotea, contemplando la oscuridad parpadeante de Londres. A mi alrededor hay un millón de personas que viven, respiran, comen y discuten. Un millón de vidas completamente ajenas a la mía. Es una paz extraña.

Las farolas relucen mientras los sonidos de la ciudad se filtran en el aire de la noche: motores que se aceleran, puertas que se cierran. Varios kilómetros al sur, se oye el ruido sordo y brutal de un helicóptero de la policía, rastreando la oscuridad con su cañón de luz en busca de algún malhechor desaparecido en un parque local. Y, en algún lugar a lo lejos, una sirena. Siempre una sirena.

—No te costará sentirte en casa —me dijo el agente inmobiliario. Y casi me eché a reír. La ciudad me resulta tan extraña como siempre. Pero bueno, hoy en día todo el mundo se siente así.

Vacilo, y de un paso me subo al pretil, con los brazos en cruz, como una funambulista ligeramente borracha. Poniendo un pie delante del otro, sigo el borde del cemento, y la brisa me hace cosquillas en el vello de los brazos. Cuando me mudé aquí, cuando todo me golpeó con más fuerza, a veces me retaba a mí misma a ir de un extremo al otro del edificio. Al llegar al otro lado soltaba una carcajada en el aire de la noche. «¿Ves? Estoy aquí, sobreviviendo. Aquí, en el borde mismo. ¡Estoy haciendo lo que me dijiste!».

Se ha convertido en un hábito secreto: yo, el perfil de la ciudad, el consuelo de la oscuridad, el anonimato, y la certeza de que aquí arriba nadie sabe quién soy. Levanto la cabeza, sintiendo las brisas nocturnas; escuchando las risas allá abajo, el golpe amortiguado de una botella al romperse, el tráfico serpenteando en dirección a la ciudad; viendo el interminable torrente rojo de luces traseras, un flujo sanguíneo automotriz.

Las únicas horas relativamente tranquilas son entre las tres y las cinco de la madrugada, cuando los borrachos ya se han derrumbado en la cama, los chefs se han quitado sus batas blancas y los pubs han echado la reja. El silencio de esas horas solo se ve interrumpido de manera esporádica por los camiones cisterna, al abrir la panadería judía al final de la calle, o con el golpe seco de los fardos de periódicos que sueltan las camionetas de reparto. Conozco los movimientos más sutiles de la ciudad porque ya no duermo.

Abajo, en el White Horse, hay una fiesta de *hipsters* y gente del East End, una pareja discute en la calle, y por toda la ciudad el hospital va recogiendo pedazos de enfermos y heridos, y de aquellos que por los pelos han sobrevivido un día más. Aquí arriba solo están el aire, la oscuridad y en algún lugar el avión de carga de FedEx de Heathrow a Pekín, y un sinfín de pasajeros como el señor Bebedor de Whisky, de camino a un sitio nuevo.

—Dieciocho meses. Dieciocho largos meses. ¿Cuándo será suficiente? —digo en la oscuridad. Y ahí está: puedo notarla hirviendo otra vez, la rabia inesperada. Doy dos pasos hacia delante, mirándome los pies—. Porque no siento que esté viviendo. No siento nada.

Dos pasos. Otros dos más. Esta noche voy a ir hasta la esquina.

—Porque no me diste una vida, ¿eh? No. Solo me destrozaste la antigua. La hiciste añicos. ¿Qué se supone que debo hacer con lo que queda? ¿Cuándo voy a sentir...? —Abro los brazos, sintiendo el aire fresco de la noche sobre la piel, y noto que estoy llorando otra vez—. Que te jodan, Will —susurro—. Que te jodan por dejarme.

La pena vuelve a acumularse, como una marea repentina, intensa y arrolladora. Y, justo cuando siento que me hundo en ella, una voz dice entre las sombras:

—No creo que debas estar ahí arriba.

Me giro un poco, y por un instante veo un rostro pequeño y pálido en la escalera de incendios, con los ojos oscuros abiertos de par en par. Del susto, mi pie resbala en el pretil, y mi peso se inclina hacia el lado equivocado. Mi corazón da un vuelco, y un instante después le sigue el resto de mi cuerpo. Y, entonces, como en un mal sueño, ya no peso, en el abismo del aire de la noche, y mis piernas se agitan sobre mi cabeza mientras oigo un grito que tal vez sea mío.

¡Cras!

Y entonces todo se vuelve negro.

2

Cómo te llamas, cariño?

Llevo un collarín.

Una mano me toca la cabeza, suave y rápidamente.

Estoy viva. Es bastante sorprendente, la verdad.

—Ya está. Abre los ojos. Ahora mírame. Mírame. ¿Me puedes decir cómo te llamas?

Quiero hablar, quiero abrir la boca, pero la voz me sale ahogada y sin sentido. Creo que me he mordido la lengua. Tengo sangre en la boca, está caliente y sabe a hierro. No me puedo mover.

—Te vamos a poner en una tabla espinal, ¿vale? Puede que estés incómoda un minuto, pero te voy a inyectar un poco de morfina para que te duela menos. —La voz del hombre suena calmada, templada, como si fuera lo más normal del mundo yacer destrozada sobre el asfalto, mirando el cielo oscuro. Quiero reírme. Quiero decirle lo ridículo que es que esté aquí ahora mismo. Pero nada parece salir como debiera.

La cara del hombre desaparece de mi vista. Una mujer con una chaqueta fosforescente, el pelo oscuro y rizado recogido en una coleta, se inclina sobre mí y me apunta bruscamente a los ojos con una linterna alargada, mirándome con un interés distante, como si fuera una muestra en lugar de una persona.

—¿Necesita ventilación con ambú?

Quiero hablar, pero me distrae un dolor en las piernas. «¡Dios!», exclamo, aunque no sé si lo digo en voz alta.

—Fracturas múltiples. Pupilas normales y reactivas. Presión arterial noventa-sesenta. Ha tenido suerte de darse con el toldo. ¡Y anda que caer en una tumbona…! Aunque ese hematoma no me gusta. —Aire frío en el vientre, el suave roce de unos dedos calientes—. ¿Hemorragia interna?

—¿Hace falta otro equipo?

—Caballero, ¿puede echarse hacia atrás, por favor? ¿Puede apartarse?

La voz de otro hombre:

—Salí a fumar, y cayó en mi puto balcón. Casi me cae encima.

—Bueno, pues mire, es su día de suerte, no lo hizo.

—Me ha dado un susto de muerte. No te esperas que de repente caiga alguien del cielo, joder. Mire mi silla. Me costó ochocientas libras en Conran Shop… ¿Cree que podría recuperar el dinero?

Un breve silencio.

—Puede hacer lo que quiera, caballero. Si quiere, de paso puede cobrarle por tener que limpiar la sangre de su balcón. ¿Qué le parece?

Los ojos del primero se posan en su compañera. El tiempo se desliza, y yo caigo con él. ¿Me he caído de una azotea? Tengo la cara fría y noto remotamente que empiezo a temblar.

—Sam, está entrando en shock.

Se abre la puerta deslizante de una furgoneta. Y entonces la tabla que tengo debajo se mueve brevemente y *qué dolor qué dolor qué dolor…* Todo se vuelve negro.

Una sirena y un remolino azul. Siempre una sirena en Londres. Nos movemos. La luz fluorescente se desliza dentro de la ambulancia, se detiene y vuelve, iluminando el interior que de repente está lleno y al hombre de uniforme verde, que marca algo en su teléfono y se gira para ajustar el goteo sobre mi cabeza. Ya no siento tanto dolor —¿morfina?—, pero con la consciencia viene un terror cada vez mayor. Una inmensa bolsa de aire se infla lentamente dentro de mí, obstruyendo todo lo demás, inapelable. *Oh, no. Oh, no.*

— ¿Pgedone?

Tengo que repetirlo otra vez para que me oiga el hombre, que va agarrado con un brazo a la parte trasera de la cabina. Se vuelve y se agacha hacia mi cara. Huele a limón y se ha dejado un poco de barba sin afeitar.

—Engzoy…

Se inclina más hacia mí.

—Lo siento. Cuesta oír con la sirena. En nada llegamos al hospital. —Pone su mano sobre la mía. Está seca y calentita, reconfortante. De repente siento pánico de que decida quitarla—. Aguanta. ¿Tiempo estimado de llegada, Donna?

No soy capaz de articular palabras. La lengua me llena toda la boca. Tengo los pensamientos confusos, solapados. ¿Moví los brazos cuando me levantaron? Moví el derecho, ¿no?

—¿Engzoy… varalítica?

—¿Varalítica? —El hombre duda, con los ojos clavados en los míos, luego gira el rostro y mira mis piernas—. ¿Puedes mover los dedos del pie?

Intento recordar cómo mover los pies. Parece hacerme falta bastante más concentración de la habitual. El hombre estira el brazo y me roza el dedo gordo, como si intentara recordarme dónde están.

—Inténtalo otra vez. Ahí está.

El dolor me sube por ambas piernas. Un grito ahogado, tal vez un gemido. Mío.

—Estás bien. El dolor es bueno. No te lo puedo asegurar, pero no creo que haya lesión espinal. Te has roto la cadera, y alguna otra cosilla.

Sus ojos están clavados en los míos. Ojos amables. Parece que entiende lo difícil que soy de convencer. Siento cómo su mano se cierra sobre la mía. Nunca he necesitado tanto el tacto humano.

—En serio. Estoy bastante seguro de que no te vas a quedar paralítica.

—Oh, gracia Diog. —Oigo mi voz como si estuviera muy lejos. Mis ojos se llenan de lágrimas—. Por fag... no me suel... —susurro.

Él acerca su cara un poco más.

— No te voy a soltar.

Quiero hablar, pero su cara se hace borrosa, y vuelvo a irme.

Más tarde me cuentan que caí dos pisos de los cinco, atravesé un toldo y fui a aterrizar en una lujosa tumbona extragrande de lona e imitación de mimbre impermeable y acolchada en el balcón de don Antony Gardiner, abogado especializado en derechos de autor, y vecino al que no conocía. Mi cadera está rota en dos, y tengo dos costillas y la clavícula partidas. Me he fracturado dos dedos de la mano izquierda, y un metatarso, que me asomaba a través de la piel del pie e hizo que uno de los estudiantes de medicina se desmayara. Mis radiografías despiertan bastante fascinación.

No paro de oír la voz del enfermero que me trató: «Nunca sabes lo que va a pasar cuando te caes de una gran altura». Aparentemente, soy muy afortunada. Me dicen eso y aguardan expectantes como si debiera contestarles con una enorme sonrisa, o tal vez un bailecito. No me siento afortunada. No siento nada. Me duermo y despierto, y a veces la imagen que veo sobre mi cabeza son luces estridentes de un quirófano, y luego una habitación tranquila y silenciosa. La cara de una enfermera. Fragmentos de conversación.

«¿Has visto la que ha liado la vieja del D4? Buena forma de acabar el turno».

«Tú trabajas en el Princess Elizabeth, ¿no? Ya puedes decirles que aquí sabemos cómo llevar Urgencias. ¡Ja, ja, ja, ja, ja!».

«Ahora descansa, Louisa. Nosotros nos encargamos de todo. Tú solo descansa».

La morfina me da sueño. Me suben la dosis, y siento un remolino frío y agradable de olvido.

Abro los ojos y encuentro a mi madre al pie de la cama.

—Está despierta. Bernard, está despierta. ¿Llamamos a la enfermera?

Se ha cambiado el color de pelo, pienso desde la lejanía. Y entonces: Ay. Es mi madre. Mi madre ya no me habla.

—Ay, gracias a Dios. Gracias a Dios. —Mi madre levanta la mano y se toca la cruz que lleva al cuello. Se inclina hacia delante y acaricia suavemente mi mejilla. Por algún motivo, eso hace que mis ojos se llenen de lágrimas al instante—. ¡Ay, mi niña! —Está inclinada sobre mí, como si quisiera protegerme de algún otro daño—. Ay, Lou. —Me enjuga las lágrimas con un pañuelo de papel—. Cuando llamaron me dieron un susto de muerte. ¿Te duele? ¿Necesitas algo? ¿Estás cómoda? ¿Te puedo traer alguna cosa?

Habla a tal velocidad que no puedo contestar.

—Hemos venido en cuanto nos dijeron que podíamos. Treena está con el abuelo. Te manda un abrazo. Bueno, hizo una especie de ruido, ya sabes, pero ya sabemos lo que quiere decir. Ay, mi amor, pero ¿cómo has acabado así? ¿En qué estabas *pensando*?

No parece que espere ninguna respuesta. Lo único que tengo que hacer es seguir aquí tumbada.

Mi madre se seca las lágrimas, luego vuelve a secármelas a mí.

—Sigues siendo mi hija. Y... No podría soportarlo si algo te pasara y no nos hubiéramos..., ya sabes.

—Nnng... —Me trago las palabras. Siento la lengua ridícula. Parezco borracha—. Nunga quingse...

—Lo sé. Pero me lo pusiste muy difícil, Lou. No podía...

—Ahora no, querida, ¿eh? —Papá le toca el hombro.

Ella mira hacia la media distancia, y me coge de la mano.

—Cuando nos llamaron. Ay. Pensé... No sabía... —Vuelve a sorberse la nariz, con el pañuelo pegado a los labios—. Gracias a Dios que está bien, Bernard.

—Claro que lo está. Esta chica es de goma, ¿eh?

Papá se cierne sobre mí. La última vez que hablamos por teléfono fue hace dos meses, pero no le he visto en año y medio, desde que dejé Stortfold. Parece enorme y familiar, y desesperadamente cansado.

—Lo sssiento —susurro. No se me ocurre otra cosa que decir.

—No seas tonta. Solo nos alegramos de que estés bien. Aunque parezca que le hayas aguantado seis asaltos a Mike Tyson. ¿Te has visto en el espejo desde que llegaste?

Niego con la cabeza.

—Bueno..., puede que sea mejor esperar un poco más. Conoces a Terry Nicholls, ¿te acuerdas cuando salió por encima del manillar junto al supermercado? Pues si le quitas el bigote, así es más o menos como estás tú. De hecho —se acerca a mirarme la cara—, ahora que te veo...

—Bernard.

—Mañana te traemos unas pinzas. En fin, la próxima vez que quieras dar clases de vuelo, nos vamos a un aeródromo de toda la vida, ¿eh? Es evidente que lo de saltar y batir alas no te funciona.

Intento sonreír.

Los dos se inclinan sobre mí. Sus rostros están crispados, angustiados. Mis padres.

—Está más delgada, Bernard. ¿No crees que está más delgada?

Papá se acerca un poco más, y entonces veo que sus ojos parecen algo más acuosos, y su sonrisa algo más temblorosa de lo habitual.

—Ah… Está preciosa, querida. Créeme. Estás preciosa. —Me aprieta la mano, se la lleva a los labios y la besa. Es la primera vez que mi padre hace eso en toda mi vida.

En ese momento comprendo que creían que iba a morir, y me sale un sollozo inesperado del pecho. Cierro los ojos bajo las lágrimas cálidas y siento la palma de su mano grande y curtida por la madera alrededor de la mía.

—Estamos aquí, cariño. Está todo bien. Todo va a ir bien.

Durante dos semanas se hacen ochenta kilómetros de viaje en el primer tren de la mañana, y luego, cada pocos días. A papá le dan un permiso especial en el trabajo, porque mamá no tiene intención de viajar sola. Al fin y al cabo, en Londres puede pasar de todo. Esto lo dice más de una vez y siempre echando una mirada furtiva hacia atrás, como si ahora mismo hubiera un encapuchado blandiendo un cuchillo en el hospital. Treena se está quedando a cuidar al abuelo y, por el tonillo de mamá al decirlo, creo que a mi hermana no le hace demasiada gracia la organización.

Mamá trae comida casera, lo ha hecho desde el día en que todos nos quedamos mirando mi comida y, después de cinco minutos especulando, no logramos dilucidar qué era.

—Y en bandejas de plástico, Bernard. Como en una cárcel. —Lo movió tristemente con un tenedor, y luego lo olió. Desde entonces siempre viene con sándwiches enormes, gruesas lonchas de jamón o queso en pan blanco de hogaza, sopa casera en termos—. Comida que puedes reconocer. —Y me alimenta como a un bebé. Mi lengua está volviendo a su tamaño normal. Aparentemente casi me la parto al caer. Y, según me han dicho, es algo habitual.

Me operan dos veces para fijarme la cadera, y me escayolan el pie izquierdo y el brazo izquierdo hasta las articulaciones. Keith, uno de los celadores, me pregunta si puede firmarme las escayolas (al parecer, llevarlas en blanco trae mala suerte) y escribe rápidamente un comentario tan sucio que Evelina, la enfermera filipina, tiene que ponerle más escayola encima antes de que pase el especialista. Cada vez que me lleva a la sala de radiografías, o a la enfermería, me cuenta cotilleos de todo el hospital. Preferiría no saber qué pacientes se están muriendo de forma lenta y horrible, que aparentemente son incontables, pero a él le hace feliz. A veces me pregunto qué le dirá a la gente de mí. Soy la chica que se cayó de un quinto piso y sobrevivió. En la jerarquía del hospital, parece que esto me sitúa algo por encima del bloqueo intestinal de la Unidad C, o de la Tía Boba que Se Cortó El Pulgar Por Accidente con unas Cizallas.

Es increíble lo rápido que una se institucionaliza. Despierto, acepto la asistencia de un puñado de gente a la que ya reconozco, trato de decir lo correcto a los médicos que pasan consulta, y espero a que lleguen mis padres. Ellos se mantienen entretenidos haciendo cosillas en mi habitación, y se muestran inusitadamente respetuosos en presencia de los médicos. Papá se disculpa varias veces por mi incapacidad para rebotar, hasta que mamá le da una patada, bastante fuerte, en el tobillo.

Terminadas las rondas, mamá suele darse una vuelta por las tiendas del vestíbulo y vuelve exclamando en tonos contenidos ante la cantidad de tiendas de comida rápida.

—Ese tipo con una sola pierna de cardiología, Bernard. Ahí sentado zampándose una hamburguesa con queso y patatas, increíble.

Papá se sienta a leer el periódico local en el sillón al pie de mi cama. La primera semana no deja de mirar a ver si hay algún artículo sobre mi accidente. Trato de explicarle que en esta parte de la ciudad incluso los dobles homicidios apenas merecen una mención en los Breves, pero como una semana antes los titulares del periódico local de Stortfold decían «Carros de supermercado abandonados en zona equivocada del aparcamiento» y la semana anterior fue «Colegiales tristes ante el estado del estanque de patos», aún no está convencido del todo.

El viernes antes de mi última operación de cadera, mi madre me trae una bata una talla más grande de la mía, y una bolsa de papel marrón llena de sándwiches de huevo. No hace falta que pregunte de qué son: el olor a azufre inunda la habitación en cuanto abre su bolso. Mi padre agita la mano delante de su cara.

—Las enfermeras me van a echar la culpa a mí, Josie —dice, abriendo y cerrando la puerta.

—Los huevos la engordarán. Está demasiado flaca. Además, más vale que te calles. Dos años después de que muriera el perro aún seguías culpándole de tus pedos.

—Por mantener vivo el romanticismo, querida.

Mamá baja la voz:

—Treena dice que su último novio le ponía las mantas sobre la cabeza cuando lanzaba sus ventosidades. ¿Te imaginas?

Papá se vuelve hacia mí.

—Cuando lo hago yo, tu madre se cambia de barrio.

A pesar de las risas, hay tensión en el aire. La puedo notar. Cuando tu mundo entero se reduce a cuatro paredes, percibes perfectamente las sutiles variaciones en el ambiente. Se nota en la forma que tienen los médicos que pasan consulta de volverse ligeramente al examinar las radiografías, o cómo las enfermeras se cubren la boca al hablar de alguien que acaba de morir cerca.

—¿Qué? —digo yo—. ¿Qué pasa?

Se miran incómodos.

—Bueno... —Mamá se sienta al pie de mi cama—. El médico ha dicho... El especialista ha dicho... Que no está claro cómo caíste.

Le doy un mordisco a un sándwich de huevo. Ya puedo coger cosas con la mano izquierda.

—Ah, eso. Me distraje.

—Mientras caminabas por la azotea.

Mastico un momento.

—¿Es posible que estuvieras sonámbula, cariño?

—Papá, no he sido sonámbula en la vida.

—Sí que lo has sido. Una vez, cuando tenías trece años, bajaste sonámbula a la cocina y te comiste media tarta de cumpleaños de Treena.

—Puede que no estuviera dormida del todo.

—Y luego está el nivel de alcohol en sangre. Dijeron que..., que habías bebido... mucho.

—Tuve una noche difícil en el trabajo. Me tomé una copa o dos y subí a la azotea a tomar el aire. Y entonces me distrajo una voz.

—Oíste una *voz*...

—Estaba subida allí arriba, mirando. Lo hago a veces. Y oí la voz de una chica detrás de mí, me asusté y perdí el equilibrio.

—¿Una chica?

—Solo oí su voz.

Papá se inclina hacia mí.

—¿Estás segura de que era una voz de verdad? ¿Que no era imaginaria?

—Es mi cadera la que está destrozada, papá, no mi cerebro.

—Es verdad que dijeron que fue una chica la que llamó a la ambulancia. —Mamá le toca el brazo a papá.

—Entonces quieres decir que *fue* un accidente —dice él.

Dejo de comer. Ellos apartan la mirada el uno del otro con culpabilidad.

—¿Qué? Creéis... ¿Creéis que me tiré?

—No estamos diciendo nada. —Papá se rasca la cabeza—. Es solo que..., bueno, las cosas fueron tan mal después de..., y no te habíamos visto en tanto tiempo..., y nos sorprendió un poco que estuvieras caminando por la azotea de un edificio de madrugada. Antes tenías vértigo.

—Y antes estaba comprometida con un hombre que creía normal contar las calorías que había quemado mientras dormía. ¡Dios! ¿Por eso habéis sido tan amables conmigo? ¿Porque creéis que he intentado suicidarme?

—Es que nos han estado preguntando todo tipo de...

—¿Quién os ha preguntado qué?

—Ese psiquiatra. Solo quieren asegurarse de que estás bien, querida. Sabemos que las cosan han sido..., bueno, desde...

—¿Psiquiatra?

—Te van a poner en una lista de espera para que veas a alguien. Ya sabes, para hablar. Y hemos hablado largo y tendido con los médicos, y te vas a venir a casa con nosotros. Solo mientras te recuperas. No puedes estar sola en ese apartamento. Es...

—¿Habéis estado en mi apartamento?

—Bueno, teníamos que coger tus cosas.

Se hace un largo silencio. Me los imagino de pie en el umbral de la puerta, a mi madre agarrando con fuerza su bolso mientras contempla las sábanas sucias, la hilera de botellas de vino vacías sobre el mantel, la solitaria media barrita de cereales y nueces en la nevera. Les veo negando con la cabeza y mirándose el uno al otro. *¿Estás seguro de que es aquí, Bernard?*

—Ahora mismo tienes que estar con tu familia. Hasta que te recuperes.

Quiero decirles que estaré bien en mi piso, piensen lo que piensen. Quiero hacer mi trabajo e ir a casa y no volver a pensar hasta mi próximo turno. Quiero decirles que no puedo volver a Stortfold y ser *esa chica*, la *chica que...* No quiero tener que sentir el peso de la desaprobación disfrazada de mi madre, ni la alegre determinación de mi padre con que *está todo bien, todo está perfectamente*, como si decirlo suficientes veces fuera a solucionarlo. No quiero pasar por delante de casa de Will todos los días, pensar en aquello de lo que formaba parte, en eso que siempre va a estar ahí.

Pero no digo nada. Porque de repente me siento cansada y me duele todo, y simplemente ya no puedo luchar más.

Dos semanas después, papá me lleva a casa en la camioneta del trabajo. Solo hay sitio para dos en la parte delantera, así que mamá se ha quedado preparando la casa, y mientras avanzamos veloces por la autopista siento que el estómago se me encoge de los nervios.

Las alegres calles de mi pueblo ahora me resultan desconocidas. Las observo con una mirada distante y analítica, notando lo pequeño que parece todo, lo cansado, lo *cursi*. Me doy cuenta de que así debió de sentirse Will la primera vez que volvió a casa después de su accidente, pero trato de alejar el pensamiento. Al avanzar por nuestra calle, siento que me voy hundiendo poco a poco en el asiento. No quiero entablar conversaciones de cortesía con los vecinos, ni dar explicaciones. No quiero que me juzguen por lo que hice.

—¿Estás bien? —dice papá mirándome, como si intuyera lo que estoy pensando.

—Sí, bien.

—Buena chica. —Me pone la mano brevemente sobre el hombro.

Mamá espera ya en la puerta de entrada cuando el coche se detiene delante de casa. Sospecho que habrá estado media hora junto a la ventana. Papá deja una de mis bolsas en la acera y luego viene a ayudarme a bajar, echándose la otra al hombro.

Apoyo el bastón cuidadosamente en los adoquines, y siento cómo van corriendo las cortinas conforme avanzo lentamente por el caminito de entrada. *Mira quién es,* les oigo susurrando. *¿Qué crees que habrá hecho esta vez?*

Papá me va dirigiendo, observando mis pies con atención, como si pudieran dispararse en cualquier momento e ir donde no deberían.

—¿Estás bien? —dice otra vez—. No tan deprisa.

Puedo ver al abuelo rondando por detrás de mamá en el vestíbulo, con su camisa de cuadros y su jersey azul bueno. No ha cambiado nada. El papel pintado es el mismo. La alfombra del vestíbulo es la misma, con las mismas líneas en el pelo desgastado de pasar el aspirador por la mañana. Puedo ver mi viejo anorak azul en el gancho. Dieciocho meses. Tengo la sensación de haber estado fuera una década.

—No le metas prisa —dice mamá, con las manos fuertemente entrelazadas—. Vas demasiado deprisa, Bernard.

—No es que sea Mo Farah. Si vamos más despacio haremos un *moonwalk*.

—Cuidado con los escalones. Bernard, ¿no deberías ponerte detrás de ella por si se cae hacia atrás?

—Sé dónde están los escalones —digo yo, apretando los dientes—. Solo viví aquí veintiséis años.

—Ten cuidado de que no se tropiece con ese saliente de ahí, Bernard. No se vaya a romper la otra cadera.

Oh, Dios, pienso. *¿Así era tu vida, Will? ¿Todos los días?*

Y entonces aparece mi hermana en el vestíbulo, y pasa por delante de mamá.

—Por Dios, mamá. Venga, Saltitos. Nos estás convirtiendo en una maldita atracción de feria.

Treena mete su hombro bajo mi axila y se vuelve un instante para mirar a los vecinos, con las cejas arqueadas como diciendo: *¿Qué pasa?* Y casi puedo oír el ruido de las cortinas al cerrarse.

—¡Atajo de mirones! En fin, date prisa. Le he prometido a Thomas que podría verte las cicatrices antes de llevarle al club juvenil. Dios, pero ¿cuánto peso has perdido? Debes de tener las tetas como mandarinas colgadas en calcetines…

Cuesta reírse y andar al mismo tiempo. Thomas corre a abrazarme y tengo que pararme y apoyar una mano contra la pared para mantener el equilibrio cuando chocamos.

—¿De veras te han abierto y te han vuelto a colocar todo? —Su cabeza me llega por el pecho. Le faltan cuatro dientes delanteros—. El abuelo dice que probablemente te lo hayan recolocado mal. Y que a saber cómo vamos a notarlo.

—¡Bernard!

—Estaba *bromeando*.

—Louisa. —La voz del abuelo suena espesa y vacilante. Se acerca tambaleándose, me abraza y yo le devuelvo el abrazo. Se aparta, agarrando mis brazos con una fuerza sorprendente para sus manos viejas, y frunce el ceño al mirarme, como fingiendo estar enfadado.

—Lo sé, papá. Lo sé. Pero ya está en casa —dice mamá.

—Estás otra vez en tu antigua habitación —me indica papá—. Me temo que la redecoramos con papel pintado de los Transformers para Thom. No te molestará algún Autobot y Predacon, ¿verdad?

—Tenía lombrices en el culo —comenta Thomas—. Mamá dice que no debo hablar de eso fuera de casa. Ni meterme los dedos por el…

—¡Ay, Dios Santo! —exclama mamá.

—Bienvenida, Lou —dice papá, y suelta la bolsa de golpe sobre mi pie.

3

Echando la mirada atrás, veo que los primeros nueve meses después de la muerte de Will estaba como aturdida. Me fui directa a París, y luego no volví a casa, llevada por la libertad y los deseos que Will había despertado en mí. Encontré un trabajo en un bar frecuentado por expatriados donde no les importaba mi horrible francés, y lo mejoré. Alquilé un ático diminuto en el barrio 16, encima de un restaurante de Oriente Próximo, y me pasaba las noches despierta, escuchando el ruido de los bebedores noctámbulos y los repartidores más madrugadores, y cada día tenía la sensación de que estaba viviendo la vida de otra persona.

Durante aquellos primeros meses, parecía como si hubiera perdido una capa de piel: todo lo sentía con más intensidad. Me despertaba riendo, o llorando, veía todo como si me hubieran quitado un filtro. Probaba comidas nuevas, paseaba por calles desconocidas, hablaba con la gente en un idioma que no era el mío. A veces me daba la sensación de que Will me seguía, como si estuviera viendo a través de sus ojos, y oía su voz en mi oído.

¿Qué te parece, Clark?
Te dije que te encantaría.
¡Come! ¡Pruébalo! ¡Venga!

Me sentía perdida sin nuestras rutinas diarias. Mis manos tardaron semanas en dejar de sentirse inútiles al no tener el contacto diario de su cuerpo: la suave camisa que le abotonaba, las manos calentitas e inertes que le lavaba, el pelo sedoso que aún sentía entre mis dedos. Echaba de menos su voz, su risa repentina que tanto me costaba conseguir, el tacto de sus labios sobre mis dedos, la caída de sus párpados cuando estaba a punto de dormirse. Mi madre, aún conmocionada por lo ocurrido, me dijo que, aunque me quería, no podía conciliar a esta Louisa con la hija que ella había educado. De modo que la pérdida de mi familia, unida a la del hombre al que amaba, hizo que se cortaran todos los hilos que me unían a lo que un día había sido. Y me sentía flotando, desatada, hacia un universo desconocido.

Así que puse en escena una nueva vida. Hice amistades casuales y distantes con otros viajeros: jóvenes estudiantes ingleses en sus años sabáticos, norteamericanos siguiendo los pasos de héroes literarios, seguros de que nunca volverían al medio oeste de Estados Unidos, jóvenes banqueros adinerados, domingueros de escapada. Un reparto cambiante que venía, pasaba y desaparecía; fugitivos de otras vidas. Yo sonreía, charlaba y trabajaba, diciéndome que estaba haciendo lo que quería. Que al menos en eso había consuelo.

El invierno aflojó sus garras y dejó paso a una primavera preciosa. Y, casi de repente, una mañana desperté y me di cuenta de que ya no estaba enamorada de la ciudad. O, al menos, que ya no me sentía lo bastante parisina como para quedarme. Las historias de los expatriados empezaban a parecerme iguales y cansinas, y los parisinos antipáticos, o, por lo menos, varias veces al día notaba las mil maneras en las que nunca llegaría a encajar. A pesar de su encanto, la ciudad me parecía un glamuroso vestido de alta costura que había comprado a la carrera y que no me valía. Renuncié al trabajo y me fui a viajar por Europa.

Nunca me había sentido tan inadaptada como en aquellos dos meses. Me sentía sola casi todo el tiempo. Odiaba no saber dónde iba a dormir cada noche, me angustiaba constantemente por los horarios de los trenes y el cambio de moneda, me costaba hacer amigos porque no confiaba en ninguna de las personas que iba conociendo. Y, de todas formas, ¿qué iba a decirles de mí? Cuando la gente me preguntaba, solo podía darles los detalles más superficiales. Todo lo importante o interesante sobre mí era justo lo que no podía compartir. Sin nadie con quien hablar, todo cuanto veía, ya fuera la Fontana de Trevi o un canal de Ámsterdam, me parecía solamente una casilla que tachar en una lista. Pasé la última semana en una playa de Grecia que me recordaba demasiado a la playa en la que había estado con Will no mucho antes, y finalmente, después de siete días sentada en la arena rechazando a tipos bronceados, aparentemente todos llamados Dmitri, e intentando convencerme de que me lo estaba pasando bien, me di por vencida y regresé a París. Ante todo porque por primera vez en la vida no tenía otro sitio adonde ir.

Durante dos semanas dormí en el sofá de una chica con la que había trabajado en el bar, mientras trataba de decidir qué hacer después. Recordando una conversación que tuve con Will sobre carreras profesionales, escribí a varias escuelas que impartían clases de diseño de moda, pero como no tenía muestras de mi trabajo que enseñarles todas me rechazaron educadamente. La plaza que me concedieron en un curso después de morir Will había sido otorgada a otra persona porque no pedí una prórroga. El director dijo que podía solicitarla de nuevo al año siguiente, pero en un tono que delataba que sabía que no lo haría.

Me metí en bolsas de trabajo *online* y vi que, a pesar de todo lo que había pasado, seguía estando poco cualificada para el tipo de trabajo que podía interesarme. Y entonces, por casualidad, mientras me preguntaba qué podía hacer, Michael Lawler, el abogado de Will, me llamó y dijo que tal vez era hora de hacer algo con el dinero que Will había dejado. Era la excusa que necesitaba para mudarme. Me ayudó a negociar el precio de un apartamento de dos habitaciones carísimo al borde de la City de Londres, y lo compré fundamentalmente porque recordaba que una vez Will me habló del bar de vinos de la esquina, y eso me hacía sentir más cerca de él. Y sobró un poco de dinero para amueblarlo. Seis semanas más tarde volví a Inglaterra, encontré trabajo en el Shamrock and Clover, me acosté con un tipo llamado Phil al que no volví a ver, y me puse a esperar esa sensación de que había empezado a vivir de verdad.

Nueve meses más tarde, seguía esperando.

Aquella primera semana en casa no salí mucho. Tenía dolores y me cansaba enseguida, así que resultaba fácil quedarme en la cama y dormir, agotada por los calmantes extrafuertes, y me decía que en realidad lo único que importaba era que mi cuerpo se recuperara. De un modo extraño, volver a nuestra pequeña casa familiar me vino bien: fue el primer sitio donde logré dormir más de cuatro horas seguidas desde que me había ido; era lo bastante pequeña como para poder apoyarme en las paredes si lo necesitaba. Mamá me alimentaba, el abuelo me hacía compañía (Treena volvió a la universidad y se llevó a Thom con ella), y veía mucha televisión matinal, maravillándome ante sus interminables anuncios de compañías de préstamos y elevadores de escaleras, y esa obsesión con famosillos que ni siquiera reconocía por haber pasado casi un año fuera. Era como estar metida en un pequeño capullo. Eso sí, consciente de que lo compartía con una realidad que estaba negando.

No hablábamos de nada que pudiera alterar aquel delicado equilibrio. Yo veía cualquier programa de famoseo que echara la televisión matinal y luego en la cena decía: «¿Bueno, y qué os parece Shayna West?». Y mamá y papá se lanzaban al tema agradecidos, diciendo que era una pelandusca o que tenía un pelo bonito o que no era tan buena como debería. Cubríamos *Chollos en tu ático* («Siempre me pregunto lo que valdría ese tiesto victoriano de tu madre... ¡Qué cosa más fea!») y *Casas ideales en el campo* («Yo no lavaría ni al perro en ese cuarto de baño»). Mis pensamientos no iban más allá de cada comida, más allá de los desafíos básicos de vestirme, lavarme los dientes y hacer las tareas que me daba mi madre («Cariño, cuando salga, si no te importa separar tu ropa para lavar, la pondré con la mía de color»).

Sin embargo, como una marea reptante, el mundo exterior no paraba de insistir en entrometerse. Oía a los vecinos preguntando a mi madre mientras tendía la colada. «Entonces, ¿tu Lou está en casa?». Y la respuesta anormalmente brusca de mamá: «Sí, lo está». Acabé evitando las habitaciones de la casa desde las que se veía el castillo. Pero sabía que estaba allí, que había gente viviendo en él, respirando vínculos con Will. A veces me preguntaba qué habría sido de ellos; mientras estaba en París me reenviaron una carta de la señora Traynor, agradeciéndome formalmente todo lo que había hecho por su hijo. «Soy consciente de que hiciste todo cuanto pudiste». Pero eso fue todo. Aquella familia había pasado de ser mi vida entera a un resto fantasmal de un tiempo que no me permitiría a mí misma recordar. Ahora, mientras nuestra calle permanecía anclada a la sombra del castillo varias horas cada tarde, sentía la presencia de los Traynor como un reproche.

Estuve dos semanas en casa antes de darme cuenta de que mamá y papá ya no iban a su club social.

—¿No es martes? —pregunté a la tercera semana, mientras estábamos sentados a la mesa—. ¿No deberíais haber salido ya?

Se miraron entre sí.

—No, no. Estamos bien aquí —contestó papá, masticando un trozo de costilla de cerdo.

—Yo estoy bien sola, en serio —les dije—. Ya estoy mucho mejor. Y encantada de quedarme viendo la tele. —En el fondo, anhelaba quedarme sin nadie observándome, sin nadie más en la habitación. Apenas me habían dejado sola más de media hora desde que había vuelto a casa—. En serio. Id y pasadlo bien. No os preocupéis por mí.

—Es que... ya no vamos al club —dijo mamá, cortando una patata.

—La gente... no paraba de decir cosas. Sobre lo que pasó. —Papá se encogió de hombros—. Al final era más fácil mantenernos alejados. —El silencio que siguió duró seis largos minutos.

Y también había otros recordatorios, más concretos, de la vida que había dejado atrás. Recordatorios que llevaban mallas de correr ajustadas con propiedades absorbentes especiales.

Cuando a la cuarta mañana de mi regreso Patrick pasó corriendo delante de nuestra casa, pensé que podía ser algo más que pura casualidad. El primer día ya había oído su voz y me acerqué adormecida y cojeando hasta la ventana para mirar a través de la persiana. Y allí abajo estaba, estirando los tendones de las corvas mientras hablaba con una rubia con coleta, que llevaba un conjunto azul de licra a juego con el suyo y tan ajustado que casi se podía adivinar lo que había desayunado. Parecían dos deportistas olímpicos sin su trineo de *bobsleigh*.

Me aparté de la ventana por si él alzaba la mirada y me veía, y en menos de un minuto ya se habían ido, y corrían calle abajo, con la espalda recta y las piernas brincando como un par de relucientes ponis de carruaje turquesa.

Dos días más tarde me estaba vistiendo cuando les oí de nuevo. Patrick hablaba en voz alta sobre ingerir más hidratos de carbono, y esta vez la chica lanzó una mirada sospechosa hacia mi casa, como si se preguntara por qué se habían detenido dos veces en el mismo sitio.

Al tercer día estaba en el salón con el abuelo cuando llegaron.

—Deberíamos hacer *sprints* —dijo Patrick elevando la voz—. Venga, ve hasta la tercera farola y vuelve, y yo te cronometro. Intervalos de dos minutos. ¡Ya!

El abuelo gesticuló con la mirada a propósito.

—¿Ha estado haciendo esto desde que volví?

Los ojos del abuelo dieron casi un giro completo.

Me asomé a través de los visillos mientras Patrick miraba su cronómetro, mostrando su lado bueno a la ventana. Llevaba un forro polar negro con cremallera y pantalones de licra a juego, y allí de pie, a pocos metros de la cortina que nos separaba, pude observarle en silencio, fascinada por haber creído amar a esa persona durante tanto tiempo.

—¡Sigue! —gritó él, levantando la vista del cronómetro. Y como un perrito obediente, la chica tocó la farola que había al lado de Patrick y volvió a alejarse a toda velocidad—. Cuarenta y dos segundos, treinta y ocho décimas —dijo con tono de aprobación cuando ella volvió jadeando—. Creo que podrías rebajar otras cinco décimas.

—Todo eso es para tu disfrute —comentó mi madre, que había entrado con dos tazas en la mano.

—Me estaba dando esa impresión.

—Su madre me preguntó en el supermercado si habías vuelto, y le dije que sí. No me mires así: no podía mentir a la mujer. —Asintió mirando hacia la ventana—. Esa se ha operado las tetas. Todo Stortfold habla de ellas. Podrías posar dos tazas de té encima. —Se puso a mi lado un instante—. ¿Sabes que están comprometidos?

Esperé sentir una punzada en el corazón, pero fue tan ligera que pudo ser el viento.

—Parecen… encajar.

Mi madre se quedó allí de pie un momento, observándole.

—No es mal tipo, Lou. Es que tú… cambiaste. —Me dio una de las tazas y se fue.

Por fin, una mañana en que se paró a hacer flexiones en la acera delante de casa, abrí la puerta y salí. Me apoyé contra el porche, con los brazos doblados sobre el pecho, y le observé hasta que levantó la mirada.

—Yo no me quedaría mucho tiempo ahí. El perro de al lado tiene debilidad por ese trozo de acera.

—¡Lou! —exclamó Patrick, como si fuera la última persona que esperaba ver delante de mi propia casa, que él mismo había visitado varias veces por semana durante los siete años que estuvimos juntos—. Bueno…, qué sorpresa verte por aquí otra vez. ¡Creía que te habías marchado a conquistar el mundo!

Su prometida, que estaba haciendo flexiones a su lado, alzó la mirada, y volvió a clavarla en la acera. Tal vez fuera mi imaginación, pero puede que sus glúteos se tensaran un pelín más. Arriba y abajo, subía y bajaba, furiosamente. Arriba, abajo. Al final empecé a preocuparme por el bienestar de sus nuevos pechos.

Patrick se puso en pie de un salto.

—Esta es Caroline, mi prometida —dijo sin apartar la mirada de mí, tal vez esperando ver mi reacción—. Estamos entrenando para el próximo Ironman. Ya hemos hecho dos.

—Qué… romántico —contesté.

—Bueno, Caroline y yo creemos que está bien hacer cosas juntos —dijo Patrick.

—Ya veo —repliqué—. ¡Y licra turquesa para ella y para él!

—Ah, sí. Color de equipo.

Hubo un breve silencio.

Di un pequeño puñetazo al aire.

—¡Vamos, equipo!

Caroline se puso de pie de un salto, y empezó a estirar los músculos de los muslos, doblando la pierna hacia atrás como una cigüeña. Asintió mirándome, con el mínimo gesto de educación que podía hacer.

—Estás más delgada —dijo él.

—Sí, bueno. Es lo que tiene una dieta de goteo salino.

—He oído que tuviste un… accidente. —Inclinó la cabeza a un lado, compasivamente.

—Las noticias vuelan.

—En fin. Me alegro de que estés bien. —Se sorbió la nariz y miró hacia el final de la calle—. Debe de haber sido difícil todo este año pasado. Ya sabes. Con lo que hiciste y eso.

Ahí estaba. Intenté controlar mi respiración. Caroline evitaba mirarme, extendiendo la pierna para estirar el muslo. Y entonces:

—Bueno… Enhorabuena por el compromiso.

Patrick observó con orgullo a su futura esposa, lleno de admiración hacia su sinuosa pierna.

—Bueno, como suelen decir, cuando lo sabes, lo sabes. —Me lanzó una sonrisa de falsa disculpa. Y eso fue lo que me remató.

—Estoy segura de que sí. Y supongo que tendrás mucho ahorrado para pagar la boda; no son baratas, ¿no?

Los dos me miraron.

—Con lo que sacaste vendiendo mi historia a los periódicos… ¿Cuánto te pagaron, Pat? ¿Un par de miles? Treena no fue capaz de calcular la cifra exacta. Pero la muerte de Will valdría lo bastante para pagar un par de monos de licra a juego, ¿verdad?

Por la forma en la que Caroline se volvió hacia él supuse que Patrick no había llegado a comentarle aquel detalle de su vida.

Él se quedó mirándome, con dos puntitos de color sangrando en su cara.

—No tuve nada que ver con eso.

—Claro que no. En fin, me alegro de verte, Pat. ¡Buena suerte con la boda, Caroline! Estoy segura de que serás la novia más... firme. —Di media vuelta y volví adentro. Cerré la puerta, me apoyé en ella, con el corazón latiéndome con fuerza, y esperé hasta asegurarme de que habían empezado a correr otra vez.

—Imbécil —dijo el abuelo, cuando entré cojeando en el salón. Y de nuevo, mirando con desprecio hacia la ventana—. Imbécil. —Y entonces soltó un ruidillo.

Me quedé observándole. Y, de repente, entendí que se había echado a reír por primera vez desde que recuerdo.

—¿Has decidido qué vas a hacer? ¿Cuando estés mejor?

Estaba tumbada en mi cama. Treena llamaba desde la facultad, mientras esperaba a que Thomas saliera del club de fútbol. Yo me encontraba mirando el techo, donde Thomas había puesto una galaxia entera de pegatinas fosforescentes, que al parecer nadie podía quitar sin despegar la mitad del techo.

—La verdad es que no.

—Tienes que hacer algo. No puedes quedarte ahí tirada para siempre.

—No me voy a quedar tirada. Además, todavía me duele la cadera. El fisio ha dicho que me conviene estar tumbada.

—Mamá y papá se preguntan qué vas a hacer. No hay trabajo en Stortfold.

—Lo sé.

—Pero vas un poco a la deriva. No parece interesarte nada.

—Treen, acabo de caerme de un edificio. Me estoy recuperando.

—Y antes de eso estuviste dejándote llevar viajando. Y luego estuviste trabajando en un bar hasta averiguar lo que querías hacer. Vas a tener que aclararte en algún momento. Si no piensas en volver a estudiar, tendrás que decidir qué vas a hacer con tu vida. Solo quiero decir que... En fin, que si te vas a quedar en Stortfold, tendrás que alquilar ese piso. Mamá y papá no te pueden mantener para siempre.

—Lo dice la que lleva ocho años mantenida por el Banco de Mamá y Papá.

—Estoy estudiando a tiempo completo. Eso es distinto. De todas formas, revisé tus extractos bancarios mientras estabas en el hospital, y, después de pagar las facturas, he calculado que tienes unas quince mil libras, incluyendo el subsidio legal por enfermedad. Por cierto, ¿qué son todas esas llamadas intercontinentales? Cuestan un dineral.

—No es asunto tuyo.

—Bueno, he hecho una lista de inmobiliarias en la zona que llevan alquileres. Y he pensado que podríamos volver a mirar solicitudes para cursos. Es posible que haya alguna baja de última hora en el que querías hacer.

—Treen. Me estás agotando.

—No tiene sentido quedarse sin hacer nada. Te sentirás mejor cuando te centres en algo.

A pesar de lo pelma que resultaba, había algo reconfortante en la insistencia de mi hermana. Nadie más se atrevía a hablarme así. Era como si mis padres aún pensaran que en el fondo no estaba bien, y que me debían tratar con guantes de seda. Mamá me dejaba la colada, bien dobladita, al pie de la cama, y me preparaba la comida tres veces al día. Y, cuando la sorprendía mirándome, me sonreía con una media sonrisa incómoda, que disfrazaba todo aquello que no nos queríamos decir. Papá me llevaba a las citas del fisio, se sentaba a mi lado en el sofá a ver la televisión y ni siquiera me tomaba el pelo. Treena era la única que seguía tratándome como siempre.

—Sabes lo que voy a decir, ¿verdad?

Me puse de lado, con un gesto de dolor.

—Lo sé. Y no lo sé.

—Bueno. Pues sabes lo que Will te habría dicho. Teníais un pacto. No puedes incumplirlo.

—Vale, ya está bien, Treen. Esta conversación se ha acabado.

—Muy bien. Thom ya sale de los vestuarios. ¡Te veo el viernes! —dijo, como si hubiéramos estado hablando de música, o de dónde iba a ir de vacaciones, o de jabón.

Y me quedé mirando el techo.

Teníais un pacto.

Sí, y mira cómo ha salido todo.

A pesar de las quejas de Treen, en las semanas transcurridas desde que había vuelto a casa sí que había mejorado un poco. Ya no utilizaba el bastón, con el que me había sentido como si tuviera unos ochenta y nueve años y que había conseguido dejarme olvidado en casi todos los lugares a los que había acudido desde mi regreso. Casi todas las mañanas llevaba al abuelo a dar un paseo por el parque, a petición de mamá. El médico le había dicho que hiciera ejercicio a diario, pero un día le siguió y vio que solo iba hasta la tienda de la esquina a comprarse una bolsa enorme de cortezas de cerdo y se las comía mientras regresaba lentamente a casa.

Caminábamos despacio, cada uno con su cojera y ambos sin ningún lugar adonde ir.

Mamá no paraba de sugerir que fuéramos a los terrenos del castillo para «cambiar de aires», pero yo no le hacía caso, y, cuando la verja se cerraba detrás de nosotros cada mañana, el abuelo señalaba firmemente hacia el parque con la cabeza. No era solo porque el camino fuera más corto y estuviera más cerca de la casa de apuestas. Creo que sabía que yo no quería volver allí. Que no estaba preparada. Y yo tampoco sabía si llegaría a estarlo algún día.

Dimos dos vueltas al estanque de patos, y nos sentamos en un banco bajo el sol acuoso de primavera a ver a los niños y a sus padres dando de comer a los orondos patos, o a los adolescentes fumando, gritando y pegándose, en ese vulnerable combate del primer cortejo. Fuimos a la casa de apuestas para que el abuelo perdiera tres libras en un caballo llamado Wag The Dog. Y, cuando vi que arrugaba la papeleta de la apuesta y la tiraba a la basura, le dije que le compraría un donut de mermelada en el supermercado.

—¡Azúcar! —dijo mientras estábamos en la sección de pastelería.

Le miré con el ceño fruncido.

—Azúcar —repitió, señalando a nuestros donuts, y se rio.

—Ah. Bueno, a mamá le diremos que eran donuts *light*.

Mamá decía que con su nueva medicación le daba la risa tonta. Y yo había llegado a la conclusión de que te podían pasar cosas peores.

El abuelo seguía riéndose mientras estábamos en la cola de la caja. Yo estaba buscando cambio en los bolsillos con la cabeza agachada mientras me preguntaba si debía ayudar a papá en el jardín durante el fin de semana. Por eso tardé un minuto en entender lo que susurraban detrás de mí.

—Es el sentimiento de culpa. Dicen que intentó saltar desde lo alto de un edificio de apartamentos.

—Bueno, pero es normal, ¿no crees? Yo sería incapaz de vivir conmigo misma.

—Me sorprende que se atreva a aparecer por aquí.

Me quedé inmóvil.

—La pobre Josie Clark sigue avergonzadísima. Va a confesarse todas las semanas, y ya sabes que esa mujer está limpia como la ropa recién lavada.

El abuelo estaba señalando los donuts y moviendo los labios hacia la cajera:

—¡Azúcar!

Ella sonrió educadamente.

—Ochenta y seis peniques, por favor.

—Los Traynor ya nunca serán lo que eran.

—Bueno, es que les destrozó, ¿no?

—Ochenta y seis peniques, por favor.

Tardé varios segundos en darme cuenta de que la cajera me estaba mirando a mí, esperando. Saqué un puñado de monedas del bolsillo y las revolví torpemente.

—Me extraña que Josie la deje a cargo de su abuelo...

—¿Crees que podría...?

—A saber. Al fin y al cabo, ya lo hizo una vez...

Tenía los mofletes ardiendo. El dinero cayó ruidosamente en el mostrador. El abuelo seguía repitiendo «¡Azúcar! ¡Azúcar!» a la cajera que miraba pasmada. Le tiré de la manga.

—Venga, abuelo, tenemos que irnos.

—Azúcar —insistió otra vez.

—Claro —dijo ella, y sonrió con amabilidad.

—*Abuelo, por favor.* —Me sentía febril y mareada, como si estuviera a punto de desmayarme. Tal vez estuvieran aún cuchicheando, pero, a saber, porque me zumbaban los oídos.

—Adiós —dijo el abuelo.

—Adiós —contestó la cajera.

—Maja —dijo el abuelo mientras salíamos de vuelta a la luz. Entonces me miró—. ¿Por qué lloras?

Eso es lo que pasa cuando te ves inmersa en un suceso catastrófico que te cambia la vida. Crees que solo tendrás que lidiar con el suceso catastrófico en sí: los *flashbacks*, las noches en vela, recordar una y otra vez lo ocurrido, preguntarte si hiciste lo correcto, si dijiste lo que debías, si podrías haber cambiado las cosas, o haberlo hecho un poco distinto.

Mi madre me había dicho que quedarme con Will hasta el final afectaría al resto de mi vida, y yo creí que se refería a algo psicológico. Pensaba que se refería al sentimiento de culpa que tendría que aprender a superar, el dolor, el insomnio, los extraños e inadecuados arranques de rabia, el constante diálogo interno con alguien que ni siquiera estaba ahí. Pero ahora veía que no era solo cosa mía: en la era digital, sería esa persona para siempre. Aunque consiguiera borrarlo todo de mi memoria, nunca me dejarían desvincularme de la muerte de Will. Mi nombre estaría ligado al suyo mientras hubiera píxeles y una pantalla. La gente me juzgaría basándose en la información más superficial —a veces sin información en absoluto— y no había nada que yo pudiera hacer al respecto.

Me hice un corte de pelo *bob*, cambié mi forma de vestir, metí en bolsas todas aquellas cosas que en algún momento pudieron caracterizarme y las guardé en el fondo de mi armario. Adopté el uniforme de Treena de vaqueros y camisetas corrientes. Cuando ahora leía noticias en los periódicos sobre un cajero que se había llevado una fortuna, una mujer que había matado a su hijo, o el hermano que había desaparecido, ya no me horrorizaban como antes, sino que pensaba en la historia que no había salido en aquellas páginas en blanco y negro.

Lo que sentía con aquellas historias era una extraña afinidad. Estaba sucia. El mundo a mi alrededor lo sabía. Y, lo que era peor, yo también empezaba a saberlo.

Metí lo poco que me quedaba de mi pelo oscuro bajo un gorro, me puse las gafas de sol y fui a la biblioteca tratando por todos los medios de que no se me notara la cojera, aunque me dolieran las mandíbulas por la concentración.

Pasé por delante del grupo de niños pequeños que estaban cantando en el rincón infantil, y de los sigilosos aficionados a la genealogía que intentaban demostrar que, en efecto, tenían un lejano parentesco con el rey Ricardo III, y me senté en el rincón con las carpetas de periódicos locales. No tardé en encontrar agosto de 2009. Respiré hondo, lo abrí por la mitad y empecé a ojear los titulares:

Un vecino pone fin a su vida en una clínica suiza

La familia Traynor pide que se respete su intimidad en estos «momentos difíciles»

El hijo de Steven Traynor, custodio del castillo de Stortfold, ha puesto fin a su vida a sus 35 años en Dignitas, el polémico centro de suicidio asistido. El señor Traynor quedó tetrapléjico por un accidente de tráfico en 2007. Al parecer, viajó a la clínica con su familia y su cuidadora, Louisa Clark, de 27 años, también vecina de Stortfold.

La Policía investiga las circunstancias que rodean su muerte. Algunas fuentes aseguran que no se descarta la posibilidad de que se abra un proceso judicial.

Los padres de Louisa Clark, Bernard y Josephine Clark, vecinos de Renfrew Road, rehusaron hacer ningún comentario al respecto.

Al parecer, Camilla Traynor, juez de paz, habría abandonado su puesto tras el suicidio de su hijo.

Una fuente local consideraba «insostenible» su continuidad teniendo en cuenta las medidas tomadas por la familia.

Y ahí estaba, la cara de Will, mirándome desde la fotografía granulosa del periódico. Esa sonrisa ligeramente sardónica, la mirada directa. Por un instante, sentí que me faltaba el aire.

La muerte del señor Traynor pone fin a una exitosa carrera en la City, donde era conocido como un temerario depurador de activos, pero también como un visionario para los negocios corporativos. Sus compañeros se reunieron ayer para rendir homenaje a un hombre al que describen como

Cerré el periódico. Una vez estuve segura de que tenía la expresión de mi rostro bajo control, alcé la vista. A mi alrededor la biblioteca vibraba con silenciosa diligencia. Los niños seguían cantando, con sus voces atipladas vagando mientras las madres aplaudían emocionadas a su alrededor. La bibliotecaria detrás de mí discutía *sotto voce* con un colega sobre la mejor forma de preparar un curry tailandés. El hombre a mi lado recorría con el dedo un registro electoral antiguo, murmurando: «Fisher, Fitzgibbon, Fitzwilliam…».

Yo no había hecho nada. Hacía más de dieciocho meses, y no había hecho nada, salvo servir bebidas en dos países distintos y compadecerme. Y ahora, tras cuatro semanas de vuelta en la casa donde crecí, podía notar cómo Stortfold intentaba absorberme, asegurándome que allí podría estar bien. Que todo iría bien. Tal vez no viviría grandes aventuras, claro, y me sentiría algo incómoda mientras la gente se acostumbraba otra vez a mi presencia, pero había cosas peores que estar sana y salva con la familia de una, que estar segura, ¿no?

Volví a mirar el montón de periódicos delante de mí. El titular de portada más reciente decía:

PELEA POR UN ESPACIO DE APARCAMIENTO
DELANTE DE LA OFICINA DE CORREOS

Volví a pensar en papá, sentado al pie de mi cama en el hospital, buscando en vano algún artículo sobre un extraordinario accidente.

Te he fallado, Will. Te he fallado de todas las maneras posibles.

Cuando volví a casa los gritos se podían oír desde el otro extremo de la calle. Al abrir la puerta los oídos se me llenaron de los llantos de Thomas. Mi hermana le regañaba con el dedo índice en alto en un rincón del salón. Mamá estaba inclinada sobre el abuelo con una palangana llena de agua y un estropajo, mientras él intentaba quitársela de encima amablemente.

—¿Qué está pasando?

Mamá se echó a un lado y entonces pude ver bien la cara del abuelo. Lucía unas cejas nuevas de color azabache y un bigote grueso y ligeramente desigual.

—Rotulador permanente —dijo mamá—. A partir de hoy nadie deja al abuelo durmiendo la siesta en la misma habitación que Thomas.

—Tienes que dejar de dibujar estas cosas —gritaba Treena—. Solo en papel, ¿vale? Nada de paredes. Ni de caras. Ni el perro de la señora Reynolds. Ni mis pantalones.

—Estaba pintándote los días de la semana.

—¡No necesito pantalones con los días de la semana! —aulló ella—. ¡Y, si así fuera, escribiría «miércoles» correctamente!

—No le eches la bronca, Treen —dijo mamá, retirándose para ver si había conseguido algo—. Podría ser mucho peor.

En nuestra pequeña casita, los pasos de papá bajando las escaleras sonaron como un trueno especialmente poderoso. Irrumpió en el salón con los hombros tensos de frustración, y el pelo levantado por un lado.

—¿Es que no puede uno dormir la siesta en su día de descanso ni en su propia casa? Este lugar es como un maldito manicomio.

Todos nos detuvimos y le miramos.

—¿Qué? ¿Qué he dicho?

—Bernard...

—Venga, hombre. Nuestra Lou sabe que no me refiero a *ella*...

—Dios santo. —Mamá se puso la mano en la cara.

Mi hermana había empezado a llevarse a Thomas del salón.

—Ay, Dios —susurró—. Thomas, más vale que salgas de aquí ahora mismo, porque, en cuanto te pille tu abuelo, te juro que...

—¿Qué? —dijo papá frunciendo el ceño—. ¿Qué pasa?

El abuelo soltó una carcajada. Levantó un dedo tembloroso.

Era magnífico. Thomas había coloreado prácticamente toda la cara de papá con un rotulador azul. Sus ojos parecían dos grosellas de color azul cobalto.

—¿Qué?

La voz de Thomas sonó como un llanto de protesta, mientras desaparecía por el pasillo.

—¡Estábamos viendo *Avatar!* Dijo que no le importaría ser un avatar.

Los ojos de papá se abrieron de par en par. Se acercó con paso brusco al espejo que había sobre la chimenea.

Hubo un breve silencio.

—¡Dios mío!

—Bernard, no tomes el nombre de Dios en vano.

—Me ha puesto azul, Josie. ¡Creo que tengo derecho a tomar el nombre de Dios en vano y a llevármelo a la noria del parque de atracciones! ¿Es un rotulador permanente? ¿THOMMO? ¿ES UN ROTULADOR PERMANENTE?

—Te lo quitaremos, papá. —Mi hermana cerró la puerta del jardín detrás de sí. Al otro lado solo se podía distinguir el llanto de Thomas.

—Mañana tengo que supervisar la instalación del nuevo vallado en el castillo. Vienen los contratistas. ¿Cómo demonios se supone que voy a tratar con los contratistas si estoy *azul?* —Papá se escupió en la mano y empezó a frotarse la cara. Algo de la tinta se difuminó, pero fundamentalmente para pasar a la palma de su mano—. No se quita. ¡Josie, *no se quita!*

Mamá dejó al abuelo y se centró en papá con el estropajo.

—Quédate quieto, Bernard. Estoy haciendo lo que puedo.

Treena fue a coger la bolsa de su portátil.

—Voy a mirar en internet. Estoy segura de que hay algo. Pasta de dientes o quitaesmaltes o lejía o…

—¡No me vais a poner lejía en la maldita cara! —rugió papá. El abuelo, con su nuevo bigote de pirata, seguía sentado en la esquina del salón, riéndose.

Intenté escabullirme.

Mamá tenía la cara de papá sujeta con la mano izquierda mientras frotaba con la otra. Se giró como si acabara de verme.

—¡Lou! No te he preguntado. ¿Estás bien, cariño? ¿Qué tal el paseo?

Todos se pararon de repente para sonreírme; y su sonrisa decía: *Todo va bien, Lou. No tienes por qué preocuparte.* Odiaba aquella sonrisa.

—Bien.

Era la respuesta que todos querían. Mamá se volvió hacia papá.

—Genial. ¿Verdad que es genial, Bernard?

—Lo es. Estupendo.

—Cariño, si separas tu ropa blanca, la meteré en la lavadora luego con la de papá.

—No te molestes —dije—, de verdad. He estado pensando. Es hora de que me vaya a casa.

Nadie dijo nada. Mamá miró a papá. El abuelo soltó otra risilla y se cubrió la boca con las manos.

—Muy bien —dijo papá, con toda la dignidad que podía tener un hombre de mediana edad y de color azul mora—. Pero si vuelves a ese apartamento será con una condición, Lou...

4

*M*e llamo Natasha y perdí a mi marido por un cáncer hace tres años.

Una húmeda noche de lunes, los integrantes del Círculo del Avance permanecían sentados formando un corro en sillas naranjas de oficina, en el salón de la iglesia de Pentecostés, con el líder del grupo, Marc, un hombre alto y con bigote cuya figura destilaba una especie de exhausta melancolía. Una de las sillas estaba libre.

—Soy Fred. Mi mujer, Jilly, murió en septiembre. Tenía setenta y cuatro años.

—Sunil. Mi hermano gemelo murió de leucemia hace dos años.

—William. Mi padre murió. Hace seis meses. Es todo bastante ridículo, la verdad, porque nunca nos llevamos bien cuando estaba vivo. No paro de preguntarme qué hago aquí.

Había un curioso olor a pena. Olía a paredes de iglesia húmeda y mal ventilada, y a bolsas de té de mala calidad. Olía a comidas precocinadas para uno y a cigarrillos rancios fumados a la intemperie. Olía a pelo y axilas rociados con espray, a victorias prácticas frente a la montaña de la desesperanza. Aquel olor por sí solo ya me decía que yo no encajaba en aquel lugar, por muchas promesas que le hubiera hecho a papá.

Me sentía como una impostora. Además todos parecían tan… *tristes*.

Me retorcía incómoda en el asiento, y Marc lo vio. Me lanzó una sonrisa reconfortante. Decía: *Lo sabemos. Ya hemos pasado por esto.*

Apuesto a que no, respondí en silencio.

—Lo siento, siento llegar tarde. —La puerta se abrió dejando entrar una ráfaga de aire cálido, y la silla vacía fue ocupada por un adolescente desgreñado, que dobló brazos y piernas como si siempre fueran demasiado largos para el espacio donde estaban.

—Jake. No viniste la semana pasada. ¿Todo bien?

—Lo siento. Papá la cagó en el curro y no pudo traerme.

—No te preocupes. Me alegro de que hayas venido. Ya sabes dónde están las bebidas.

El chico miró a su alrededor bajo su largo flequillo, y vaciló ligeramente cuando sus ojos llegaron a mi falda verde brillante. Me puse el bolso en el regazo tratando de ocultarla y él apartó la mirada.

—Hola, cielo. Soy Daphne. Mi marido se quitó la vida. ¡No creo que fuera por la lata que le daba! —Su risa a medias destilaba dolor. Se dio unos golpecitos en el pelo cuidadosamente arreglado y bajó los ojos a las rodillas, incómoda—. Éramos felices. Lo éramos.

El chico tenía las manos metidas bajo los muslos.

—Jake. Mamá. Hace dos años. Llevo un año viniendo porque mi padre no puede afrontarlo, y necesitaba hablar con alguien.

—¿Cómo está tu padre esta semana, Jake? —dijo Marc.

—No está mal. Quiero decir, que el viernes pasado por la noche se trajo a una mujer a casa, pero, vamos, que luego no se quedó sentado en el sofá llorando. O sea que ya es algo.

—El padre de Jake está lidiando con el dolor a su manera —aclaró Marc mirando hacia mí.

—Follando —puntualizó Jake—. Sobre todo, follando.

—Ojalá fuera más joven —comentó Fred con tono melancólico. Vestía chaqueta y corbata, como esos hombres que se sienten desnudos si no la llevan—. Creo que habría sido una manera fantástica de sobrellevar la muerte de Jilly.

—Mi prima ligó con un hombre en el funeral de mi tía —dijo una mujer en la esquina que tal vez se llamara Leanne, no lo recuerdo. Era pequeña y regordeta, y tenía un grueso flequillo de color chocolate.

—¿Durante el mismo funeral?

—Dice que, después de los sándwiches, se fueron al Travelodge. —Se encogió de hombros—. Parece que es por la intensidad de las emociones.

Estaba en el lugar equivocado. Ahora ya lo tenía claro.

Con mucho disimulo recogí mis cosas, preguntándome si debería anunciar que me iba o si sería más sencillo salir corriendo.

Entonces Marc se volvió hacia mí con expectación.

Le miré sin comprender.

Arqueó las cejas.

—Eh, ¿yo? En realidad, ya me iba. Creo que me... Quiero decir, que no creo que esté...

—Ah, todo el mundo quiere marcharse el primer día, cariño.

—Yo quería marcharme en mi segundo día, y también el tercero.

—Es por las galletas. Siempre le digo a Marc que deberíamos tener mejores galletas.

—Venga, cuéntanos la versión resumida, si quieres. No te preocupes. Estás entre amigos.

Estaban todos esperando. No podía echar a correr. Me dejé caer de nuevo en el asiento.

—Hmm. Vale. Pues me llamo Louisa y el hombre al que..., al que amaba... murió a los treinta y cinco años.

Varias personas asintieron con empatía.

—Demasiado joven. ¿Cuándo fue, Louisa?

—Hace veinte meses. Y una semana. Y dos días.

—Tres años, dos semanas y dos días. —Natasha me sonrió desde el otro lado de la sala.

Hubo un suave murmullo de conmiseración. Daphne, que estaba sentada a mi lado, extendió su mano regordeta con anillos y me dio una palmadita en la pierna.

—En esta sala hemos hablado mucho de lo difícil que es cuando alguien muere joven —dijo Marc—. ¿Cuánto tiempo estuvisteis juntos?

—Hmm. Estuvimos... Bueno... Algo menos de seis meses.

Varias miradas de sorpresa apenas disfrazadas.

—Eso es... bastante breve —dijo una voz.

—Estoy seguro de que el dolor de Louisa es igual de válido —respondió Marc ágilmente—. ¿Y cómo pasó, Louisa?

—¿Cómo pasó qué?

—Que cómo murió... —dijo Fred amablemente.

—Ah. Se..., se quitó la vida.

—Debió de ser todo un shock.

—No mucho. Yo sabía que lo estaba planeando.

Al parecer, se produce un silencio muy particular cuando le dices a una habitación llena de gente segura de que lo sabe todo sobre la muerte de un ser querido que no es así.

Respiré hondo.

—Él sabía que quería hacerlo antes de conocernos. Intenté hacerle cambiar de idea y no fui capaz. Así que lo acepté, porque le quería, y en ese momento parecía tener sentido. Pero ahora tiene mucho menos sentido. Por eso estoy aquí.

—La muerte nunca tiene sentido —dijo Daphne.

—A no ser que seas budista —añadió Natasha—. No dejo de intentar tener pensamientos budistas, pero me preocupa que Olaf se reencarne en un ratón o algo así y acabe envenenándole. —Suspiró—. Tengo que poner veneno. Tenemos un enorme problema con los ratones en el edificio.

—Tendréis que eliminarlos. Son como las pulgas —dijo Sunil—. Por cada uno que ves, hay cientos más escondidos.

—Yo de ti pensaría en lo que vas a hacer, Natasha querida —dijo Daphne—. Podría haber cientos de pequeños Olaf correteando por ahí. Mi Alan podría ser uno de ellos. Podrías envenenarlos a los dos.

—Bueno —dijo Fred—, si es budista, volvería como otra cosa, ¿no?

—Pero ¿y si es una mosca o algo así, y Natasha la mata también?

—No me gustaría nada reencarnarme en una mosca —opinó William—. Asquerosos bichos negros y peludos. —Se estremeció.

—A ver, no soy una asesina en serie —dijo Natasha—. Hacéis que parezca que voy por ahí asesinando a los maridos reencarnados de todo el mundo.

—Bueno, puede que ese ratón sea el marido de alguien. Aunque no sea Olaf.

—Creo que deberíamos reconducir la sesión —intervino Marc, frotándose la sien—. Louisa, es valiente por tu parte el venir y contarnos tu historia. ¿Por qué no nos hablas un poco más de cómo os conocisteis tú y... cómo se llamaba? Estás en un círculo de confianza. Todos hemos jurado que nuestras historias no saldrán de estas paredes.

En ese momento Jake captó mi atención. Miró a Daphne, luego a mí, y negó con la cabeza disimuladamente.

—Le conocí en el trabajo —dije—. Y se llamaba... Bill.

A pesar de lo que le había prometido a papá, no tenía intención de asistir al Círculo del Avance. Pero la vuelta al trabajo había sido tan horrible que, cuando llegó el final del día, no me sentí capaz de volver a mi apartamento vacío.

—¡Has vuelto! —Carly dejó la taza de café en la barra, cogió el cambio del hombre de negocios y me abrazó, mientras dejaba las monedas en los distintos compartimentos de la caja, todo en un mismo movimiento fluido—. ¿Qué demonios pasó? Tim solo nos dijo que habías tenido un accidente. Y luego se fue, así que ni siquiera estaba segura de que fueras a volver.

—Es una larga historia. —Me quedé observándola—. Eh..., ¿qué llevas puesto?

Lunes, nueve de la mañana. El aeropuerto era una nube azul grisácea de hombres recargando portátiles, mirando sus iPhones, leyendo las páginas de los periódicos de la City o hablando discretamente sobre acciones de bolsa a los auriculares de sus teléfonos. Carly miró a alguien al otro lado de la caja.

—Sí, bueno. Las cosas han cambiado desde que no estás.

Me volví y vi a un hombre de negocios en el lado equivocado de la barra. Parpadeé y dejé mi bolso.

—Eh..., si no le importa esperar allí, ahora mismo le atiendo...

—Tú debes de ser Louise. —Tenía un apretón de manos enérgico y frío—. Soy el nuevo encargado del bar. Richard Percival. —Me fijé en su pelo engominado, en su camisa azul claro, y me pregunté qué clase de bares dirigía.

—Encantada.

—Eres la que ha faltado dos meses.

—Sí, bueno, yo...

Caminaba delante del dispensador de bebidas, examinando botella por botella.

—Solo quiero que sepas que no soy muy fan de la gente que se toma bajas interminables.

Mi cuello retrocedió varios centímetros.

—Solo estoy marcando los límites, Louise. No soy uno de esos encargados que hacen la vista gorda. Sé que en muchas empresas el tiempo libre se considera prácticamente un incentivo para el personal. En las empresas en las que yo trabajo, no.

—Créame, no he considerado las últimas nueve semanas como un incentivo.

Examinó la parte inferior de un grifo, y lo frotó reflexivamente con el pulgar.

Respiré hondo antes de hablar.

—Me caí desde lo alto de un edificio. Si quiere puedo enseñarle las cicatrices de las operaciones. Así que puede estar bastante seguro de que no lo volveré a hacer.

Se quedó mirándome atentamente.

—No es necesario ponerse sarcástica. No estoy diciendo que vayas a tener otros accidentes, pero tu baja, *pro rata,* está a un nivel inusualmente alto para alguien que lleva relativamente poco tiempo trabajando en esta empresa. Eso era todo lo que quería decir. Que se ha tomado nota.

Llevaba gemelos de coches de carreras.

—Mensaje recibido, señor Percival —dije—. Haré lo que pueda por evitar accidentes casi mortales.

—Vas a necesitar un uniforme. Si me das cinco minutos iré a coger uno del almacén. ¿Qué talla tienes? ¿La doce? ¿La catorce?

Me quedé mirándole.

—La diez.

Arqueó una ceja. Y yo hice lo propio. Se fue hacia su despacho, y Carly se inclinó sobre la máquina de café y sonrió dulcemente mientras le observaba.

—Un auténtico capullo —dijo, hablando por un lado de la boca.

Carly no se equivocaba. Desde el momento en que volví, Richard Percival se me pegó como un mal resfriado, como diría mi padre. Revisó las medidas de las bebidas que servía, comprobó hasta el último rincón del bar en busca de minúsculas migas de cacahuetes, entró y salió de los aseos para cerciorarse de que estaban limpios, y no nos dejó marchar hasta que nos vio hacer el arqueo de la caja y se aseguró de que los tiques cuadraban hasta el último penique con la recaudación.

No tuve tiempo para charlar con los clientes, ni para ver las horas de salida de los vuelos, ni para entregar pasaportes extraviados, ni para contemplar los aviones despegando a través del gran ventanal. Ni siquiera tuve tiempo para que me irritara el CD de *Gaitas celtas, Volumen III*. Si un cliente tenía que esperar más de diez segundos para ser atendido, Richard salía por arte de magia de su oficina suspirando ostentosamente, y se disculpaba varias veces en voz alta por haberle hecho esperar *tanto tiempo*. Carly y yo, que normalmente estábamos ocupadas atendiendo a otros clientes, nos lanzábamos miradas furtivas de resignación y desprecio.

Richard se pasó la mitad del día reunido con representantes de ventas, y el resto al teléfono con la Oficina Central, parloteando sobre la Rotación de Clientela y el Gasto per Cápita. Nos animó a intentar incrementar la venta en cada transacción, y si se nos olvidaba nos llevaba a un lado para soltarnos el discurso. Todo eso ya era bastante horrible.

Pero luego estaba el uniforme.

Carly entró en el aseo de señoras mientras me estaba cambiando y se puso a mi lado delante del espejo.

—Parecemos un par de idiotas —dijo.

No contento con faldas oscuras y camisas blancas, algún genio del marketing en lo alto de la escala corporativa había decidido que al ambiente de la cadena Shamrock and Clover le vendría bien un vestuario auténticamente irlandés. Era evidente que el atuendo en cuestión lo diseñó alguien que creía que en Dublín, a día de hoy, las empresarias y las cajeras iban haciendo piruetas por sus lugares de trabajo vestidas con tabardos bordados, calcetines hasta la rodilla y zapatillas de baile con cintas, todo ello de color verde esmeralda. Y con pelucas de rizos de complemento.

—Dios. Si mi novio me viera vestida así me dejaría. —Carly se encendió un cigarro, y se subió al lavabo para desconectar el detector de humo del techo—. Aunque probablemente querría que nos lo montáramos antes. El muy *perver*.

—¿Qué llevan los hombres? —dije extendiendo la faldita hacia los lados y mirándola con nerviosismo, preguntándome lo inflamable que era.

—Mira ahí fuera. Solo está Richard. Y tiene que llevar esa camisa con un logo verde. Pobrecito.

—¿Ya está? ¿Nada de zapatos de duende? ¿Ni un sombrerito de *leprechaun*?

—¡Sorpresa! Solo las chicas tenemos que currar vestidas de pornoenanas.

—Con esta peluca parezco *Dolly Parton: Sus primeros años*.

—Pues coge una pelirroja. ¡Que tenemos la suerte de poder elegir entre tres colores!

Oímos a Richard llamando desde fuera. Mi estómago había empezado a encogerse por reflejo al oír su voz.

—En fin, yo no me quedo. Me largo de este sitio con un *Riverdance* y a buscar otro trabajo —dijo Carly—. Se puede meter sus malditos tréboles por ese culito duro de empresario. —Y con un gesto que solo podría describir como un saltito sarcástico, salió del baño de señoras. Me pasé el resto del día notando pequeñas descargas de electricidad estática.

El Círculo del Avance acabó a las nueve y media. Salí a la húmeda noche de verano, exhausta tras la doble prueba del trabajo y los acontecimientos de la tarde. Me quité la chaqueta porque tenía calor y de repente sentí que, después de desnudarme ante una sala llena de desconocidos, el hecho de que me vieran con un uniforme de pseudobailarina irlandesa (que, dicha sea la verdad, me iba ligeramente pequeño) en realidad me daba igual.

No había sido capaz de hablar de Will; no como lo hacían ellos, como si sus seres queridos siguieran formando parte de su vida y tal vez estuvieran en la habitación de al lado.

—*Huy, sí, my Jilly siempre hacía eso.*

—*No puedo borrar el mensaje de mi hermano en mi buzón. Cada vez que creo que voy a olvidar el sonido de su voz, lo escucho.*

—*A veces puedo oírle en la habitación de al lado.*

Yo apenas era capaz decir el nombre de Will. Y, al escuchar sus historias de relaciones familiares, matrimonios de treinta años, casas compartidas, vidas, hijos, me sentía como una impostora. Yo fui la cuidadora de alguien durante seis meses. Le amé, y le vi poner fin a su vida. ¿Cómo podían comprender aquellos desconocidos lo que Will y yo fuimos para el otro durante ese tiempo? ¿Cómo explicarles aquel veloz entendimiento, nuestras bromas en clave, las verdades francas y los crudos secretos? ¿Cómo transmitirles que aquellos breves meses habían cambiado mi manera de verlo todo? ¿La forma en la que Will había sesgado mi mundo de modo que ya no tenía sentido sin él?

Y, de todas formas, ¿qué sentido tenía volver a analizar mi tristeza constantemente? Era como meter el dedo en una herida y negarme a que cicatrizara. Yo sabía de qué había formado parte. Sabía cuál fue mi papel. ¿Para qué volver a ello una y otra vez?

No volvería a la semana siguiente. Ahora ya lo sabía. Encontraría alguna excusa que darle a papá.

Atravesé el parque paseando lentamente, removiendo en mi bolso en busca de mis llaves, diciéndome que al menos me había evitado otra noche sola delante de la televisión, temiendo las doce horas que me esperaban antes de volver al trabajo.

—No se llamaba Bill, ¿verdad?

Jake se puso a mi altura.

—No.

—Daphne es como una cadena de radiodifusión andante. Tiene buena intención, pero todo su club social sabrá tu historia personal antes de que puedas decir «reencarnación de roedores».

—Gracias.

Me sonrió, y asintió mirando mi falda de lúrex.

—Bonita ropa, por cierto. Es un buen *look* para una sesión de terapia para el duelo. —Se paró un instante para atarse el cordón del zapato.

Yo me detuve con él. Dudé un momento, y luego dije:

—Siento lo de tu madre.

Me miró como enfadado.

—No puedes decir eso. Es como en la cárcel: no se puede preguntar a alguien por qué está allí.

—¿En serio? Ay, lo siento. Yo no…

—¡Es broma! Hasta la semana que viene.

Un hombre apoyado en una motocicleta levantó una mano saludándole. Al ver a Jake cruzar el aparcamiento, avanzó un paso, le dio un abrazo de oso y un beso en la mejilla. Me quedé mirándoles, sobre todo porque no era habitual ver a un hombre abrazar a su hijo de aquel modo en público, una vez pasada la edad de llevarle la mochila.

—¿Qué tal ha ido?

—Bien. Como siempre. —Jake señaló hacia mí—. Ah, esta es... Louisa. Es nueva.

El hombre entornó los ojos al mirarme. Era alto y robusto. Tenía la nariz como si se la hubieran roto y eso le daba un aspecto ligeramente duro de exboxeador.

Asentí en un gesto educado.

—Encantada de conocerte, Jake. Adiós. —Levanté la mano y empecé a caminar hacia mi coche. Pero, al pasar delante del hombre, noté que seguía mirándome y me sonrojé bajo la intensidad de sus ojos.

—Tú eres esa chica —dijo.

Ay, no, pensé, deteniéndome lentamente. *Aquí también no.*

Clavé los ojos en el suelo un instante y respiré hondo. Entonces me volví para mirarles a la cara.

—Vale. Como acabo de aclarar al grupo, mi amigo tomó sus propias decisiones. Lo único que hice fue apoyarlas. Aunque, para ser sincera, tampoco es que me apetezca hablar de ello ahora mismo y con un completo desconocido.

El padre de Jake seguía mirándome con los ojos entornados. Se llevó la mano a la cabeza.

—Comprendo que no todo el mundo lo entienda. Pero así es como fue. No creo que tenga que discutir mis decisiones. Y estoy muy cansada y ha sido un día duro, y creo que ahora me voy a ir a casa.

Él ladeó la cabeza, y luego dijo:

—No tengo ni idea de qué estás hablando.

Fruncí el ceño.

—La cojera. He visto que cojeas. Vives cerca de ese nuevo edificio enorme, ¿no? Eres la chica que se cayó de la azotea. Marzo. Abril.

Y de repente le reconocí.

—Ah... Tú eras...

—El técnico de emergencias. Pertenezco a la unidad que te atendió. Me preguntaba qué habría sido de ti.

Casi me desplomo de la sensación de alivio. Dejé que mi mirada recorriera su rostro, su pelo, sus brazos, recordando de repente con una exactitud pavloviana su actitud reconfortante, el ruido de la sirena, el sutil aroma a limón. Y resoplé.

—Estoy bien. Bueno. No del todo. Tengo una cadera chunga, un jefe que es un auténtico gilipollas y, ya ves, estoy en una terapia para el duelo en un salón de iglesia con humedades y gente muy, muy...

—Triste —dijo Jake, amablemente.

—La cadera mejorará. Es evidente que no está obstaculizando tu carrera de bailarina.

Me salió una carcajada como una bocina.

—Ah. No. Esto... Esta ropa es cosa del jefe gilipollas. No suele ser mi estilo. En fin. Gracias. Caray... —Me llevé la mano a la frente—. Qué raro es esto. Tú me salvaste.

—Me alegro de verte. No solemos tener la oportunidad de saber qué ocurre después.

—Hiciste un gran trabajo. Fue... Bueno, fuiste muy amable. Eso sí lo recuerdo.

—*De nada**.

Me quedé mirándole.

—*De nada.* Es español. No hay de qué.

—Ah, vale. Bueno, pues lo retiro. Gracias por nada.

Sonrió y levantó una mano del tamaño de una pala.

Más tarde, no sabría por qué lo hice:

—Hey, tú.

Volvió a mirarme.

—Me llamo Sam.

---

* En español en el original. *[N. de la T.]*

—Sam. No salté.

—Vale.

—No, en serio. Quiero decir, que sé que me has visto salir de un grupo de terapia para el duelo y todo eso, pero... bueno, yo... no saltaría.

Me miró de una forma que me hizo pensar que aquel hombre había visto y oído de todo.

—Me alegro.

Nos quedamos mirando un momento. Entonces volvió a levantar la mano.

—Me alegro de verte, Louisa.

Se puso un casco y Jake se subió a la moto detrás de él. Me quedé observando cómo salían del aparcamiento. Y por estar aún mirándoles, pude ver cómo Jake hacía un exagerado gesto teatral con los ojos mientras se colocaba el casco. Y entonces recordé lo que había dicho en la sesión.

El follador compulsivo.

—Idiota —me dije a mí misma, y caminé cojeando sobre el asfalto hasta donde mi coche ardía ligeramente en el calor de la noche.

5

Yo vivía en un extremo de la City. Por si cupiera duda, al otro lado de la calle había un cráter del tamaño de un inmenso edificio de oficinas, rodeado de vallas de una constructora, que decían: FARTHINGATE - DONDE LA CITY EMPIEZA. Estábamos en ese punto exacto donde los templos de reluciente vidrio en honor de las finanzas se codean con el viejo y mugriento ladrillo con ventanas de guillotina de los restaurantes de curry, las tiendas de 24 horas, los bares de *strippers* y las oficinas de radiotaxi que se niegan a desaparecer. Mi edificio era uno de esos objetores arquitectónicos, una estructura de estilo almacén manchada de plomo que contemplaba la constante arremetida de acero y vidrio, preguntándose cuánto más sobreviviría, tal vez rescatada por algún local *hipster* de zumos o alguna tienda *pop-up*. No conocía a nadie más que a Samir, el dueño del pequeño autoservicio, y a la mujer de la tienda de bagels, que me saludaba con una sonrisa, pero que no parecía hablar una palabra de inglés.

En general, este anonimato me iba bien. Después de todo, venía huyendo de mi historia y de la sensación de que todo el mundo lo sabía todo sobre mí. Y la City había empezado a cambiarme. Había empezado a descubrir mi propio rincón dentro de ella, sus ritmos y sus peligros. Aprendí que si le dabas dinero al borracho de la estación de autobús se pasaría las siguientes ocho semanas sentado delante de tu edificio; que si tenía que caminar por la finca de noche, mejor hacerlo con las llaves metidas entre los dedos; que si salía a comprarme una botella de vino por la noche, probablemente era mejor no mirar al grupo de jovencitos apiñados a la entrada de Kebab Korner. Ya no me molestaba el persistente *vum vum vum* del helicóptero de policía allá arriba.

Sobreviviría. Además, sabía mejor que nadie que había cosas peores.

—Hola.

—Hey, Lou. ¿Qué? ¿Otra vez sin poder dormir?

—Aquí son solo las diez.

—Bueno, ¿qué hay?

Nathan, el fisio de Will, llevaba los últimos nueve meses en Nueva York trabajando para un director ejecutivo de mediana edad con cierta fama en Wall Street, una casa de cuatro pisos y una enfermedad muscular. Llamarle por teléfono en mis madrugadas de insomnio se había convertido en una costumbre. Era agradable saber que alguien me entendía ahí fuera en la oscuridad, aunque lo que me dijese estuviera sembrado de pequeños dardos: *Todo el mundo ha pasado página. Todo el mundo ha logrado algo.*

—¿Qué tal la Gran Manzana?

—¿No está mal? —Su entonación de las antípodas convertía cualquier respuesta en una pregunta.

Me tumbé en el sofá, apoyando los pies contra el reposabrazos.

—Vale. Con eso no me dices gran cosa.

—Bueno. A ver, me han subido el sueldo, eso mola. Me he sacado un billete para ir a casa a ver a los viejos dentro de dos semanas. Eso estará bien. Parecen emocionados porque mi hermana está embarazada. Ah, y conocí a una tía cañón en un bar de la Sexta Avenida, y nos lo estábamos pasando muy bien, así que le pedí una cita, y, cuando le conté a qué me dedico, me dijo que lo sentía pero que solo salía con tíos que van a trabajar trajeados. —Soltó una carcajada.

Sonreí sin quererlo.

—¿Y la bata de sanitario no cuenta?

—Aparentemente, no. Aunque sí me dijo que tal vez habría cambiado de idea si fuera médico de verdad. —Volvió a reírse. Nathan era pura serenidad—. No pasa nada. Las chicas como esas se ponen quisquillosas si no las llevas al restaurante adecuado y esas cosas. Mejor saberlo antes, ¿no? ¿Qué tal tú?

Me encogí de hombros.

—Ahí voy. Más o menos.

—¿Sigues durmiendo con su camiseta?

—No. Ya no olía a él. Y, para serte sincera, empezaba a estar un poco repugnante. La lavé y la metí en papel de seda. Pero tengo su jersey para los días malos.

—Está bien tener cartuchos de reserva.

—Ah, y he ido a un grupo de terapia para el duelo.

—¿Qué tal?

—Una mierda. Me siento una impostora.

Nathan esperó.

Moví la almohada bajo mi cabeza.

—¿Me lo he imaginado todo, Nathan? A veces pienso que mi cabeza ha hecho mucho más grande todo lo que pasó entre Will y yo. Por ejemplo, ¿cómo pude amar tanto a una persona en tan poco tiempo? Y muchas cosas que me vienen sobre nosotros. ¿De veras sentíamos lo que recuerdo? Cuanto más nos alejamos, esos seis meses me parecen más y más un extraño... sueño.

Hubo una breve pausa y luego Nathan respondió.

—No lo imaginaste.

Me froté los ojos.

—¿Soy yo la única? ¿Que le echa de menos?

Otro breve silencio.

—Qué va. Era un buen tío. El mejor.

Esa era una de las cosas que me gustaban de Nathan. No le importaba un silencio prolongado al teléfono. Por fin, me incorporé y me soné la nariz.

—En fin. No creo que vuelva. No creo que sea mi estilo.

—Inténtalo, Lou. No puedes juzgar nada por una sola sesión.

—Suenas como mi padre.

—Bueno, siempre ha sido un tipo sensato.

Me sobresalté al oír el timbre de la puerta. Nadie llamaba nunca, salvo la señora Nellis del apartamento 12, cuando el cartero confundía nuestro correo por accidente. Dudaba que estuviera despierta a esas horas. Y desde luego no había recibido ninguno de sus fascículos de *Muñecas isabelinas*.

Volvió a sonar. Y otra vez, chillón e insistente.

—Te tengo que dejar. Están llamando a la puerta.

—Mantén la carita alta, tía. Todo irá bien.

Colgué el teléfono y me puse de pie con cautela. No tenía amigos por la zona. Aún no sabía cómo se hacen amigos cuando te mudas a un barrio nuevo y pasas la mayor parte del tiempo trabajando. Y, si mis padres hubieran querido montar un espectáculo para hacerme volver a Stortfold, lo habrían organizado dentro del horario de oficina, porque a ninguno le gustaba conducir de noche.

Esperé, pensando que tal vez quienquiera que fuese se daría cuenta de su error y se iría. Pero volvió a sonar, chirriante y eterno, como si estuvieran apoyándose literalmente sobre el timbre.

Me levanté y fui hacia la puerta.

—¿Quién es?

—Tengo que hablar contigo.

Una voz de chica. Me asomé por la mirilla. Estaba mirando hacia abajo, así que solo pude ver su pelo castaño y una cazadora bómber que le iba grande. Se balanceó ligeramente frotándose la nariz. ¿Estaría borracha?

—Creo que te has equivocado de apartamento.

—¿Eres Louisa Clark?

Esperé un momento.

—¿Cómo sabes mi nombre?

—Tengo que hablar contigo. ¿Puedes abrir la puerta?

—Son casi las diez y media de la noche.

—Por eso mismo preferiría no estar aquí en el pasillo.

Llevaba suficiente tiempo viviendo allí como para saber que no había que abrir la puerta a desconocidos. En aquella parte de la ciudad no era raro que algún yonqui se pusiera a llamar a los timbres aleatoriamente para pedir dinero. Pero aquella chica hablaba bien. Y era joven. Demasiado para ser un periodista como los que se obsesionaron con conseguir la historia del guapo chico prodigio que decidió quitarse la vida. ¿Demasiado joven para estar en la calle a esas horas? Incliné la cabeza, tratando de ver si había alguien más en el pasillo. Parecía vacío.

—¿Puedes decirme de qué se trata?

—Aquí fuera, no.

Abrí la puerta hasta el tope de la cadena de seguridad, lo suficiente para poder mirarnos a la cara.

—Me vas a tener que decir algo más que eso.

No tendría más de dieciséis años, y aún se notaba en sus mejillas la mullida frescura de la adolescencia. Tenía el pelo largo y lustroso. Piernas largas y esbeltas enfundadas en vaqueros negros y apretados. Los ojos delineados como una gata, y una cara bonita.

—Bueno... ¿Quién dices que eres? —pregunté.

—Lily. Lily Houghton-Miller. Escucha —dijo, y levantó un poco la barbilla—. Tengo que hablar contigo sobre mi padre.

—Creo que te equivocas de persona. No conozco a nadie que se llame Houghton-Miller. Me habrás confundido con otra Louisa Clark.

Fui a cerrar la puerta, pero ella había metido la punta del pie en el espacio abierto. Miré hacia abajo y volví a mirarla a ella.

—Ese no es *su* apellido —dijo, como si yo fuera estúpida. Al hablar, sus ojos brillaban feroces y penetrantes—. Su nombre es Will Traynor.

Lily Houghton-Miller estaba de pie en medio de mi salón, contemplándome con el mismo interés distante de un científico que observa una nueva variedad de invertebrado hecho de estiércol.

—Guau. ¿Qué llevas puesto?

—Yo... Trabajo en un pub irlandés.

—¿De *stripper*? —Perdido el interés por mí, se giró lentamente para mirar la habitación—. ¿Vives aquí? ¿Dónde están tus muebles?

—Acabo de mudarme.

—¿Un sofá, una televisión, dos cajas de libros? —Asintió mirando la silla en la que yo estaba sentada, aún con la respiración entrecortada, tratando de encontrar algún sentido a lo que me acababa de decir.

Me levanté.

—Voy a por algo de beber. ¿Quieres algo?

—Una Coca-Cola. A no ser que tengas vino.

—¿Cuántos años tienes?

—¿Por qué lo quieres saber?

—No lo entiendo… —Me puse detrás del mostrador de la cocina—. Will no tenía hijos. Lo habría sabido. —La miré con el ceño fruncido, sospechando de repente—. ¿Es una broma?

—¿Una broma?

—Will y yo hablábamos… mucho. Me lo habría contado.

—Ya. Pues parece que no lo hizo. Y yo tengo que hablar de él con alguien que no se ponga histérico en cuanto menciono su nombre, como hace el resto de mi familia.

Cogió la tarjeta de mi madre y volvió a dejarla en la repisa de la chimenea.

—No sé cómo iba a decirlo como una *broma*. Mi verdadero padre es un desgraciado en silla de ruedas. Como si fuera *muy* gracioso…

Le di un vaso de agua.

—Pero quién… ¿Quién es tu familia? Quiero decir, ¿quién es tu madre?

—¿Tienes tabaco? —Había empezado a pasearse por el salón, tocando cosas, cogiendo las pocas pertenencias que tenía y volviendo a dejarlas. Cuando negué con la cabeza, dijo—: Mi madre se llama Tanya. Tanya Miller. Está casada con mi padrastro, Francis Caraculo Houghton.

—Bonito nombre.

Dejó el vaso de agua, sacó un paquete de cigarrillos de su bómber y se encendió uno. Quise decirle que no podía fumar en casa, pero estaba demasiado conmocionada, así que lo único que hice fue ir a abrir la ventana.

No podía apartar los ojos de ella. Tal vez sí veía algún parecido con Will. En sus ojos azules, en esa tez un poco acaramelada. En su forma de ladear la barbilla ligeramente antes de hablar, en cómo miraba sin parpadear. ¿O estaba viendo lo que quería ver? Lily miró por la ventana hacia la calle.

—Lily, antes de seguir hablando, hay algo que tengo que...

—Ya sé que está muerto —dijo. Aspiró bruscamente y soltó el humo hacia el centro de la habitación—. O sea, que así es como me enteré. Pusieron un documental en la tele sobre el suicidio asistido y mencionaron su nombre, y mamá se puso histérica sin motivo y se fue al cuarto de baño y el Caraculo fue detrás de ella, así que, claro, me puse a escuchar lo que decían. Mamá entró en estado de shock porque ni siquiera sabía que estuviera en una silla de ruedas. Lo oí todo. O sea, ya sabía que Caraculo no era mi verdadero padre. Pero mi madre solo me había dicho que mi verdadero padre era un gilipollas que no quería conocerme.

—Will no era un gilipollas.

Se encogió de hombros.

—Por lo que dicen lo parecía. En fin, cuando intenté preguntarle cosas, empezó a volverse loca diciéndome que ya sabía todo lo que tenía que saber sobre él, y que el caraculo de Francis había sido mucho mejor padre de lo que nunca lo habría sido Will Traynor, y que más valía que dejara el tema.

Di un sorbito a mi vaso de agua. Nunca había deseado tanto una copa de vino.

—¿Y qué hiciste?

Ella le dio otra calada al cigarrillo.

—Le busqué en Google, claro. Y te encontré a ti.

Necesitaba estar sola para digerir lo que me había dicho. Era demasiado apabullante. No sabía qué pensar de aquella chica susceptible que rondaba por mi salón incendiando el aire a su alrededor.

—¿Entonces no dijo *nada* de mí?

Yo estaba mirando sus zapatos: bailarinas llenas de rozaduras, como si hubiera pasado demasiado tiempo caminando por las calles de Londres. Pensé que intentaba engañarme.

—¿Cuántos años tienes, Lily?

—Dieciséis. ¿Al menos me parezco a él? Vi una foto en Google, pero pensé que tal vez tú tendrías alguna más. —Miró a su alrededor—. ¿Tienes todas tus fotos en cajas?

Miró las cajas en el rincón, y me pregunté si sería capaz de abrirlas y ojearlas. Tenía la certeza de que la que estaba a punto de abrir contenía el jersey de Will. Y de repente sentí pánico.

—Eh, Lily. Esto es muy… Es mucho que asimilar. Y si eres quien dices ser, entonces tenemos muchas cosas que contarnos. Pero son casi las once, y no creo que sea el momento de empezar. ¿Dónde vives?

—En St. John's Wood.

—Bueno, eh… Tus padres se estarán preguntando dónde estás. ¿Por qué no te doy mi número y así podemos…?

—No puedo ir a *casa*. —Se volvió hacia la ventana, y tiró la ceniza en un gesto ensayado con el dedo—. En teoría, tampoco debería estar aquí. Debería estar en el colegio. Durante la semana me quedo en el internado. Estarán de los nervios porque no estoy allí. —Sacó su teléfono móvil, hizo un mohín al ver la pantalla, y volvió a metérselo en el bolsillo.

—Pues no creo que me quede otra opción que…

—He pensado que tal vez me podía quedar aquí… ¿Solo esta noche? Y así me podrías contar más cosas sobre él.

—¿Quedarte *aquí*? No. No. Lo siento, no puedes. No te conozco.

—Pero conocías a mi padre. ¿Has dicho que no crees que ni siquiera supiera que yo existía?

—Tienes que irte a casa. Mira, vamos a llamar a tus padres. Y que te vengan a recoger. Les llamamos y yo…

Se quedó mirándome.

—Creía que me ayudarías.

—Te ayudaré, Lily. Pero esta no es la forma de...

—No me crees, ¿verdad?

—Yo no... No tengo ni idea de qué...

—No quieres ayudarme. No quieres hacer nada. ¿Qué me has contado sobre mi padre? Nada. ¿Cómo me has ayudado? No lo has hecho. Gracias.

—¡Espera! No es justo... Acabamos de...

Pero ella tiró el cigarrillo por la ventana, se giró para pasar por delante de mí y salió de la habitación.

—¿Qué? ¿Adónde vas?

—Ah, ¿qué te importa *a ti*? —dijo, y, antes de que pudiera añadir nada más, desapareció dando un portazo.

Me quedé sentada en el sofá, inmóvil, tratando de digerir lo que acababa de ocurrir durante gran parte de una hora, y con el eco de la voz de Lily sonando aún en mis oídos. ¿La había entendido bien? Repasé una y otra vez lo que me había contado, tratando de recordarlo a pesar del zumbido en mis oídos.

Mi padre era Will Traynor.

Aparentemente, la madre de Lily le había dicho que Will no quería tener nada que ver con ella. Pero él me habría dicho algo. No guardábamos secretos. ¿Acaso no éramos la pareja que había conseguido hablar de todo? Por un instante, dudé: ¿sería posible que Will no hubiera sido tan sincero conmigo como yo creía? ¿Había sido capaz de borrar sin más a una hija de su conciencia?

Mis pensamientos se perseguían en círculos. Cogí mi portátil, me senté con las piernas cruzadas en el sofá y escribí «Lily Hawton Miller» en el buscador, pero no apareció ningún resultado. Entonces lo intenté con otras grafías, y al probar con

«Lily Houghton-Miller» salió una serie de resultados de partidos de hockey publicados por un colegio llamado Upton Tilton en Shropshire. Abrí varias imágenes, y al ampliarlas la vi: aquella chica seria en medio de una fila de jugadoras de hockey sonrientes. «Lily Houghton-Miller defendió de forma valiente, aunque sin éxito». La noticia tenía dos años. Pero eso tampoco significaba que tuviera ninguna relación con Will, ni que su madre le hubiera dicho la verdad sobre su paternidad.

Cambié la búsqueda a «Houghton-Miller» a secas, y salió una noticia breve sobre la asistencia de Francis y Tanya Houghton-Miller a la cena de la banca en el Savoy, y una solicitud de permiso del año anterior para construir una bodega en una casa de St John's Wood.

Me recliné en el sofá, pensando, luego busqué por «Tanya Miller» y por «William Traynor». No salió nada. Volví a intentarlo, esta vez con «Will Traynor», y de repente encontré una conversación de un grupo de exalumnas de la Universidad de Durham en Facebook, todas ellas con nombres acabados en «ella»: Estella, Fenella, Arabella. Hablaban de la muerte de Will.

Cuando lo oí en las noticias no podía creerlo. ¡Precisamente Will! DEP Will

En esta vida nadie sale indemne. ¿Sabes que Rory Appleton murió en un accidente náutico en las islas Turcas y Caicos?

¿El chico que estudiaba geografía? ¿Pelirrojo?

No; Filosofía, Políticas y Económicas.

Estoy casi segura de que me enrollé con Rory en el Baile de Primero. Una lengua inmensa.

No bromeo, Fenella, ese comentario es de bastante mal gusto. El pobre hombre está muerto.

¿No salió Will Traynor con Tanya Miller todo tercero?

No sé por qué es de mal gusto comentar que besé a una persona por el mero hecho de que luego muriera.

No estoy diciendo que tengas que reescribir la historia. Simplemente que puede que su mujer esté leyendo esto y no quiera enterarse por Facebook de que su amado le metió la lengua a otra.

Estoy segura de que sabe que tenía una lengua inmensa. Vamos, se casó con él.

¿Rory Appleton se casó?

Tanya se casó con un banquero. Aquí tenéis un enlace. Cuando estábamos en la facultad, siempre pensé que Will y ella se casarían. Hacían tan buena pareja.

Abrí el enlace, que mostraba una foto de una rubia muy delgada con un moño cuidadosamente despeinado sonriendo sobre los escalones del registro civil con un hombre de cabello oscuro y mayor que ella. A pocos metros, en el margen de la foto, una niña con un vestido de tul blanco parecía enfurruñada. Tenía un parecido indiscutible con la Lily Houghton-Miller que acababa de conocer. Pero la imagen tenía siete años, y podía ser perfectamente una foto de cualquier dama de honor jovencita y malhumorada con el pelo castaño largo.

Volví a leer la conversación, y cerré el portátil. ¿Qué tenía que hacer? Si en efecto era hija de Will, ¿debía llamar al colegio? Estaba casi segura de que habría normas sobre desconocidos que intentaban contactar con adolescentes.

¿Y si todo era una engañifa? Will murió muy rico. No era impensable que alguien hubiera tramado un complejo plan para sacar dinero a su familia. Cuando Chalky, el amigo de papá, murió de un ataque al corazón, diecisiete personas se presentaron en su funeral diciendo a su mujer que les debía dinero de apuestas.

Decidí mantenerme al margen. Si me equivocaba, me arriesgaba a demasiado sufrimiento y trastornos.

Sin embargo, cuando me metí en la cama, solo podía oír la voz de Lily, resonando en mi apartamento vacío.

Will Traynor era mi padre.

6

*L*o siento. No ha sonado el despertador. —Pasé corriendo por delante de Richard y puse mi abrigo en el colgador mientras me bajaba la falda sintética por los muslos.

—Tres cuartos de hora tarde. Es inaceptable.

Eran las ocho y media de la mañana. Y que quede constancia de que éramos las dos únicas personas en el bar.

Carly se había ido: ni siquiera se molestó en decírselo a la cara a Richard. Simplemente le envió un mensaje diciendo que devolvería el maldito uniforme al cabo de la semana, y que se iba sin preaviso a cambio de las dos malditas semanas de vacaciones que le debían. «Si se hubiera molestado en leer el manual del empleado», dijo él furioso, «vería que dar preaviso de que uno se marcha a cambio de vacaciones es completamente inaceptable. Estaba ahí mismo, en la Sección Tres, tan claro como el agua, si hubiera querido mirar. Y ese maldito lenguaje era simplemente innecesario».

Ahora estaba en el necesario proceso de encontrar sustituto. Lo cual significaba que, hasta que el proceso en cuestión finalizara, solo quedaba yo. Con Richard.

—Lo siento… He tenido un imprevisto en casa.

Me había levantado asustada a las siete y media, y durante varios minutos había sido incapaz de recordar en qué país estaba ni cuál era mi nombre, y me había quedado en la cama, incapaz de moverme, mientras rumiaba lo ocurrido la noche anterior.

—Un buen empleado no trae su vida doméstica al lugar de trabajo —dijo Richard como salmodiando, mientras pasaba por delante de mí bruscamente con su carpeta. Le vi alejarse, preguntándome si ni siquiera tendría una vida en casa. Nunca parecía pasar tiempo allí.

—Sí, bueno… Un buen jefe no hace que su empleado lleve un uniforme que Donald Trump habría tachado de hortera —murmuré yo, mientras tecleaba mi código en la caja registradora bajándome la falda de lúrex con la otra mano.

Se giró rápidamente, y volvió atravesando el bar.

—¿Qué has dicho?

—Nada.

—Has dicho algo.

—He dicho que lo tendré en cuenta la próxima vez. Muchas gracias por recordármelo.

Le sonreí dulcemente.

Se quedó mirándome varios segundos más de lo agradable para ambos. Y luego dijo:

—La de la limpieza está de baja otra vez. Tendrás que hacer el aseo de caballeros antes de empezar con el bar.

Mantuvo la mirada firme, como retándome a contestarle. Me obligué a recordar que no me podía permitir perder el trabajo. Tragué saliva.

—De acuerdo.

—Ah, el cubículo tres está hecho un asco.

—Qué bien.

Giró sobre sus talones pulidos y volvió a su despacho, y, mientras caminaba, disparé dardos mentales de vudú contra su cabeza.

—Esta semana, el Círculo del Avance trata de la culpa, del sentimiento de culpa de quien sobrevive, culpa por no haber hecho lo suficiente... A menudo esto nos impide avanzar.

Marc esperó mientras pasábamos la caja de galletas, luego se inclinó hacia delante sobre su silla de plástico, con las manos entrelazadas delante de sí. Ignoró el murmullo de descontento por que no hubiera galletas de chocolate y crema.

—Yo era muy impaciente con Jilly —dijo Fred, rompiendo el silencio—. Cuando empezó a sufrir demencia, quiero decir. Volvía a meter platos sucios en el armario de la cocina, y luego yo los encontraba y... Me avergüenza decirlo, pero le grité un par de veces. —Se frotó un ojo—. Antes de aquello era una mujer tan orgullosa de su casa... Eso fue lo peor...

—Conviviste con la demencia de Jilly durante mucho tiempo, Fred. Tendrías que haber sido Superman para no acusar el desgaste.

—Los platos sucios me habrían vuelto loca —dijo Daphne—. Creo que yo le habría gritado alguna barbaridad.

—Pero no era culpa suya, ¿no? —Fred se enderezó en la silla—. Pienso mucho en aquellos platos. Ojalá pudiera hacer retroceder el tiempo. Los lavaría sin decir una palabra. Y, en lugar de gritar, le daría un buen abrazo.

—A veces me encuentro fantaseando con hombres en el metro —dijo Natasha—. A veces, cuando subo las escaleras mecánicas, cruzo la mirada con algún hombre que baja. Y, antes de llegar al final de la escalera, ya me estoy montando una relación con él. ¿Sabes? Como que vuelve a subir la escalera porque sabe que hay algo mágico entre nosotros, y nos quedamos ahí, mirándonos, entre la multitud de viajeros de la línea de Piccadilly, y luego vamos a tomar algo, y, antes de darnos cuenta, nos...

—Parece una película de Richard Curtis —comentó William.

—A mí me gustan las películas de Richard Curtis —replicó Sunil—. Especialmente la de la actriz y el hombre en calzoncillos.

—Shepherd's Bush —dijo Daphne.

Hubo una breve pausa.

—Te has equivocado de barrio. Creo que es *Notting Hill*, Daphne —señaló Marc.

—Me gustaba más la versión de Daphne. ¿Qué pasa? —dijo William, con una risa socarrona—. ¿Es que ya no nos podemos reír?

—... Pues en mi cabeza nos casamos —continuó Natasha—. Y luego estamos ante el altar, y yo pienso: «¿Qué estoy haciendo?». Hace solo tres años que murió Olaf y ya estoy fantaseando con otros hombres.

Marc se reclinó en la silla.

—¿No te parece normal, después de tres años sola, fantasear con otras relaciones?

—Pero, si quisiera a Olaf de verdad, no tendría que pensar en nadie más...

—No estamos en la era victoriana —dijo William—. No tienes que ir de luto hasta que seas anciana.

—Si fuera yo la que hubiera muerto, no soportaría que Olaf se enamorara de otra persona.

—No te enterarías —dijo William—. Estarías muerta.

—¿Y tú, Louisa? —Marc había notado mi silencio—. ¿Tienes sentimientos de culpa?

—Podemos... ¿Podemos hacer otra cosa?

—Yo soy católica —respondió Daphne—. Siento culpa por todo. Ya sabes, es por las monjas.

Di un trago al café. Noté que todas las miradas estaban puestas sobre mí. *Venga*, me dije. Tragué saliva.

—Por no haber sido capaz de detenerle —dije—. A veces pienso que, si hubiera sido más astuta, o… si hubiera llevado las cosas de otra manera…, o si hubiera sido más…, no sé. Más lo que sea.

—¿Te sientes culpable por la muerte de Bill porque crees que le podrías haber detenido?

Tiré de un hilo. Cuando vi que se me quedaba en la mano, fue como si algo se soltara en mi cerebro.

—También porque mi vida ahora es mucho menos de lo que le prometí que sería. Y culpable por el hecho de que él prácticamente me compró el piso, y es probable que mi hermana nunca pueda tener uno propio. Y culpable porque ni siquiera me gusta vivir en él, porque no parece mío, y me siento mal haciéndolo acogedor porque lo asocio con el hecho de que W… Bill esté muerto y de que de algún modo me he beneficiado de eso.

Hubo un breve silencio.

—No deberías sentirte culpable por una propiedad —señaló Daphne.

—Ojalá alguien me dejara un apartamento —dijo Sunil.

—Pero eso es solo un final de cuento de hadas, ¿no? Un hombre muere, todo el mundo aprende algo, sigue con su vida, hace algo maravilloso de su muerte. —Ahora ya estaba hablando sin pensar—. No he hecho ninguna de esas cosas. Básicamente he fracasado en todo.

—Mi padre llora casi cada vez que se tira a alguien que no es mi madre —soltó Jake de repente, retorciéndose las manos. Miró a través del flequillo—. Seduce a las mujeres para que se acuesten con él y luego le encanta ponerse triste por ello. Es como si todo valiera, siempre y cuando se sienta culpable después.

—Crees que utiliza su sentimiento de culpa como muleta.

—Solo creo que, o tienes relaciones sexuales y te alegras de tenerlas, o...

—Yo no me sentiría culpable por tener sexo —dijo Fred.

—... o tratas a las mujeres como seres humanos y te aseguras de que no haya nada de lo que sentirte culpable. O no te acuestas con nadie, y atesoras el recuerdo de mamá hasta que de verdad estés preparado para seguir con tu vida.

Al decir «atesoras» su voz se quebró y se le tensó la mandíbula. A esas alturas, ya estábamos familiarizados con esa repentina rigidez en las expresiones, y una tácita gentileza grupal dictaba que cada uno apartara la mirada hasta que desaparecieran las posibles lágrimas.

La voz de Marc sonó amable.

—¿Le has dicho a tu padre lo que sientes?

—No hablamos de mamá. Él está bien mientras no la mencionemos.

—Pero eso es bastante carga para llevarla tú solo.

—Sí. Bueno... Por eso estoy aquí, ¿no?

Hubo un breve silencio.

—Jake, cariño, coge una galleta —dijo Daphne, y pasamos la caja de hojalata alrededor del círculo. Y de algún modo que nadie podría definir nos quedamos algo más tranquilos cuando Jake cogió una.

Yo no podía dejar de pensar en Lily. Casi no me enteré de la historia de Sunil sobre echarse a llorar en la sección de panadería del supermercado, y apenas hice un gesto de empatía cuando Fred contó que celebraba el cumpleaños de Jilly comprando globos metalizados. Aquel episodio con Lily había adoptado desde hacía días un tono de sueño, vívido y surrealista.

¿Cómo era posible que Will tuviera una hija?

—Se te ve contenta.

El padre de Jake estaba apoyado contra su moto cuando crucé el aparcamiento de la iglesia.

Me detuve delante de él.

—Es una sesión de terapia para el duelo. No voy a salir bailando claqué.

—Cierto.

—No es lo que tú crees. O sea, que no soy yo —dije—. Tiene que ver con una adolescente.

Echó la cabeza hacia atrás, para mirar a Jake a mi espalda.

—Ah. Vale. Bueno, en eso te entiendo. Perdona que te lo diga, pero pareces joven para tener una hija adolescente.

—Oh, no. ¡No es mía! Es… complicado.

—Me encantaría aconsejarte. Pero es un tema que se me escapa. —Dio un paso adelante y envolvió a Jake en un abrazo, que el chico toleró taciturno—. ¿Estás bien, jovencito?

—Bien.

—Bien —dijo Sam, mirándome de reojo—. Ahí la tienes. La respuesta universal de todos los adolescentes a todo. La guerra, el hambre, la lotería, la fama mundial. Todo está *bien*.

—No tenías por qué venir a buscarme. Voy a casa de Jools.

—¿Quieres que te acerque?

—Vive… ahí. En ese edificio. —Jake lo señaló—. Creo que puedo llegar yo solito.

La expresión de Sam seguía impasible.

—Bueno, ¿tal vez la próxima vez me mandarás un mensaje y así me ahorro el venir y esperarte?

Jake se encogió de hombros y se alejó con la mochila colgada al hombro. Nos quedamos mirándole en silencio.

—Te veo luego, ¿eh, Jake?

Jake levantó una mano sin volverse.

—Vale —dije—. Ahora ya me siento mejor.

Sam sacudió la cabeza casi imperceptiblemente. Vio alejarse a su hijo como si todavía no pudiera soportar dejarle.

—Algunos días es más difícil que otros. —Y luego se volvió hacia mí—. ¿Quieres tomar un café o algo, Louisa? Por aquello de no sentirme un perdedor absoluto. Era *Louisa, ¿verdad?*

Pensé en lo que Jake había dicho durante la sesión de aquella tarde. *El viernes papá se trajo a casa a una rubia pirada llamada Mags que está obsesionada con él. Cuando él estaba en la ducha no paró de preguntarme si me hablaba de ella cuando no estaba.*

El follador compulsivo. Pero era simpático, y había ayudado a recomponerme en la ambulancia, y la alternativa era otra noche en casa preguntándome qué estaría pasando por la cabeza de Lily Houghton-Miller.

—A condición de que hablemos de cualquier cosa que no sea adolescentes.

—¿Podemos hablar de tu ropa?

Me miré la falda de lúrex verde y los zapatos de baile irlandeses.

—Ni de broma.

—Tenía que intentarlo —dijo, y se subió a la moto.

Nos sentamos fuera de un bar casi vacío a poca distancia de mi casa. Él tomó café solo, y yo un zumo de fruta.

Ahora que no estaba evitando coches en un aparcamiento ni yacía atada a una camilla de hospital, tenía tiempo para estudiarle de manera subrepticia. Su nariz tenía un caballete delator, y sus ojos se arrugaban de una forma que sugería que había visto prácticamente todo tipo de comportamientos humanos, y que tal vez todos le hacían gracia. Era alto y robusto, pero, aunque sus rasgos eran más rudos que los de Will, se movía con una especie de amable sencillez, como si intentara no dañar las cosas con su tamaño. Era evidente que le gustaba más escuchar que hablar, o quizás fuera solo que a mí me inquietaba estar a solas con un hombre después de tanto tiempo, porque lo cierto es que me puse a hablar como una cotorra. Le hablé de mi trabajo en el bar, le hice reír con mis historias de Richard Percival y los horrores de mi uniforme, le conté lo extraño que había sido volver a casa de mis padres por un tiempo, los chistes malos de mi padre, lo del abuelo con los donuts, y el uso poco ortodoxo del rotulador azul de mi sobrino. Pero mientras hablaba yo era consciente, como me ocurría a menudo últimamente, de lo mucho que no estaba contando: no hablaba de Will, ni de la escena surrealista de la noche anterior, ni de mí. Con Will, nunca tuve que plantearme lo que decía: hablar con él era tan natural como respirar. Ahora se me daba bien no llegar a decir nada sobre mí misma.

Él simplemente escuchaba, asintiendo, viendo pasar el tráfico mientras bebía su café a sorbitos, como si fuera perfectamente normal pasar el rato con una cotorra desconocida vestida con una minifalda de lúrex verde.

—¿Y qué tal la cadera? —me preguntó, cuando por fin paré de hablar.

—No está mal. Aunque me gustaría bastante dejar de cojear.

—Lo conseguirás, si sigues yendo al fisio. —Por un momento, volví a oír la misma voz de la ambulancia. Serena, impávida, tranquilizadora—. ¿Las otras lesiones?

Me miré el cuerpo, como si pudiera ver a través de mi ropa.

—Bueno, aparte del hecho de que parece que alguien me ha pintarrajeado el cuerpo con un rotulador rojo chillón, no estoy mal.

Sam asintió.

—Tuviste suerte. Fue una buena caída.

Y ahí estaba otra vez. Aquella náusea en el estómago. El aire bajo mis pies. *Nunca sabes lo que va a pasar cuando te caes de una gran altura.*

—No quería...

—Ya me lo dijiste.

—No sé si todo el mundo me cree.

Nos miramos con una sonrisa incómoda y por un momento pensé que tal vez él tampoco me creía.

—¿Recoges a mucha gente que se cae desde lo alto de un edificio?

Asintió, y volvió a mirar hacia la calle.

—Yo solo recojo lo que queda. Me alegro de que en tu caso lo que quedaba volviera a encajar.

Nos quedamos en silencio. No paraba de pensar en qué podía decir, pero estaba tan desacostumbrada a quedarme a solas con un hombre (al menos estando sobria) que me ponía nerviosa, y mi boca se abría y cerraba como si fuera un pez de colores.

—¿Quieres hablarme de la adolescente? —dijo Sam.

Fue un alivio explicárselo a alguien. Le conté cómo se había presentado tan tarde en mi puerta aquella noche, nuestro extraño encuentro, lo que descubrí en Facebook, y cómo ella se había marchado corriendo antes de que tuviera tiempo para pensar qué demonios debía hacer.

—¡Vaya! —dijo cuando terminé—. Es... —Sacudió levemente la cabeza—. ¿Crees que es quien dice ser?

—Sí que se parece un poco a él. Pero la verdad es que no lo sé. ¿Estoy buscando señales? ¿Estoy viendo lo que quiero ver? Es posible. Me paso la mitad del tiempo pensando en lo increíble que es que algo de Will haya quedado detrás, y la otra mitad preguntándome si soy una ingenua total. Y luego hay un montón de preguntas sin contestar, como, si es su hija, ¿no es injusto que no llegara a conocerla? ¿O cómo se supone que van a llevarlo sus padres? ¿Y si al conocerla Will hubiera cambiado de idea? ¿Y si esa hubiera sido la razón que le habría convencido...? —La frase quedó suspendida en el aire.

Sam se reclinó en la silla, con la frente arrugada.

—Y este hombre es la razón por la que asistes al grupo.

—Sí.

Podía notar cómo me estudiaba, tal vez reconsiderando lo que Will había significado para mí.

—No sé qué hacer —dije—. No sé si buscarla, o si debería dejarlo estar.

Miró hacia la calle, pensando. Y luego dijo:

—¿Qué crees que habría hecho él?

Y, de repente, vacilé. Miré a aquel hombre robusto, con su mirada directa, su barba de dos días, sus manos amables y expertas. Y todos mis pensamientos se evaporaron.

—¿Estás bien?

Di un trago largo a mi zumo, tratando de ocultar lo que estaba escrito claramente en mi cara. De repente, sin ningún motivo que pudiera discernir, me entraron ganas de llorar. Era demasiado. Aquella noche extraña y perturbadora. El hecho de que Will hubiera reaparecido, siempre presente en cada conversación. De repente podía ver su cara, la ceja arqueada sardónicamente, como diciendo: «¿Qué demonios estás tramando, Clark?».

—Es solo..., ha sido un día muy largo. De hecho, ¿te importa si...?

Sam retiró su silla hacia atrás, se levantó.

—No, no. Ve. Perdona. No creía que...

—Ha sido muy agradable. Es que...

—No hay problema. Un día largo. Y todo el asunto del duelo. Lo pillo. No, no... te preocupes —dijo, al verme buscar el monedero—. En serio. Me puedo permitir invitarte a un zumo de naranja.

Probablemente corrí hasta mi coche, a pesar de mi cojera. Y sentí sus ojos sobre mí todo el camino.

Me detuve en el aparcamiento, y espiré como si hubiera estado conteniendo la respiración desde que me fui del bar. Miré a la tienda de la esquina, luego otra vez a mi apartamento, y decidí que no quería ser sensata. Quería vino, varias copas generosas, hasta poder convencerme a mí misma de dejar de mirar atrás. O tal vez de no mirar a nada en absoluto.

Al bajarme del coche me molestaba la cadera. Desde que había llegado Richard, me dolía constantemente; el fisio del hospital me había dicho que no pasara demasiado tiempo de pie. Pero la simple idea de planteárselo a Richard me llenaba de pavor.

Ya veo. Trabajas en un bar y pretendes que se te permita estar sentada todo el día, ¿no?

Aquella cara lechosa, de aspirante a nivel gerencial medio, aquel corte de pelo indescriptible. Aquel aire de agotadora superioridad, aunque apenas tuviera dos años más que yo. Cerré los ojos, y traté de hacer desaparecer el nudo de ansiedad en mi estómago.

—Solo esto, por favor —dije, dejando una botella fría de Sauvignon Blanc sobre el mostrador.

—¿Fiesta?

—¿Cómo?

—De disfraces. Vas de..., ¡no me lo digas! —Samir se acarició la barbilla—. ¿Blancanieves?

—Claro —contesté yo.

—Cuidado con eso. Calorías vacías, ¿eh? Mejor beber vodka. Esa es una bebida limpia. Con un chorrito de limón, quizás. Es lo que le digo a Ginny, la de enfrente. Sabes que es *stripper*, ¿no? Tienen que cuidar la figura.

—Consejo nutricional. Genial.

—Es como todo este rollo con el azúcar. Tienes que vigilar el azúcar. No tiene sentido comprar cosas bajas en grasa si están llenas de azúcar, ¿no? Ahí están: calorías vacías. Ahí. Y los azúcares sintéticos son los peores. Se pegan al intestino.

Marcó el vino y me devolvió el cambio.

—¿Qué es eso que comes, Samir?

—Fideos instantáneos, sabor bacon ahumado. Están ricos.

Andaba perdida en mis pensamientos, en algún lugar entre la oscura fisura en mi pelvis dolorida, la desesperanza existencial por mi trabajo y un extraño antojo de fideos instantáneos de bacon ahumado, cuando la vi. Estaba en el portal de mi edificio, sentada en el suelo, abrazándose las rodillas. Recogí mi cambio y crucé la calle, medio caminando, medio corriendo.

—¿Lily?

Alzó la vista lentamente.

No articulaba bien, y tenía los ojos inyectados en sangre, como si hubiera estado llorando.

—Nadie me abre. He llamado a todos los timbres, pero nadie me abre.

Acerté con dificultad a meter la llave en la cerradura y dejé la puerta entreabierta con mi bolso; después me agaché junto a ella.

—¿Qué ha pasado?

—Solo quiero dormir —dijo, frotándose los ojos—. Estoy tan cansada… Quería coger un taxi a casa pero no tenía dinero.

Noté el olor amargo a alcohol.

—¿Estás borracha?

—No lo sé. —Me miró parpadeando e inclinando la cabeza. Entonces me pregunté si sería solo alcohol—. Si no lo estoy, te has convertido en un duende. —Se palpó los bolsillos—. Ah, mira... ¡Mira lo que tengo! —Me enseñó un cigarrillo liado a mano que hasta yo podía oler que no era solo de tabaco—. Vamos a fumar, Lily —dijo—. Ay, no. Que tú eres Louisa. *Yo* soy Lily. —Soltó una risilla y, sacando el mechero torpemente de su bolsillo, intentó encender el extremo equivocado.

—Bueno, venga. Es hora de ir a casa. —Se lo quité de la mano e, ignorando sus vagas protestas, lo aplasté bajo mi zapato—. Te voy a pedir un taxi.

—Pero no...

—¡Lily!

Levanté la mirada. Un joven nos observaba desde la acera de enfrente, con las manos metidas en los bolsillos de los vaqueros. Lily alzó los ojos y luego los apartó.

—¿Quién es? —dije.

Lily miró al suelo.

—Lily, ven aquí. —Su voz tenía la seguridad de quien se sabe amo de algo. Estaba quieto, con las piernas ligeramente separadas, como si, aun estando a esa distancia, esperara que Lily le obedeciera. Empecé a sentirme incómoda de repente.

Nadie se movía.

—¿Es tu novio? ¿Quieres que hable con él? —le pregunté suavemente.

No pude entender lo primero que dijo, y tuve que inclinarme hacia ella para que me lo repitiera.

—Haz que se vaya. —Cerró los ojos y volvió la cara hacia la puerta—. Por favor.

Él empezó a cruzar la calle hacia nosotras. Me puse de pie e intenté que mi voz sonara lo más autoritaria posible.

—Puedes irte, gracias. Lily se queda aquí conmigo.

Se detuvo en medio de la calle.

Le sostuve la mirada.

—Ya hablarás con ella en otro momento, ¿vale?

Tenía una mano en el telefonillo, y entonces murmuré a un novio imaginario, musculoso y con muy mal carácter.

— Sí. ¿Puedes bajar a ayudarme, Dave? Gracias.

La cara del joven me decía que aquello no terminaría así. Entonces dio media vuelta, sacó el teléfono de su bolsillo y entabló una conversación urgente en voz baja con alguien mientras se alejaba, ignorando al taxi que le pitó y tuvo que esquivarle, y volviéndose para mirarnos brevemente.

Suspiré, con la respiración algo más temblorosa de lo que habría deseado, la cogí por debajo de las axilas y, sin demasiada elegancia, pero sí una buena dosis de improperios ahogados, conseguí meter a Lily Houghton-Miller en el vestíbulo del edificio.

Aquella noche durmió en mi apartamento. No sabía qué otra cosa hacer con ella. Vomitó dos veces en el salón, apartándome cada vez que intentaba sujetarle el pelo. Se negó a darme el teléfono de su casa, o tal vez no lo recordara, y su móvil estaba bloqueado con un número PIN.

La lavé, la ayudé a ponerse unos pantalones de chándal y una camiseta míos y la llevé al salón.

—¡Has ordenado! —dijo con una pequeña exclamación, como si lo hubiera hecho por ella. Le hice beber un vaso de agua y la tumbé en el sofá en postura de recuperación, aunque estaba bastante segura de que ya no tenía nada que echar.

Al levantarle la cabeza para apoyarla en la almohada, Lily abrió los ojos, como si me reconociera por primera vez.

—Lo siento. —Hablaba tan bajo que por un instante no estuve segura de que era eso lo que había dicho, y sus ojos se llenaron brevemente de lágrimas.

La cubrí con una manta y me quedé mirando aquella tez pálida, las sombras violáceas bajo sus ojos, las cejas que dibujaban la misma curva que las de Will, y las mismas pecas salpicadas por la cara, hasta que se quedó dormida.

Por si acaso, se me ocurrió cerrar la puerta con llave, llevármela a la habitación y esconderla debajo de mi almohada, para que Lily no cogiera nada, o simplemente para que no se marchara. No estaba segura. Me quedé despierta, con la mente aún dando vueltas entre el ruido de las sirenas, el aeropuerto y la cara de la gente de duelo en la iglesia, la mirada dura y astuta del joven en la acera de enfrente, y el saber que había una persona prácticamente desconocida durmiendo bajo mi techo. Y, mientras tanto, una voz no paraba de decirme: *¿Qué demonios estás haciendo?*

Pero ¿qué otra cosa podía hacer? Por fin, un rato después de que los pájaros empezaran a cantar y de que la furgoneta de la panadería descargara el pedido de la mañana, mis pensamientos se ralentizaron, se calmaron, y me quedé dormida.

7

Olía a café. Tardé varios segundos en preguntarme por qué se estaría filtrando el aroma del café en mi apartamento y, cuando caí en la cuenta, me incorporé de un respingo, salté de la cama y tiré de la capucha de la sudadera para cubrirme la cabeza.

Ella estaba sentada con las piernas cruzadas en el sofá, fumando, usando de cenicero mi única taza decente. La televisión estaba encendida —algún frenético producto infantil con presentadores haciendo muecas y vistiendo ropas chillonas— y sobre la repisa de la chimenea había dos vasos de plástico.

—Oh, hola. El de la derecha es el tuyo —dijo, volviéndose fugazmente hacia mí—. Como no sabía lo que te gustaba, te he comprado un americano.

Parpadeé, al tiempo que arrugaba la nariz ante el olor a tabaco. Crucé la sala y abrí una ventana. Miré el reloj.

—¿Ya es esa hora?

—Sí. Igual se ha enfriado un poco el café. No sabía si despertarte.

—Es mi día libre —dije, al tiempo que cogía el vaso. Estaba templado. Agradecida, tomé un trago. A continuación me quedé mirando el recipiente—. Un momento. ¿Cómo los has conseguido? Cerré con llave la puerta.

—Bajé por la escalera de incendios —respondió—. Como no tenía dinero, le conté al tío de la panadería qué apartamento era, y dijo que me lo fiaba. Ah, y también le debes dos bagels de salmón ahumado y queso.

—¿Cómo? —Quería enfadarme, pero de repente me entró un hambre canina.

Siguió mi mirada.

—Oh, me los he comido. —Lanzó un anillo de humo al centro de la habitación—. No tenías gran cosa en la nevera. Desde luego, necesitas organizar este lugar.

La Lily de esta mañana era tan diferente a la chica que había recogido en la calle la noche anterior que resultaba difícil creer que se trataba de la misma persona. Volví al dormitorio a vestirme, al tiempo que escuchaba la televisión y los pasos amortiguados de Lily en dirección a la cocina en busca de algo para beber.

—Oye, tú…, Louisa. ¿Podrías prestarme algo de dinero? —gritó.

—Si es para colocarte otra vez, no.

Entró en mi dormitorio sin llamar. Me cubrí el pecho con la sudadera.

—¿Y puedo quedarme esta noche?

—Tengo que hablar con tu madre, Lily.

—¿Para qué?

—Necesito saber un poquito más sobre lo que realmente está pasando.

Se quedó en el umbral.

—De modo que no me crees.

Le indiqué con un gesto que se diera la vuelta para terminar de ponerme el sostén.

—Sí que te creo, pero ese es el trato: tú quieres algo de mí, y primero necesito saber un poco más sobre ti.

Justo mientras metía la cabeza por el cuello de la camiseta, se giró de nuevo.

—Haz lo que quieras. De todas formas, necesito ir a por más ropa.

—¿Por qué? ¿Dónde has estado?

Se alejó de mí, como si no me hubiera oído, olisqueándose la axila.

—¿Puedo usar la ducha? Huelo que apesto.

Una hora después salimos hacia St. John's Wood. Estaba agotada, tanto por los acontecimientos de la noche como por la extraña energía que Lily desprendía a mi lado. No dejaba de rebullirse inquieta, de fumar un cigarrillo tras otro, y luego permaneció en un silencio tan abrumador que casi sentía el peso de sus pensamientos.

—Oye, ¿quién era ese tío de anoche? —Mantuve la cara al frente y el tono de voz neutro.

—Uno.

—Me dijiste que era tu novio.

—Pues vale, eso. —El tono de su voz se había endurecido y la expresión de su cara era severa. A medida que nos aproximábamos a la casa de sus padres, se cruzó de brazos y dobló las rodillas hacia la barbilla, la mirada fija y desafiante, como librando ya una silenciosa batalla. Yo me había estado preguntando si me habría dicho la verdad sobre St. John's Wood, pero hizo una señal en dirección a una amplia calle flanqueada de árboles y me indicó que tomara la tercera a la izquierda. Llegamos a una de esas avenidas donde viven diplomáticos o banqueros norteamericanos expatriados, esas avenidas donde aparentemente nunca entra ni sale nadie. Detuve el coche y observé fijamente por la ventanilla los altos edificios de estuco blanco, el seto de tejos cuidadosamente podado y las inmaculadas jardineras de las ventanas.

—¿Vives aquí?

Cerró la puerta del copiloto con tal portazo que mi pequeño coche vibró.

—Yo no; *ellos.*

Abrió la puerta y la seguí tímidamente, sintiéndome como una intrusa. Nos hallábamos en un espacioso vestíbulo de techos altos, con suelos de parqué y un enorme espejo dorado en la pared con un montón de tarjetas de invitaciones blancas peleando a empujones por el espacio en el marco. Sobre una mesita auxiliar antigua lucía un jarrón con un cuidado arreglo floral. Su perfume impregnaba el ambiente.

El alboroto de la planta de arriba se dejaba sentir, posiblemente voces de niños; resultaba difícil distinguirlo.

—Mis hermanastros —explicó Lily con desdén, y se dirigió a la cocina, por lo visto esperando que la siguiera. Era enorme, en tono gris modernista, con una interminable encimera de cemento pulido de color champiñón. Todo en ella rezumaba dinero, desde la tostadora Dualit hasta la cafetera, que era lo bastante grande y complicada como para no desentonar en un café milanés. Lily abrió la nevera y la escudriñó; finalmente sacó un envase de piña fresca troceada y empezó a comer con los dedos.

—¿Lily?

Una voz apremiante, femenina, procedente de la planta de arriba.

—¿Lily, eres tú? —Sonido de pasos apresurados por la escalera.

Lily entornó los ojos.

Una mujer rubia apareció en el umbral. Me miró fijamente y, a continuación, a Lily, que estaba dejando caer lánguidamente un trozo de piña en su boca. Se acercó a ella y le arrebató el recipiente de las manos.

—¿Dónde diablos has estado? En el instituto están que trinan. Papá salió con el coche a recorrer el barrio. ¡Pensábamos que te habían asesinado! ¿Dónde demonios estabas?

—No es mi padre.

—¡No te hagas la lista conmigo, jovencita! ¡No puedes volver a casa tan campante como si nada hubiera pasado! ¿Tienes idea del trastorno que has causado? Me he pasado media noche en vela con tu hermano, y luego no he podido dormir de preocupación por lo que te pudiera haber ocurrido. He tenido que cancelar nuestra visita a la abuela Houghton porque no sabíamos dónde estabas.

Lily se quedó mirándola con descaro.

—No sé por qué os habéis molestado. Normalmente os trae sin cuidado dónde esté.

La mujer se puso tensa de furia. Era delgada, tenía esa delgadez fruto de las dietas milagrosas o del ejercicio compulsivo; llevaba un corte y un tinte de pelo tan caros que no lo parecían; y vestía unos vaqueros de diseño —supuse— exclusivo. Pero su rostro, por bronceado que estuviese, la delataba: daba la impresión de estar extenuada.

Se giró hacia mí.

—¿Es contigo con quien ha estado?

—Bueno, sí, pero...

Me miró de arriba abajo, y por lo visto no se quedó prendada de lo que vio.

—¿Sabes los problemas que estás causando? ¿Tienes idea de la edad que tiene? A todo esto, ¿qué diablos haces con una chica tan joven? Debes de tener... ¿cuántos, treinta?

—De hecho...

—¿De esto se trata? —preguntó a su hija—. ¿Estás teniendo una relación con esta mujer?

—Ay, mamá, *cierra el pico.* —Lily había vuelto a coger el recipiente de piña y estaba hurgando en él con el dedo índice—. No es lo que piensas. Ella no ha sido la causante de nada. —Dejó caer el último trozo de piña en la boca e hizo una pausa para masticar, quizá buscando un efecto dramático, antes de añadir—: Es la mujer que cuidó a mi padre. A mi verdadero padre.

Tanya Houghton-Miller se recostó sobre el sinfín de cojines de su sofá crema y removió su café. Yo me senté en el borde del sofá situado frente a ella y me fijé en los juegos de velas y en las revistas de decoración, colocadas con ingenio. Me asustaba un poco la idea de que, si me sentaba como ella, se me derramaría el café en el regazo.

—¿Cómo encontraste a mi hija? —preguntó en tono hastiado. En el dedo anular lucía dos de los diamantes más grandes que había visto en mi vida.

—La verdad es que no lo hice. Se presentó en mi apartamento. Yo no tenía ni idea de quién era.

Lo digirió durante unos segundos.

—Y cuidaste de Will Traynor.

—Sí. Hasta que murió.

Se hizo un breve silencio al tiempo que ambas alzamos la vista al techo: algo acababa de caer con estrépito sobre nuestras cabezas.

—Mis hijos. —Dio un suspiro—. Tienen ciertos problemas de conducta.

—¿Son de su…?

—No son de Will, si es lo que preguntas.

Permanecimos sentadas en silencio. O lo más cercano al silencio que se puede lograr cuando te están llegando furiosos berridos de la planta de arriba. Se produjo otro ruido sordo seguido por un silencio inquietante.

—Señora Houghton-Miller —dije—. ¿Es cierto? ¿Es Lily hija de Will?

Levantó ligeramente la barbilla.

—Sí.

Me entró un temblor repentino y dejé la taza de café sobre la mesa.

—No lo entiendo. No entiendo cómo...

—Es bastante sencillo: Will y yo estuvimos juntos el último año de universidad. Yo estaba totalmente enamorada de él, claro. Todo el mundo lo estaba. Aunque diría que él me correspondía, ¿sabes? —Esbozó una tenue sonrisa e hizo una pausa, como esperando que yo dijera algo.

Era incapaz. ¿Cómo era posible que Will no me hubiese dicho que tenía una hija, después de todo lo que pasamos?

Tanya continuó, arrastrando las palabras:

—El caso es que éramos la pareja dorada de nuestra pandilla. Bailes, regatas en batea, escapadas de fin de semana, ya sabes, ese tipo de cosas. Will y yo..., en fin, no parábamos. —Contaba la historia como si aún la tuviera fresca en la memoria, como si se tratase de algo que había repasado un sinfín de veces mentalmente—. Entonces, en nuestra gran fiesta de fin de curso tuve que marcharme para ayudar a mi amiga Liza, que se había metido en un pequeño lío, y, al regresar, Will se había ido. No tenía la menor idea de dónde podía estar. Así que me quedé un siglo esperándole allí, mientras llegaban los coches para recoger a todo el mundo, y finalmente una chica a quien ni siquiera conocía se acercó y me dijo que Will se había largado con una tal Stephanie Loudon. No la conocerás, pero le tenía echado el ojo a Will desde siempre. En un primer momento no la creí, pero aun así fui en coche a casa de la chica, me senté en la puerta y, como era de esperar, a las cinco de la mañana Will salió y se pusieron allí fuera a besarse, como si les importara un bledo que les vieran. Y, cuando salí del coche para encararme con él, ni siquiera tuvo la decencia de avergonzarse. Se limitó a decir que no tenía sentido que nos implicásemos a nivel emocional, porque de todos modos no íbamos a durar más allá de la universidad.

»Y entonces, cómo no, se acabó la universidad, lo cual, sinceramente, en cierto modo fue un alivio, porque ¿a quién le iba a gustar ser la chica que Will Traynor había dejado plantada? Pero fue durísimo superarlo porque terminó de forma muy repentina. Después de marcharnos, cuando él ya había comenzado a trabajar en la City, le escribí pidiéndole si al menos podíamos vernos para tomar algo y así tratar de entender qué demonios había salido mal. Porque, en lo que a mí se refiere, habíamos sido realmente felices, ¿sabes? Y a él no se le ocurrió otra cosa que encargar a su secretaria que me enviase una…, una puñetera tarjeta donde decía que lo sentía mucho, que Will tenía la agenda desbordada y que en ese momento no tenía un hueco, pero que me deseaba todo lo mejor de su parte. «Todo lo mejor». —Hizo una mueca.

Me estremecí por dentro. Por mucho que yo quisiera hacer oídos sordos a su historia, esta versión de Will tenía muchos visos de ser cierta. El propio Will había reflexionado sobre aquella época de su juventud con absoluta lucidez y había confesado lo mal que había tratado a las mujeres. (Sus palabras exactas fueron: «Yo era un auténtico capullo»).

Tanya continuó hablando.

—Luego, al cabo de unos dos meses, supe que estaba embarazada. Y ya era tardísimo porque, como siempre tenía periodos muy irregulares, no me había dado cuenta de que llevaba dos meses de retraso. De modo que decidí seguir adelante y tener a Lily. Pero… —en ese momento levantó la barbilla de nuevo, en ademán de defensa— no tenía sentido contárselo. No después de todo lo que había dicho y hecho.

Mi café se había enfriado.

—¿Cómo que no tenía sentido contárselo?

—Había dejado bien claro que no quería saber nada de mí. Will habría reaccionado como si yo lo hubiera hecho a propósito, para cazarle o quién sabe.

Me quedé con la boca abierta. La cerré.

—Pero... ¿no cree que tenía derecho a saberlo, señora Houghton-Miller? ¿No cree que le habría gustado conocer a su hija, independientemente de lo que hubiese ocurrido entre los dos?

Dejó la taza sobre la mesa.

—¡Tiene dieciséis años! —añadí—. Tendría catorce..., quince, cuando él murió. Es una eter...

—Y por aquella época ella tenía a Francis. Él era su padre. Y se ha portado muy bien con ella. Éramos una familia. Somos una familia.

—No me explico...

—Will no se *merecía* conocerla.

Las palabras permanecieron flotando entre nosotras.

—Era un cretino, ¿vale? Will Traynor era un cretino egoísta. —Se apartó un mechón de pelo de la cara—. Obviamente yo ignoraba lo que le había pasado. Sufrí un verdadero shock. Pero, francamente, dudo que eso hubiese cambiado las cosas.

Tardé unos instantes en recuperar el habla.

—Habría cambiado absolutamente todo. Para él.

Me miró con acritud.

—Will se suicidó —dije, y la voz se me quebró un poco—. Will acabó con su vida porque no encontraba ninguna razón para vivir. De haber sabido que tenía una hija...

Se puso de pie.

—No, no, no. Ni se te ocurra echarme la culpa, como te llames. De ninguna manera voy a sentirme responsable del suicidio de ese hombre. ¿Acaso piensas que no tengo suficientes problemas en mi vida? No te atrevas a venir aquí a juzgarme. Si tuvieras que lidiar con la mitad que yo... No. Will Traynor fue un hombre horrible.

—Will Traynor fue el hombre más maravilloso que yo he conocido jamás.

Me miró lentamente de arriba abajo.

—Sí. En fin, imagino que probablemente eso es cierto.

Pensé que nunca había sentido una aversión tan inmediata hacia alguien.

Me había levantado para marcharme cuando una voz rompió el silencio.

—De modo que mi padre no sabía de mi existencia.

Lily estaba inmóvil junto a la puerta. Tanya Houghton-Miller palideció. A continuación se recompuso y dijo:

—Fue por evitarte sufrimiento, Lily. Conocía muy bien a Will y no estaba dispuesta a que ninguna de las dos sufriéramos la humillación de intentar persuadirle para que se implicara en una relación no deseada. —Se atusó el pelo—. Y haz el favor de dejar esa terrible manía de escuchar conversaciones ajenas. Lo más probable es que saques conclusiones erróneas.

No fui capaz de seguir escuchándola. Cuando me dirigía hacia la puerta, un niño se puso a chillar en la planta de arriba. Un camión de plástico salió volando por las escaleras y se hizo añicos al estamparse abajo. Una cara con gesto preocupado —¿filipina?— me miró fijamente por encima de la barandilla. Comencé a bajar las escaleras.

—¿Dónde vas?

—Lo siento, Lily. Ya hablaremos..., quizá en otro momento.

—Pero si apenas me has contando nada de mi padre...

—No era tu padre —dijo Tanya Houghton-Miller—. Francis ha hecho más por ti desde que eras pequeña de lo que Will jamás habría hecho.

—¡Francis no es mi padre! —exclamó a voz en grito Lily.

Más estrépito procedente de la planta de arriba y una voz de mujer gritando en un idioma incomprensible. Pequeños disparos al aire de una ametralladora de juguete. Tanya se llevó las manos a la cabeza.

—No puedo lidiar con esto. Es superior a mí.

Lily me alcanzó en la puerta.

—¿Puedo irme contigo?

—¿Qué?

—A tu apartamento… Aquí no puedo quedarme.

—Lily, no creo que…

—Solo esta noche. Por favor…

—¡Oh, faltaría más! Que se quede contigo un día o dos. Su compañía es una pura delicia. —Tanya agitó la mano—. Educada, servicial, cariñosa… ¡Divino, tenerla cerca! —Se le endureció el semblante—. A ver cómo funciona. ¿Sabes que bebe? ¿Y que fuma en casa? ¿Y que la expulsaron del instituto? Te habrá contado todo esto, ¿a que sí?

Lily parecía casi aburrida, como si ya lo hubiera oído un millón de veces.

—Ni siquiera se molestó en presentarse a los exámenes. Hemos hecho todo lo posible por ella: terapeutas, los mejores colegios, profesores particulares. Francis la ha tratado como si fuera su propia hija. Y ella nos lo tira a la cara. Precisamente ahora mi marido está pasando una racha muy difícil en el banco, y los niños dan sus quebraderos de cabeza, pero ella no cede en lo más mínimo. Jamás lo ha hecho.

—¡Qué sabrás tú! He pasado la mitad de mi vida al cuidado de niñeras. Cuando los niños nacieron, me mandaste a un internado.

—¡No podía ocuparme de todos! ¡Hice lo que pude!

—Hiciste lo que *quisiste*, que era formar tu familia perfecta desde cero, sin mí. —Lily se giró en mi dirección—. Por favor... Solo un tiempo... Prometo no estorbar. Seré de gran ayuda.

Debería haberme negado. Lo sabía. Pero estaba furiosa con aquella mujer. Y por un instante me sentí obligada en cierto modo a reemplazar a Will, a hacer lo que él no pudo.

—De acuerdo —accedí, al tiempo que una gran figura de Lego pasó silbando junto a mi oído y se descuajaringó en diminutas piezas de colores a mis pies—. Coge tus cosas. Te espero fuera.

El resto del día fue una vorágine. Sacamos mis cajas de la habitación libre, las apilamos en mi dormitorio y arreglamos el cuarto para ella, o al menos le dimos otra apariencia, diferente a la de un mero almacén: pusimos el estor que nunca había encontrado el momento de colgar, una lámpara y una de las mesillas de noche de mi dormitorio. Compré una cama plegable y la subimos por las escaleras entre las dos, junto con un perchero para sus cuatro cosas y nuevas fundas de edredón y almohadones. Daba la impresión de que le gustaba tener un propósito y ni se inmutó ante la perspectiva de mudarse con alguien a quien apenas conocía. Aquella noche la observé mientras colocaba sus escasas pertenencias en la habitación libre y sentí una extraña tristeza. ¿Hasta qué punto debía de sentirse desdichada una chica como para querer prescindir de todo aquel lujo a cambio de un cuartucho con una cama plegable y un endeble perchero?

Consciente de la novedad de tener a alguien para quien cocinar, preparé pasta y vimos juntas la televisión. A las ocho y media sonó su móvil y me pidió un trozo de papel y un lápiz.

—Toma —dijo, anotando algo—. Este es el número de móvil de mi madre. Quiere que le dé tu teléfono y tu dirección. Por si hay una emergencia.

Por un momento me pregunté cuánto tiempo pensaría que iba a quedarse Lily.

A las diez, agotada, le dije que me iba a la cama. Ella seguía viendo la televisión, sentada con las piernas cruzadas en el sofá, chateando con alguien en su pequeño portátil.

—No te quedes levantada hasta muy tarde, ¿vale? —En mis labios sonó artificial, como dicho por alguien que finge ser un adulto.

No despegó los ojos de la televisión.

—¿Lily?

Alzó la vista como si solo entonces se diera cuenta de que yo estaba en la habitación.

—Ah, sí, tenía intención de decírtelo. Yo estaba allí.

—¿Dónde?

—En la azotea. Cuando caíste. Fui yo quien llamó a la ambulancia.

De repente vi su rostro, aquellos ojos grandes, aquella piel, pálida en la oscuridad.

—Pero ¿qué hacías tú ahí arriba?

—Encontré tu dirección. Cuando a todo el mundo se le fue la olla en casa, simplemente quise averiguar quién eras antes de intentar hablar contigo. Vi que podía subir por la escalera de incendios y que había luz. En realidad solo estaba esperando. Pero cuando apareciste y empezaste a hacer el tonto en el borde de pronto pensé que si decía algo te llevarías un pasmo.

—Pero lo hiciste.

—Sí. Fue sin querer. De hecho, pensé que te había matado. —Se echó a reír, nerviosa.

Nos quedamos allí sentadas unos instantes.

—Todo el mundo cree que me tiré.

Giró la cabeza hacia mí.

—¿En serio?

—Sí.

Reflexionó sobre ello.

—¿Por lo que le ocurrió a mi padre?

—Sí.

—¿Le echas de menos?

—Cada día.

Se quedó callada. Tras la pausa, preguntó:

—Oye, ¿cuándo es tu próximo día libre?

—El domingo, ¿por qué? —dije, volviendo al presente.

—¿Podemos ir a tu pueblo?

—¿Quieres ir a Stortfold?

—Quiero ver dónde vivía.

8

No avisé a mi padre de nuestra visita. No estaba del todo segura de cómo abordar esa conversación. Aparcamos en la puerta de mi casa y permanecí sentada unos instantes, consciente, mientras ella miraba por la ventanilla, de la falta de lustre de la casa de mis padres en comparación con la suya. Lily había sugerido que llevásemos flores al decirle que mi madre se empeñaría en que nos quedásemos a comer, y se había enfadado cuando yo sugerí claveles de una gasolinera, aun cuando eran para alguien que no conocía.

Habíamos ido en coche al supermercado del otro lado de Stortfold, donde había elegido un enorme ramo artesanal de fresias, peonías y ranúnculos. Que había pagado yo.

—Quédate aquí un minuto —dije, cuando se disponía a bajar del coche—. Voy a ponerles al tanto antes de que entres.

—Pero...

—Confía en mí —insistí—. Necesitarán un momento.

Crucé el caminito que atravesaba el jardín y llamé a la puerta. Oí la televisión en el comedor e imaginé al abuelo allí, viendo las carreras, marcando en silencio con la boca el compás de las pisadas de los caballos. Las escenas y sonidos del hogar. Pensé en los meses que había estado ausente —a estas alturas ni siquiera estaba segura de ser bienvenida—, en cómo me había prohibido a mí misma recrearme en la sensación de recorrer ese camino, en el aroma a suavizante para la ropa que despedía el abrazo de mi madre, en el eco de la sonora risa de mi padre.

Papá abrió la puerta y enarcó las cejas, asombrado.

—¡Lou! ¡No te esperábamos! ¿Te esperábamos...? —Dio un paso adelante y me envolvió en un abrazo.

Me di cuenta de que me agradaba estar de vuelta con mi familia.

—Hola, papá.

Esperó en el escalón, con el brazo estirado. Del pasillo emanaba un olor a pollo asado.

—¿Qué, pasas o improvisamos un picnic en el escalón de la entrada?

—Primero tengo que contarte algo.

—Has perdido el trabajo.

—No, no he perdido el...

—Tienes otro tatuaje.

—¿Sabías lo del tatuaje?

—Soy tu padre. He estado al tanto hasta de la última puñetera cosa concerniente a ti y a tu hermana desde que tenías tres años. —Se acercó a mí—. Tu madre jamás consentiría que yo me hiciera uno.

—No, papá, no tengo otro tatuaje. —Respiré hondo—. Tengo..., tengo a la hija de Will.

Papá se quedó como una estatua. Mamá se asomó por detrás de él con el delantal puesto.

—¡Lou! —Se fijó en la expresión de papá—. ¿Qué? ¿Qué ha pasado?

—Dice que tiene a la hija de Will.

—¿Que tiene *qué* de Will? —exclamó mamá.

Papá se había puesto bastante blanco. Alargó la mano por detrás tanteando el radiador y se agarró a él.

—¿Qué? —dije, nerviosa—. ¿Qué pasa?

—¿No..., no me estarás diciendo que te han fecundado sus..., ya me entiendes..., sus pequeñines?

Hice una mueca.

—Está en el coche. Tiene dieciséis años.

—Ay, gracias a Dios. Oh, Josie, gracias a Dios. Últimamente estás tan... Nunca sé qué... —Se recompuso—. ¿La *hija* de Will, dices? Nunca nos dijiste que...

—Yo no lo sabía. Nadie lo sabía.

Mamá miró por detrás de él con disimulo hacia mi coche, donde Lily trataba de fingir que no sabía que estaba siendo el centro de nuestra conversación.

—Pues será mejor que la traigas —dijo, agarrándose el cuello con la mano—. El pollo es de un tamaño decente. Nos apañaremos si añado unas cuantas patatas más. —Negó con la cabeza sin dar crédito—. ¡La hija de Will! Válgame Dios, Lou. Desde luego, eres una caja de sorpresas. —Saludó con la mano a Lily, que le devolvió el gesto con vacilación—. ¡Adelante, cielo!

Papá también levantó una mano a modo de saludo y acto seguido preguntó en voz baja:

—¿Está al tanto el señor Traynor?

—Aún no.

Mi padre se frotó el pecho.

—¿Alguna noticia más?

—¿Como qué?

—Cualquier cosa que tengas que decirme. O sea, aparte de saltar de edificios y de traer a casa a hijos perdidos desde hace tiempo. ¿No irás a apuntarte al circo, a adoptar a un niño de Kazajistán, o algo por el estilo?

—Te prometo que no voy a hacer ninguna de las cosas que has mencionado. Todavía.

—Caramba, doy gracias a Dios por eso. ¿Qué hora es? Creo que es buen momento para tomarme un trago.

—Bueno, ¿dónde estudias, Lily?

—En un pequeño internado en Shropshire. Nadie ha oído hablar de él en la vida. Hay sobre todo pijos tarados y parientes lejanos de la familia real moldava.

Nos habíamos apiñado en torno a la mesa del comedor, los siete rodilla con rodilla, mientras seis de nosotros rezábamos para que nadie necesitase ir al baño, lo cual requeriría que todos nos levantásemos para mover la mesa un centímetro en dirección al sofá.

—¿Un internado, eh? ¿Tiendas de golosinas en el patio, fiestas a medianoche y todo eso? Seguro que te lo pasas en grande.

—La verdad es que no. Cerraron la tienda el año pasado porque la mitad de las chicas tenían desórdenes alimentarios. Se atiborraban y luego vomitaban todas la chocolatinas Snickers.

—La madre de Lily vive en St. John's Wood —expliqué—. Lily va a quedarse conmigo un par de días para…, para conocer un poco a la otra parte de su familia.

—Los Traynor llevan viviendo aquí desde hace varias generaciones —comentó mamá.

—Ah, ¿sí? ¿Los conocen?

Mi madre se quedó helada.

—Bueno, no muy…

—¿Cómo es su casa?

Mamá puso cara de póquer.

—Será mejor que ese tipo de cosas se las preguntes a Lou. Ella es quien pasó… allí todo el tiempo.

Lily esperó.

—Yo trabajo con el señor Traynor —intervino papá—; es el responsable del funcionamiento de la finca.

—¡Abuelo! —exclamó el abuelo, y se echó a reír. Lily lo miró fijamente y, a continuación, me miró a mí. Sonreí, a pesar de que la mera mención del apellido Traynor me turbaba de un modo extraño.

—Eso es, papá —señaló mamá—. Sería el abuelo de Lily. Igual que tú. A ver, ¿quién quiere más patatas?

—Abuelo —repitió Lily en voz baja, claramente complacida.

—Les llamaremos por teléfono para… contárselo —dije—. Y, si te apetece, podemos pasar con el coche junto a su casa cuando nos marchemos. Solo para que te hagas una idea.

Mi hermana estuvo callada durante toda la conversación. A Lily la habían puesto junto a Thom posiblemente en un intento de que este se comportara, aunque el riesgo de que empezara una conversación sobre parásitos intestinales era aún alto. Treena observaba a Lily. Mostraba más recelo que mis padres, quienes sencillamente habían aceptado todo lo que les había dicho. Me había llevado a rastras a la planta de arriba mientras mi padre enseñaba el jardín a nuestra invitada para hacerme todas las preguntas que habían revoloteado frenéticamente en mi cabeza, como una paloma atrapada en una habitación cerrada: *¿Cómo sabía yo que era quien decía? ¿Qué quería?* Y, por último, *¿por qué diablos iba a querer su madre que se fuera a vivir conmigo?*

—Bueno, ¿cuánto tiempo va a quedarse contigo? —preguntó, en la mesa, mientras papá le comentaba a Lily su trabajo con el roble de hoja verde.

—La verdad es que todavía no lo hemos hablado.

La expresión de su cara me decía que era una boba y al mismo tiempo que no le extrañaba en absoluto.

—Lleva conmigo dos noches, Treen. Y es muy joven.

—A eso precisamente me refiero. ¿Qué sabes sobre cuidar niños?

—Ya no es una niña.

—Es *peor* que una niña. Básicamente, los adolescentes son mocosos con hormonas: lo suficientemente mayores como para que les apetezca liarse con alguien, pero sin una pizca de sentido común. Podría meterse en todo tipo de líos. No concibo que estés haciendo esto.

Le pasé la salsera.

Hola, Lou. Qué bien que conserves tu trabajo con lo duro que está el mercado laboral. Enhorabuena por recuperarte de tu terrible accidente. Cuánto me alegro de volver a verte.

Ella me pasó la sal y masculló entre dientes:

—¿Sabes? No serás capaz de sobrellevar esto además de...

—¿Además de qué?

—De tu depresión.

—Yo *no* tengo depresión —susurré—. No estoy deprimida, Treena. Por el amor de Dios, no me tiré de un edificio.

—Hace siglos que no eres la misma. Desde toda esa historia de Will.

—¿Qué tengo que hacer para convencerte? Me las apaño para conservar el trabajo. Estoy haciendo rehabilitación para enderezar la cadera y acudo a sesiones de un puñetero grupo de terapia para superar la pérdida y recobrar la cordura. No lo estoy haciendo nada mal, ¿no? —En ese momento todos los presentes estaban pendientes de mí—. De hecho, he aquí una testigo. Oh, sí. Lily estaba allí. Me vio caer. Resulta que fue ella quien llamó a la ambulancia.

Todos los miembros de mi familia me miraron.

—¿Veis? Es cierto. Me vio caer. Yo no salté. Lily, hace un momento se lo estaba diciendo a mi hermana. ¿A que estabas allí cuando me caí? ¿Veis? Os dije a todos que había oído la voz de una chica. No estaba perdiendo la chaveta. De hecho, lo vio todo. Resbalé, ¿no es así?

Lily alzó la vista de su plato sin dejar de masticar. Apenas había parado de comer desde que nos sentamos a la mesa.

—Pues sí. No intentó matarse ni mucho menos.

Mis padres intercambiaron miradas. Mamá suspiró, se santiguó con discreción y sonrió. Mi hermana enarcó las cejas (lo más cercano a una disculpa por su parte). Por un momento me sentí eufórica.

—Vaya, que solo vociferaba al cielo. —Lily levantó el tenedor—. Y cabreadísima.

Se hizo un breve silencio.

—Ah —dijo papá—. En fin, eso es...

—Eso es... bueno —concluyó mamá.

—El pollo está riquísimo —dijo Lily—. ¿Puedo repetir?

Nos quedamos hasta bien entrada la sobremesa, por un lado porque cada vez que me levantaba para marcharme mamá insistía en atiborrarnos, y, por otro, porque el hecho de tener a otras personas para charlar con Lily hacía que la situación no fuese tan rara e intensa. Papá y yo nos retiramos al jardín trasero y nos acomodamos en las dos hamacas que de algún modo habían sobrevivido a otro invierno sin descuajaringarse (aunque convenía permanecer totalmente quieto, por si acaso).

—¿Sabes que tu hermana ha estado leyendo *La mujer eunuco* y un viejo pestiño llamado *La habitación de las mujeres* o no sé qué? Dice que tu madre es el típico ejemplo de la mujer oprimida, y que el hecho de que tu madre discrepe demuestra lo oprimida que se encuentra. La está intentando convencer de que yo debería ocuparme de la cocina y de la limpieza, dando a entender que soy una especie de maldito cavernícola. Pero si se me ocurre replicar me dice sin parar que «revise mis privilegios». ¡Que revise mis privilegios! Le dije que de buena gana los revisaría si supiera dónde diablos los ha puesto tu madre.

—A mí me parece que mamá está fenomenal —dije.

Bebí un sorbo de té, al tiempo que sentía una leve punzada de remordimiento, pues los sonidos que oía eran de mi madre fregando los platos.

Me miró de reojo.

—Lleva tres semanas sin depilarse las piernas. ¡Tres semanas, Lou! Francamente, me da repelús cuando las rozo. Llevo dos noches durmiendo en el sofá. No sé, Lou. ¿Por qué la gente ya nunca se conforma con dejar las cosas tal y como están? Tu madre era feliz; yo soy feliz. Sabemos cuáles son nuestros roles. Yo soy el de las piernas peludas. A ella es a quien le quedan bien los guantes de goma. Y punto.

En el jardín, Lily estaba enseñando a Thom a imitar el reclamo de los pájaros con un grueso tallo de hierba. Lo sujetó en alto entre los pulgares, pero quizá el hecho de que le faltaran cuatro dientes dificultó la emisión del sonido, pues lo único que salió fue una frambuesa y una ligera ducha de saliva espurreada.

Permanecimos un rato sentados en un cordial silencio, escuchando los reclamos de los pájaros, los silbidos de mi abuelo y los aullidos del perro del vecino que intentaba que le dejasen entrar. Estaba contenta de encontrarme en casa.

—Bueno, ¿cómo está el señor Traynor? —pregunté.

—Ah, fenomenal. ¿Sabes que va a ser padre de nuevo?

Me volví, con cuidado, desde mi hamaca.

—¿En serio?

—Pero no con la señora Traynor. Ella se mudó de casa en cuanto..., ya sabes. Es con la chica pelirroja, se me ha olvidado su nombre.

—Della —apunté, recordando súbitamente.

—Esa. Por lo visto se conocen desde hace bastante tiempo, pero me figuro que toda esta historia del embarazo les ha pillado un poco desprevenidos a los dos. —Papá abrió otro botellín de cerveza—. Está bastante animado. Supongo que le viene bien tener un nuevo hijo o hija en camino. Algo en lo que centrarse.

Una parte de mí quiso juzgarle. Sin embargo, entendí perfectamente la necesidad de sacar algo bueno de lo que había ocurrido, el deseo de salir del hoyo, fuera como fuese.

«Únicamente siguen juntos por mí», me había dicho Will en más de una ocasión.

—¿Cómo piensas que se tomará lo de Lily? —pregunté.

—No tengo ni idea, cielo. —Reflexionó un instante y añadió—: Creo que se alegrará. Es como si recuperara algo de su hijo, ¿no te parece?

—¿Cómo crees que reaccionará la señora Traynor?

—No lo sé, cielo. Ni siquiera tengo la menor idea de dónde vive últimamente.

—Lily es... de armas tomar.

Papá soltó una carcajada.

—¡Quién fue a hablar! Treena y tú nos tuvisteis medio locos a tu madre y a mí durante años con vuestras llegadas a las tantas, vuestros novios y vuestros desengaños amorosos. Ya iba siendo hora de que lo sufrieras en tus propias carnes. —Bebió un trago de cerveza y se rio entre dientes—. Son buenas noticias, hija. Me alegro de que no estés sola en ese viejo apartamento destartalado que tienes.

El tallo de hierba de Thom soltó un graznido. Se le iluminó la cara y lo lanzó al cielo. Nosotros levantamos los pulgares en señal de reconocimiento.

—Papá.

Se volvió hacia mí.

—Sabes que estoy bien, ¿verdad?

—Sí, cariño. —Me dio un suave achuchón en el hombro—. Pero me corresponde preocuparme. Me preocuparé hasta cuando esté demasiado achacoso como para levantarme del asiento. —Miró hacia abajo—. Pero, ojo, que igual es antes de lo que me gustaría.

Nos fuimos poco antes de las cinco. Por el espejo retrovisor, la única de la familia a quien no vi decir adiós con la mano fue a Treena. Se mantuvo inmóvil, con los brazos cruzados, moviendo lentamente la cabeza de lado a lado mientras nos alejábamos.

Al llegar a casa, Lily se marchó a la azotea. Yo no había subido desde el accidente. Me decía a mí misma que era un sinsentido intentarlo por las lluvias de primavera, que la escalera de incendios estaría resbaladiza, que sentiría remordimiento por todos aquellos maceteros con plantas muertas, pero la verdad era que me daba miedo. El mero hecho de plantearme subir allí de nuevo me aceleraba el corazón; automáticamente recordaba aquella sensación de que el mundo desaparecía debajo de mí, como si hubieran tirado de una alfombra bajo mis pies.

Observé cómo trepaba a la ventana y decía en voz alta que bajaría en veinte minutos. Empecé a inquietarme cuando pasaron veinticinco. La llamé por la ventana, pero la única respuesta que oí fue el sonido del tráfico. Al cabo de treinta y cinco minutos me sorprendí a mí misma saliendo por la ventana del pasillo, maldiciendo entre dientes, a la escalera de incendios.

Hacía una cálida tarde de verano y el alquitrán de la azotea despedía calor. Abajo, los sonidos de la ciudad anunciaban un domingo perezoso con el lento movimiento del tráfico de entrada a la ciudad, las persianas bajadas, la música a todo volumen, la gente joven pasando el rato en las esquinas de las calles, y el lejano olor a brasas de barbacoas de otras azoteas.

Lily estaba sentada en un macetero puesto del revés mirando la City. Yo me quedé de pie con la espalda apoyada en el depósito del agua, intentando evitar el pánico reflejo cada vez que se asomaba por el borde.

Había cometido un error al subir allí arriba. Sentía el suelo de alquitrán meciéndose suavemente bajo mis pies, como la cubierta de un barco. Avancé vacilante hasta el herrumbroso banco de hierro, donde me dejé caer. Mi cuerpo era perfectamente consciente de lo que significaba estar sobre ese saliente; que la insignificante diferencia entre la firme certeza de vivir y el bandazo que pondría fin a todo podía medirse en minúsculas unidades, en gramos, en milímetros, en grados, y esa constancia hizo que el vello de los brazos se me erizara y que una fina capa de sudor me cubriera la nuca.

—¿Puedes bajar, Lily?

—Todas tus plantas se han echado a perder —dijo, al tiempo que quitaba las hojas muertas a un arbusto seco.

—Sí. Es que hace meses que no subo.

—No deberías dejar morir las plantas. Es cruel.

La miré con gesto serio para ver si bromeaba, pero no me dio esa impresión. Se agachó, arrancó una ramita y examinó el centro reseco.

—¿Cómo conociste a mi padre?

Me agarré al filo del depósito del agua, intentando detener el temblor de mis piernas.

—Pues me presenté a un puesto de cuidadora. Y lo conseguí.

—A pesar de no tener formación médica.

—Sí.

Reflexionó sobre ello, lanzó el tallo muerto al aire y seguidamente se levantó, fue hacia el otro lado de la terraza y se quedó allí de pie, con las manos en jarras y las piernas apuntaladas, como una flacucha amazona.

—Era guapo, ¿verdad?

El suelo oscilaba bajo mis pies. No tenía más remedio que irme.

—No puedo seguir aquí arriba, Lily.

—¿Tanto miedo tienes?

—Sinceramente, preferiría que bajásemos. Por favor.

Ladeó la cabeza y se puso a observarme, como sopesando si hacerme caso o no. Dio un paso hacia el muro y puso el pie en el borde a modo de tanteo, como para subirse a la cornisa, justo lo suficiente como para que me pusiera a sudar de inmediato. Después se giró hacia mí, sonrió maliciosamente, sujetó el cigarrillo entre los dientes y cruzó la azotea en dirección a la escalera de incendios.

—No volverás a caerte, tonta. Nadie tiene tan mala suerte.

—Ya. Bueno, precisamente ahora no me apetece demasiado tentar a la suerte.

Al cabo de unos minutos, cuando conseguí que mis piernas obedecieran a mi cerebro, bajamos los dos tramos de peldaños de hierro. Paramos junto a mi ventana y, al ser consciente de que temblaba demasiado como para saltar al otro lado, me senté en el escalón.

Lily entornó los ojos, esperando. Acto seguido, cuando asumió que era incapaz de moverme, se sentó a mi lado en los peldaños. Aunque debíamos de estar tan solo a tres metros por debajo de donde nos encontrábamos antes, con mi pasillo visible a través de la ventana y una barandilla a cada lado empecé a recobrar el aliento.

—Ya sabes lo que necesitas —dijo, y me ofreció el porro que había liado.

—¿Me estás proponiendo en serio que me coloque? ¿A cuatro plantas de altura? ¿Acaso no sabes que hace nada me caí desde un tejado?

—Te vendrá bien para relajarte.

Ante mi rechazo, añadió:

—Uf, ¡venga! ¿Qué pasa? ¿Eres la persona más rancia de todo Londres, o qué?

—No soy de Londres.

Después me asombraría haberme dejado manipular por una quinceañera. Pero Lily era como la chica guay de clase, a la que te daba por intentar impresionar. Sin darle tiempo a añadir nada más, lo cogí, le di una calada con vacilación y procuré no toser cuando el humo impactó en el fondo de mi garganta.

—Oye, tienes dieciséis años —rezongué—. No deberías hacer esto. ¿Y dónde consigue esta porquería alguien como tú?

Lily me escudriñó por encima de la barandilla.

—¿Te molaba?

—¿Quién? ¿Tu padre? Al principio, no.

—Porque iba en silla de ruedas.

Porque imitaba a Daniel Day-Lewis en Mi pie izquierdo *y me ponía los pelos de punta,* me dieron ganas de decir, pero eso habría supuesto dar demasiadas explicaciones.

—No. La silla de ruedas era lo de menos. No me gustaba porque… estaba muy enfadado. Y resultaba intimidante. Y esas dos cosas le restaban mucho atractivo.

—¿Me parezco a él? Lo busqué en Google, pero no sabría decir.

—Un poco. Tienes su mismo tono de piel. Y puede que sus ojos.

—Mi madre comentó que era guapísimo y que por eso era tan cretino. Una de las razones. Ahora, siempre que la saco de quicio me dice que soy igualita que él. «Ay, Dios, eres clavada a Will Traynor». Fíjate, siempre lo llama «Will Traynor», no «tu padre». Se empeña en hacer como si Caraculo fuese mi padre, a pesar de que está clarísimo que no lo es. Como si pensara que puede crear una familia por el mero hecho de empeñarse en que lo somos.

Di otra calada. Notaba cómo me iba colocando. Aparte de una noche de fiesta en una casa en París, llevaba años sin fumar porros.

—¿Sabes? Creo que lo disfrutaría más si no existiese una pequeña posibilidad de caerme de esta escalera de incendios.

Me lo quitó de las manos.

—Jo, Louisa. Necesitas divertirte.

Inhaló profundamente y reclinó la cabeza.

—¿Te contó cómo se sentía? ¿Sin tapujos? —Le dio otra calada y me lo pasó. No parecía hacerle ningún efecto.

—Sí.

—¿Discutíais?

—Bastante. Pero también nos reíamos mucho.

—¿Le molabas?

—¿Yo?… No sé si «molar» es la palabra apropiada.

Mi boca, enmudecida, trató de articular palabras que no lograba encontrar. ¿Cómo iba a explicar a esa chica lo que Will y yo habíamos sido el uno para el otro, la sensación de que ninguna otra persona en el mundo me entendía o me entendería jamás como él? ¿Cómo iba ella a comprender que perderle fue como si me hubiera perforado una bala, un doloroso y constante recordatorio, una ausencia que nunca lograría llenar?

Se quedó mirándome.

—¡Sí! ¡A mi padre le molabas! —Se puso a reír tontamente. Y fue una frase tan ridícula, un comentario tan banal frente a lo que Will y yo habíamos significado el uno para el otro que, muy a mi pesar, hice lo mismo.

—Mi padre estaba colado por ti. ¡Qué fuerte! —exclamó con un grito ahogado—. ¡Oh, Dios mío! En un universo diferente, podrías haber sido mi MADRASTRA.

Nos observamos la una a la otra simulando espanto y de algún modo esa circunstancia fue tomando cuerpo entre nosotras hasta que mi pecho rebosó de júbilo. Me entró la risa, el tipo de risa que roza la histeria, que te provoca dolor de estómago, cuando el mero hecho de mirar a alguien hace que vuelvas a desternillarte.

—¿Hubo sexo?

Y eso cortó el rollo.

—Vale. Esta conversación está tomando un cariz raro.

Lily hizo una mueca.

—Pues anda que vuestra relación no suena rara.

—No lo fue en absoluto. Fue…, fue…

De pronto todo fue demasiado: el tejado, las preguntas, el porro, los recuerdos de Will… Daba la impresión de que lo estábamos materializando con el aire que flotaba entre nosotras: su sonrisa, su piel, el roce de su rostro contra el mío…, y yo no estaba segura de querer hacerlo. Dejé caer ligeramente la cabeza entre mis rodillas. *Respira,* dije para mis adentros.

—¿Louisa?

—¿Qué?

—¿Siempre tuvo claro lo de ir a ese sitio? ¿A Dignitas?

Asentí. Repetí la orden en mi fuero interno, tratando de disipar mi creciente sensación de pánico. Dentro. Fuera. *Limítate a respirar.*

—¿Intentaste que cambiase de opinión?

—Will era… testarudo.

—¿Discutisteis por eso?

Tragué saliva.

—Hasta el último día.

El último día. ¿Por qué había dicho eso? Cerré los ojos. Cuando al fin volví a abrirlos, ella me observaba.

—¿Estabas con él cuando murió?

Nos miramos fijamente a los ojos. Los jóvenes son tremendos, pensé. No tienen límites. No temen a nada. Adiviné la siguiente pregunta que se articulaba en sus labios, un atisbo interrogante en su mirada. Pero tal vez Lily no fuese tan valiente como yo pensaba.

Finalmente bajó la vista.

—¿Y cuándo les vas a hablar de mí a sus padres?

Me dio un vuelco el corazón.

—Esta semana. Llamaré esta semana.

Asintió y ladeó la cara para evitar que viese su expresión. Observé cómo volvía a inhalar. Y acto seguido, bruscamente, arrojó el porro entre las barras de los peldaños de la escalera de incendios, se puso de pie y saltó al interior sin mirar atrás. Yo esperé hasta cerciorarme de que mis piernas me sostenían de nuevo y, a continuación, la seguí a través de la ventana.

9

Llamé el martes a mediodía, aprovechando que el bar estaba casi vacío debido a una huelga de un día de los controladores aéreos franceses y alemanes. Esperé a que Richard se largara en busca de los proveedores, salí a los pasillos, me aposté en la puerta de los últimos aseos de mujeres antes del control de seguridad y busqué en mi móvil el número que nunca había sido capaz de borrar.

El teléfono sonó tres, cuatro veces, y por un instante me embargó el imperioso impulso de pulsar «COLGAR». Pero en ese momento respondió una voz masculina, con una refinada cadencia, familiar:

—¿Diga?

—¿Señor Traynor? Soy…, soy Lou.

—¿Lou?

—Louisa Clark.

Un breve silencio. Pude oír sus recuerdos sobreviniéndole por el mero hecho de escuchar mi nombre y, curiosamente, me sentí culpable. La última vez que coincidimos había sido junto a la tumba de Will: un hombre envejecido prematuramente, enderezando los hombros constantemente al tiempo que luchaba por sobrellevar la pesadumbre del dolor.

—Louisa. Vaya… Cielos. Esto es… ¿Cómo estás?

Me aparté para que Violet pasara bamboleándose con el carrito. Me sonrió con gesto cómplice y se ajustó el turbante morado con la mano que tenía libre. Reparé en que llevaba banderitas del Reino Unido pintadas en las uñas.

—Estoy muy bien, gracias. ¿Y usted cómo se encuentra?

—Oh…, como siempre. A decir verdad, también estoy muy bien. Las circunstancias han cambiado un poco desde la última vez que nos vimos, pero todo esto es…, en fin…

Su momentánea e inusitada falta de cordialidad estuvo a punto de hacerme flaquear.

Inspiré hondo.

—Señor Traynor, le llamo porque tengo que comentarle algo sin falta.

—Pensaba que Michael Lawler había gestionado todos los asuntos financieros. —Su tono de voz se alteró muy ligeramente.

—No tiene nada que ver con el dinero. —Cerré los ojos—. Señor Traynor, hace poco vino alguien a verme, alguien a quien considero que debe conocer.

Una mujer estampó su maleta con ruedines contra mis piernas y articuló con los labios una disculpa.

—Vale. Esto no va a ser cosa fácil, de modo que no voy a andarme con rodeos: Will tenía una hija y se presentó en mi puerta. Está ansiosa por conocerle.

Esta vez, un largo silencio.

—¿Señor Traynor?

—Perdona. ¿Puedes repetir lo que acabas de decir?

—Will tenía una hija. No sabía de su existencia. La madre es una antigua novia, de la universidad, que no consideró oportuno decírselo. Tenía una hija; ella me localizó y tiene muchísimas ganas de conocerle. Tiene dieciséis años. Se llama Lily.

—¿Lily?

—Sí. He hablado con su madre y parece sincera. Una mujer que se apellida Miller. Tanya Miller.

—No…, no la recuerdo. Will tuvo un montón de novias.

Otro largo silencio. Cuando retomó la palabra, la voz se le quebró.

—¿Will tenía… una hija?

—Sí. Su nieta.

—¿De verdad… crees que es su hija?

—Después de conocer a su madre y oír sus argumentos… Pues sí lo creo.

—¡Oh! ¡Oh, cielo santo!

Escuché una voz al fondo:

—¿*Steven? ¿Steven? ¿Estás bien?*

Otro silencio.

—¿Señor Traynor?

—Lo siento mucho. Es solo que… estoy un poco…

Me llevé la mano a la cabeza.

—Es una noticia impactante. Lo sé. Lo siento, no se me ocurría otra manera de contárselo. No quería presentarme de improviso en su casa por si…

—No. No, no te disculpes. Son buenas noticias; magníficas noticias. Una *nieta*.

—¿Qué pasa? ¿Qué haces sentado así? —La voz de fondo sonaba preocupada.

Oí que una mano tapaba el auricular, y seguidamente:

—Estoy bien, cariño. De verdad. Te…, te lo explicaré todo en un minuto.

Más murmullos amortiguados. Y después de nuevo al teléfono, en un tono de voz de pronto inseguro:

—¿Louisa?

—¿Sí?

—¿Estás totalmente segura? Es que esto es tan...

—Segurísima, señor Traynor. Con mucho gusto le daré más detalles, pero de momento le diré que tiene dieciséis años y que está llena de vida y que..., en fin, que tiene mucho interés en saber de la familia que hasta ahora ignoraba que tenía.

—Ay, ¡válgame Dios! Ay... ¿Louisa?

—Sigo aquí.

Cuando volvió a hablar noté que mis ojos se habían llenado de lágrimas inesperadamente.

—¿Cómo puedo conocerla? ¿Cómo organizamos el encuentro con... Lily?

Fuimos en coche al sábado siguiente. A Lily le asustaba ir sola, pero no lo reconocía. Simplemente me dijo que era más conveniente que yo le explicara todo al señor Traynor porque «a la gente mayor se os da mejor hablar entre vosotros».

Hicimos el trayecto en silencio. Me sentía angustiada por mi nerviosismo ante la perspectiva de volver a entrar en la casa de los Traynor, y no es que pudiera desahogarme con la copiloto. Lily no decía ni una palabra.

¿Te creyó?

Sí, le dije. Eso pienso. Aunque más valdría hacerse un análisis de sangre, solo para que no le cupiera duda a nadie.

¿Fue él quien pidió conocerme, o lo sugeriste tú?

No me acordaba. Mi cerebro activó un zumbido estático por volver a hablar con él.

¿Y si no soy lo que espera?

Yo no estaba muy segura de que él esperase algo. Acababa de descubrir que tenía una nieta.

Lily se presentó en mi casa el viernes por la noche —pese a que no la esperaba hasta el sábado por la mañana— contando que había tenido una bronca de órdago con su madre y que Francis Caraculo le había dicho que a ver si maduraba un poco. Resopló.

—Y esto viene de un hombre que piensa que es normal destinar una habitación entera a un *tren eléctrico*.

Accedí a que se quedase en mi casa siempre y cuando (a) en todo momento yo pudiese confirmar con su madre que estaba al tanto de dónde se encontraba, (b) no bebiese y (c) no fumase en mi apartamento. Lo cual significaba que, mientras yo estaba en el baño, ella cruzaba a la tienda de Samir y le daba palique durante el tiempo que tardaba en fumarse dos cigarrillos, pero me parecía una grosería discutir. Tanya Houghton-Miller se pasó casi veinte minutos refunfuñando y poniendo pegas a todo, me repitió cuatro veces que acabaría mandando a Lily a su casa en menos de cuarenta y ocho horas, y no colgó el teléfono hasta que un crío se puso a berrear. Yo escuchaba a Lily trajinando en mi pequeña cocina y una música incomprensible para mí que hacía vibrar los escasos muebles de mi sala de estar.

Vale, Will, le dije en silencio. *Si esta era tu idea de empujarme a una vida totalmente nueva, desde luego te ha salido el tiro por la culata.*

A la mañana siguiente entré en el cuarto de invitados para despertar a Lily y la encontré sentada con los brazos alrededor de las piernas, fumando junto a la ventana abierta. Había un batiburrillo de ropa encima de la cama, como si se hubiera probado un montón de combinaciones y las hubiese descartado todas.

Me miró fijamente, como desafiándome a decir algo. Tuve una fugaz visión de Will girándose desde la ventana en su silla de ruedas, con la mirada furibunda y afligida, y por un segundo se me cortó la respiración.

—Salimos en media hora —dije.

Llegamos a las afueras del pueblo poco antes de las once. El verano había traído a hordas de turistas de vuelta a las callejuelas de Stortfold, como grupos de golondrinas de llamativos colores, con guías de viaje y helados en mano, abriéndose paso sin rumbo fijo por delante de los cafés y de las tiendas de temporada llenas a rebosar de posavasos y de calendarios con imágenes del castillo que serían rápidamente guardados en cajones en casa y rara vez se volverían a mirar. Conduje despacio al pasar por el castillo en la larga caravana de tráfico hacia la oficina del National Trust, asombrada ante los chubasqueros, anoraks y sombreros que por lo visto no cambiaban de un año para otro. Este año se cumplía el aniversario del castillo y adondequiera que miráramos había carteles anunciando eventos relacionados con él: bailes folclóricos, cochinillos asados a la vara, verbenas…

Subí por la cuesta hasta la entrada frontal de la casa, aliviada por no tener a la vista el anexo donde había pasado tanto tiempo con Will. Permanecimos en el coche escuchando el sonido del motor apagándose. Me fijé en que Lily se había hecho un desaguisado en prácticamente todas las uñas.

—¿Qué tal?

Se encogió de hombros.

—Entonces, ¿entramos?

Bajó la vista al suelo.

—¿Y si no le caigo bien?

—¿Por qué no ibas a caerle bien?

—Porque me pasa con todo el mundo.

—Estoy segura de que eso no es cierto.

—No le caigo bien a nadie en el instituto. Mis padres están deseando deshacerse de mí. —Se ensañó con la esquinita de la uña del pulgar que le quedaba—. ¿Qué clase de madre deja que su hija se vaya a vivir a un viejo apartamento mohoso de alguien a quien ni siquiera conoce?

Inspiré hondo.

—El señor Traynor es un hombre agradable. Y no te habría traído aquí si pensara que esto no iba a salir bien.

—Si no le gusto, ¿nos marcharemos y punto? O sea, ¿pitando?

—Claro.

—Me daré cuenta. Solo por cómo me mire.

—Saldremos derrapando si es preciso.

Sonrió de mala gana.

—Vale —dije, tratando de ocultar que estaba tan nerviosa como ella—. Vamos.

Me detuve en el escalón de entrada y observé a Lily para no pensar demasiado en dónde me encontraba. La puerta se abrió lentamente y apareció ahí, con la misma camisa azul aciano que yo recordaba de dos veranos anteriores, pero con un corte de pelo distinto y más corto, quizá en un vano intento de combatir el envejecimiento causado por su desolación. Abrió la boca como si quisiera decirme algo y lo hubiera olvidado; seguidamente miró a Lily y abrió una pizca más los ojos.

—¿Lily?

Ella asintió.

La observó atentamente. Nadie se movió. Y entonces apretó los labios y los ojos se le llenaron de lágrimas; dio un paso al frente y la estrechó entre sus brazos.

—Ay, mi niña. Oh, Dios mío. ¡Ay, me alegro tanto de conocerte...! Oh, Dios mío.

Inclinó su cabeza de pelo cano para apoyarla contra la de ella. Por un momento me pregunté si ella se apartaría: Lily no era muy dada al contacto físico. Pero, mientras les observaba, vi que ella alargaba las manos para rodearle por la cintura y se aferraba a su camisa; mientras se dejaba abrazar por él, los nudillos se le emblanquecieron y cerró los ojos. El hombre y su nieta permanecieron así, sin moverse del escalón de entrada, durante lo que se me antojó una eternidad.

Él se echó hacia atrás, con las lágrimas corriéndole por las mejillas.

—Deja que te mire. A ver.

Ella me miró fugazmente, cohibida y contenta al mismo tiempo.

—Sí. Puedo verlo. ¡Fíjate! ¡Fíjate! —Ladeó la cara hacia mí—. ¿A que se parece a él?

Asentí.

Ella también lo escudriñaba, tal vez buscando rasgos de su padre. Cuando bajó la vista, siguieron agarrados de la mano.

Hasta ese momento no fui consciente de que estaba llorando. Fue por el alivio patente en el rostro maltrecho y avejentado del señor Traynor, por el júbilo ante algo cuya pérdida había asumido y en parte recuperado, por la inesperada e inmensa felicidad del encuentro mutuo. Y, cuando ella le correspondió con una sonrisa —una lenta y dulce sonrisa de complicidad—, mi nerviosismo y cualquier duda que albergase sobre Lily Houghton-Miller se disiparon.

Habían pasado menos de dos años, pero Granta House había cambiado considerablemente desde la última vez que estuve allí. Habían desaparecido los enormes aparadores antiguos, las bomboneras sobre las mesas de caoba perfectamente bruñidas, las recias cortinas. Fue necesaria la presencia de Della Layton con sus patosos andares para explicar el motivo. Sí, todavía quedaban unos cuantos muebles antiguos relucientes, pero el resto era blanco o de colores vivos: nuevas cortinas en un luminoso amarillo pastel y alfombras de tonos pálidos sobre los antiguos suelos de madera, láminas modernas con marcos sin molduras. Caminó despacio a nuestro encuentro con una sonrisa algo cauta, como forzada. Noté que, a medida que se acercaba, yo retrocedía inconscientemente: había algo extrañamente impactante en su avanzado estado de gestación: su descomunal volumen, la curva casi obscena de su tripa.

—Hola, tú debes de ser Louisa. Me alegro mucho de conocerte.

Llevaba su lustroso cabello pelirrojo recogido con un pasador, una blusa de lino azul claro con las mangas remangadas sobre unas muñecas ligeramente hinchadas. No pude evitar fijarme en el enorme anillo de diamantes que le oprimía el anular, y sentí una tenue punzada al preguntarme lo que habrían supuesto los últimos meses para la señora Traynor.

—Felicidades —dije, señalando su vientre. Quise añadir algo más, pero nunca había tenido claro si era oportuno comentarle a una mujer en avanzado estado de gestación que estaba «voluminosa», «no muy voluminosa», «hermosa», «esplendorosa», o cualquier otro eufemismo al que la gente solía recurrir para disimular lo que en verdad quería decir, que básicamente era algo parecido a «¡Hostias!».

—Gracias, fue un poco inesperado, pero muy bien recibido. —Desvió su mirada de mí disimuladamente hacia el señor Traynor y Lily. Él seguía envolviendo con su mano la de Lily, dándole palmaditas con ahínco, mientras charlaba sobre la casa, sobre cómo había permanecido en la misma familia a lo largo de muchas generaciones—. ¿Preparo té para todos? —preguntó ella. Y, acto seguido, de nuevo—: ¿Steven? ¿Té?

—Perfecto, querida. Gracias. Lily, ¿tomas té?

—¿Podría tomar un zumo, por favor? ¿O agua? —Lily sonrió.

—Te ayudo —dije a Della. El señor Traynor, cogiendo a Lily del codo, había empezado a señalar a los antepasados en los retratos que había en la pared, comentando el parecido de la nariz de Lily con este, o el color de su pelo con aquel de allá.

Della los observó durante unos instantes; me pareció percibir un fugaz atisbo de abatimiento en su semblante. Me pilló mirando y sonrió rápidamente, como si le avergonzara haber mostrado sus sentimientos sin tapujos.

—Qué detalle; gracias.

Empezamos a movernos de acá para allá en la cocina, cogiendo la leche, el azúcar, una tetera, planteando educadamente la una a la otra dudas sobre galletas. Me agaché para sacar las tazas del armario porque Della no alcanzaba tan abajo y las coloqué sobre la encimera. Reparé en que eran nuevas, con un moderno diseño geométrico en lugar del desgastado juego de porcelana con motivos florales tan del gusto de su predecesora, con todas las tazas exquisitamente pintadas con hierbas y flores silvestres con nombres en latín. Daba la impresión de que se había borrado rápida e implacablemente cualquier rastro de la titularidad de la señora Traynor en la casa durante treinta y ocho años.

—La casa está... bonita. Diferente —señalé.

—Sí. Bueno, Steven perdió muchos muebles con el divorcio, así que tuvimos que darle un ligero lavado de cara. —Alargó la mano para coger la lata del té—. Perdió cosas que pertenecían a su familia desde hacía generaciones. Ella, por supuesto, se llevó lo que pudo.

Me miró fugazmente, como evaluando si podía considerarme una aliada.

—No he hablado con la señora..., con Camilla, desde que Will... —aduje, sintiéndome extrañamente desleal.

—Por cierto, Steven comentó que la chica se presentó en tu casa de improviso. —Sus labios dibujaban una media sonrisa inalterable.

—Sí. Fue una sorpresa. Pero he conocido a la madre de Lily y…, en fin, es obvio que mantuvo una relación con Will durante un tiempo.

Della se llevó la mano a la cintura y acto seguido se volvió hacia la tetera. Mi madre me había comentado que dirigía un pequeño bufete de abogados en la localidad vecina. «Es sospechoso que una mujer continúe soltera a los treinta —había señalado en tono desdeñoso y, al momento, tras mirarme fugazmente, había rectificado—: A los cuarenta. Quería decir a los cuarenta».

—¿Qué crees que quiere?

—¿Cómo?

—¿Qué crees que quiere? ¿La chica?

Oía a Lily en el vestíbulo, haciendo preguntas en tono infantil e interesado, y sentí una extraña actitud protectora hacia ella.

—No creo que quiera nada en absoluto. Simplemente acaba de descubrir a un padre cuya existencia desconocía y quiere conocer a su familia paterna. A *su* familia.

Della calentó y vació la tetera, calculó la cantidad de hojas de té (pocas, me percaté, tal y como habría hecho la señora Traynor). Vertió el agua hirviendo en la tetera despacio, con cuidado de que no le salpicara.

—Quiero a Steven desde hace mucho tiempo. Él… lleva un año o así pasando por un duro trance. Sería… —continuó hablando sin mirarme— muy difícil para él si la aparición de Lily le complicase la vida en este momento.

—No creo que Lily pretenda complicaros la vida a ninguno de los dos —repuse con tacto—. Lo que sí creo es que tiene derecho a conocer a su abuelo.

—Por supuesto —convino ella en tono amable, con su sonrisa imperturbable. En ese preciso instante me percaté de que había suspendido algún tipo de examen interno, y también de que no me importaba. Entonces, dando un último repaso a la bandeja en voz baja, Della la cogió y, tras aceptar mi ofrecimiento para llevar la tarta y la tetera, se dirigió al salón.

—¿Y tú cómo estás, Louisa?

El señor Traynor se reclinó en su sillón y una amplia sonrisa asomó en su maltrecho semblante. Prácticamente se había pasado el rato parloteando sin parar con Lily mientras tomábamos el té, preguntándole por su madre, dónde vivía, qué estudiaba (ella no le habló de los problemas que tenía en el internado), si le gustaba la tarta de fruta o la de chocolate («¿La de chocolate? ¡Igual que a mí!»), el jengibre («No») y el críquet («No mucho»), a lo que él había señalado: «¡Vaya, tendremos que hacer algo al respecto!». Lily parecía infundirle seguridad debido al parecido con su hijo. A esas alturas seguramente le habría traído sin cuidado que hubiese anunciado que su madre era una bailarina de estriptis brasileña.

Le observé lanzando miradas furtivas a Lily mientras esta hablaba, escrutándola de perfil, tal vez reconociendo rasgos de Will en ella. En otros momentos percibí atisbos de melancolía en su semblante. Me figuraba que estaría pensando en lo mismo que yo: en el dolor añadido que suponía saber que su hijo jamás la conocería. Después se recomponía a ojos vistas, irguiéndose un poco más, recobrando la sonrisa.

Pasó media hora con ella recorriendo la finca y, a la vuelta, exclamó que Lily había encontrado la salida del laberinto: «¡A la primera! Debe de ser algo genético». Lily esbozó una sonrisa pletórica, como si hubiese ganado un premio.

—Oye, Louisa, ¿cómo te va la vida?

—Muy bien, gracias.

—¿Sigues trabajando de… cuidadora?

—No…, pasé un tiempo viajando y ahora trabajo en un aeropuerto.

—¡Anda! ¡Qué bien! Espero que en British Airways.

Noté que me sonrojaba.

—En dirección, ¿no?

—Trabajo en un bar. En el aeropuerto.

Tras una fracción de segundo de titubeo, asintió firmemente.

—La gente necesita bares. Sobre todo en los aeropuertos. Yo siempre tomo un whisky doble antes de embarcar, ¿a que sí, cariño?

—Sí, efectivamente —corroboró Della.

—Y supongo que será bastante interesante ver el trasiego de pasajeros todos los días. Emocionante.

—Tengo otros planes a la vista.

—Cómo no. Qué bien. Me alegro…

Hubo un breve silencio.

—¿Cuándo sales de cuentas? —pregunté, para dejar de ser el centro de atención.

—El mes que viene —respondió Della, con las manos descansando sobre su prominente barriga—. Es una niña.

—Qué maravilla. ¿Cómo la vais a llamar?

Intercambiaron las miradas que los futuros padres se cruzan cuando han elegido un nombre, pero quieren guardarlo en secreto.

—Oh… No lo sabemos.

—Es una sensación de lo más rara. Volver a ser padre, a mi edad. Todavía no me he hecho del todo a la idea. Ya sabes, eso de cambiar pañales y cosas así. —Dirigió la mirada hacia Della y añadió de modo tranquilizador—: No obstante, es maravilloso. Soy un hombre muy afortunado. Los dos somos muy afortunados, ¿a que sí, Della?

Ella le sonrió.

—Claro —dije—. ¿Cómo está Georgina?

Noté que la expresión del señor Traynor cambiaba casi imperceptiblemente.

—Oh, muy bien. Sigue en Australia, ¿sabes?

—Ah.

—Vino hace unos meses…, pero pasó la mayor parte del tiempo con su madre. Estuvo muy ocupada.

—Claro.

—Creo que tiene novio. Estoy seguro de que alguien me comentó que tenía novio. Así que… muy bien.

Della alargó la mano para tocar la suya.

—¿Quién es Georgina? —Lily se estaba comiendo una galleta.

—La hermana menor de Will —respondió el señor Traynor, dirigiéndose a ella—. ¡Tu tía! ¡Sí! De hecho, cuando tenía tu edad, se parecía mucho a ti.

—¿Me enseñas una foto?

—Voy a buscar una. —El señor Traynor se frotó la mejilla—. A ver si me acuerdo de dónde guardamos aquella foto de su graduación.

—En tu estudio —apuntó Della—. Quédate aquí, querido. Voy a por ella. Me viene bien moverme de vez en cuando. —Se incorporó del sofá con dificultad y salió de la sala caminando pesadamente. Lily se empeñó en acompañarla.

—Tengo ganas de ver las demás fotos. Quiero saber a quién me parezco.

El señor Traynor observó cómo se marchaban sin dejar de sonreír. Nos quedamos tomando el té en silencio. Se volvió hacia mí.

—¿Has hablado ya con ella? ¿Con… Camilla?

—No sé dónde vive. Iba a preguntarle su dirección. Me consta que Lily también quiere conocerla.

—Ha pasado una mala racha. Bueno, eso es lo que dice George. La verdad es que no hemos hablado. Todo es un poco complicado por... —Hizo una seña con la cabeza en dirección a la puerta y dejó escapar un suspiro apenas perceptible.

—¿Preferiría ponerla al tanto personalmente? ¿Sobre Lily?

—Oh, no. Oh..., no. Yo... dudo que en realidad ella quiera... —Se pasó la mano por el entrecejo—. Probablemente será mejor que lo hagas tú.

Anotó la dirección y el número de teléfono en un trozo de papel y me lo dio.

—Está un poco lejos —señaló, y sonrió a modo de disculpa—. Por lo visto quiso empezar desde cero. Dale recuerdos de mi parte, ¿vale? Resulta raro... tener por fin una nieta dadas las circunstancias. —Bajó la voz—. Da la casualidad de que Camilla es la única persona que sería capaz de entender realmente cómo me siento en estos momentos.

Si se hubiese tratado de cualquier otra persona, tal vez le habría abrazado en ese preciso instante, pero dado que éramos ingleses y que en su momento había sido, por así decir, mi jefe, nos limitamos a sonreírnos incómodamente el uno al otro. Y posiblemente hubiésemos preferido estar en otra parte.

El señor Traynor se irguió en el sillón.

—Con todo, soy un hombre afortunado. Empezar de nuevo, a mi edad... No estoy del todo seguro de merecerlo.

—Dudo que la felicidad sea cuestión de lo que uno merece.

—¿Y tú? Sé que le tenías mucho cariño a Will...

—Era difícil de igualar. —Fui consciente del nudo que tenía en la garganta. Cuando se me fue, el señor Traynor seguía mirándome.

—Mi hijo era un apasionado de la vida, Louisa, no hace falta que te lo diga.

—Precisamente de eso se trata, ¿no? —Se quedó expectante—. Se le daba mucho mejor que al resto de nosotros.

—Lo superarás, Louisa. Todos lo hacemos. A nuestra manera. —Me tocó el codo con gesto dulce.

Al volver a la sala, Della se puso a recoger la bandeja, apilando las tazas con tal ostentación que obviamente era una indirecta.

—Será mejor que nos pongamos en marcha —le dije a Lily, poniéndome de pie al tiempo que ella entraba con el portarretratos en la mano.

—¿Verdad que se parece a mí? ¿A que nos damos un aire en los ojos? ¿Crees que querrá hablar conmigo? ¿Tiene e-mail?

—No me cabe duda de que lo hará —respondió el señor Traynor—. Pero, si no te importa, Lily, primero la pondré al corriente. Es una noticia bastante importante que todos necesitamos digerir. Lo mejor es que le demos unos días para que lo asimile.

—Vale. Entonces, ¿cuándo puedo venir a quedarme aquí?

Oí a mi derecha un chasquido cuando a Della estuvo a punto de caérsele una taza. Se detuvo un segundo y la enderezó sobre la bandeja.

—¿Quedarte? —El señor Traynor se inclinó hacia delante, como si no estuviese seguro de haber oído bien.

—Bueno, eres mi abuelo. Imaginaba que tal vez podría venirme a pasar el resto del verano… para conocerte mejor. Tenemos mucho que contarnos para ponernos al día, ¿no? —Tenía la cara iluminada ante la expectativa.

El señor Traynor dirigió la vista hacia Della, cuya expresión zanjó lo que fuera que él estuviera a punto de decir.

—Nos encantaría que te quedases más adelante —terció Della, al tiempo que sujetaba la bandeja—, pero justo ahora tenemos cosas de las que ocuparnos.

—Verás, es el primer hijo de Della. Creo que a ella le gustaría…

—Solo necesito un poco de tiempo a solas con Steven. Y con el bebé.

—Podría echar una mano. Los bebés se me dan fenomenal —adujo Lily—. Cuando mis hermanos nacieron, siempre cuidaba de ellos. Y eran un horror de bebés. Terribles. Se pasaban todo el tiempo berreando, vaya.

El señor Traynor miró a Della.

—Seguro que se te dará de maravilla, Lily, querida —convino—. Es solo que precisamente ahora no es el momento más oportuno.

—Pero tenéis espacio de sobra. Puedo quedarme en cualquiera de las habitaciones de invitados. Ni notaréis mi presencia. Seré de gran ayuda con los pañales y esas cosas y podría hacer de niñera para que podáis seguir saliendo. Podría... —La voz de Lily se apagó. Dirigió la mirada del uno al otro, expectante.

—Lily... —dije, vacilando incómoda junto a la puerta.

—Sobro aquí.

El señor Traynor dio un paso adelante e hizo amago de posar la mano en su hombro.

—Querida Lily. Eso no es...

Ella lo esquivó.

—Te gusta la idea de tener una nieta, pero en realidad no quieres que forme parte de tu vida. Lo único que quieres..., lo único que quieres es que venga de *visita*.

—Son las circunstancias, Lily —explicó Della con calma—. Es solo que... esperé mucho tiempo a Steven..., tu abuelo..., y para nosotros este tiempo con nuestro bebé es muy valioso.

—Y yo no lo soy.

—No es eso en absoluto. —El señor Traynor volvió a acercarse a ella.

Ella se zafó de él.

—Oh, Dios, sois todos iguales. Vosotros y vuestras pequeñas familias perfectas, cerradas a cal y canto. Nadie tiene espacio para mí.

—Oh, vamos. No nos pongamos dramáticos por... —empezó a decir Della.

—*Piérdete* —la interrumpió rabiosa Lily. Y, mientras Della reculaba y el señor Traynor, perplejo, ponía los ojos como platos, echó a correr, y yo tras ella, dejándolos en el silencio del salón.

10

*L*e escribí un e-mail a Nathan. Esta fue la respuesta:

Lou, ¿te estás chutando algo? ¿Qué coño...?

Le mandé un segundo e-mail dándole más detalles, y al parecer recobró la serenidad que le caracterizaba.

Menudo perro viejo. Todavía nos tenía guardadas algunas sorpresas, ¿eh?

No tuve noticias de Lily en dos días. Por un lado estaba preocupada y, por otro, un pelín aliviada por el mero hecho de tener un breve paréntesis de tranquilidad. Me preguntaba si, una vez descartada cualquier idea de cuento de hadas sobre su familia paterna, estaría más predispuesta a estrechar lazos con la suya. Luego me pregunté si el señor Traynor la llamaría personalmente para limar asperezas. Y también me pregunté dónde estaría Lily, y si su ausencia tenía algo que ver con el joven que había estado acechando en mi puerta. Percibí algo en él —en la actitud esquiva de Lily al preguntarle por él— que seguía muy presente en mí.

Pensé mucho en Sam y lamenté mi precipitada huida. Haberlo dejado tirado de ese modo parecía, a posteriori, una reacción excesivamente impulsiva y fuera de lugar. Debí de dar justo la imagen de la persona que me empeñaba en negar que era. Decidí que la próxima vez que coincidiera con él a la salida del Círculo del Avance reaccionaría con mucha serenidad, tal vez saludándole con una sonrisa enigmática de persona que no está deprimida.

El trabajo se me hacía muy cuesta arriba. Tenía una nueva compañera: Vera, una adusta lituana que cumplía con todas las tareas del bar esbozando la peculiar media sonrisa de quien reflexiona sobre el hecho de haber puesto una bomba lapa en las inmediaciones. Tachaba a todos los hombres de «bestias repugnantes» cuando Richard no estaba rondando.

Richard había empezado a dar charlas «de motivación» matinales, tras las cuales todos teníamos que soltar un puñetazo al aire, saltar y gritar: «¡sí!», con lo que siempre se me descolocaba la peluca de rizos, ante lo cual él ponía cara larga, como si en cierto modo fuese un defecto revelador de mi personalidad y no un riesgo implícito en llevar un postizo de nailon que de ningún modo se ajustaba a mi cabeza. La peluca de Vera permanecía inmóvil sobre la suya. Tal vez temiese demasiado caerse.

Una noche, al llegar a casa, hice una búsqueda en internet acerca de los problemas de los adolescentes para ver si podía ayudar a reparar el daño del fin de semana. Sin embargo, encontré bastante sobre arrebatos hormonales y nada que indicase qué hacer cuando has presentado a una chica de dieciséis años que acabas de conocer a los familiares de su difunto padre tetrapléjico. A las diez y media lo dejé, recorrí con la mirada mi dormitorio, donde la mitad de mi ropa seguía almacenada en cajas, me prometí a mí misma que de esa semana no pasaba que me pusiera manos a la obra y, seguidamente, convencida de que lo haría sin falta, me quedé dormida.

A las dos y media de la madrugada me despertó el sonido de un forcejeo en la cerradura de la puerta de mi apartamento. Salté de la cama dando traspiés, empuñé una mopa y miré por la mirilla con el corazón desbocado.

—¡Voy a llamar a la policía! —exclamé a voz en grito—. ¿Qué quieres?

—Soy Lily, petarda. —Al abrir, entró trastabillando, entre risas, apestando a tabaco, con los ojos embadurnados de rímel.

Me arrebujé en la bata y cerré con llave la puerta tras ella.

—Por el amor de Dios, Lily. No son horas.

—¿Te apetece ir a bailar? Se me ha ocurrido que podíamos ir a bailar. Me encanta bailar. A decir verdad, eso no es del todo cierto. Sí que me gusta bailar, pero no he venido por esa razón. Mi madre no me dejaba entrar. Han cambiado la cerradura. ¿Te lo puedes creer?

Estuve a punto de responder que, por extraño que le pareciera, sabiendo que mi despertador iba a sonar a las seis de la mañana, sí podía creerlo.

Lily chocó con fuerza contra la pared.

—Ni se ha dignado a abrir la maldita puerta. Se ha limitado a gritarme a través de la ranura del buzón. Como si yo fuera un... vagabundo de esos. Así que... se me ocurrió pasar aquí la noche. O que podíamos ir a bailar... —Cruzó por delante de mí tambaleándose en dirección al equipo de música y lo puso a todo volumen. Fui a toda prisa a bajar el sonido, pero me cogió de la mano.

—¡A bailar, Louisa! ¡Tienes que mover un poco el esqueleto! ¡Estás siempre tan triste! ¡Desmádrate! ¡Venga!

Me zafé de ella y me abalancé hacia el botón del volumen justo a tiempo de oír los primeros golpetazos de indignación procedentes del piso de abajo. Cuando me di la vuelta Lily se había esfumado al cuarto de invitados, donde, tras tambalearse, finalmente se desplomó, de bruces, sobre la cama plegable.

—Madre... mía. Esta cama es un ascoooooo.

—¿Lily? No puedes presentarte aquí por las buenas y... Ay, por el amor de Dios.

—Solo un minuto —contestó una voz amortiguada—. Es literalmente una parada. Y luego me voy a bailar. Nos vamos a bailar.

—Lily, mañana por la mañana tengo que trabajar.

—Te quiero, Louisa. ¿Te lo he dicho? Te quiero muchísimo. Eres la única que...

—No puedes desplomarte ahí sin más como...

—Mmm... Una cabezadita y a la disco...

No se movió.

Le toqué el hombro.

—Lily... ¿Lily?

Dejó escapar un leve ronquido.

Suspiré, esperé unos minutos y, a continuación, le quité sus gastadas bailarinas y lo que guardaba en el bolsillo (cigarrillos, móvil, un billete de cinco libras arrugado) y me lo llevé a mi habitación. La coloqué de costado en postura de recuperación y, finalmente, desvelada por completo a las tres de la madrugada, a sabiendas de que no pegaría ojo por temor a que se atragantase, me senté en la silla a vigilarla.

Lily tenía la expresión serena. Su ceño fruncido de recelo y su sonrisa de maniaca se habían difuminado para dar paso a algo angelical y hermoso, con el pelo extendido alrededor de sus hombros. Por muy exasperante que fuese su comportamiento, no podía enfadarme. No me quitaba de la cabeza el abatimiento de su semblante aquel domingo. Lily y yo éramos polos opuestos. No se guardaba para sí el dolor, ni lo reprimía. Arremetía contra los demás, se emborrachaba, a saber lo que haría para procurar olvidar. Se parecía más a su padre de lo que yo pensaba.

¿Qué habrías hecho tú, Will?, le pregunté en silencio.

Sin embargo, con todo lo que luché por ayudarle, con ella no sabía qué hacer. No sabía cómo mejorar la situación.

Recordé las palabras de mi hermana: «No serás capaz de sobrellevar esto, ¿sabes?». Y durante unos instantes de quietud previos al amanecer, la odié por estar en lo cierto.

Creamos más o menos una rutina en la que Lily pasaba a verme cada pocos días. Yo nunca estaba segura de la Lily que encontraría en mi puerta: la Lily hiperexcitada exigiendo que saliéramos a comer a tal restaurante o a ver la preciosidad de gato que había junto a la pared de abajo, o que bailáramos en la sala de estar con la música de no sé qué grupo que acababa de descubrir; o la Lily apagada y huraña que asentía a modo de saludo al llegar a casa y se iba derecha a mi sofá a tumbarse a ver la televisión. A veces hacía preguntas al azar sobre Will: qué programas le gustaban (apenas veía la televisión; prefería las películas); cuál era su fruta favorita (las uvas sin pepitas, las rojas); cuándo fue la última vez que le vi reír (no era de risa fácil, pero su sonrisa... Podía visualizarla, un singular destello de dientes blancos y regulares, las comisuras de los ojos fruncidas). Nunca estaba segura de si mis respuestas la satisfacían.

Y luego, cada diez días o así, aparecía la Lily borracha o algo peor (siempre me cabía la duda) que aporreaba mi puerta a altas horas de la noche, haciendo caso omiso de mis protestas por la hora y el desvelo, que pasaba dando tumbos por mi lado con churretes de rímel en las mejillas y un zapato menos, caía

desplomada sobre la pequeña cama plegable y se hacía la re-
molona al despertarla por la mañana antes de marcharme.

Parecía tener pocas aficiones y aún menos amigos. Entablaba conversación con cualquier desconocido, pidiendo favores con el descaro y el desenfado de un crío indomable. Pero
no respondía al teléfono en casa y por lo visto imaginaba que
despertaba antipatía en todo aquel que conocía.

Dado que la mayoría de las escuelas privadas habían cerrado para las vacaciones de verano, le pregunté adónde iba
cuando no estaba en mi apartamento o de visita en casa de su
madre y, tras una breve pausa, respondió: «A casa de Martin».
Al preguntarle si era su novio, puso la expresión universal de
los adolescentes en respuesta a un adulto que insinúa algo no
solo absolutamente disparatado, sino también repugnante.

A veces se mostraba irritada, otras era maleducada. Pero
no podía echarla bajo ningún concepto. Por voluble que fuese
su actitud, me daba la impresión de que bajo mi techo se encontraba a salvo. Me dio por indagar: examiné su móvil en
busca de mensajes (bloqueado con contraseña), registré sus
bolsillos en busca de drogas (nada, aparte de aquel único porro), y una vez, a los diez minutos de que llegara con rastro de
lágrimas en la cara y copas de más, me asomé a observar el
coche aparcado abajo, en la puerta de mi edificio, que estuvo
dando estridentes pitidos intermitentes durante prácticamente
tres cuartos de hora. Al final un vecino bajó y le aporreó la
ventanilla con tal ímpetu que el conductor se marchó.

—A ver, no te estoy juzgando, pero no me parece bien
que bebas hasta tal punto que descontroles, Lily —le dije una
mañana mientras preparaba café para las dos. A estas alturas
Lily pasaba tanto tiempo conmigo que no me había quedado
más remedio que cambiar mis hábitos de vida: comprar para
dos, ordenar el desorden ajeno, preparar bebidas calientes
para ambas, acordarme de cerrar el pestillo de la puerta del

baño para evitar comentarios desagradables como: «¡Por
Dios! ¡Puf!».

—Sí que me estás juzgando. Precisamente eso es lo que
significa «No me parece bien».

—Hablo en serio.

—¿Acaso te digo yo cómo debes vivir tu vida? ¿Acaso te
digo que este apartamento es deprimente y que te vistes como
quien ha perdido las ganas de vivir, salvo en tu papel de porno-
elfo a la pata coja? ¿Eh? ¿Eh? Pues no. Me callo, así que déjame
en paz.

Entonces me dieron ganas de contárselo. Me dieron ganas
de contarle lo que me había ocurrido hacía nueve años, una
noche en la que bebí demasiado, y cómo mi hermana me había
llevado a casa, sin zapatos y llorando en silencio, de madrugada. Pero sin duda reaccionaría con la misma actitud desdeñosa
e infantil que adoptaba ante casi todas mis confesiones, y esa
conversación solo la había mantenido una vez en mi vida con
una única persona. Y ya no estaba aquí.

—Tampoco es justo que me despiertes en mitad de la
noche. Tengo que madrugar para ir a trabajar.

—Pues dame una llave. Así no te despertaré, ¿no?

Me fulminó con su peculiar sonrisa triunfal. Era poco
habitual, arrebatadora y tan parecida a la de Will que accedí a
darle una copia. Incluso en el momento de entregársela, sabía
lo que opinaría mi hermana.

Durante ese periodo hablé en dos ocasiones con el señor Traynor. Le inquietaba saber si Lily se encontraba bien y empezaban a preocuparle sus perspectivas de futuro.

—A ver, está claro que es una chica espabilada. No me
parece bien que deje los estudios a los dieciséis. ¿Sus padres no
opinan nada al respecto?

—Por lo visto no hablan demasiado.

—¿Debería intervenir yo? ¿Consideras que necesita apoyo económico para la universidad? Si te soy sincero, desde el divorcio no tengo tanta holgura como antes, pero Will nos dejó un buen pellizco. De modo que he pensado que así le daría... un uso apropiado. —Bajó la voz—. No obstante, sería conveniente que de momento no le comentásemos nada a Della. No quiero que se haga una idea equivocada.

Reprimí las ganas de preguntar cuál sería la idea correcta.

—Louisa, ¿crees que podrías convencer a Lily de que vuelva? No dejo de pensar en ella. Me gustaría que todos lo intentásemos de nuevo. A Della también le encantaría conocerla mejor.

Recordé la expresión de Della mientras nos movíamos de puntillas esquivándonos en la cocina y me pregunté si el señor Traynor hacía la vista gorda adrede o si no era más que un eterno optimista.

—Lo intentaré —prometí.

Hay un peculiar silencio en un apartamento cuando estás sola en una ciudad en un caluroso fin de semana de verano. Me tocaba el turno de mañana, había terminado a las cuatro, llegué a casa sobre las cinco, agotada, y en mi fuero interno di gracias por disponer, durante unas escasas horas, de mi casa a mis anchas. Me duché, tomé unas tostadas, eché un vistazo a la web para ver si había algún trabajo donde pagaran más del sueldo mínimo o no hicieran contratos basura, y luego me senté en la sala de estar con las ventanas abiertas de par en par para que corriera algo de aire, a escuchar los sonidos de la ciudad que se filtraban con la cálida brisa.

En general, me sentía razonablemente a gusto con mi vida. Había acudido a suficientes terapias de grupo como para saber lo importante que era agradecer los pequeños placeres. Tenía salud. Había recuperado a mi familia. Tenía trabajo. Aunque me negase a aceptar la muerte de Will, al menos sí que sentía que empezaba a salir del hoyo.

Y sin embargo…

En tardes como aquellas, cuando las calles estaban llenas de parejas paseando y de risas de gente que ocupaba las aceras de los bares planeando cenas, salidas de copas, a discotecas, sentía una desazón en mi interior; algo primario me decía que me encontraba en el lugar equivocado, que me perdía algo.

En esos momentos es cuando más sola me sentía.

Puse un poco de orden, lavé el uniforme, y después, justo cuando me estaba sumiendo en una especie de plácida melancolía, sonó el telefonillo. Me levanté y descolgué el auricular con desgana, esperando oír a un conductor de UPS pidiendo indicaciones, o a algún repartidor con una pizza hawaiana que se había equivocado de dirección, pero en su lugar oí la voz de un hombre.

—¿Louisa?

—¿Quién es? —pregunté, aunque inmediatamente supe de quién se trataba.

—Sam. Sam el de la ambulancia. Es que he salido del trabajo y pasaba por aquí de camino a casa y…, bueno, la otra noche te fuiste con tanta prisa que quería asegurarme de que estás bien.

—¿Dos semanas después? A estas alturas me podrían haber devorado los gatos.

—Me figuro que no es el caso.

—No tengo gatos. —Un breve silencio—. Pero estoy bien, Sam el de la ambulancia. Gracias.

—Genial… Me alegro.

Me moví para ver su imagen granulada en la pequeña pantalla de vídeo del recibidor. Llevaba puesta una cazadora de motero en vez de su uniforme de técnico de emergencias sanitarias y tenía una mano apoyada en la pared, la cual apartó en ese momento, y se giró hacia la calle. Vi que suspiraba, y ese pequeño gesto me animó a hablar.

—Bueno…, ¿qué te cuentas?

—No mucho. Básicamente trato de ligar sin suerte a través de un telefonillo.

Mi risa fue demasiado espontánea. Demasiado fuerte.

—Yo tiré la toalla en ese sentido hace siglos —contesté—. Resulta dificilísimo invitarles a una copa.

Vi cómo se reía. Recorrí con la mirada mi silencioso apartamento. Y dije sin pensar:

—Quédate ahí. Bajo.

Iba a coger mi coche, pero al tenderme un casco para que subiera a su moto me pareció de remilgada empeñarme en ir por mis propios medios. Me metí las llaves en el bolsillo y aguardé a que me hiciese una señal para subir.

—¿Eres enfermero y conduces una moto?

—Ya. Voy dejando vicios y este es prácticamente el único que me queda. —Sonrió con picardía. Sentí una inesperada sacudida en mi interior—. ¿No te inspiro confianza?

No existía una respuesta apropiada a esa pregunta. Le sostuve la mirada y subí a la moto. Si hacía alguna maniobra peligrosa, estaba cualificado para remendarme después.

—Oye, ¿qué hago? —pregunté, al tiempo que me enfundaba el casco—. Es la primera vez que me subo a un trasto de estos.

—Agárrate a los asideros del asiento y simplemente adáptate al movimiento de la moto. No te apoyes en mí. Si te resulta incómodo, tócame el hombro y pararé.

—¿Dónde vamos?

—¿Se te da bien el diseño de interiores?

—Fatal. ¿Por qué?

Le dio a la llave de contacto.

—Tenía pensado enseñarte mi nueva casa.

Enseguida nos adentramos en el tráfico, sorteando coches y camiones, siguiendo las indicaciones hacia la autopista. No tuve más remedio que cerrar los ojos, pegarme a su espalda y rezar para que no me oyese chillar.

Cruzamos el extrarradio de la ciudad, donde los jardines eran cada vez más grandes hasta convertirse en campos y las casas tenían nombres en lugar de números. Atravesamos un pueblo que prácticamente lindaba con el anterior; Sam redujo la velocidad a la altura del portón de una parcela y, finalmente, apagó el motor y me hizo un gesto para que bajara. Me quité el casco, con el zumbido de mis latidos aún en los oídos, y traté de despegarme el sudoroso pelo de mi cabeza con los dedos, entumecidos de agarrar los asideros del asiento trasero.

Sam abrió el portón y me hizo pasar. La mitad de la parcela estaba cubierta de hierba; la otra, era un revoltijo de bloques de hormigón y cemento. En la esquina de la zona de obras, resguardado por un alto seto, había un vagón de tren y, junto a este, un corral donde varias gallinas se detuvieron a observarnos expectantes.

—Mi casa.

—¡Qué bonita! —Eché un vistazo a mi alrededor—. Hum... ¿Dónde está?

Sam empezó a andar por la parcela.

—Aquí. Esos son los cimientos. Tardé prácticamente tres meses en colocarlos ahí abajo.

—¿Vives aquí?

—Ajá.

Miré fijamente los bloques de hormigón. Cuando volví la vista hacia él, algo en su mirada me hizo morderme la lengua. Me rasqué la cabeza.

—Oye..., ¿vas a quedarte como un pasmarote toda la tarde, o me vas a hacer una visita guiada?

Bajo el sol de la tarde, entre el aroma a hierba y a lavanda impregnado en el ambiente y el perezoso zumbido de las abejas, fuimos caminando despacio de un bloque a otro, mientras Sam señalaba dónde irían las puertas y ventanas.

—Este es el baño.

—Hay corriente.

—Sí. Tengo que arreglar eso. Cuidado; en realidad eso no es una puerta. Acabas de meterte en la ducha.

Puso el pie sobre una pila de bloques de cemento para subir a otra mole gris y me tendió la mano para que pudiera subir sin contratiempos.

—Y aquí está la sala de estar. Así, al mirar por esa ventana de ahí —hizo un cuadrado con las manos a modo de explicación—, hay vistas a campo abierto.

Me asomé al esplendoroso paisaje de abajo. Me daba la sensación de estar a millones de kilómetros de la ciudad, no a dieciséis. Respiré hondo, disfrutando de lo inesperado de la situación.

—Es bonita, pero creo que el sofá está mal colocado —comenté—. Hacen falta dos. Uno aquí, y quizá otro ahí. Supongo que aquí pondrás una ventana, ¿no?

—Ah, sí. Tiene que haber una doble vista.

—Hum... Además, tienes que replantearte el espacio de almacenamiento sin falta.

Lo más curioso fue que, al cabo de unos minutos paseando y charlando, realmente conseguí imaginar la casa. Seguí los trazos que Sam perfilaba con las manos en dirección a chimeneas invisibles, las escaleras que concebía en su imaginación, las líneas que dibujaba en techos inexistentes. Imaginé los ventanales, los pasamanos que un amigo suyo tallaría en roble envejecido.

Jojo Moyes

—Va a quedar preciosa —dije cuando visualizamos el último baño anexo.

—Dentro de unos diez años. Pero, vaya, eso espero.

Al contemplar la parcela, reparé en el huerto de hortalizas, el gallinero, el canto de los pájaros.

—Francamente, no es esto lo que esperaba. ¿No te tienta la idea de…, ya me entiendes, contratar a albañiles?

—Es probable que lo haga en un momento dado. Pero me gusta hacerlo yo mismo. Construir una casa es bueno para el alma. —Se encogió de hombros—. Cuando te pasas todo el día poniendo parches en heridas de puñaladas, a ciclistas excesivamente confiados, a mujeres cuyos maridos las han utilizado como sacos de boxeo y a niños con asma crónica a causa de la humedad…

—… y a mujeres bobas que se caen de azoteas.

—A esas también. —Señaló hacia la hormigonera y los ladrillos apilados—. Hago esto para poder enfrentarme a eso. ¿Una cerveza? —Subió al vagón y me hizo una señal para que le acompañara.

El interior había dejado de ser un vagón de tren. Tenía un pequeño espacio para la cocina impecablemente diseñado y al fondo un asiento tapizado en forma de L, aunque aún despedía vagamente un olor a cera de abeja y a pasajeros de la clase alta rural.

—No me gustan las casas móviles —señaló, como intentando justificarse. Hizo un gesto hacia el asiento—. Siéntate. —Después sacó un botellín de cerveza fría de la nevera, lo abrió y me lo tendió. Para él puso la tetera en el fuego.

—¿No bebes?

Negó con la cabeza.

—Resulta que, después de un par de años en este trabajo, al llegar a casa me tomaba un trago para relajarme. Y luego fueron dos. Y con el tiempo llegué a la conclusión de que no conseguía relajarme hasta que me tomaba esos dos, o incluso un tercero. —Abrió una caja de té y dejó caer una bolsita en una taza—. Y entonces… perdí a alguien muy allegado a mí, y decidí que, si no paraba de beber, no dejaría de hacerlo en mi vida. —No me miraba mientras decía esto; se limitaba a deambular por el vagón, una figura corpulenta y sin embargo extrañamente grácil entre cuatro paredes—. Sí que tomo alguna que otra cerveza, pero esta noche no. Luego te voy a llevar a casa.

Comentarios como ese compensaban lo insólito de estar sentada en un vagón de tren con un hombre a quien apenas conocía. ¿Cómo ibas a mantener una actitud reservada con alguien que te había socorrido con el cuerpo destrozado y semidesnudo? ¿Cómo ibas a desconfiar de un hombre que ya se había ofrecido abiertamente a llevarte a casa? Era como si las circunstancias de nuestro primer encuentro hubiesen salvado los obstáculos y la falta de naturalidad propios de cuando conoces a alguien. Él me había visto en ropa interior. Caramba, había visto hasta por debajo de mi propia piel. Eso implicaba que me sintiera más a gusto con Sam que con cualquier otra persona.

El vagón me recordaba a las caravanas de gitanos sobre las que había leído en mi infancia, donde todo tenía su sitio y había orden en un espacio reducido. Era acogedor, aunque también austero e inconfundiblemente masculino. Se respiraba un agradable olor a madera recalentada por el sol, a jabón y a bacon. Un comienzo desde cero, supuse. Me preguntaba qué habría pasado con la que fuera su antigua casa y la de Jake.

—Oye…, hum…, ¿qué opina de esto Jake?

Se sentó en el extremo opuesto del banco con su té.

—Al principio pensaba que estaba loco. Ahora le gusta bastante. Se ocupa de las gallinas cuando estoy de servicio. A cambio le he prometido enseñarle a conducir por la parcela cuando cumpla diecisiete.

Sostuvo en alto la taza.

—Que Dios me ayude.

Yo levanté mi botellín a modo de brindis.

Tal vez fuera por el inesperado placer de salir al aire libre una cálida noche de viernes con un hombre que te miraba a los ojos al hablar y cuyo pelo era de esos que dan ganas de alborotar con los dedos, o quizá simplemente fuera por la segunda cerveza, pero el caso es que al final empecé a pasarlo bien. Como el ambiente del vagón estaba cargado, nos acomodamos fuera en dos sillas plegables. Me puse a observar a las gallinas que picoteaban entre la hierba —lo cual, curiosamente, resultaba relajante—, mientras escuchaba las anécdotas que Sam contaba sobre pacientes obesos que requerían cuatro unidades para ser sacados de sus casas, y miembros de bandas juveniles que intentaban atacarse entre sí incluso cuando les estaban dando puntos en la ambulancia. Mientras charlábamos me dio por fijarme disimuladamente en él, en la manera en la que ahuecaba las manos alrededor de la taza, en sus repentinas sonrisas, que dibujaban tres líneas perfectas desde las comisuras de sus ojos, como si hubiesen sido trazadas con la precisión de un tiralíneas.

Me habló de sus padres: su padre, bombero jubilado; su madre, cantante de club nocturno, que había renunciado a su carrera por sus hijos. («Creo que ese es el motivo por el que tu disfraz me tocó la fibra. Me siento a gusto entre brillos»). No mencionó el nombre de su difunta esposa, pero señaló que a su madre le preocupaba la ausencia constante de una influencia femenina en la vida de Jake.

—Una vez al mes lo recoge para llevarlo en volandas de nuevo a Cardiff, donde sus hermanas y ella lo miman, lo ceban y se cercioran de que no le falten calcetines. —Apoyó los codos en las rodillas—. Él protesta a la hora de irse, pero en el fondo le encanta.

Le conté lo del regreso de Lily, y le impactó mi relato de su encuentro con los Traynor. Le comenté sus desconcertantes cambios de humor y su comportamiento imprevisible, y él asentía como si todo fuera lo que cabía esperar. Cuando le hablé sobre la madre de Lily, negó con la cabeza.

—El mero hecho de ser ricos no los convierte en mejores padres —dijo—. Si esa madre estuviese en situación de desamparo, seguramente recibiría una pequeña visita de los servicios sociales. —Levantó la taza como si fuera a brindar—. Es bonito lo que estás haciendo, Louisa Clark.

—Dudo que lo esté haciendo muy bien.

—Nadie siente que lo está haciendo bien con los adolescentes, jamás —dijo—. Creo que por ahí van los tiros.

Resultaba difícil encajar a este Sam, a gusto en su casa, ocupándose de sus gallinas, con la versión del mujeriego llorón del que oíamos hablar en el Círculo del Avance. Sin embargo, yo sabía muy bien que el personaje que decidías presentar de cara a la galería podía ser muy distinto a lo que había en el interior. Sabía hasta qué punto el dolor podía inducirte a comportamientos que ni siquiera entendías.

—Me encanta tu vagón de tren —dije—, y tu casa invisible.

—Entonces espero que vuelvas.

El *follador compulsivo*. Si así era como se ligaba a las mujeres —pensé con cierta añoranza—, entonces sí era bueno, caramba. Era una potente combinación: el caballeroso padre acongojado, las sonrisas sin venir a cuento, la manera en la que cogía una gallina con una sola mano y cómo la gallina se quedaba tan contenta. Por nada del mundo me convertiría en una de sus psiconovias, me decía en mi fuero interno sin cesar. Pero daba cierto morbo el mero hecho de coquetear ligeramente con un hombre guapo. Resultaba agradable experimentar algo que no fuera ansiedad, o rabia contenida, dos emociones que venían aparejadas y que por lo visto definían gran parte de mi día a día.

Las únicas relaciones que había tenido con el sexo opuesto en el transcurso de los últimos meses habían sido provocadas por el alcohol y habían acabado en un taxi y con lágrimas de odio hacia mí misma en la ducha.

¿Qué opinas, Will? ¿Te parece bien esto?

Había oscurecido, y nos pusimos a contemplar a las gallinas, que se recogían cacareando indignadas en el gallinero.

Sam las observaba. Se recostó en la silla.

—Me da la sensación, Louisa Clark, de que cuando estás hablando conmigo hay una conversación paralela en otro lugar.

Me hubiese gustado replicar con una salida ocurrente, pero tenía razón y me quedé sin palabras.

—Tú y yo. Los dos nos estamos andando con evasivas.

—Eres muy directo.

—Y ahora he hecho que te sientas incómoda.

—No. —Lo miré fugazmente—. Bueno, puede que un poco.

Por detrás, un cuervo alzó el vuelo ruidosamente; su aleteo emitió vibraciones en la quietud del aire. Reprimí el impulso de atusarme el pelo y, en vez de eso, apuré mi cerveza.

—Vale. Bien. Ahí va una pregunta genuina. ¿Cuánto tiempo consideras que se tarda en superar la muerte de alguien? Me refiero a una persona a la que realmente querías.

No estoy segura de por qué lo pregunté. Dadas sus circunstancias, fue de una franqueza brutal. Tal vez temía que entrara en acción el follador compulsivo.

Sam abrió ligeramente los ojos.

—Guau. Bueno… —Bajó la vista a su taza, y luego la levantó hacia el umbrío campo—. No estoy seguro de que se llegue a superar en la vida.

—Qué optimista.

—No, en serio. He meditado mucho sobre ello. Aprendes a vivir con ello, con ellos. Porque sí que permanecen a tu lado, a pesar de que ya no vivan ni respiren. No es la pena desgarradora que sentías al principio, de esas que te consumen y hacen que te den ganas de llorar en lugares inoportunos, y que te saquen de quicio todos los idiotas que continúan con vida mientras la persona que quieres está muerta. Es algo que aprendes a encajar, y punto. Como adaptarse a un agujero. No lo sé. Es como si te convirtieras en… un donut en vez de en un bollo.

Su rostro reflejaba tanta tristeza que de pronto me dio remordimiento.

—Un donut.

—Vaya comparación más absurda —reconoció con una media sonrisa.

—No era mi intención…

Negó con la cabeza. Miró la hierba que había entre sus pies y a continuación a mí de reojo.

—Venga. Vamos a llevarte a casa.

Echamos a andar por la parcela en dirección a su moto. Había refrescado, y me crucé de brazos. Al darse cuenta, me tendió su cazadora e insistió cuando le dije que estaba bien. Era de un grosor agradable e intensamente masculina. Reprimí las ganas de olerla.

—¿Es así como te ligas a todas tus pacientes?

—Solo a las vivas.

Me eché a reír. Me salió inesperadamente, más fuerte de lo que pretendía.

—La verdad es que no debemos salir con pacientes. —Me tendió el casco para el acompañante—. Pero supongo que ya no eres mi paciente.

Lo cogí.

—Y esto tampoco es lo que se dice una cita.

—Ah, ¿no? —Asintió ligeramente con aire filosófico al subirme a la moto—. Vale.

11

*E*sa semana, al llegar al Círculo del Avance, Jake no estaba. Mientras Daphne comentaba su falta de maña para abrir tarros sin un hombre en casa y Sunil hablaba de los problemas para repartir los escasos bienes de su hermano mayor entre los hermanos que quedaban, me sorprendí esperando que se abriesen las recias puertas rojas del fondo del salón de la parroquia. Me dije a mí misma que lo que me preocupaba era el bienestar de Jake, que tenía que aprender a expresar en un lugar seguro su malestar por la actitud de su padre. Me dije firmemente a mí misma que no era a Sam a quien esperaba ver, apoyado en su moto.

—¿Cuáles son las pequeñas cosas que te motivan, Louisa?

A lo mejor Jake había dejado las sesiones, pensé. Tal vez había decidido que ya no las necesitaba. La gente abandonaba; todo el mundo lo decía. Y se acabó. Jamás volvería a ver a ninguno de los dos.

—¿Louisa? ¿Las cosas del día a día? Algo debe de haber.

Seguía pensando en aquel terreno, en el pulcro recinto del vagón de tren, en el modo en el que Sam había caminado tranquilamente por la parcela con una gallina bajo el brazo, como si se tratase de un valioso paquete. Las plumas de su buche eran tan suaves como un susurro.

Daphne me dio con el codo.

—Estábamos comentando las pequeñas cosas del día a día que obligan a considerar la pérdida —apuntó Marc.

—Yo echo de menos el sexo —dijo Natasha.

—Eso no entra dentro de las pequeñas cosas —objetó William.

—Tú no conociste a mi marido —alegó Natasha, y soltó una carcajada—. No es cierto. Ha sido una broma de muy mal gusto. Perdona. No sé cómo se me ha ocurrido.

—Es bueno bromear —dijo Marc para darle ánimos.

—Olaf estaba bien dotado. Muy bien dotado, de hecho. —Natasha miró a su alrededor parpadeando. Al ver que nadie intervenía, separó las manos unos treinta centímetros y asintió con ahínco—. Fuimos muy felices.

Hubo un breve silencio.

—Bien —dijo Marc—. Me alegra oír eso.

—No quiero que nadie piense…, o sea, eso no es en lo que quiero que la gente se fije cuando piense en mi marido. Que tenía un diminuto…

—Seguro que nadie piensa eso de tu marido.

—Yo sí, como sigas dale que te pego —terció William.

—No quiero que pienses en el pene de mi marido —dijo Natasha—. Es más, te prohíbo que pienses en el pene de mi marido.

—¡Entonces abandona de una vez el tema! —exclamó William.

—¿Podemos dejar de hablar de penes? —sugirió Daphne—. Me provoca una sensación extraña. Las monjas solían pegarnos con la regla por el mero hecho de mencionar la palabra «entrepierna».

Entonces Marc intervino con un timbre de desesperación en su voz:

—¿Qué os parece si zanjamos la conversación sobre...? Retomemos los símbolos de la pérdida. Louisa, estabas a punto de decirnos cuáles son las pequeñas cosas que te hacen revivir la pérdida.

Permanecí inmóvil, procurando ignorar a Natasha, que de nuevo sostenía las manos en alto, calculando en silencio la improbable longitud de algo.

—Creo que echo en falta a alguien con quien hablar de las cosas —dije detenidamente.

Hubo un murmullo en señal de complicidad.

—A ver, no soy de esas personas que tienen un enorme círculo de amistades. La relación con mi último novio duró siglos y... la verdad es que no salíamos mucho. Y luego estuve con... Bill. Solíamos charlar sin parar. Sobre música, gente y cosas que habíamos hecho y que teníamos ganas de hacer, y jamás me preocupó la posibilidad de meter la pata al hablar, o de ofender a alguien, porque él me tenía «calada», ¿entendéis? Y ahora me he mudado a Londres y estoy prácticamente sola, sin contar a mi familia, y dialogar con ellos siempre resulta... peliagudo.

—Bien dicho —afirmó Sunil.

—Y ahora hay una cosa que me gustaría comentar con él. Hablo con él en mi pensamiento, pero no es lo mismo. Echo de menos tener esa... capacidad de decir sin más: «Oye, ¿qué opinas de esto?». Y saber que, dijera lo que dijese, probablemente sería lo correcto.

El grupo se quedó en silencio unos instantes.

—Puedes hablar con nosotros, Louisa —dijo Marc.

—Es... complicado.

—Siempre es complicado —terció Leanne.

Observé sus rostros, amables y expectantes; era totalmente imposible que entendiesen nada de lo que les estaba diciendo. No alcanzarían a entenderlo.

Daphne se ajustó el pañuelo de seda.

—Lo que Louisa necesita es otro joven con quien hablar. Cómo no lo va a necesitar: es joven y guapa. Encontrarás a otro —dijo—. Y tú, Natasha. Salid por ahí. Es demasiado tarde para mí, pero vosotras no deberíais estar sentadas en este viejo y lúgubre salón... Perdona, Marc, pero es así. Deberíais estar por ahí bailando, divirtiéndoos.

Natasha y yo nos cruzamos la mirada. Estaba claro que tenía las mismas ganas de salir a bailar que yo.

El recuerdo de Sam me vino a la cabeza de pronto y tuve que apartar rápidamente ese pensamiento.

—Y, si alguna vez queréis otro pene, seguro que podría anotaros...

—Vale, escuchad. Pasemos a los testamentos —propuso Marc—. ¿Alguna sorpresa?

Cuando llegué a casa, agotada, a las nueve y cuarto, encontré a Lily en pijama tumbada en el sofá enfrente del televisor. Solté mi bolso.

—¿Desde cuándo estás aquí?

—Desde el desayuno.

—¿Qué tal?

—Mmm.

La palidez de su cara reflejaba que se encontraba enferma o hecha polvo.

—¿No te encuentras bien?

Estaba comiendo palomitas de un bol y hurgó lánguidamente con los dedos en el fondo en busca de migas.

—Simplemente no me apetecía hacer nada hoy.

El móvil de Lily emitió un pitido. Se quedó mirando con desgana el mensaje que había recibido y acto seguido metió el teléfono debajo de un cojín del sofá.

—¿En serio que todo va bien? —pregunté un minuto después.

—Muy bien.

No daba esa impresión.

—¿Puedo ayudar en algo?

—Te repito que estoy muy bien.

No me miró al hablar.

Lily pasó aquella noche en el apartamento. Al día siguiente, cuando me disponía a ir al trabajo, el señor Traynor llamó para hablar con ella. Estaba tendida en el sofá y, al decirle quién estaba al teléfono, me miró con gesto impasible hasta que por fin, a regañadientes, alargó la mano para coger el auricular. Me quedé allí de pie mientras ella le escuchaba. No pude oír lo que le decía, pero sí su tono: amable, tranquilizador, lisonjero. Al terminar, ella esperó unos instantes antes de decir:

—Vale. Estupendo.

—¿Vas a volver a verle? —pregunté, al tiempo que colgaba el teléfono.

—Quiere venir a Londres.

—Vaya, qué detalle.

—Pero justo ahora no puede alejarse demasiado de *ella* por si se pone de parto.

—¿Quieres que te lleve yo a verle?

—No.

Se acercó las rodillas al pecho para apoyar la barbilla, estiró el brazo para coger el mando a distancia y se puso a zapear.

—¿Quieres hablar? —le pregunté, al cabo de un minuto.

No respondió y, pasados unos minutos, concluí que la conversación quedaba zanjada.

El jueves entré en mi habitación, cerré la puerta y llamé a mi hermana. Hablábamos varias veces a la semana. Ahora que el distanciamiento con mis padres había dejado de cernirse sobre nosotras como una bomba de relojería, resultaba más fácil.

—¿Te parece normal?

—Papá me contó que, en una ocasión, a los dieciséis años, pasé dos semanas enteras sin dirigirle la palabra. Solo gruñidos. Y la verdad es que yo estaba tan pancha.

—Es que ni siquiera gruñe. Parece muy abatida.

—Como todos los adolescentes. Es un fallo del sistema. Por quienes hay que preocuparse es por los que están animados: seguramente estén escondiendo algún desorden alimentario gravísimo o robando barras de labios en Boots.

—Lleva tres días tirada en el sofá.

—¿Y?

—Creo que algo va mal.

—Tiene dieciséis años. Su padre jamás supo de su existencia y palmó antes de darle la oportunidad de conocerle. Su madre se casó con uno al que ella llama Caraculo; tiene dos hermanos pequeños que suenan como Rasca y Pica; y han cambiado la cerradura de su casa. Si fuera ella, seguramente pasaría un año tirada en el sofá. —Treena le dio un ruidoso trago al té—. Y encima vive con alguien que se pone elastán verde brillante para un trabajo de camarera al que considera una profesión.

—Lúrex. Es de lúrex.

—Lo que sea. Oye, ¿cuándo vas a buscar un trabajo de verdad?

—Pronto. Solo necesito arreglar esta situación antes.

—Esta situación.

—Está por los suelos. Me duele por ella.

—¿Sabes lo que me deja a mí por los suelos? Que sigues prometiendo que vas a vivir una vida decente y luego te sacrificas por el primer niño descarriado que se cruza en tu camino.

—Will no era un niño descarriado.

—Pero Lily sí. Por favor, ni siquiera conoces a esa chica, Lou. Deberías centrarte en seguir adelante. Deberías estar mandando currículos, recurriendo a tus contactos, identificando tus puntos fuertes, no buscando más excusas para seguir manteniendo tu propia vida en un compás de espera.

Contemplé el cielo sobre la ciudad. Oí desde la habitación contigua el parloteo amortiguado de la televisión, a Lily levantándose y encaminándose a la nevera, y, a continuación, dejándose caer de nuevo sobre el sofá. Bajé la voz.

—¿Y tú qué harías, Treen? La hija del hombre al que amabas se presenta en tu puerta sin previo aviso y por lo visto todos los demás prácticamente se han desentendido de ella. ¿La dejarías tirada también, o qué?

Mi hermana se quedó callada unos instantes. Esto ocurría en contadas ocasiones y no tuve más remedio que seguir hablando.

—Si resulta que Thom, dentro de ocho años, riñe contigo por la razón que sea (digamos que se encuentra bastante solo y que se aparta del buen camino), ¿te parecería bien que la persona a la que recurriese en busca de ayuda considerase que es un marronazo mayúsculo, o qué? ¿Que se vayan a la mierda y que hagan lo que les dé la gana? —Apoyé la cabeza contra la pared—. Trato de hacer lo correcto, Treen. No la tomes conmigo, anda.

Nada.

—Me hace sentir mejor, ¿vale? Me hace sentir mejor el hecho de saber que soy de ayuda.

Mi hermana estuvo callada tanto rato que me pregunté si habría colgado.

—¿Treen?

—Vale. Oye, recuerdo perfectamente haber leído algo en psicología social acerca de que el exceso de contacto cara a cara agota a los adolescentes.

—¿Pretendes que hable con ella con una puerta de por medio? —Algún día mantendría una conversación telefónica con mi hermana que no incluyese el suspiro de hastío de quien explica algo a alguien medio tonto.

—No, petarda. Lo que significa es que, para conseguir que se abra a ti, tenéis que estar haciendo algo juntas, codo con codo.

De camino a casa el viernes por la tarde hice una parada en el hipermercado de bricolaje. Al llegar a mi portal, subí los cuatro tramos de escaleras con las bolsas a cuestas y entré en casa. Lily se encontraba justo donde me figuraba: tumbada frente al televisor.

—¿Qué es eso? —preguntó.

—Pintura. Este apartamento está un poco apagado. No dejas de decirme que tengo que darle un toque alegre. Se me ha ocurrido que podríamos quitar de una vez este soso y desfasado tono asalmonado.

No pudo contenerse. Fingí estar ocupada preparándome algo de beber y vi por el rabillo del ojo cómo se estiraba y se acercaba a examinar las latas de pintura.

—Pues este es prácticamente igual de soso. Básicamente es gris pálido.

—Me han dicho que el gris es lo último. Si crees que no va a quedar bien, lo cambio.

Lo escrutó.

—No. Está bien.

—He pensado que en el cuarto de invitados se podrían pintar dos paredes en crema y una en gris. ¿Crees que pegan?

Me entretuve desenvolviendo las brochas y los rodillos mientras hablaba. Me enfundé una camisa vieja y unos pantalones cortos y le pedí que pusiera música.

—¿De qué tipo?

—Elige tú. —Aparté una silla a un lado y extendí unas lonas protectoras a lo largo de la pared—. Tu padre decía que, con respecto a la música, yo era una ignorante.

No comentó nada, pero me prestó atención. Abrí una lata de pintura y empecé a mezclarla.

—Consiguió que fuera al primer concierto de mi vida. De música clásica, no pop. Solo accedí porque ello implicaba sacarlo de casa. Al principio no le gustaba salir mucho. Se puso una camisa y una chaqueta de vestir, y fue la primera vez en que lo vi como... —Recuerdo mi sobresalto al contemplar, asomando por el cuello italiano de la camisa azul, al hombre que había sido antes del accidente. Tragué saliva—. El caso es que fui predispuesta a aburrirme, pero me pasé el segundo acto llorando a lágrima viva como una tonta de remate. Fue lo más increíble que había escuchado en mi vida.

Un breve silencio.

—¿Qué era? ¿Qué escuchaste?

—No me acuerdo. ¿Sibelius? ¿Lo he dicho bien?

Se encogió de hombros. Empecé a pintar y se acercó para colocarse a mi lado. Cogió una brocha. Al principio estaba callada, pero daba la impresión de que se abstraía con el movimiento repetitivo de la tarea. También tenía cuidado: pegaba la lona para no salpicar pintura sobre el suelo, escurría la brocha en el filo de la lata. Permanecimos en silencio, salvo para pedirnos algo entre dientes: «¿Me pasas la brocha pequeña?», «¿Crees que conseguiremos tapar eso después de una segunda mano?». Solo tardamos media hora en pintar la primera pared entre las dos.

—Bueno, ¿qué opinas? —pregunté, satisfecha—. ¿Te parece bien que pintemos otra?

Movió una lona y comenzó con la siguiente pared. Había puesto a un grupo indie que no me sonaba de nada; la música era animada y agradable. Reanudé la tarea, haciendo caso omiso del dolor que sentía en el hombro y de las ganas de bostezar.

—Deberías poner unos cuadros.

—Tienes razón.

—Tengo una lámina grande de Kandinsky en casa. No pega mucho en mi habitación. Si quieres te la regalo.

—Me parece genial.

Ahora le cundía más; dio una rápida pasada a la pared y se esmeró en el borde exterior del ventanal.

—Oye, estaba pensando —dije— que deberíamos hablar con la madre de Will. Con tu abuela. ¿Te importa si le escribo?

No dijo nada. Se puso en cuclillas, aparentemente absorta en pintar la junta de la pared con el rodapié. Finalmente se levantó.

—¿Es como él?

—¿Como quién?

—La señora Traynor. ¿Es como el señor Traynor?

Me bajé de la caja sobre la que estaba subida y escurrí la brocha contra el filo de la lata.

—Es… diferente.

—Esa es tu manera de decir que es una arpía y que no le voy a caer bien.

—No estoy diciendo eso en absoluto, Lily. Sino que es una persona a quien le cuesta mostrar sus emociones.

Lily suspiró y soltó la brocha.

—En dos palabras, soy la única persona del mundo que ha averiguado que tiene dos abuelos que no conocía y resulta que, para colmo, no le caigo bien a ninguno de los dos.

Nos quedamos mirándonos. Y, de pronto, inesperadamente, nos entró la risa.

Tapé la lata.

—Venga. Vamos a dar una vuelta.

—¿Adónde?

—Tú eres la que dice que necesito divertirme. Tú decides.

Saqué infinidad de tops de una de las cajas que tenía almacenadas hasta que al fin Lily decidió cuál era adecuado, y accedí a que me llevara a un diminuto y oscuro club en una callejuela próxima al West End. Los gorilas de la puerta la conocían y nadie pareció plantearse ni por un momento que pudiera ser menor de edad.

—¡Es música de los noventa! ¡Rollo viejuno! —exclamó alegremente. Yo traté de no darle muchas vueltas al hecho de que, para ella, yo era prácticamente un carcamal.

Bailamos hasta que perdí la vergüenza, el sudor nos empapó la ropa, el pelo se nos apelmazó en mechones, y el dolor de mi cadera llegó a tal punto que me preguntaba si sería capaz de estar de pie detrás de la barra la semana siguiente. Bailamos como si no tuviésemos otra cosa que hacer salvo bailar. Uf, qué bien me sentó. Había olvidado el gozo del mero hecho de existir; de dejarse llevar por la música, entre una multitud de gente, las sensaciones que se experimentaban al fundirse en una masa orgánica compacta, palpitando al son de un mismo latido. Durante unas cuantas horas de música ensordecedora y oscuridad, me evadí de todo, mis problemas se evaporaron como globos: mi horrible trabajo, el tiquismiquis de mi jefe, mis intentos fallidos de seguir adelante. Me convertí en algo vivo, alegre. Me fijé en Lily entre el gentío, con los ojos cerrados y el pelo sacudiéndole la cara, esa peculiar mezcla de concentración y libertad que refleja el semblante cuando uno se deja llevar por el ritmo. Entonces abrió los ojos y me molestó que en la mano que tenía levantada llevara un botellín que obviamente no era de Coca-Cola, pero me sorprendí a mí misma correspondiéndole con una sonrisa —una amplia y eufórica sonrisa burlona— y pensando en lo curioso que era que una niña hecha polvo que apenas se conocía a sí misma tuviera tanto que enseñarme sobre el oficio de vivir.

Pese a que eran las dos de la madrugada, el ambiente de Londres era frenético y abarrotado. Paramos para que Lily hiciera selfies de ambas delante de un teatro, de un cartel chino y de un hombre con un voluminoso disfraz de oso (por lo visto cada anécdota debía ser registrada con un testimonio fotográfico), y luego nos abrimos paso por las calles atestadas de gente en busca de un autobús nocturno, dejando atrás los locales de kebabs abiertos hasta tarde y las voces de los borrachos, los chulos y los chillidos de las pandillas de chicas. Aunque el dolor punzante de la pierna me acribillaba y un sudor desagradable se me enfriaba bajo la ropa pegajosa, seguía a tope, como si me hubieran activado de nuevo.

—A saber cómo vamos a volver a casa —comentó Lily alegremente.

Y entonces oí el grito.

—¡Lou! —Era Sam, asomado por la ventanilla al volante de una ambulancia. Al levantar la mano para saludarle, hizo un enorme giro de ciento ochenta grados para aproximarse con el furgón.

—¿Hacia dónde vais?

—A casa. Si es que conseguimos encontrar un autobús de una vez.

—Subid. Venga. Que quede entre nosotros. Estamos a punto de terminar nuestro turno. —Miró a la mujer que iba sentada a su lado—. Oh, vamos, Don. Es una paciente. Fractura de cadera. Cómo voy a dejar que vuelva andando a casa...

A Lily le entusiasmó este inesperado giro de los acontecimientos. Y acto seguido la puerta trasera se abrió y la mujer, vestida con uniforme de técnico de emergencias sanitarias y poniendo los ojos en blanco, nos condujo al interior.

—Vas a conseguir que nos despidan, Sam —advirtió ella, y nos hizo una señal para que nos sentásemos en la camilla—. Qué tal, soy Donna. Oh, no… Me acuerdo de ti. La que…

—Se cayó de un edificio. Ajá.

Lily tiró de mí para hacernos un «selfie de ambulancia»; intenté no fijarme en que Donna volvía a poner los ojos en blanco.

—Bueno, ¿dónde habéis estado? —preguntó Sam desde la cabina.

—Bailando —respondió Lily—. Me he empeñado en convencer a Louisa de que no sea tan muermo. ¿Podemos encender la sirena?

—No. ¿Dónde habéis ido? Por cierto, esto lo pregunta otro muermo. Digas lo que digas, no tendré ni idea.

—Al Twenty-Two —dijo Lily—. Ese que está detrás de Tottenham Court Road.

—Allí es donde hicimos la traqueotomía de emergencia, Sam.

—Lo recuerdo. Tenéis pinta de haberlo pasado bien. —Nos cruzamos la mirada en el espejo retrovisor y me puse un poco colorada. De repente me alegré de haber salido a bailar. Tal vez con ello aparentaría ser alguien totalmente distinto. No una penosa camarera de aeropuerto cuya idea de salir de juerga era caerse de una azotea.

—Ha sido genial —dije, con una sonrisa radiante.

En ese momento dirigió la mirada a la pantalla digital del salpicadero.

—Vaya, estupendo. Tenemos un código verde en Spencer's.

—Pero estamos acabando el turno —repuso Donna—. ¿Por qué Lennie siempre nos hace lo mismo? Ese hombre es un sádico.

—No hay nadie más disponible.

—¿Qué pasa?

—Tenemos un aviso. A lo mejor tenéis que bajar. Pero no lejos de tu casa. ¿Vale?

—Spencer's —repitió Donna, y resopló—: Uf, qué maravilla. Agarraos fuerte, chicas.

La sirena se activó y nos pusimos en marcha, dando bandazos entre el tráfico londinense con el zumbido de la luz azul sobre nuestras cabezas y los chillidos de entusiasmo de Lily.

Cualquier noche entre semana, nos comentó Donna mientras nos agarrábamos con fuerza a los asideros, la central recibía llamadas de Spencer's para que acudieran a atender a los que no habían conseguido salir por su propio pie a la hora de cierre, o a dar puntos en caras de jóvenes enardecidos por seis pintas seguidas y despojados de cualquier sentido común.

—Estos chicos deberían apasionarse por la vida, y en cambio gastan hasta la última libra que ganan en ponerse ciegos. Cada maldita semana.

Llegamos allí en unos minutos; la ambulancia aminoró la marcha para esquivar a los borrachos que ocupaban la acera. En los cristales ahumados del club Spencer's había carteles que anunciaban: «Bebidas gratis para chicas antes de las 22:00». A pesar de las despedidas de soltero, de la guasa y los colores chillones, en las atestadas calles de la zona de copas no se respiraba precisamente un ambiente festivo, sino más bien tenso y explosivo. Noté que me había puesto a mirar por la ventanilla con cautela.

Sam abrió las puertas traseras y cogió su bolsa.

—Quedaos en el furgón —dijo, y bajó de un brinco.

Un policía fue a su encuentro y masculló algo entre dientes; observamos cómo se dirigían hacia un joven que se encontraba sentado en la alcantarilla, con sangre brotándole de una herida en la sien. Sam se puso en cuclillas a su lado, mientras el agente trataba de apartar a los mirones borrachos, a los amigos «serviciales», a las novias que lloriqueaba. Daba la impresión de que estaba rodeado de un puñado de extras bien vestidos de *The Walking Dead*, balanceándose mecánicamente y gruñendo, sangrando ocasionalmente y perdiendo el equilibrio.

—Odio estos avisos —dijo Donna, al tiempo que revisaba rápidamente el paquete de material médico con envoltorios de plástico, mientras nosotras observábamos—. Prefiero mil veces a una mujer de parto o a una agradable abuelita con cardiomiopatía. Ay, mierda, ahí va.

Sam estaba ladeándole la cabeza ligeramente al muchacho para examinarle la cara, cuando otro chico, con el pelo embadurnado de gomina y el cuello de la camisa empapado de sangre, le agarró por el hombro.

—¡Eh, tú! ¡Necesito una ambulancia!

Sam se giró despacio hacia el borracho, que salpicaba sangre y saliva al hablar.

—Apártate ahora, tío. ¿De acuerdo? Déjame trabajar.

El chico estaba desvariando por la borrachera. Tras mirar fugazmente a sus colegas, se pegó a la cara de Sam y dijo a voz en grito:

—¡Más te vale no decirme que me aparte!

Sam lo ignoró y continuó atendiendo al otro chico.

—¡Eh! ¡Oye, tú! Necesito que me lleven al hospital. —Le dio un empujón en el hombro a Sam—. ¡Eh!

Sam permaneció en cuclillas, muy quieto, un momento. A continuación, se enderezó lentamente y se dio la vuelta, de modo que quedó con la nariz pegada a la del borracho.

—Te voy a explicar una cosa de manera que puedas entenderlo, chaval. No vas a subir a la ambulancia, ¿vale? Y punto. Así que no malgastes energía: vete a acabar la noche con tus colegas, ponte un poco de hielo ahí y ve al médico de cabecera por la mañana.

—Ni se te ocurra decirme *nada*. Yo pago tu sueldo. *Se me ha roto la puta nariz.*

Mientras Sam le sostenía la mirada, el chico adelantó una mano y le dio un empujón en el pecho. Sam bajó la vista.

—Oh, oh… —dijo Donna, a mi lado.

La voz de Sam, cuando por fin emergió, era un bramido:

—Vale. Te lo estoy advirtiendo…

—¡Tú qué me vas a advertir! —La expresión del chico era de desdén—. ¿Advertencias a mí? ¿De qué vas?

Donna salió a toda prisa del furgón en busca de un policía. Le cuchicheó algo al oído y ambos contemplaron la escena. Donna tenía un gesto implorante. El chico seguía vociferando y despotricando, y le volvió a dar un empujón en el pecho a Sam.

—¡Así que atiéndeme a mí antes de ocuparte de ese gilipollas!

Sam se ajustó el cuello del uniforme. Su cara había adoptado una expresión peligrosamente impasible.

Y, justo cuando fui consciente de estar conteniendo la respiración, vi al policía allí, entre ellos. Donna tiró a Sam de la manga para que se girara hacia el muchacho postrado en el bordillo de la acera. El policía, con la mano en el hombro del borracho, masculló algo por su radiotransmisor. El chico se giró en redondo y le escupió en la chaqueta a Sam.

—¡Que te jodan!

Hubo un breve silencio de espanto. Sam se puso rígido.

—¡Sam! Vamos, échame una mano, ¿vale? Te necesito. —Donna le empujó para que avanzara. Cuando logré atisbar la cara de Sam, sus ojos brillaban con la frialdad y la dureza de un diamante.

—Vamos —repitió Donna, al tiempo que metían la camilla con el chico, medio en coma, en el furgón.

—Larguémonos de aquí.

Sam condujo en silencio; Lily y yo íbamos apretujadas a su lado en el asiento delantero. Donna le limpió la espalda de la chaqueta mientras él mantenía la vista fija al frente, con su prominente barbilla sin afeitar.

—Podía haber sido peor —dijo Donna alegremente—. El mes pasado me vomitaron en el pelo. Y el muy impresentable lo hizo a propósito. Se metió los dedos hasta la campanilla y se abalanzó por detrás por el simple hecho de negarme a llevarlo a casa, como si esto fuera un maldito taxi.

Se levantó e hizo un gesto hacia la bebida energética que guardaba en la parte delantera.

—Es un desperdicio de recursos. Cuando te paras a pensar en lo que podríamos estar haciendo en vez de recoger a un montón de… —Tras tomar un trago, bajó la vista hacia el joven, prácticamente inconsciente—. No sé, no tienes más remedio que preguntarte qué tendrán en la cabeza.

—No mucho —dijo Sam.

—Ya. Por cierto, debemos atar en corto a este. —Donna le dio una palmadita en el hombro a Sam—. El año pasado recibió una amonestación.

Sam me miró de reojo, de pronto avergonzado.

—Fuimos en busca de una chica al extremo norte de Commercial Street. Le habían hecho polvo la cara. Violencia doméstica. Cuando me disponía a meterla en la ambulancia, su novio salió disparado del pub y se lanzó a por ella de nuevo. No pude contenerme.

—¿Le diste una hostia?

—Más de una —respondió Donna en tono burlón.

—Ya. Bueno. Era una mala época.

Donna se ladeó para hacerme una mueca.

—Pues este no puede permitirse el lujo de volver a meterse en líos. O lo echan del servicio.

—Gracias —dije, cuando Sam nos abrió la puerta para bajar—. Por traernos, quiero decir.

—No podía dejaros en ese manicomio al aire libre —contestó.

Nos cruzamos la mirada fugazmente. Acto seguido, Donna cerró la puerta y pusieron rumbo al hospital con su maltrecho fardo humano.

—Te mola mogollón —dijo Lily al alejarse la ambulancia.

Hasta se me había olvidado que estaba conmigo. Di un suspiro al tiempo que hurgaba en mis bolsillos en busca de las llaves.

—Es un follador.

—¿Y? Yo me lo follaría sin pensármelo —dijo Lily mientras abría la puerta para que pasara—. O sea, si fuera una vieja. Y estuviera un pelín desesperada. Como tú.

—Dudo que esté preparada para una relación, Lily.

Yo iba delante de ella, de modo que no podría demostrarlo, pero hubiera jurado que me hacía muecas sin cesar conforme subíamos por las escaleras.

12

*L*e escribí a la señora Traynor. No le conté lo de Lily, solo le comenté que esperaba que se encontrase bien, que ya había regresado de mis viajes, que tenía previsto ir por su zona con una amiga en unas semanas y que me gustaría saludarla, si era posible. Compré un sobre para envíos urgentes y sentí una extraña emoción al echarlo al buzón.

Papá me había comentado por teléfono que la señora Traynor se había marchado de Granta House semanas después de la muerte de Will. Por lo visto esto conmocionó a los empleados de la finca, pero entonces me vino a la memoria la vez en que vi por casualidad al señor Traynor con Della, la mujer con la que ahora estaba a punto de tener un bebé, y me pregunté si tal conmoción había sido sincera. En un pueblo hay pocos secretos.

—Ella se lo tomó fatal —explicó mi padre—. En cuanto se marchó, la pelirroja esa se plantó allí en un santiamén. Aprovechó su oportunidad, vaya si no: un tipo de buen ver entrado en años, con pelo propio, un caserón... No iba a estar sin pareja mucho tiempo, ¿eh? A propósito, Lou, habla con tu madre sobre lo de sus axilas, por lo que más quieras. A este paso, va a terminar haciéndose trenzas en ellas.

No dejaba de pensar en la señora Traynor y trataba de imaginar cómo se tomaría la noticia sobre Lily. Recordé la expresión de felicidad e incredulidad del señor Traynor durante su primer encuentro con ella. ¿Contribuiría Lily a mitigar un poco su dolor? A veces observaba a Lily riendo con algún programa de televisión, o simplemente sumida en sus pensamientos con la mirada fija en la ventana, y reconocía a Will tan nítidamente en sus rasgos —los ángulos definidos de su nariz, esos pómulos casi eslavos— que casi me olvidaba de respirar. (En esos momentos ella por lo general refunfuñaba: «Deja de observarme como un bicho raro, Clark. Me estoy acojonando»).

Lily vino a pasar dos semanas conmigo. Tanya Houghton-Miller había llamado para decir que se iban de vacaciones familiares a la Toscana y que Lily no quería ir con ellos.

—Francamente, en vista de cómo se está portando últimamente, en lo que a mí respecta me parece perfecto. Me agota.

Señalé que, dado que Lily apenas pasaba tiempo en casa y que ella había cambiado la cerradura de la puerta, difícilmente podría agotar a alguien a menos que le diera por golpetear la ventana y lloriquear. Hubo un breve silencio.

—Cuando tengas hijos, Louisa, a lo mejor en un momento dado llegas a hacerte una idea de lo que quiero decir. —Vaya, el comodín que usan todos los padres. *¿Cómo iba yo a entenderlo?*

Me ofreció dinero para cubrir los gastos de comida y alojamiento de Lily mientras estaban fuera. Sentí cierta satisfacción al contestar que de ninguna manera se me ocurriría aceptarlo, a pesar de que, francamente, tenerla de huésped me estaba costando más de lo previsto. Lily no se conformaba con mis tostadas de judías con tomate o sándwiches de queso para cenar. Me pedía dinero y al rato aparecía con pan artesano, fruta exótica, yogur griego, pollo ecológico…, los productos básicos de una cocina de clase media-alta. Recordé la casa de Tanya, a Lily plantada delante del descomunal frigorífico echándose a la boca trozos de piña fresca como si tal cosa.

—Por cierto —dije—, ¿quién es Martin?

Tras una breve pausa, respondió:

—Martin es mi expareja. Por lo visto Lily insiste en verle, a sabiendas de que no me parece bien.

—¿Podría darme su número de teléfono? Es solo para asegurarme de tenerla localizada. En su ausencia, ya me entiende.

—¿El número de Martin? ¿Por qué iba yo a tener el número de Martin? —graznó, y colgó.

Algo había cambiado desde que conocí a Lily. No se trataba simplemente de que había aprendido a adaptarme al caos propio de una adolescente en mi apartamento, prácticamente vacío, sino que de hecho empezaba a disfrutar bastante de la presencia de Lily en mi vida, de tener a alguien con quien charlar, sentadas la una junto a la otra en el sofá, de comentar cualquier cosa que viéramos en la televisión, de poner cara de póquer cuando me ofrecía algún mejunje que había preparado. «A ver, ¿cómo voy a saber que hay que cocer las patatas para una ensalada de patatas? Es una ensalada, por el amor de Dios».

Ahora escuchaba en el trabajo a los padres dando las buenas noches a sus hijos antes de coger sus vuelos para viajes de negocios —«Pórtate bien con mamá, Luke… Ah, ¿sí?… ¡No me digas! ¡Qué niño más listo!»— y también disputas por custodias en conversaciones telefónicas mantenidas en voz baja: «No, no dije que podía ir a recogerlo al colegio ese día. Mi viaje a Barcelona estaba previsto desde un principio… Que sí… No, no, es que no escuchas».

No terminaba de creerme que podías dar a luz a un hijo, quererlo, criarlo y, a los dieciséis años, alegar que estabas tan exasperada que habías cambiado la llave de la cerradura de tu casa para impedir que entrara. A los dieciséis aún se es una niña, en mi opinión. A pesar de su imagen de cara a la galería, percibía a la niña que había en Lily. Estaba ahí, en sus arranques de excitación y arrebatos de entusiasmo. Estaba ahí, en sus enfurruñamientos, en sus cambios de *look* frente al espejo del baño y en su sueño inocente y repentino.

Pensaba en mi hermana y en su amor sin complicaciones por Thom. Pensaba en mis padres, en su aliento, en su preocupación y en su apoyo a Treena y a mí, incluso siendo ya bien adultas. Y en aquellos momentos notaba la ausencia de Will en la vida de Lily tanto como en la mía. *Deberías estar aquí, Will*, dije en mi fuero interno. *Era a ti a quien Lily realmente necesitaba.*

Reservé una escapada de un día; una barbaridad, según Richard. («Te has reincorporado hace solo cinco semanas. No logro entender por qué tienes que volver a desaparecer»). Sonreí, hice una reverencia al estilo de las bailarinas irlandesas y, al llegar a casa más tarde, encontré a Lily pintando una de las paredes del cuarto de invitados de un tono verde jade especialmente chillón.

—Como te apetecía darle un toque alegre... —explicó al ver que me quedaba boquiabierta—. No te preocupes, he pagado la pintura con mi dinero.

—Vale —me quité la peluca y me desaté los cordones de los zapatos—, pero procura acabar esta noche porque mañana tengo el día libre —dije al terminar de ponerme los vaqueros— y voy a enseñarte cosas que a tu padre le gustaban.

Se quedó paralizada, y la pintura color jade goteó sobre la moqueta.

—¿Qué cosas?

—Ya lo verás.

Pasamos el día en la carretera; nuestra banda sonora era una lista de reproducción del iPod de Lily que incluía un desgarrador canto fúnebre de amor y pérdida, y al minuto siguiente un himno enloquecedor de odio contra toda la humanidad que hacía saltar los tímpanos. Mientras conducíamos por la autopista, llegué a dominar el arte de abstraerme mentalmente del ruido para concentrarme en la calzada; entretanto Lily, sentada a mi lado, cabeceaba de arriba abajo al compás del ritmo y de vez en cuando ejecutaba un improvisado redoble de tambor sobre el salpicadero. Qué bien, pensé, que estuviera disfrutando. Al fin y al cabo, ¿quién necesitaba que le funcionaran los dos tímpanos?

Comenzamos en Stortfold, y contemplamos los sitios donde Will y yo solíamos sentarnos a comer, los rincones para picnics campestres situados por encima del pueblo, sus bancos favoritos de los jardines del castillo, y Lily tuvo el detalle de intentar disimular su aburrimiento. A decir verdad, resultaba bastante difícil que una sucesión de lugares en la naturaleza le despertara algún entusiasmo. De modo que me senté a contarle que, cuando le conocí, Will apenas salía de casa, y que, gracias a una mezcla de subterfugios y empecinamientos, conseguí que volviera a hacerlo.

—Tienes que entender —expliqué— que tu padre odiaba depender de los demás. Y el hecho de salir implicaba no solo que tenía que contar con alguien, sino también ser visto en público en esas circunstancias.

—Incluso tratándose de ti.

—Incluso tratándose de mí.

Se quedó pensativa un momento.

—Yo no soportaría que la gente me viera así. Ni siquiera me gusta que me vean con el pelo mojado.

Visitamos la galería donde había intentado explicarme la diferencia entre arte moderno «bueno» y «malo» (yo seguía sin distinguirlo), y Lily hizo muecas ante prácticamente todo lo que había colgado en las paredes. Nos asomamos a la enoteca en donde me había hecho degustar distintas variedades de vino («No, Lily, ni hablar de hacer una degustación de vino hoy»); después fuimos al local de tatuajes donde me había convencido de que me hiciera uno. Lily me preguntó si le podía prestar dinero para hacerse uno (casi me echo a llorar de alivio cuando el hombre le dijo que era para mayores de dieciocho), y, a continuación, me pidió que le enseñara mi pequeño abejorro. Aquella fue una de las pocas ocasiones en las que me dio la sensación de haberla impresionado realmente. Soltó una sonora carcajada cuando le dije lo que él había elegido: una fecha de caducidad estampada en su pecho.

—Tienes su mismo sentido del humor, terrible —dije, y ella disimuló su satisfacción.

Fue entonces cuando el dueño, al escuchar por casualidad nuestra conversación, mencionó que tenía una foto.

—Guardo las fotos de todos mis tatuajes —dijo, bajo un mostacho a modo de manillar embadurnado de cera—. Me gusta llevar un registro. ¿Me recuerdas la fecha?

Permanecimos en silencio mientras él hojeaba la carpeta plastificada. Ahí estaba, desde hacía casi dos años, un primer plano de aquel diseño en blanco y negro, hábilmente grabado a tinta en la piel caramelo de Will. Me quedé inmóvil con la mirada clavada en la fotografía; me resultaba tan familiar que se me cortó la respiración: el pequeño diseño rectangular en blanco y negro, el que lavaba con un paño suave, el que secaba, al que le aplicaba protector solar, contra el que apoyaba mi cara. Al hacer amago de alargar la mano para tocarla, Lily se me adelantó y sus dedos, con las uñas mordisqueadas, acariciaron suavemente la imagen de la piel de su padre.

—Creo que me haré uno —dijo—. Como el suyo, quiero decir. Cuando cumpla dieciocho.

—Por cierto, ¿qué tal está?

Lily y yo nos dimos la vuelta. El tatuador estaba sentado en su silla, frotándose un antebrazo cubierto de colores.

—Me acuerdo de él. No suelen venir muchos tetrapléjicos por aquí. —Sonrió con gesto burlón—. Menudo personaje, ¿eh?

De pronto se me hizo un nudo en la garganta.

—Está muerto —contestó Lily sin rodeos—. Mi padre está muerto.

El tatuador hizo una mueca de dolor.

—Lo siento, cielo. No tenía ni idea.

—¿Puedo quedármela? —Lily había empezado a sacar la fotografía de Will de la funda de plástico.

—Claro —respondió él rápidamente—. Si la quieres, quédatela. Toma, llévate también la funda de plástico. Por si llueve.

—Gracias —dijo ella, metiéndosela con cuidado bajo el brazo y, mientras el hombre balbuceaba otra disculpa, salimos de la tienda.

Comimos —un desayuno fuerte para todo el día— en silencio en un café. Al notar que la tónica del día se desvanecía, me puse a hablar. Conté a Lily lo que sabía de la romántica historia de Will, de su profesión, le expliqué que era de esa clase de hombres cuya aprobación anhelabas, ya fuera haciendo algo que le impresionara o provocando su risa con algún chiste malo. Le conté cómo era cuando le conocí, y en qué medida cambió, se ablandó y empezó a saber apreciar las pequeñas cosas, aun cuando muchas de aquellas pequeñas cosas al parecer incluían tomarme el pelo.

—Por ejemplo, que no me arriesgaba con respecto a la comida. Mi madre dispone básicamente de diez comidas fijas que ha rotado a lo largo de los últimos veinticinco años. Y ninguna lleva quinoa. Ni melisa. Ni guacamole. Tu padre solía comer de todo.

—¿Y ahora tú también?

—Aunque parezca mentira, todavía tomo guacamole más o menos cada dos meses. Por él, más que nada.

—¿No te gusta?

—No está mal, la verdad. Lo que pasa es que no puedo obviar el hecho de que parece algo expulsado por la nariz.

Le hablé de su exnovia, y le conté que nos colamos en el baile durante su banquete de bodas, yo sentada en el regazo de Will dando vueltas en círculos en su silla de ruedas motorizada en la pista de baile; a ella se le atragantó la bebida y le salió por la nariz.

—¿En serio? ¿En su boda? —En el sofocante reducto del pequeño café, le describí a su padre lo mejor que pude y, quizá por estar lejos de todas las complicaciones de casa, porque sus padres se encontraba en el extranjero, o porque por primera vez alguien le contaba anécdotas graciosas e intrascendentes de su padre, se puso a reír, a preguntarme cosas y a asentir con frecuencia como si mis respuestas confirmaran algo que ya intuía. «Sí, sí, así era él. Sí, a lo mejor yo también soy un poco así».

Y, a medida que transcurría la conversación, pasado el mediodía, con las tazas de té frías delante, y después de que la camarera —harta— se ofreciera una vez más a retirar los restos de las tostadas que habíamos tardado dos horas en comer, caí en la cuenta de otra cosa: por primera vez, recordaba a Will sin tristeza.

—¿Y tú qué?

—¿Yo? —Me llevé a la boca el último pedacito sin quitarle ojo a la camarera, cuya expresión daba a entender que mi gesto le valdría de excusa para acercarse de nuevo.

—¿Qué pasó contigo al morir mi padre? Me refiero a que da la impresión de que hacías muchas más cosas cuando estabas con él, aunque estuviera pegado a una silla de ruedas, que ahora.

El pan se volvió pegajoso en mi boca. Tragué a duras penas. Al fin, cuando digerí el bocado, repuse:

—Hago cosas. Lo que pasa es que he estado liada. Trabajando. Es que, cuando tienes turnos de trabajo, es complicado hacer planes.

Enarcó las cejas casi imperceptiblemente, pero no dijo nada.

—Y todavía me duele bastante la cadera. La verdad es que aún no estoy en forma para hacer montañismo.

Lily removió su té con aire despreocupado.

—Mi vida está llena de acontecimientos. Bueno, caerse desde una azotea no es precisamente moco de pavo. ¡Con eso hay bastantes emociones para un año!

—Pero prácticamente todo sigue *igual,* ¿o no?

Nos quedamos calladas unos instantes. Tomé aliento para intentar reprimir el súbito zumbido de mis oídos. La camarera hizo su aparición entre nosotras, recogió los platos vacíos con cierto aire triunfal y los llevó a la cocina.

—Oye —dije—. ¿Te he hablado de aquella vez en que llevé a tu padre a las carreras?

Con una sincronización impecable, mi coche se recalentó en la autopista, a sesenta kilómetros de Londres. Para mi sorpresa, Lily se mostró optimista al respecto. De hecho, se le despertó la curiosidad.

—Nunca he sufrido una avería yendo en coche. Ni siquiera sabía que esto seguía pasando a estas alturas.

Me quedé boquiabierta ante esta revelación (mi padre a menudo rogaba a voz en grito a su vieja furgoneta, prometiéndole gasolina súper, revisión periódica de la presión de los neumáticos y amor eterno, si lograba llegar de vuelta a casa). Luego me comentó que sus padres cambiaban su Mercedes por un nuevo modelo todos los años. Más que nada, añadió, debido a los destrozos que causaban en el interior de cuero sus hermanastros.

Permanecimos en el coche en el arcén de la autopista, esperando a que llegase la grúa, notando cómo el pequeño vehículo vibraba esporádicamente con el estruendo de los camiones a su paso. Al cabo de un rato, tras concluir que sería más seguro para nosotras quedarnos fuera del coche, subimos a gatas por el terraplén del margen de la autopista y nos sentamos sobre la hierba a contemplar cómo el sol de la tarde perdía fuerza y se deslizaba para ocultarse al otro lado del puente de la autopista.

—Oye, ¿quién es Martin? —pregunté, cuando el tema de conversación acerca de la avería ya no daba para más.

Lily arrancó un puñado de hierba.

—¿Martin Steele? Es el hombre con el que me crie.

—Pensaba que era Francis.

—No. Caraculo entró en escena cuando yo tenía siete años.

—¿Sabes, Lily? Tal vez podrías plantearte dejar de llamarle así.

Me miró de soslayo.

—Vale. Seguramente tienes razón. —Se recostó en la hierba y sonrió con dulzura—. Le llamaré Carapene entonces.

—En ese caso vamos a quedarnos con Caraculo. ¿Y cómo es que continúas visitándole?

—¿A Martin? Es el único padre que en realidad recuerdo. Mi madre y él estuvieron juntos cuando yo era pequeña. Es músico. Muy creativo. Solía leerme cuentos, inventar canciones para mí y cosas así. Yo... —Se le ahogó la voz.

—¿Qué pasó? ¿Entre él y tu madre?

Lily metió la mano en su bolso, sacó una cajetilla de cigarrillos y encendió uno. Inhaló y dejó escapar una larga bocanada de humo; estuvo a punto de dislocarse la mandíbula.

—Un día, al llegar a casa del colegio con la *au pair*, mi madre soltó a bocajarro que se había ido. Dijo que lo habían decidido de mutuo acuerdo porque ya no se llevaban bien. —Dio otra calada—. Por lo visto él no mostraba interés por el crecimiento personal de ella o no compartía su visión de futuro. Una gilipollez. Pienso que sencillamente conoció a Francis y sabía que Martin jamás le daría lo que ella deseaba.

—¿El qué?

—Dinero. Y una casa grande. Y la posibilidad de pasar el día de compras, cotilleando con sus amigas y alineando sus chakras, vete tú a saber. Francis gana un dineral haciendo cosas de bancos privados en su banco privado con todos los demás banqueros privados. —Se volvió hacia mí—. Así que, en dos palabras, Martin dejó de ser mi padre..., a ver, yo le llamé «papá» hasta el mismísimo momento en que se marchó, de un día para otro. Tenía por costumbre llevarme a la guardería, al colegio y a todos sitios..., y a la primera de cambio ella se harta de él, y al volver a casa me encuentro con que él... se ha esfumado. La casa era de ella, así que él se fue. Y punto. Y no me deja verle y ni siquiera me permite hablar con él porque lo único que hago es *remover las cosas* y *causar problemas*. Y es obvio que ella está sufriendo *un mal trago y angustia emocional.* —Aquí Lily imitó tan bien la voz de Tanya que daba miedo—. Y, cuando me puse hecha una auténtica furia con ella, replicó que era absurdo que me disgustara tanto porque él ni siquiera era mi verdadero padre. Fíjate qué manera tan agradable de enterarme.

Me quedé mirándola.

—Y, para colmo, Francis se presenta en nuestra puerta, agasajando con enormes ramos de flores, para pasar los típicos días fuera en familia, donde yo básicamente hago de carabina y me dejan a cargo de niñeras mientras ellos se dan el lote en uno de esos hoteles de lujo para familias con niños. Y luego, al cabo de seis meses, me lleva a Pizza Express. Yo me figuro que es por darme un capricho, que a lo mejor Martin va a volver, pero me dice que Francis y ella se van a casar, que es maravilloso, que él va a ser el padre más maravilloso del mundo y que debo «quererlo mucho».

Lily exhaló un anillo de humo hacia el cielo y observó cómo crecía, se difuminaba y evaporaba.

—Y no fue así.

—Lo odiaba. —Me miró de soslayo—. Se nota cuando alguien solo está haciendo el paripé contigo, ya me entiendes. Aunque seas pequeña. A mí nunca me quiso; solo a mi madre. En cierto modo puedo entenderlo: ¿quién va a querer al crío de otro revoloteando a su alrededor? Así que, cuando tuvieron a los gemelos, me mandaron a un internado. Hala. Una cosa menos.

Los ojos se le habían llenado de lágrimas e hice amago de alargar la mano hacia ella, pero tenía las piernas dobladas contra el pecho y la mirada clavada al frente. Nos quedamos allí sentadas sin decir palabra unos minutos, observando el tráfico que comenzaba a hacerse más denso abajo a medida que el sol se deslizaba hacia el horizonte.

—Lo localicé, ¿sabes?

La miré a la cara.

—A Martin. Cuando tenía once años. Oí a mi niñera contarle a otra que no le permitían decirme que había pasado por casa. Así que la amenacé con desvelarle a mi madre que nos estaba robando si no me decía dónde vivía Martin. Busqué la dirección y resultó que vivía a unos quince minutos a pie de mi casa. En Pyecroft Road, ¿conoces esa calle?

Negué con la cabeza.

—¿Se alegró de verte?

Ella vaciló.

—Muchísimo. De hecho, casi se le saltan las lágrimas. Dijo que me había echado muchísimo de menos, que era horrible estar lejos de mí y que podía pasar por su casa siempre que quisiera. Pero estaba colgado de otra y tenían un bebé. Y, cuando te plantas en casa de alguien que tiene un bebé, y, claro, una familia como Dios manda, te das cuenta de que ya no formas parte de esa familia. De que sobras.

—Seguro que nadie pensó...

—Sí, bueno. El caso es que es un verdadero encanto y todo eso, pero le he dicho que es mejor que no nos veamos. La situación es demasiado rara. Y, ya sabes, tal y como le dije: «No soy tu verdadera hija». No obstante, sigue llamándome por teléfono muy a menudo. Es absurdo, la verdad.

Lily meneó la cabeza de lado a lado bruscamente. Permanecimos sentadas en silencio y finalmente alzó la vista al cielo.

—¿Sabes lo que más me fastidia?

Esperé.

—Que me cambiara el apellido al casarse. Mi propio apellido, y a nadie se le pasó por la cabeza en ningún momento consultarme. —La voz se le quebró ligeramente—. Yo no quería ser una Houghton-Miller ni mucho menos.

—Oh, Lily.

Se pasó rápidamente la palma de la mano por la cara para secarse las lágrimas, como avergonzada de que la vieran llorar. Le dio una calada al cigarrillo, lo enterró entre la hierba y se sorbió la nariz ruidosamente.

—Pero, ojo, últimamente Carapene y mi madre discuten *continuamente*. No me extrañaría que también se separaran. En ese caso, no cabe duda de que todos tendremos que mudarnos de casa y cambiar de apellido otra vez y nadie podrá ni rechistar porque sufrirá *un mal trago* y necesitará *superarlo emocionalmente,* o lo que sea. Y, dentro de dos años, aparecerá otro Caraculo y mis hermanos se apellidarán Houghton-Miller-Branson, Ozymandias, Toodlepip o vete tú a saber. —Se rio con ironía—. Por suerte, para entonces hará tiempo que me habré largado. Aunque ella ni se habrá enterado.

—¿De verdad crees que le importas tan poco?

Lily giró la cabeza y me miró con una expresión de madurez impropia de su edad y absolutamente desgarradora.

—Creo que me quiere, pero se quiere más a ella misma. Si no, ¿cómo puede hacer lo que hace?

13

El bebé del señor Traynor nació al día siguiente. Mi teléfono sonó a las seis y media de la mañana y, durante unos instantes de pánico, pensé que había ocurrido alguna desgracia. Pero era el señor Traynor, sin resuello y emocionado, para anunciarme en un tono eufórico y casi sin dar crédito: «¡Es una niña! ¡Cuatro kilos! ¡Y es absolutamente perfecta!». Me contó lo bonita que era, lo mucho que se parecía a Will cuando nació, que tenía que ir a verla sin falta, y después me pidió que despertara a Lily, lo cual hice, y la estuve observando, adormilada y callada, mientras él le daba la noticia de que tenía una…, una… (tardaron lo suyo en dilucidarlo), ¡una tía!

—Vale —dijo ella finalmente. Y luego, tras un rato escuchando—: Sí…, claro.

Colgó y me tendió el teléfono. Nos miramos a los ojos, se dio media vuelta con su camiseta arrugada para volver a acostarse y cerró la puerta con fuerza tras de sí.

Una ronda más —calculé a las once menos cuarto— y a los comerciales de seguros médicos, ya bien cargados, no les permitirían embarcar. Estaba sopesando la idea de advertírselo, cuando una chaqueta reflectante que me resultaba familiar apareció en el bar.

—Aquí nadie necesita atención médica. —Fui a su encuentro despacio—. De momento, claro.

—Nunca me canso de ese conjunto. No me explico por qué.

Sam se sentó en un taburete y apoyó los codos en la barra.

—La peluca es… interesante.

Tiré hacia abajo de mi falda de lúrex.

—Mi superpoder es la creación de electricidad estática. ¿Te apetece un café?

—Sí, gracias. Pero no puedo entretenerme mucho. —Examinó su radiotransmisor y lo volvió a guardar en el bolsillo de su chaqueta.

Le preparé un café americano, al tiempo que trataba de disimular mi entusiasmo al verle.

—¿Cómo sabías dónde trabajo?

—Hemos tenido un aviso en la puerta 14. Probable ataque al corazón. Jake me recordó que trabajabas en el aeropuerto y, en fin, no es que fueras precisamente difícil de localizar…

Los empresarios se callaron durante unos instantes. Sam era de esa clase de hombres —ya me había dado cuenta— que hacía que los demás se aplacaran un poco.

—Donna está echando un vistazo a hurtadillas en el *duty free*. Bolsos.

—Imagino que habréis atendido al paciente, ¿no?

Sonrió con gesto burlón.

—No. Tenía previsto preguntar dónde está la puerta 14 después de tomar café.

—Qué gracioso. Entonces, ¿le habéis salvado la vida?

—Le he dado aspirinas y le he advertido de que tomar cuatro cafés expresos dobles antes de las diez de la mañana no es muy buena idea. Me halaga que tengas un concepto tan emocionante de mi jornada laboral.

No pude evitar reírme. Le serví el café. Tomó un trago, agradecido.

—Oye, me preguntaba… ¿Te apetece que repitamos la «no cita» uno de estos días?

—¿Con o sin ambulancia?

—Sin, desde luego.

—¿Podremos charlar sobre adolescentes problemáticos? —Me di cuenta de que estaba enroscándome entre los dedos un tirabuzón de pelo de fibra de nailon. Por el amor de Dios; estaba jugueteando con el pelo y ni siquiera era mi propio pelo. Lo solté.

—Podremos charlar sobre lo que quieras.

—¿Qué tenías en mente?

La pausa fue lo bastante larga como para sonrojarme.

—¿Una cena? ¿En mi casa? ¿Esta noche? Prometo que si llueve no te obligaré a sentarte en el salón.

—Vale.

—Te recojo a las siete y media.

Cuando estaba apurando de un trago el café, apareció Richard. Miró a Sam; después a mí. Yo continuaba apoyada en la barra, a escasos centímetros de él.

—¿Algún problema? —preguntó.

—Ninguno en absoluto —respondió Sam. Cuando se puso de pie, le sacaba una cabeza entera a Richard.

Por el semblante de Richard pasaron varios pensamientos fugaces, de manera tan patente, que logré ver el avance de cada uno. «¿Qué hace aquí este técnico de emergencias sanitarias?», «¿Por qué Louisa está sin hacer nada?», «Me dan ganas de sermonearla por estar desocupada, pero este hombre es demasiado corpulento, hay un rollo que no acabo de entender del todo y me escama un pelín». Casi me hizo soltar una carcajada.

—Entonces, esta noche. —Sam se despidió con un gesto de la cabeza—. No te quites la peluca, ¿vale? Me gusta que seas inflamable.

Uno de los comerciales, rubicundo y ufano, se reclinó en su asiento de tal manera que la tripa tensó las costuras de su camisa.

—¿Ahora nos vas a largar un sermón sobre los límites del alcohol?

Los otros se rieron.

—No, continúen ustedes, caballeros —dijo Sam, haciendo un ademán con la mano—. Ya nos veremos de aquí a un par de años.

Le vi alejarse hacia la terminal de salidas; Donna fue a su encuentro a la puerta de la tienda de prensa. Cuando me di la vuelta hacia la barra, Richard estaba observándome.

—Tengo que decir, Louisa, que desapruebo que te dediques a tu vida social en un entorno de trabajo —dijo.

—Muy bien. La próxima vez le diré que ignore el ataque al corazón de la puerta 14.

A Richard se le tensó la mandíbula.

—Y lo que ha dicho justo después. Sobre que lleves la peluca puesta luego. Esa peluca es propiedad de la cadena de tabernas irlandesas Shamrock and Clover Inc. Está prohibido ponérsela durante el tiempo libre.

Esta vez no pude contenerme. Me reí.

—¿De veras?

Incluso él tuvo la gracia de ponerse un poco colorado.

—Es la política de la compañía. Está catalogado como uniforme.

—Jo —dije—. Supongo que en el futuro no tendré más remedio que comprar mis propias pelucas de bailarina irlandesa.

¡Eh, Richard! —grité, cuando enfiló de nuevo hacia el despacho, irritado—. No es justo. ¿Significa eso que no puedes hacerle arrumacos a la señora Percival con el polo puesto?

Al llegar a casa no había rastro de Lily, salvo una caja de cereales sobre la encimera de la cocina e, inexplicablemente, ropa sucia amontonada en la entrada. Traté de localizarla por teléfono, pero fue en vano, y me planteé cómo sería posible encontrar un término medio entre unos padres excesivamente controladores, unos padres preocupados en la justa medida, y Tanya Houghton-Miller. Después me metí de un brinco en la ducha y me arreglé para mi cita, que desde luego, definitivamente, no era una cita.

Empezó a llover torrencialmente nada más llegar a la parcela de Sam, y los dos nos empapamos, aunque pudimos salvar corriendo la escasa distancia que había desde su moto hasta el vagón de tren. Mientras él cerraba la puerta tras de sí, me quedé de pie chorreando, recordando lo desagradable que era la sensación de llevar los calcetines mojados.

—Quédate ahí —dijo, al tiempo que se sacudía las gotas del pelo con una mano—. No puedes sentarte con la ropa empapada.

—Esto es como el principio de una película porno cutre —comenté. Se quedó inmóvil y caí en la cuenta de que había pronunciado esas palabras en voz alta. Esbocé una sonrisa que me salió un pelín forzada.

—Vale —dijo, enarcando las cejas.

Desapareció en el fondo del vagón y regresó un minuto después con un jersey y lo que parecía ser un pantalón de chándal.

—Los pantalones de deporte de Jake. Recién lavados. Aunque posiblemente no sean muy adecuados para una estrella porno. —Me los dio—. Si te quieres cambiar, mi habitación está al fondo, y el baño, tras esa puerta, si lo prefieres.

Entré en su dormitorio y cerré la puerta. La lluvia golpeaba con fuerza el techo del vagón por encima de mi cabeza, oscureciendo las ventanas con un interminable torrente de agua. Barajé la idea de correr las cortinas; entonces recordé que no había nadie a la vista, excepto las gallinas, que estaban acurrucadas a resguardo de la lluvia, sacudiéndose malhumoradas las gotas de las plumas. Me quité la camiseta y los vaqueros, empapados, y me sequé con la toalla que me había dado junto con la ropa. Por pura diversión, me exhibí ante las gallinas a través de la ventana, algo que —caí en la cuenta después— podría haber hecho Lily. No parecieron impresionadas. Me llevé la toalla a la cara y la olí con un sentimiento de culpabilidad, como alguien que inhala una droga prohibida. Estaba recién lavada y planchada, pero de alguna manera aún se apreciaba un olor inconfundiblemente varonil. No había aspirado un aroma similar desde que estaba Will. Por un momento me provocó cierto aturdimiento y la solté.

La cama de matrimonio ocupaba casi todo el espacio. Enfrente había un estrecho armario para guardar la ropa, y en el rincón dos pares de botas de trabajo perfectamente colocadas. Había un libro encima de la mesilla de noche y, al lado, una fotografía de Sam con una mujer risueña con el pelo rubio recogido en un moño informal. Ella le rodeaba por los hombros y sonreía con picardía a la cámara. No era un bellezón, pero había algo cautivador en su sonrisa. Tenía el aire de esas mujeres de risa fácil. Parecía una versión femenina de Jake. De repente sentí muchísima lástima por él y no tuve más remedio que apartar la mirada para evitar que la tristeza se apoderara de mí también. A veces me daba la sensación de que todos estábamos sorteando el dolor, reacios a reconocer ante los demás hasta qué punto nos afectaba o nos hundía. Se me pasó por la cabeza que quizá la reticencia de Sam a hablar de su esposa era un reflejo de la mía, la constatación de que en el instante en que abrieras la caja y dejaras escapar el menor atisbo de tristeza, se agigantaría hasta convertirse en un nubarrón que se cerniría sobre cualquier otra conversación.

Me miré al espejo e inspiré. «Disfruta de la noche y punto», murmuré, recordando las palabras del Círculo del Avance. «Regálate momentos de felicidad».

Me limpié las manchas de rímel bajo los ojos y concluí frente al pequeño espejo que poco se podía hacer con mi pelo. A continuación, me puse el enorme jersey de Sam intentando ignorar la extraña intimidad que conllevaba el hecho de vestirse con la ropa de un hombre, me enfundé los pantalones de deporte de Jake y observé fijamente mi aspecto.

¿Qué opinas, Will? No es más que una noche agradable. No tiene por qué significar nada, ¿verdad?

Sam sonrió con picardía cuando asomé remangándome su jersey.

—Aparentas doce años.

Entré al baño, escurrí los vaqueros, la camiseta y los calcetines en el lavabo y los colgué en la barra de la cortina de la ducha.

—¿Qué te traes entre manos?

—Bueno, iba a preparar una ensalada, pero ya no hace tiempo para ensaladas, de modo que estoy improvisando.

Tenía al fuego una olla de agua hirviendo que había empañado las ventanas.

—Comes pasta, ¿no?

—Como de todo.

—Estupendo.

Abrió una botella de vino, me sirvió una copa y me hizo un gesto hacia el asiento corrido. La mesa de centro que tenía delante estaba puesta para dos; sentí un leve escalofrío ante la escena. No había nada de malo en disfrutar simplemente del momento, de un pequeño placer. Había salido por ahí a bailar. Me había exhibido delante de unas gallinas. Y ahora me disponía a disfrutar de la velada con un hombre que deseaba cocinar para mí. Era un avance, algo es algo.

Quizá Sam percibiera un atisbo de este conflicto interno, porque esperó a que tomara el primer sorbo para decir, al tiempo que removía algo sobre el hornillo:

—¿Era ese el jefe del que hablabas? ¿Ese tipo de hoy?

El vino estaba delicioso. Le di otro sorbo. No me atrevía a beber delante de Lily; podía bajar la guardia.

—Ajá.

—Conozco a los de su calaña. Si te sirve de consuelo, dentro de cinco años tendrá úlcera de estómago o bien la tensión lo bastante alta como para causarle disfunción eréctil.

Me hizo gracia.

—Ambas posibilidades son extrañamente reconfortantes.

Finalmente se sentó y me tendió un bol de pasta humeante.

—Salud —dijo, levantando un vaso de agua para brindar—. Y ahora cuéntame cómo va la cosa con esa chica tuya que ha surgido de la nada.

Ay, era un alivio enorme tener a alguien con quien conversar. Estaba tan poco acostumbrada a que la gente escuchase de verdad —al contrario que los del bar, que solo deseaban escucharse a sí mismos— que charlar con Sam fue una revelación. No me interrumpía, ni opinaba, ni me aconsejaba. Escuchaba, asentía, rellenaba mi copa de vino y, al final, cuando ya había oscurecido fuera hacía rato, dijo:

—Menuda responsabilidad has asumido.

Me eché para atrás y subí los pies al asiento.

—Me da la impresión de que no tengo elección. No dejo de preguntarme lo que dijiste: ¿qué querría Will que hiciera? —Le di otro sorbo al vino—. No obstante, resulta más difícil de lo que imaginaba. Pensé que con el simple hecho de presentarle a su abuela y a su abuelo todo el mundo estaría encantado y habría un final feliz, como en esos programas de reencuentros de la televisión.

Se examinó las manos. Yo lo examiné a él.

—Te parece una locura que me inmiscuya.

—No. Hay demasiadas personas que persiguen su propia felicidad sin tener nunca en cuenta el daño que causan a su paso. No te puedes ni imaginar la de chavales que recojo los fines de semana, borrachos, drogados, fuera de sí, como sea. Los padres van a su rollo o no hay ni rastro de ellos, de modo que viven aislados y toman malas decisiones.

—¿Ahora es peor que antes?

—¿Quién sabe? Lo único que sé es que veo a todos estos chavales echados a perder. Y que la lista de espera del terapeuta juvenil del hospital es tan larga como tu brazo. —Sonrió con ironía—. Vigila el estrado. Tengo que encerrar a las gallinas para pasar la noche.

Entonces me entraron ganas de preguntarle cómo era posible que alguien tan aparentemente cabal se mostrase tan indiferente ante los sentimientos de su propio hijo. Me entraron ganas de preguntarle si sabía lo desdichado que era Jake. Pero, teniendo en cuenta la manera en la que charlaba y el hecho de que acababa de prepararme una cena muy rica, parecía un pelín beligerante... Me distraje viendo a las gallinas saltar una a una al gallinero, y acto seguido volvió, impregnado levemente de los olores de fuera, y de aire fresco, y el momento pasó.

Me sirvió más vino, y me lo bebí. Me permití recrearme en el acogedor ambiente del pequeño vagón y en la sensación de tener el estómago lleno como es debido, y escuché a Sam mientras hablaba. Habló de noches agarrando las manos de ancianos que no deseaban armar revuelo, y de objetivos de la gerencia que los dejaba desmoralizados, con la sensación de que no estaban desempeñando el trabajo para el que se habían formado. Yo escuchaba, sumergiéndome en un mundo muy distinto al mío, fijándome en cómo sus manos dibujaban animados círculos en el aire, en su sonrisa compungida ante la seriedad de sus propias palabras. Observaba sus manos. Observaba sus manos.

Me sonrojé ligeramente al darme cuenta de los derroteros que estaban tomando mis pensamientos y le di otro trago al vino para disimular.

—¿Dónde anda Jake esta noche?

—Apenas lo he visto. En casa de su novia, creo. —Parecía apenado—. Ella tiene una familia al estilo de los Walton, tropecientos hermanos y una madre que está todo el día en casa. Le gusta pasar el rato allí. —Bebió otro sorbo de agua—. ¿Y Lily?

—No lo sé. Le he mandado dos mensajes, pero no se ha molestado en contestar.

Menudo porte tenía. Parecía el doble de grande y de vital que el resto de los hombres. Mis pensamientos continuaban a la deriva, arrastrados por mareas hacia sus ojos, que se entornaban levemente mientras escuchaba, como si él estuviera asegurándose de entenderme perfectamente... El atisbo de vello incipiente apenas visible en su mandíbula, el contorno de su hombro bajo la suave lana de su jersey. Mi mirada siguió deslizándose hasta sus manos, apoyadas en la mesa, con los dedos tamborileando distraídamente sobre la superficie. Qué manos tan diestras. Recordé la ternura con la que me había sostenido la cabeza contra su pecho, la manera en la que me había aferrado a él en la ambulancia, como si fuese mi único sostén. Me miró y sonrió, con una expresión un poco interrogante, y algo se fundió en mi interior. ¿Tan mal estaría, siempre y cuando mantuviese los ojos abiertos?

—¿Quieres un café, Louisa?

Tenía esa manera de mirarme... Negué con la cabeza.

—¿Quieres...?

Sin pensármelo dos veces, me eché hacia delante sobre la pequeña mesa, llevé la mano a su nuca y le besé. Tras un instante de vacilación, se acercó y me devolvió el beso. En un momento dado creo que uno de los dos tiró una copa, pero no pude parar. Deseaba seguir besándole para siempre. Deseché todos los pensamientos sobre lo que esto significaba, lo que podría conllevar, en qué otro marrón podría estar metiéndome. *Vamos, vive,* dije para mis adentros. Y le besé hasta que la razón rezumó a través de mis poros y me convertí en un latido viviente alimentado únicamente de deseo.

Él, algo aturdido, se apartó primero.

—Louisa...

Un cubierto cayó al suelo. Me levanté; él hizo lo mismo y tiró de mí. Y casi sin darnos cuenta estábamos chocando contra todo en el pequeño vagón, un revoltijo de manos y labios y... oh, Dios, su aroma, su sabor y su tacto. Fue como una explosión de diminutos fuegos artificiales por todo mi ser; pedacitos de mí que creía adormecidos renacieron. Me cogió en volandas, era todo corpulencia y fuerza y músculos, y me aferré a él. Le besé la cara, la oreja, mis dedos se enredaron en su suave pelo oscuro. Y seguidamente me soltó y quedamos separados por unos centímetros, clavándome la mirada, con una expresión interrogante.

Yo jadeaba.

—No me he desnudado delante de nadie desde... el accidente —dije.

—No pasa nada. Tengo formación médica.

—Lo digo en serio. Estoy hecha un desastre. —De pronto noté, por extraño que parezca, que se me saltaban las lágrimas.

—¿Quieres que haga que te sientas mejor?

—Es lo más cursi que he…

Se subió la camiseta, dejando al descubierto una cicatriz amoratada de cinco centímetros que le cruzaba el estómago.

—Ahí tienes. Apuñalado por un australiano con problemas mentales hace cuatro años. Y esta. —Se giró para enseñarme una enorme magulladura de color amarillo verdoso en la parte baja de la espalda.

—Una patada el sábado pasado, alguien que iba pedo. Una mujer. —Extendió su mano—. Un dedo roto. Me lo pillé con la camilla al cargar con un paciente con sobrepeso. Y… ¡ah, sí! Aquí. —Me enseñó la cadera, surcada por una corta línea irregular de tono argénteo por encima de la cual se apreciaban marcas de puntos casi imperceptibles.

—Herida de punción, de origen desconocido, en una pelea en un club de Hackney Road el año pasado. La policía jamás averiguó quién lo hizo.

Me fijé en la solidez de su cuerpo, salpicado de cicatrices.

—¿Y esa? —pregunté, al tiempo que tocaba con delicadeza una pequeña marca a un lado de su estómago. Tenía la piel caliente bajo la camiseta.

—¿Esta? Oh, apendicitis. Tenía nueve años.

Observé su torso, después su rostro. A continuación, sosteniéndole la mirada, me quité el jersey despacio. Me estremecí inconscientemente, no sabría decir si a causa del aire frío o de los nervios. Él se acercó más, tanto que nos separaban escasos milímetros, y deslizó con dulzura el dedo por el contorno de mi cadera.

—Me acuerdo de esto. Me acuerdo de haber notado la fractura aquí. —Al rozar con delicadeza mi vientre desnudo, mis músculos se contrajeron—. Y ahí. Tenías un moratón incipiente en la piel. Temí que hubiera daño en órganos. —Extendió la palma de la mano ahí. Estaba tibia y se me cortó la respiración.

—Hasta ahora jamás había pensado que las palabras «daño en órganos» pudieran sonar tan sensuales.

—Eh, que todavía no he empezado.

Me condujo lentamente de espaldas hacia su cama. Me senté, con los ojos clavados en los suyos, y él se puso de rodillas y recorrió con sus manos mis piernas de arriba abajo.

—Y también estaba eso. —Levantó mi pie derecho, con una cicatriz muy enrojecida en el empeine. Acarició con ternura la línea con el pulgar—. Ahí. Roto. Daño en tejido blando. Eso te dolería.

—Recuerdas muchas cosas.

—No sería capaz de reconocer a la mayoría de la gente por la calle al día siguiente. Pero a ti, Louisa, en fin, me quedé con tu cara. —Agachó la cabeza para besarme el empeine, y luego recorrió despacio mi pierna con sus manos hasta colocarlas a ambos lados de mi cuerpo, de modo que quedó sobre mí, sosteniendo su propio peso—. Ahora no te duele nada, ¿verdad?

Enmudecida, negué con la cabeza. A estas alturas me daba todo igual. Me daba igual que fuera un follador compulsivo o que estuviera jugando conmigo. Sentía un deseo tan irrefrenable que de hecho me daba igual si me rompía la otra cadera.

Se fue moviendo sobre mí, milímetro a milímetro, como una marea, y me eché hacia atrás hasta tenderme sobre la cama. Con cada movimiento mi respiración se hacía más leve, hasta convertirse en lo único que podía oír en el silencio. Bajó la vista hacia mí; entonces cerró los ojos y me besó, despacio y con ternura. Me besó y dejó caer su peso encima de mí lo justo para que sintiera el delicioso abandono del deseo, la dureza de un cuerpo contra el mío. Nos besamos, sus labios sobre mi cuello, su piel contra mi piel, hasta quedarme aturdida, hasta arquearme involuntariamente contra él, envolviéndolo entre mis piernas.

—Oh, Dios —dije, jadeando, cuando tomamos aliento—. Ojalá no fueras lo último que necesito.

Enarcó las cejas, perplejo.

—Qué... seductor.

—No te echarás a llorar después, ¿no?

Parpadeó.

—¿Eh...? No.

—Y, por si las moscas, no soy un bicho raro obsesivo. No voy a perseguirte por ahí. Ni a pedir a Jake que me cuente cosas de ti mientras estás en la ducha.

—Es..., es bueno saberlo.

Y, una vez establecidas las reglas, giré para colocarme encima de él y le besé hasta olvidar todo lo que acabábamos de decir.

Una hora y media después estaba tendida boca arriba con la mirada perdida en el techo bajo. Sentía picazón en la piel, los huesos molidos, dolor en lugares que no imaginaba que pudiesen doler y, sin embargo, me embargaba una extraordinaria sensación de paz, como si mis entrañas se hubieran derretido sin más para adoptar una nueva forma. No estaba segura de poder volver a levantarme jamás.

Nunca sabes lo que va a pasar cuando te caes de una gran altura.

Prácticamente no me reconocía. Me ruboricé incluso al recordar los últimos veinte minutos. ¿De veras he...? ¿Y también...? Los recuerdos se perseguían entre sí en bucle. Nunca había tenido una experiencia sexual semejante. Ni en siete años con Patrick. Era como comparar un sándwich de queso con... ¿qué? ¿Con la alta cocina más increíble? ¿Con un chuletón? Solté una risita tonta sin querer y me tapé la boca. No me reconocía a mí misma.

Sam se había quedado dormido junto a mí y ladeé la cabeza para mirarlo. *Oh, Dios mío*, pensé, maravillada ante sus facciones, sus labios... Resultaba imposible mirarlo sin desear tocarlo. Barajé la idea de acercar un pelín más la cara y la mano para poder...

—Eh —dijo él en voz baja, con los ojos adormilados.

Y entonces caí en la cuenta...

Ay, Dios. Me he convertido en una de ellas.

Nos vestimos casi en silencio. Sam se ofreció a prepararme un té, pero objeté que era conveniente que me marchase porque tenía que comprobar si Lily había vuelto a casa.

—Como su familia está de vacaciones y eso... —Me ahuequé el pelo, ahora enmarañado y aplastado, con los dedos.

—Claro. ¡Ah! ¿Te quieres ir ahora mismo?

—Sí..., por favor.

Cohibida y súbitamente despejada, fui al baño a por mi ropa. No podía permitir que viera lo desubicada que estaba. Todo mi ser estaba centrado en intentar desvincularme de mí misma, lo cual me hacía sentir incómoda. Cuando salí de la habitación, él estaba vestido, terminando de recoger las cosas de la cena. Evité su mirada. Así resultaba más fácil.

—¿Me prestas esta ropa para ir a casa? La mía todavía está húmeda.

—Claro. Solo... Como quieras. —Revolvió en un cajón y sacó una bolsa de plástico.

La cogí y nos quedamos inmóviles en el rincón oscuro.

—Ha sido una noche… agradable.

—«Agradable». —Me miró con gesto inquisitivo—. Vale.

Mientras nos adentrábamos en la húmeda noche, traté de no apoyar la mejilla contra su espalda. Se había empeñado en prestarme una chaqueta de cuero, aunque yo había insistido en que no hacía falta. Después de unos cuantos kilómetros, el frío del aire calaba y agradecí llevarla puesta. Al final llegamos a mi apartamento hacia las once y cuarto, aunque, al ver la hora, tuve que confirmarlo con mi reloj. Tenía la impresión de haber vivido varias vidas desde que me recogió.

Bajé de la moto y me dispuse a quitarme su chaqueta. Pero él empujó la pata de cabra con el talón.

—Es tarde. Al menos deja que te acompañe hasta tu puerta.

Vacilé.

—Vale. Si esperas, puedo devolverte la ropa.

Traté de aparentar naturalidad. Se encogió de hombros y me siguió hasta el portal.

Al subir las escaleras oímos una música ensordecedora en el rellano. Inmediatamente supe de dónde procedía. Enfilé renqueando el pasillo, me detuve en la puerta de mi apartamento y la abrí despacio. Lily estaba de pie en medio de la entrada, con un cigarrillo en una mano y una copa de vino en la otra. Llevaba puesto un vestido estampado amarillo que me había comprado en una boutique *vintage* en la época en la que le daba importancia a lo que me ponía. La miré fijamente; es posible que diera un traspié al comprobar qué otra cosa se había puesto: noté que Sam me agarraba del brazo.

—¡Bonita chupa, Louisa!

Lily hizo una señal hacia sus pies. Llevaba puestos mis zapatos verdes con purpurina.

—¿Por qué no te los pones? Con todos los conjuntos estrafalarios que tienes, y sin embargo solo te pones vaqueros y camisetas y cosas así todos los días. ¡Qué sosaaa!

Fue a mi habitación y, un minuto después, apareció sujetando en alto un mono de lamé dorado de los setenta que solía combinar con botas marrones.

—¡A ver, fijaos en esto! Ahora mismo estoy que me corroe la envidia por este mono.

—Quítatelas —dije, cuando pude articular palabra.

—¿Qué?

—Las medias. Que te las quites. —La voz me salió ahogada e irreconocible.

Lily bajó la vista hacia las medias negras y amarillas.

—No, fuera de bromas, ahí tienes ropa *vintage* chula. Biba, DVF. Ese trapo de estilo Chanel. ¿Sabes lo que vale ese material?

—*Quítatelas.*

Sam, tal vez notando mi súbita dureza, comenzó a empujarme hacia adelante.

—Mira, ¿por qué no vamos a la sala de estar y...?

—De aquí no me muevo hasta que se quite esas medias.

Lily hizo una mueca.

—Madre mía. No hace falta que te pongas así.

Vi, temblando de rabia, que Lily empezaba a quitarse mis medias de abejorro y, como le costaba sacárselas de los pies, la emprendió a tirones.

—¡Las vas a destrozar!

—Solo son unas medias.

—No, no son *solo* unas medias. Me las regalaron...

—Eso no quita que sean unas medias —masculló.

Por fin se las quitó y las dejó hechas un fardo negro y amarillo en el suelo. Oí ruido de perchas procedente de la otra habitación mientras supuestamente volvía a colgar el resto de mi ropa a toda prisa.

Al cabo de unos instantes, Lily apareció en la sala de estar. En bragas y sujetador. Esperó hasta estar segura de captar nuestra atención, y seguidamente se metió un vestido corto por la cabeza con parsimonia y ostentación, contoneándose a medida que se deslizaba por sus estrechas caderas de tez pálida. Luego me sonrió con dulzura.

—Me voy de marcha. No me esperes levantada. Me alegro de volverle a ver, señor...

—Fielding —dijo Sam.

—Señor Fielding. —Me dedicó una sonrisa. Una sonrisa que no era en absoluto una sonrisa. Y se esfumó dando un portazo al salir.

Dejé escapar un débil suspiro y fui a recoger las medias. Me senté en el sofá, las estiré y las examiné minuciosamente hasta asegurarme de que no tuvieran enganchones ni quemaduras de cigarrillos.

Sam se sentó a mi lado.

—¿Estás bien? —preguntó.

—Sé que seguramente pensarás que estoy loca —dije finalmente—, pero me las regaló...

—No tienes que darme explicaciones.

—Yo era otra persona. Ese regalo significaba que... Yo era... Él me... —Se me ahogó la voz.

Nos quedamos allí sentados en el silencio del apartamento. Era consciente de que debía decir algo, pero me quedé sin palabras y se me hizo un nudo enorme en la garganta.

Me quité la chaqueta de Sam y se la devolví.

—No pasa nada —dije—. No tienes por qué quedarte.

Sentí su mirada clavada en mí, pero no alcé la mía del suelo.

—Bueno, pues te dejo.

Entonces, sin darme tiempo a decir nada más, se marchó.

14

Aquella semana llegué tarde al Círculo del Avance. Tras dejarme preparado un café —quizá a modo de disculpa—, Lily había derramado pintura verde sobre el suelo de la entrada, dejado que una tarrina de helado se derritiera fuera de la nevera, cogido mi juego de llaves del apartamento —junto con las de mi coche en el mismo llavero—, porque no encontraba las suyas, y se había tomado la libertad de ponerse mi peluca sin mi permiso para salir de fiesta una noche. La recogí del suelo de su dormitorio. Cuando me la coloqué, parecía como si un viejo perro pastor inglés estuviese haciéndole algo innombrable a mi cabeza.

Cuando llegué al salón parroquial, todos los demás estaban ya sentados. Natasha se movió amablemente para que me acomodara en la silla de plástico que había a su lado.

—Esta noche vamos a hablar sobre los indicios que apuntan a que posiblemente estemos saliendo adelante —dijo Marc, que sostenía en la mano una taza de té—. No tienen por qué ser grandes cosas, sino nuevas relaciones, el hecho de tirar ropa, cosas así. Simplemente pequeños detalles que nos hacen plantearnos que puede haber una salida para sobreponerse al dolor. Es sorprendente la cantidad de señales de este tipo que pasan desapercibidas, o que nos negamos a reconocer, porque el hecho de pasar página nos hace sentir culpables.

—Yo me he apuntado a una web de citas —dijo Fred—. Se llama De Mayo a Diciembre.

Hubo un leve murmullo de asombro y aprobación.

—Eso es muy alentador, Fred. —Marc le dio un sorbo al té—. ¿Qué expectativas tienes al respecto? ¿Tener compañía? Recuerdo haberte oído comentar que echabas especialmente en falta a alguien con quien salir a pasear los domingos por la tarde. ¿Por el estanque de los patos, si no recuerdo mal, donde solías ir con tu mujer?

—Qué va. Es para practicar cibersexo.

Marc se atragantó. Hubo un breve silencio mientras alguien le ofrecía un pañuelo de papel para limpiarse el té que se le había derramado sobre los pantalones.

—Cibersexo. Es lo que hace todo el mundo, ¿no? Me he registrado en tres páginas. —Fred levantó la mano y se puso a contar con los dedos—. De Mayo a Diciembre es para mujeres jóvenes a quienes les gustan los hombres maduros, Dulces Papis para mujeres jóvenes a quienes les gustan los viejos con pasta, y…, esto…, Sementales Calientes. —Hizo una pausa—. En esta no especificaban nada.

Se hizo un breve silencio.

—Es bueno ser optimista, Fred —señaló Natasha.

—¿Y qué me dices de ti, Louisa?

—Hum… —balbuceé, dado que Jake estaba enfrente de mí, y acto seguido pensé: «Qué demonios»—. Pues lo cierto es que tuve una cita este fin de semana.

Algunos miembros del grupo exclamaron un «¡Hurra!» en voz baja. Bajé la vista un poco avergonzada. Solo con pensar en aquella noche me ponía colorada.

Jojo Moyes

—¿Y qué tal fue?

—Fue… sorprendente.

—Se tiró a alguien. Seguro que se tiró a alguien —dijo Natasha.

—Está radiante —comentó William.

—¿Se le daba bien? —preguntó Fred—. ¿Algún truco?

—¿Y conseguiste no pensar demasiado en Bill?

—No lo bastante como para detenerme… Solo sentía que deseaba hacer algo que… —Me encogí de hombros—. Solo deseaba sentirme viva.

Al escuchar esa palabra se produjo un murmullo de complicidad. A eso era a lo que, en última instancia, todos aspirábamos para liberarnos de nuestro dolor. Para escapar del infierno de los difuntos, pues la mitad de nuestros corazones permanecía enterrada bajo tierra, o atrapada en pequeñas urnas de porcelana. Me sentó bien tener algo positivo que decir para variar.

Marc asintió con gesto alentador.

—Seguramente es una actitud muy sana.

Escuché a Sunil comentar que había comenzado a escuchar música de nuevo, y a Natasha que había quitado de la sala de estar algunas fotos de su marido y las había colocado en su dormitorio «para no acabar hablando de él cada vez que alguien viene de visita». Daphne había dejado de oler, a hurtadillas, las camisas que había colgadas en el armario de su marido. «Si queréis que os diga la verdad, a estas alturas no olían a él. Creo que simplemente había cogido esa costumbre».

—¿Y tú, Jake?

Aún tenía un aspecto apagado.

—Salgo más, supongo.

—¿Te has sincerado con tu padre?

—No.

Rehuí su mirada mientras hablaba. Curiosamente, me sentía expuesta, sin saber hasta qué punto estaba al corriente.

221

—Pero me da la impresión de que le gusta alguien.

—¿Más folleteo? —dijo Fred.

—No, me refiero a que le gusta alguien de verdad.

Noté que me sonrojaba. Traté de ocultar mi rostro frotando una mancha invisible de mi zapato.

—¿Qué te hace pensar eso, Jake?

—El otro día se puso a hablar de ella en el desayuno. Decía que había pensado dejar todo ese rollo del aquí te pillo, aquí te mato. Que había conocido a alguien y que igual le apetecía darle una oportunidad a la relación.

Me puse como un tomate. No me podía creer que ninguno de los presentes se diera cuenta.

—¿Entonces piensas que al fin ha llegado a la conclusión de que brincar de una relación a otra no es la mejor manera de seguir adelante? Quizá lo único que necesitaba era tener unos cuantos ligues antes de enamorarse otra vez.

—Ha brincado de lo lindo —dijo William—. Vamos, que ni un saltamontes.

—¿Jake? ¿Qué sientes al respecto? —preguntó Marc.

—Es un poco raro. O sea, echo de menos a mi madre, pero también pienso que seguramente es bueno el hecho de que dé un paso adelante.

Traté de imaginar lo que Sam le habría contado. ¿Habría mencionado mi nombre? Me los podía imaginar en la cocina del pequeño vagón de tren manteniendo esta seria conversación mientras tomaban té con tostadas. Me ardían las mejillas. No estaba convencida de querer que Sam hiciera conjeturas sobre lo nuestro tan pronto. Yo debía haber dejado más claro que nuestro encuentro no significaba que mantuviésemos una relación. Era demasiado precipitado. Y demasiado precipitado que Jake comentara lo nuestro en público.

—¿Y has conocido a esa mujer? —preguntó Natasha—. ¿Te cae bien?

Jake agachó la cabeza.

—Sí. Esa ha sido la gran cagada.

Alcé la vista.

—La invitó a que viniera a tomar el *brunch* el domingo, y fue una auténtica pesadilla. Llevaba puesta una de esas camisetas superceñidas y se pasó todo el rato echándome el brazo por el hombro como si me conociera, y riendo a carcajadas; luego, cuando mi padre salió al jardín, me miró con los ojos como platos y dijo: «¿Y *tú* cómo estás?», con ese ladeo de cabeza tan irritante.

—Ah, *el ladeo de cabeza* —comentó William, y hubo un leve murmullo de complicidad. Todo el mundo conocía ese gesto.

—Y delante de mi padre le daba la risita tonta y jugueteaba con el pelo todo el rato como si fuera una niñata, a pesar de que es evidente que tiene *por lo menos* treinta. —Arrugó la nariz con gesto de asco.

—¡Treinta! —exclamó Daphne, mirando de refilón—. ¡Fíjate!

—La verdad es que prefería a la que tenía la manía de sonsacarme lo que mi padre se traía entre manos. Al menos ella no hacía el paripé de ser mi mejor amiga.

Apenas pude oír el resto de su relato. Un zumbido lejano había empezado a sonar en mis oídos, ahogando cualquier otro sonido. ¿Cómo podía haber sido tan estúpida? De repente me vino a la memoria el gesto de Jake alzando la mirada la primera vez que vio a Sam ligando conmigo. Precisamente ahí estaba mi advertencia, y fui lo bastante estúpida como para no hacer caso.

Noté un sofoco y un estremecimiento. Era incapaz de seguir allí. Era incapaz de seguir escuchando.

—Esto... Acabo de acordarme de que tengo una cita —farfullé, al tiempo que cogía mi bolso y me levantaba precipitadamente—. Perdonad.

—¿Todo bien, Louisa? —preguntó Marc.

—Perfectamente. Tengo prisa. —Salí zumbando en dirección a la puerta, forzando una sonrisa tan falsa que dolía.

Allí estaba él. Cómo no. Acababa de dejar la moto en el aparcamiento y estaba quitándose el casco. Salí del salón parroquial y me detuve en lo alto de la escalinata calculando si había algún modo de llegar a mi coche sin tener que cruzarme con él, pero era imposible. La parte física de mi cerebro percibió su figura antes de que el resto de sinapsis reaccionaran: un arrebato de placer, el súbito recuerdo de la sensación del roce de sus manos. Y, a continuación, esa furia desaforada, el impulso sanguíneo de la humillación.

—Eh —dijo al verme, con una sonrisa espontánea, guiñando los ojos con agrado. El maldito embaucador.

Aminoré el paso lo bastante como para que percibiese mi expresión dolida. Me traía sin cuidado. De repente me sentí como Lily. No iba a guardármelo para mí. No había sido *yo* quien había ido de cama en cama.

—Muy bonito, menudo cabronazo estás hecho —bufé, y, acto seguido, eché a correr hacia mi coche antes de que mi voz ahogada se convirtiera en un auténtico sollozo.

La semana, como en respuesta a algún silencioso y maléfico silbato para perros, se lanzó en picado hacia el abismo. Richard estaba más quisquilloso que nunca, quejándose de que no sonreíamos lo suficiente y que nuestra falta de «chispa» con los clientes hacía que se decantaran por el Wings in the Air Bar and Grill. El tiempo cambió, cubriendo los cielos de un gris plomizo y retrasando vuelos con tormentas tropicales, de modo que el aeropuerto se llenó de pasajeros de mal humor, y, para colmo, con una sincronización de lo más inoportuna, el personal de equipajes se declaró en huelga. «¿Qué esperabas? Mercurio está en fase de retroceso», dijo Vera en tono brusco, y le gruñó a un cliente que había pedido el capuchino con menos espuma.

Lily llegaba a casa bajo su propio nubarrón. Se sentaba en la sala de estar, pegada al móvil, pero, sea lo que fuere lo que miraba, parecía no contentarla. Mantenía la mirada perdida en la ventana, con una expresión impasible como solía hacer su padre, como si se sintiera igual de atrapada que él. Yo había intentado explicarle que Will me había regalado las medias amarillas y negras, que su significado nada tenía que ver con el color o la calidad, sino que eran...

—Ya, ya, medias. Me da igual —dijo.

Pasé tres noches sin apenas pegar ojo. Clavaba la vista en el techo, crispada por una rabia fría como el hielo que me inundaba el pecho y que se resistía a disiparse. Estaba furiosa con Sam. Pero más aún conmigo misma. Me mandó dos mensajes con una fingida inocencia —«???»— que me sacaron totalmente de quicio y a los que no respondí porque no me fiaba de mí misma. Había adoptado la típica actitud femenina de ignorar por completo lo que un hombre diga o haga, y había preferido escuchar mi propio soniquete: *Conmigo será distinto.* Yo le había besado. Había sido la desencadenante de toda la historia, y por lo tanto la única culpable. Procuraba decirme a mí misma que seguramente me había escapado de milagro. Me decía a mí misma, con pequeños signos de admiración en mi fuero interno, ¡que más valía descubrirlo ahora que dentro de seis meses! Traté de considerarlo desde el punto de vista de Marc: ¡era bueno dar un paso adelante! ¡Podía apuntarme un tanto! ¡Al menos eché un buen polvo! Y luego las puñeteras lágrimas tibias se me saltaban de mis puñeteros ojos y los cerraba con fuerza y decía para mis adentros que me estaba bien empleado por permitir que alguien se me acercara.

La depresión, según aprendimos en las sesiones, se recrea en el aislamiento. Era mucho mejor mantenerse activo, o al menos hacer planes. A veces la ilusión de la felicidad podía crearla inadvertidamente. Harta de llegar a casa y encontrar a Lily postrada en el sofá cada tarde, e igualmente harta de fingir que no me irritaba por ello, el viernes por la noche le dije que al día siguiente iríamos a ver a la señora Traynor.

—Pero me comentaste que no había respondido a tu carta.

—A lo mejor no la recibió. Da igual. Llegará un momento en el que el señor Traynor la pondrá al corriente sobre ti, de modo que no estaría de más ir a verla antes de que ocurra.

No dijo nada. Lo asumí como un consentimiento tácito, y la dejé a lo suyo.

Esa noche me dio por revisar la ropa que Lily había sacado de la caja embalada, ropa que había desechado desde que me marchara de Inglaterra a París dos años antes. No habría tenido sentido ponérmela. No me había sentido la misma persona desde la muerte de Will.

Ahora, sin embargo, me parecía importante ponerme algo que no fueran ni vaqueros ni un disfraz verde de bailarina irlandesa. Encontré un vestido corto azul marino que en su época me encantaba y que consideré lo bastante sobrio para una visita algo formal; lo planché y lo dejé a la vista. Le dije a Lily que saldríamos a las nueve de la mañana y me fui a la cama, asombrada por lo agotador que resultaba convivir con alguien para quien pronunciar cualquier frase más allá de un gruñido suponía, sencillamente, un esfuerzo sobrehumano fuera de su alcance.

A los diez minutos de cerrar la puerta de mi dormitorio, una nota escrita a mano se deslizó bajo mi puerta.

Querida Louisa:

Perdona por haberme puesto tu ropa. Y gracias por todo. Sé que a veces soy un tostón.

Lo siento. Bsss

Lily

P.D.: Que sepas que deberías ponerte esa ropa. Es MUCHÍSIMO mejor que los trapos que te pones.

Abrí la puerta, y ahí estaba Lily, con expresión seria. Avanzó un paso para darme un rápido achuchón tan efusivo que me hizo daño en las costillas. Seguidamente se dio la vuelta y, sin mediar palabra, se marchó de regreso a la sala de estar.

El día amaneció más luminoso, y nuestro estado de ánimo se levantó un poco con él. Pasamos varias horas conduciendo hasta un pequeño pueblo del condado de Oxford, un lugar de jardines tapiados y muros de piedra teñida color mostaza gastados por el sol. Estuve dándole palique durante todo el trayecto, más que nada para disimular mi nerviosismo ante la idea de volver a ver a la señora Traynor. Había llegado a la conclusión de que lo más difícil del hecho de charlar con adolescentes era que, dijeras lo que dijeses, causabas la misma impresión que la tía abuela de alguien en una boda.

—Oye, ¿qué te gusta hacer? ¿Cuando no estás en clase?

Se encogió de hombros.

—¿Tienes idea de lo que te apetecería hacer cuando termines?

La cara que me puso fue un poema.

—Habrás tenido aficiones de pequeña, ¿no?

Recitó de un tirón una lista de vértigo: saltos ecuestres, lacrosse, hockey, piano (quinto grado), atletismo campo a través, tenis en campeonatos del condado.

—¿Todo eso? ¿Y no has querido continuar con nada?

Resopló por la nariz al tiempo que se encogía de hombros y, a continuación, apoyó los pies en el salpicadero, como zanjando la conversación.

—A tu padre le encantaba viajar —comenté unos kilómetros más adelante.

—Me lo dijiste.

—En una ocasión me contó que había estado en todas partes salvo en Corea del Norte. Y en Disneyland. Contaba historias sobre lugares de los que yo ni siquiera había oído hablar en mi vida.

—La gente de mi edad no se va de aventura. No queda nada por descubrir. Y los que se van de mochileros en su año sabático son unos plastas de tomo y lomo. Siempre vacilando sobre algún bar que descubrieron en Ko Phang Yan, o cómo pillaron drogas increíbles en la selva birmana.

—No tienes por qué irte de mochilera.

—Ya, pero una vez que has visto el interior de un hotel Mandarin Oriental los has visto todos. —Bostezó—. Durante una época estuve en un colegio cerca de aquí —señaló más tarde, al tiempo que miraba fijamente por la ventanilla—. Fue el único que realmente me gustó. —Hizo una pausa—. Tenía una amiga que se llamaba Holly.

—¿Qué ocurrió?

—Mi madre se obsesionó con la idea de que no era el *tipo de colegio adecuado*. Decía que no destacaba lo suficiente en el ranking de clasificación o no sé qué. Que era un internado de tres al cuarto. Que no tenía nivel académico. De modo que me cambiaron a otro. A partir de entonces pasé de hacer amigos. ¿Para qué, si te van a estar cambiando de un lado a otro?

—¿Mantuviste contacto con Holly?

—La verdad es que no. Es absurdo cuando, en realidad, no podemos vernos.

Recordé vagamente la intensidad de las relaciones entre chicas adolescentes, una pasión más que una amistad.

—¿Qué planes tienes? Quiero decir, si realmente estás decidida a no retomar los estudios.

—No me gusta hacer planes.

—Pero no vas a tener más remedio que pensar en algo, Lily.

Tras cerrar los ojos unos instantes, bajó los pies del salpicadero y se descascarilló el esmalte de la uña del pulgar.

—No sé, Louisa. A lo mejor me limito a seguir tu increíble ejemplo y hago todas esas cosas tan emocionantes que haces tú.

Tuve que respirar hondo tres veces para reprimir el impulso de parar el coche en la autopista. Nervios, dije para mis adentros. Está actuando así por los nervios. Y después, para fastidiarla, puse Radio 2 a todo volumen y lo mantuve ahí durante el resto del camino.

Localizamos Four Acres Lane con ayuda de un lugareño que paseaba con su perro y nos detuvimos en la puerta de Fox's Cottage, una modesta casa rústica encalada con techo de paja a dos aguas. Fuera, rosas escarlata revestían el arco de hierro de acceso al sendero del jardín y flores de tonos delicados luchaban por el espacio en primorosos arriates. En el camino de entrada había aparcado un pequeño coche con maletero integrado.

—Ha perdido categoría —comentó Lily, mirando por la ventanilla.

—Es bonita.

—Es una caja de zapatos.

Permanecí sentada, escuchando el tic del motor enfriándose.

—Oye, Lily. Antes de que entremos. Simplemente, no esperes demasiado —dije—. La señora Traynor es más bien formal. Se refugia en los buenos modales. Es probable que se dirija a ti como si fuera una maestra. O sea, no creo que te abrace como hizo el señor Traynor.

—Mi abuelo es un hipócrita —dijo con desdén—. Da a entender que eres lo mejor del mundo, pero en realidad no es más que un calzonazos.

—Haz el favor de no usar la palabra «calzonazos».

—Es absurdo fingir ser alguien que no soy —contestó Lily, enfurruñada.

Nos quedamos allí sentadas un rato. Me di cuenta de que ninguna de las dos quería tomar la iniciativa de ir hacia la puerta.

—¿Intento hablar con ella por teléfono una vez más? —dije, sujetando el teléfono en alto. Había hecho dos intentos esa mañana, pero había saltado directamente el buzón de voz.

—No se lo sueltes a bocajarro —dijo ella de pronto—. Me refiero a quién soy. Es que… primero quiero ver cómo es. Antes de decírselo.

—Claro —contesté, para quitarle hierro. Y, sin darme tiempo a añadir nada más, Lily salió del coche y se dirigió a grandes zancadas hacia la entrada con los puños cerrados, como un boxeador a punto de subir al ring.

A la señora Traynor le habían salido canas. Llevaba el pelo —que siempre se había teñido castaño oscuro— corto y blanco, lo cual le daba un aire mucho más mayor de lo que realmente era, como el de alguien recientemente recuperado de una grave enfermedad. Probablemente habría perdido unos seis kilos desde la última vez que la vi y unas ojeras cárdenas le surcaban el rostro. Por el desconcierto con el que miró a Lily intuí que no esperaba visitas de ningún tipo en ningún momento. Entonces, al verme a mí, puso los ojos como platos.

—¿Louisa?

—Hola, señora Traynor. —Di un paso al frente y le tendí la mano—. Estábamos en la zona. No sé si recibió mi carta. Se me ocurrió pasar por aquí y saludarla...

Mi voz —falsa y con una alegría poco natural— se apagó. La última vez que habíamos coincidido fue cuando la ayudé a vaciar la habitación de su difunto hijo; y antes de a esa vez, cuando Will dio el último suspiro. En ese momento la vi revivir ambos hechos.

—Estábamos comentando que su jardín es digno de admiración.

—Rosas David Austin —dijo Lily.

La señora Traynor la miró como si acabara de reparar en su presencia. Esbozó una débil sonrisa titubeante.

—Sí, efectivamente. Qué lista. Es... Lo siento muchísimo. No recibo muchas visitas. ¿Cómo has dicho que te llamabas?

—Esta es Lily —dije, y observé cómo Lily estrechaba la mano de la señora Traynor cuando esta se la tendió, escrutándola a conciencia.

Permanecimos unos instantes allí, en el escalón de entrada, hasta que, por fin, como pensando que no tenía otra alternativa, la señora Traynor se hizo a un lado y empujó para abrir la puerta.

—Supongo que será mejor que entréis.

La casita era diminuta, con techos tan bajos que hasta tuve que agachar la cabeza para pasar del recibidor a la cocina. Mientras esperaba a que la señora Traynor preparase el té, Lily caminaba inquieta por la salita de estar, sorteando unos cuantos muebles antiguos perfectamente bruñidos que yo recordaba de los días que había pasado en Granta House, cogiendo cosas y volviéndolas a colocar en su sitio.

—Y... ¿cómo te ha ido?

El tono de la señora Traynor fue monótono, como si hubiese formulado la pregunta sin esperar realmente respuesta.

—Oh, bastante bien, gracias.

Un largo silencio.

—Es un pueblo precioso.

—Sí. En fin, lo cierto es que no podía quedarme en Stortfold... —Cuando vertió el agua hirviendo en la tetera no pude evitar acordarme de Della trajinando fatigosamente en la que en otro tiempo fuera la cocina de la señora Traynor.

—¿Conoce a mucha gente en la zona?

—No. —Lo dijo como si tal vez fuera la única razón por la que se había mudado allí—. ¿Te importaría coger la lechera? No cabe todo en esta bandeja.

A esto le sucedió media hora de conversación sumamente forzada. La señora Traynor, una mujer poseedora de las dotes instintivas de la clase media-alta para desenvolverse con soltura en cualquier encuentro social, por lo visto había perdido la habilidad para comunicarse. Daba la impresión de que cuando le hablaba escuchaba a medias. Ella formulaba una pregunta y al cabo de diez minutos volvía a hacerla, como incapaz de retener la respuesta. Me pregunté si estaría bajo los efectos de algún antidepresivo. Lily la observaba a hurtadillas, los pensamientos reflejados fugazmente en su semblante, y yo, sentada entre ellas con un nudo que me oprimía cada vez más el estómago, me mantenía a la espera de que ocurriese algo.

No paré de hablar para romper el silencio, haciendo comentarios sobre mi espantoso trabajo, las cosas que había vivido en Francia, el hecho de que mis padres se encontraban bien, gracias..., cualquier cosa con tal de romper la terrible y agobiante quietud que se cernía sobre la pequeña sala siempre

que me callaba. Sin embargo, la pesadumbre de la señora Traynor flotaba en la casa, como una niebla. Si el señor Traynor
parecía extenuado por la tristeza, la señora Traynor aparentaba
estar consumida por ella. Apenas quedaba nada de la enérgica y
altanera mujer que yo conocía.

—¿Qué te trae por esta zona? —preguntó finalmente.

—Hum…, estoy visitando a unos amigos —respondí.

—¿De qué os conocéis?

—Yo… conocía al padre de Lily.

—Qué bien —dijo la señora Traynor. Nosotras sonreí-
mos incómodas. Me fijé en Lily, a la espera de que dijese algo,
pero se había quedado paralizada, como si también estuviese
abrumada al enfrentarse a la realidad del dolor de esta mujer.

Tomamos una segunda taza de té y comentamos lo bonito que era el jardín por tercera, seguramente por cuarta vez,
y me daba la sensación de que nuestra prolongada visita reque-
ría una especie de esfuerzo sobrehumano por su parte. No
deseaba que estuviésemos allí. Era, por descontado, demasiado
educada para admitirlo, pero a todas luces lo único que le apetecía era estar a solas. Cada gesto lo reflejaba: cada sonrisa de
compromiso, cada tentativa de mantener el hilo de la conversación. Yo sospechaba que, en cuanto nos marchásemos, se
postraría directamente en un sillón, o subiría arrastrando los
pies a la planta de arriba a hacerse un ovillo en la cama.

Y me di cuenta en ese momento: la ausencia absoluta de
fotografías. Si bien Granta House en su época estaba llena
de fotografías con marcos de plata de sus hijos, de sus parientes, de ponis, de vacaciones de esquí y de antepasados lejanos,
esta casa estaba desolada. Una estatuilla ecuestre de bronce,
una acuarela de jacintos, pero ni rastro de personas. Me rebu-
llí en el asiento preguntándome si simplemente se me había
pasado por alto, si estarían reunidas en alguna mesita auxiliar o
en la repisa de una ventana. Pero no, la casa era de una im-

personalidad brutal. Pensé en mi propio apartamento, en mi absoluta dejadez a la hora de imprimirle un aire personal o permitirme a mí misma convertirlo en algo semejante a un hogar. Y de pronto se me cayó el alma a los pies y sentí una inmensa tristeza.

¿Qué nos has hecho a todos, Will?

—Louisa, ya va siendo hora de que nos marchemos —dijo Lily, mirando el reloj a modo de indirecta—. Comentaste que no nos convenía pillar atascos.

La miré fijamente.

—Pero...

—Comentaste que no debíamos quedarnos demasiado rato. —Su tono fue alto y claro.

—Oh, sí. El tráfico puede ser muy pesado. —La señora Traynor hizo amago de levantarse de su asiento.

Justo cuando estaba fulminando con la mirada a Lily, que se disponía a protestar de nuevo, el teléfono sonó. La señora Traynor dio un respingo, como si el sonido ya no le resultase familiar. Nos miró a ambas, como sopesando si responder o no, y entonces, tal vez consciente de que no podía ignorar la llamada en nuestra presencia, se excusó y se dirigió a la otra habitación, donde la escuchamos al habla.

—¿Qué estás haciendo? —pregunté.

—Es que nada de esto me parece bien... —contestó Lily con aire abatido.

—Pero no podemos irnos sin decírselo.

—Soy incapaz de hacer esto hoy. Es tan...

—Sé que impone. Pero fíjate en ella, Lily. Estoy convencida de que le vendría bien si se lo contaras. ¿No crees?

Lily abrió los ojos de par en par.

—¿Contarme qué?

Giré la cabeza. La señora Traynor estaba inmóvil en la puerta junto al pequeño recibidor.

—¿Qué es lo que tienes que contarme?

Lily me miró y acto seguido volvió a mirar a la señora Traynor. Sentí que el tiempo se ralentizaba en la sala. Tras tragar saliva, alzó ligeramente la barbilla.

—Que soy tu nieta.

Un breve silencio.

—¿Mi… qué?

—Soy la hija de Will Traynor.

Sus palabras retumbaron en la pequeña estancia. La señora Traynor deslizó la mirada hacia mí, como para asegurarse de que en realidad todo era una broma de muy mal gusto.

—Pero…, no puede ser.

Lily reculó.

—Señora Traynor, me consta que esto debe de ser un shock… —empecé a decir.

No me oía. Miraba a Lily con dureza.

—¿Cómo iba mi hijo a tener una hija sin que yo me enterara?

—Porque mi madre lo mantuvo en secreto —respondió Lily en un hilo de voz.

—¿Todo este tiempo? ¿Cómo pueden haberte mantenido en secreto durante tantísimo tiempo? —La señora Traynor se volvió hacia mí—. ¿Tú lo sabías?

Tragué saliva.

—Por eso le escribí. Lily me localizó. Quería saber de su familia. Señora Traynor, no pretendíamos ocasionarle más sufrimiento. Es que Lily deseaba conocer a sus abuelos y la cosa no salió precisamente bien con su abuelo y…

—Pero Will habría dicho algo. —Negó con la cabeza—. No me cabe ninguna duda. Era *mi* hijo.

—Si realmente no me cree, me haré un análisis de sangre —replicó Lily, al tiempo que se cruzaba de brazos—. No voy buscando nada. No tengo necesidad de venir a vivir aquí ni nada por el estilo. Tengo mi propio *dinero,* si es lo que piensa.

—No estoy segura de lo que yo... —comenzó a decir la señora Traynor.

—Tampoco es para espantarse. No es que acabes de heredar, qué sé yo, una enfermedad contagiosa, sino, simplemente, una *nieta.* Por Dios.

La señora Traynor se hundió lentamente en un sillón. Al cabo de unos instantes, se llevó una mano temblorosa a la cabeza.

—¿Se encuentra bien, señora Traynor?

—Creo que no... —La señora Traynor cerró los ojos. Daba la impresión de que se había recluido en algún lugar lejano de su interior.

—Lily, será mejor que nos vayamos. Señora Traynor, voy a anotarle mi número. Volveremos cuando haya tenido ocasión de asimilar la noticia.

—¡Sí, hombre! No pienso volver. Cree que soy una mentirosa. ¡Por Dios, menuda familia!

Lily nos miró fijamente sin dar crédito, y acto seguido salió como un torbellino de la salita, tirando una mesita auxiliar a su paso. Me agaché, la recogí y coloqué en su sitio con cuidado las cajitas de plata que había dispuestas primorosamente sobre el tablero.

La señora Traynor estaba demacrada a causa del shock.

—Lo siento, señora Traynor —dije—. Intenté de veras hablar con usted antes de venir.

Oí un portazo procedente del coche.

La señora Traynor tomó aliento.

—No leo cartas si no conozco su procedencia. Recibí cartas. Cartas crueles donde me decían que yo... Ya no respondo gran cosa... Nunca hay nada que desee saber. —Parecía desconcertada, mustia y frágil.

—Lo siento. Lo siento muchísimo. —Cogí mi bolso y salí a toda prisa.

—No digas nada —advirtió Lily al meterme en el coche—. Ni una palabra, ¿vale?

—¿Por qué has hecho eso? —Me quedé sentada al volante, con las llaves en la mano—. ¿Cómo se te ocurre echarlo todo a perder?

—He notado la impresión que le he causado nada más verme.

—Es madre y está claro que sigue llorando la pérdida de su hijo. Acabábamos de provocarle una tremenda conmoción. Y vas y te ensañas con ella. ¿No podías haberte quedado callada y dejar que lo digiriera? ¿Por qué tienes que ahuyentar a todo el mundo?

—¡Bah! ¡Qué sabrás tú de mí!

—Por lo visto estás decidida a estropear tu relación con cualquiera que se te acerque.

—Ay, *Dios,* ¿esto es por lo de las malditas medias otra vez? ¡Qué sabes tú de nada! Te pasas la vida entera sola en un apartamento de mierda que nadie visita. Está claro que tus padres opinan que eres una perdedora. No tienes agallas para largarte ni siquiera del trabajo más patético del mundo.

—No tienes la menor idea de lo difícil que resulta encontrar trabajo últimamente, así que no me digas…

—Eres una *perdedora.* Y no solo, eres una perdedora que piensa que puede dirigirles la vida a los demás. ¿Y quién te da ese derecho? Te quedaste sentada junto a la cama de mi padre, viste cómo moría y no hiciste nada para impedirlo. ¡Nada! Así que difícilmente voy a pensar que eres un buen ejemplo de cómo comportarse.

Se hizo un silencio en el coche tan denso y quebradizo como el cristal. Clavé la mirada en el volante. Aguardé hasta estar segura de poder respirar con normalidad.

Después arranqué el coche y conduje los ciento noventa y dos kilómetros en silencio.

15

Apenas vi a Lily durante los días siguientes, y no la eché en falta. Cuando volvía del trabajo a casa, los rastros de migas o las tazas vacías me confirmaban que había estado allí. Un par de veces noté el aire extrañamente revuelto al entrar, como si allí hubiera pasado algo que no acertaba a definir. Pero no faltaba nada ni nada había cambiado de un modo palpable, así que lo achaqué a lo raro de compartir casa con alguien con quien no te llevas bien. Por primera vez me permití admitir que echaba de menos estar sola.

Llamé a mi hermana, y tuvo la elegancia de no decir: «Te lo advertí». Bueno, quizás lo dijera una vez.

—Eso es lo peor de ser madre —dijo, como si yo también lo fuera—. Se supone que tienes que ser esa persona serena, sabia y amable que puede manejar cualquier situación. Y, a veces, cuando Thom se porta mal, o estoy cansada, lo único que quiero es dar un portazo o sacarle la lengua y decirle que es un imbécil.

Y así más o menos era como me sentía yo.

El trabajo había alcanzado tal punto de sufrimiento que tenía que tararear canciones de musicales en el coche para obligarme a ir al aeropuerto.

Y luego estaba Sam.

En quien no pensaba.

No pensaba en él por la mañana, cuando veía mi cuerpo desnudo en el espejo del cuarto de baño. No recordaba la forma en la que sus dedos habían dibujado mi piel haciendo que mis cicatrices encarnadas no fueran invisibles, pero sí parte de una historia compartida, o cómo, por una breve noche, me había sentido temeraria y viva otra vez. No pensaba en él cuando veía parejas, uniendo las cabezas al mirar sus tarjetas de embarque, a punto de emprender aventuras románticas —o simplemente escapadas de sexo salvaje— en destinos lejos de aquí. No pensaba en él de camino al trabajo y luego de vuelta, cada vez que pasaba aullando una ambulancia. Lo cual aparentemente ocurría un número desorbitado de veces. Y, desde luego, no pensaba en él por la noche cuando me sentaba sola en el sofá y veía un programa de televisión sin enterarme de qué iba, y sospecho que con pinta de ser la pornoduende inflamable más sola del planeta.

Nathan telefoneó y dejó un mensaje pidiéndome que le llamara. No sabía si aguantaría otro episodio de su emocionante nueva vida en Nueva York, y lo puse en mi lista mental de cosas por hacer y que al final nunca haría. Tanya me escribió un mensaje diciendo que los Houghton-Miller habían vuelto tres días antes de lo previsto, por algo relacionado con el trabajo de Francis. Richard me llamó para comentarme que tenía el turno de noche de lunes a viernes. «Y, por favor, no llegues tarde, Louisa. Quisiera recordarte que ya se te ha dado el último aviso».

Hice lo único que se me ocurrió: me fui a casa, a Stort-fold, con la música del coche bien alta, de modo que no tuve que estar a solas con mis pensamientos. Di gracias por tener a mis padres. Sentía una fuerza casi umbilical tirando de mí hacia casa, hacia el confort de una familia tradicional y una comida de domingo en la mesa.

—¿Comida? —dijo papá, con los brazos cruzados sobre el estómago y la mandíbula tensa de indignación—. Oh, no. Ya no hacemos comidas los domingos. La comida es un signo de opresión patriarcal.

El abuelo asintió tristemente desde el rincón.

—No, no, no podemos hacer una comida. Ahora los domingos comemos sándwiches. O sopa. Al parecer, la sopa es aceptable para el feminismo.

Treena, que estaba estudiando en la mesa del comedor, entornó los ojos.

—Mamá está yendo a una clase de poesía femenina los domingos por la mañana en el centro educativo para adultos. No es que se haya convertido en Andrea Dworkin*.

—¿Ves, Lou? Ahora se supone que debo saber todo sobre el feminismo, y este Andrew Dorkin me ha robado la maldita comida de los domingos.

—Estás exagerando, papá.

—¿En qué exagero? Los domingos son un momento *familiar*. Deberíamos tener comida familiar de los domingos.

—Toda la vida de mamá ha sido un momento familiar. ¿Por qué no puedes dejar que se tome tiempo para sí misma?

Papá apuntó a Treena con su periódico doblado.

---

* Escritora estadounidense y activista del feminismo radical. *[N. de la T.]*

—Esto ha sido cosa tuya. Tu madre y yo éramos perfectamente felices antes de que empezaras a decirle que no lo era.

El abuelo asintió en señal de acuerdo.

—Todo se ha torcido en este sitio. No puedo ver la televisión sin oírla murmurar «sexista» cuando ponen los anuncios de yogur. Esto es sexista. Eso es sexista. Cuando me traje a casa el *Sun* de Ade Palmer para echar un vistazo a las páginas de deportes, lo tiró al fuego por la página de las modelos en toples. Ya no sé cómo va a estar de un día para otro.

—Una clase de dos horas —dijo Treena en voz baja, sin levantar la mirada de los libros—. En domingo.

—No estoy de broma, papá —dije yo—. ¿Y eso que tienes al final de los brazos?

—¿Qué? —Papá miró hacia abajo—. ¿Qué?

—Tus manos —dije yo—. No son pintadas.

Me miró con el ceño fruncido.

—Así que sospecho que podrías preparar la comida. Darle una sorpresa a mamá cuando vuelva de su clase de poesía…

Los ojos de papá se abrieron de par en par.

—¿Que prepare *yo* la comida del domingo? ¿Yo? Llevamos casi treinta años casados, Louisa. Yo no hago la maldita comida. Yo gano el dinero, y tu madre hace la comida. ¡Ese es el trato! ¡Eso es lo que firmé! ¿Qué va a ser del mundo si el domingo me pongo a pelar patatas con un delantal? ¿Es eso justo?

—Se llama vida moderna, papá.

—Vida moderna. No me estás ayudando —dijo papá, y carraspeó indignado—. Seguro que a tu querido señor Traynor no le falta su maldita comida de los domingos. Esa señora suya seguro que no es feminista.

—Ah. Es que para eso necesitas un castillo, papá. Los castillos siempre aplastan el feminismo.

Treena y yo nos echamos a reír.

—¿Sabéis? Si ninguna de las dos tenéis novio es por algo.

—¡Eh! ¡Tarjeta roja! —Las dos levantamos la mano derecha. Papá lanzó su periódico al aire y salió con furiosas zancadas al jardín.

Treena me sonrió.

—Iba a sugerir que hiciéramos nosotras la comida pero… ¿ahora?

—No sé. No me gustaría perpetuar la opresión patriarcal. ¿Pub?

—Genial. Voy a mandarle un mensaje a mamá.

Aparentemente, a sus cincuenta y seis años, mi madre había empezado a salir del cascarón, primero en forma de tentativa, como un cangrejo ermitaño, pero ahora con un entusiasmo cada vez mayor. Durante años nunca había salido de casa sola, le bastaba con el pequeño feudo que formaba nuestro hogar de tres dormitorios y medio. Pero los viajes a Londres durante las semanas que siguieron a mi accidente la habían obligado a romper su rutina, despertando una curiosidad dormida por la vida más allá de Stortfold. Empezó a ojear algunos textos feministas que le habían dado a Treena en el grupo de concienciación GenderQuake en la facultad, y esos dos sucesos alquímicos le habían hecho experimentar una especie de despertar. Devoró *El segundo sexo* y *Miedo a volar*, luego *La mujer eunuco*, y *La habitación de las mujeres* la dejó tan consternada por las semejanzas con su propia vida que se negó a cocinar durante tres días, hasta que descubrió que el abuelo estaba haciendo acopio de paquetes de donuts caducados.

—No paro de pensar en lo que dijo tu chico Will —comentaba, mientras estábamos sentadas en el jardín del pub, viendo cómo Thom se daba cabezazos periódicamente con otros niños en el castillo hinchable desinflado—. Solo tienes una vida, ¿no es eso lo que te decía? —Llevaba la misma camisa azul de manga corta de siempre, pero se había recogido el pelo de un modo que no había visto antes y parecía extrañamente juvenil—. Así que solo quiero disfrutar al máximo de las cosas. Aprender un poco. Quitarme los guantes de goma de vez en cuando.

—Papá está de bastante mala leche —dije.

—Esa lengua.

—Es un sándwich —dijo mi hermana—. No tiene que caminar cuarenta días por el desierto del Gobi para conseguir comida.

—Y es un curso de diez semanas. Sobrevivirá —dijo mi madre con firmeza, y luego se reclinó en el asiento y se nos quedó mirando—. Se está bien, ¿eh? Creo que no salíamos las tres juntas desde que..., bueno, desde que erais adolescentes e íbamos de compras algún sábado.

—Y Treena se quejaba de que todas las tiendas eran aburridas.

—Sí, pero era porque a Lou le gustaban las de segunda mano que olían a sobaco.

—Me gusta verte otra vez con algunas de tus cosas preferidas. —Mamá asintió mirándome. Me había puesto una camiseta amarilla clara con la esperanza de parecer más alegre de lo que en realidad estaba.

Me preguntaron por Lily, y les dije que había vuelto con su madre, y que había sido un poco difícil, y se miraron entre ellas, como si eso fuera exactamente lo que esperaban que dijera. No les hablé de la señora Traynor.

—Esa situación con Lily es muy extraña. No me parece bien que esa mujer te entregara a su hija así sin más.

—Mamá lo dice con buena intención, por cierto —añadió Treena.

—Pero, Lou, ese trabajo tuyo. No me gusta imaginarte dando saltitos detrás de una barra en paños menores. Suena como ese sitio..., ¿cómo se llama?

—Hooters —dijo Treena.

—No es como Hooters. Es un aeropuerto. Mis tetas van discretas y sujetas.

—Nadie bromea con esas tetas.

—Pero llevas un uniforme sexista para servir copas. Si es a eso a lo que te quieres dedicar, podrías hacerlo en… No sé, en EuroDisney. Si fueras Minnie, o Winnie the Pooh, ni siquiera tendrías que enseñar las piernas.

—Vas a cumplir treinta dentro de poco —dijo mi hermana—. Minnie, Winnie o Nell Gwynnie*. Tú eliges.

—Bueno —repliqué, mientras la camarera nos traía nuestro pollo frito con patatas—. He estado pensando, y sí, tienes razón. A partir de ahora voy a pasar página. Voy a centrarme en mi carrera.

—¿Qué has dicho? —Mi hermana puso algunas de sus patatas en el plato de Thom. Cada vez había más ruido en el jardín del pub.

—Centrarme en mi carrera —repetí, más alto.

—No. La parte en la que decías que yo tenía razón. No creo que lo hayas dicho desde 1997. Thom, no vuelvas al castillo hinchable todavía, cariño. Que vas a vomitar.

Nos quedamos allí gran parte de la tarde, ignorando los mensajes de papá preguntando qué hacíamos, cada vez más enfadado. Nunca había estado así con mi madre y mi hermana, como gente normal, como adultas, charlando de algo que no tuviera que ver con ordenar o con lo *pesado* que estaba alguien. De repente, nos interesaba mucho la vida y la opinión de las demás, como si nos hubiéramos dado cuenta de pronto de que todas podíamos ser algo más que *la cerebrito, la caótica* y *la que lo hace todo en casa.*

---

* Nell Gwyn (1650-1687) fue una de las primeras actrices inglesas reconocidas públicamente y amante del rey Carlos II. *[N. de la T.]*

Era una sensación rara, ver a mi familia como seres humanos.

—Mamá —dije, poco después de que Thom se terminara el pollo con patatas y fuera a jugar, y unos cinco minutos antes de que arrojara la comida en el castillo hinchable, inutilizándolo para el resto de la tarde—. ¿Alguna vez te molesta no haber tenido una carrera profesional?

—No. Me encantaba ser madre. De verdad. Pero es extraño... Todo lo que ha pasado en los últimos dos años, le hace a una pensar.

Esperé.

—He estado leyendo acerca de todas estas mujeres, esas almas valientes que lograron cambiar el modo en que piensa la gente y cómo hace las cosas. Y miro lo que he hecho yo y pienso..., bueno, me pregunto si alguien lo notaría si no estuviera aquí.

Lo dijo con un tono bastante sereno, de modo que no podía saber si en realidad se encontraba mucho más afectada de lo que estaba dispuesta a mostrar.

—Lo notaríamos un poquito, mamá —dije.

—Pero no he tenido demasiado impacto sobre nada, ¿no? No sé, siempre he estado conforme. Es como si me hubiera pasado treinta años haciendo una cosa, y todo lo que leo ahora, la televisión, los periódicos, todo me dice que no ha valido para nada.

Mi hermana y yo nos miramos.

—Para nosotras no ha sido *nada*, mamá.

—Sois un encanto.

—Lo digo en serio. Tú... —De repente pensé en Tanya Houghton-Miller—. Tú nos has hecho sentir seguras. Y queridas. Me gustaba saber que estarías ahí cada día cuando volviera a casa.

Mamá puso su mano sobre la mía.

—Estoy bien. Estoy tan orgullosa de las dos, abriéndoos camino en el mundo. De verdad. Pero necesito resolver algunas cosas por mí misma. Y es un viaje interesante, de verdad lo es. Me encanta lo que estoy leyendo. La bibliotecaria, la señora Deans, está encargando todo tipo de cosas que cree que me pueden interesar. Lo siguiente en lo que me voy a meter es en la New Wave de feministas americanas. Muy interesantes todas sus teorías. —Dobló cuidadosamente su servilleta de papel—. Aunque ojalá dejaran de enfrentarse entre ellas. Me dan ganas de golpearles las cabezas entre sí.

—Y... ¿de verdad sigues sin depilarte las piernas?

Me había pasado. Mi madre se cerró en banda y me miró desafiante.

—A veces, tardas en descubrir un verdadero signo de opresión. Se lo he dicho a vuestro padre, y os lo diré a vosotras, el día en que él vaya a la peluquería a que le cubran las piernas de cera caliente y luego se la arranque una condenada veinteañera, ese día volveré a hacerme las mías.

El sol empezó a ponerse sobre Stortfold, como mantequilla derritiéndose. Me quedé hasta mucho más tarde de lo que tenía pensado, dije adiós a la familia, subí al coche y conduje hasta casa. Me sentía arraigada, bien asida. Después de la agitación emocional de aquella semana, era agradable sentirme rodeada de un poco de normalidad. Y mi hermana, que nunca mostraba indicios de debilidad, me había confesado que creía que se quedaría soltera para siempre, desoyendo los comentarios insistentes de mamá sobre «lo preciosa» que era.

—Pero soy una madre soltera —le contestó—. Y, lo que es peor, no ligo. No sabría ligar aunque Louisa se colocara detrás de él y me enseñara carteles. Y los únicos hombres que he conocido en dos años o se espantan con Thom o quieren una sola cosa...

—Ay, no será... —empezó mi madre.

—Asesoramiento fiscal gratis.

De repente, mirándola desde fuera, me solidaricé con ella. Tenía razón: contra todo pronóstico, a mí me habían caído todas las ventajas —una casa propia, un futuro sin responsabilidades— y lo único que me impedía aceptarlas era yo misma. El hecho de que Treen no estuviera corroída por la amargura ante nuestras respectivas suertes era bastante impresionante. Antes de marcharme, la abracé. Se quedó un poco descolocada, luego me miró con suspicacia, se tocó la espalda buscando el cartel de «Dame una patada», y al final me devolvió el abrazo.

—Ven a casa —le dije—. En serio. Ven a casa. Te llevaré a bailar a una discoteca que conozco. Mamá se puede quedar con Thom.

Mi hermana se rio, y cerró la puerta del coche mientras encendía el motor.

—Ya. ¿Tú, bailando? Como si eso fuera posible. —Cuando me alejé, aún seguía riéndose.

Seis días más tarde volví a casa después de un turno de noche y encontré una discoteca en mi apartamento. Al subir las escaleras del edificio, en vez del silencio habitual, empecé a oír risas y los golpes sordos e irregulares de la música. Vacilé un momento delante de mi puerta, pensando que debía de estar equivocada por el cansancio, y abrí.

Lo primero que me llamó la atención fue el olor dulzón a maría, tan fuerte que contuve la respiración casi instintivamente para no inhalar. Avancé lentamente hacia el salón, abrí la puerta y me quedé allí de pie, incapaz de creer la escena que estaba viendo. Había poca luz, y Lily yacía tumbada en mi sofá, con la falda corta subida por debajo del culo, y llevándose un porro mal liado a la boca. Había dos chicos despatarrados y apoyados contra el sofá, como islas en un mar de detritus alcohólicos, bolsas de patatas fritas y cajas de poliestireno de comida para llevar vacías. También sentadas en el suelo, dos chicas de la edad de Lily; una con el pelo recogido en una coleta tirante. Me miró arqueando las cejas, como preguntándome qué hacía allí. La música salía a golpes del equipo de sonido. A juzgar por las latas de cervezas y los ceniceros rebosantes, la velada había sido larga.

—Oh —dijo Lily, exageradamente—. Hola-a-a.

—¿Qué estáis haciendo?

—Bueno. Estábamos por ahí, y perdimos el último bus, así que pensé que no te importaría que nos quedáramos aquí. No te importa, ¿verdad?

Me encontraba tan anonadada que apenas podía hablar.

—Sí —contesté con voz tensa—. Lo cierto es que sí me importa.

—¡Oh-oooh! —Se empezó a reír.

Solté el bolso de golpe a mis pies. Miré a mi alrededor, contemplando el vertedero municipal que antes era mi salón.

—Se acabó la fiesta. Os doy cinco minutos para limpiar este desastre y largaros.

—Oh, Dios. Lo sabía. Te vas a poner pesada por esto, ¿verdad? Uf. Lo sabía. —Se dejó caer melodramáticamente en el sofá. Arrastraba las palabras y sus gestos eran torpes, a saber por qué. ¿Por las drogas? Me quedé esperando. Los dos chicos se quedaron mirándome durante un breve y tenso instante, y vi que estaban planteándose si marcharse o simplemente quedarse ahí.

Una de las chicas chistó de un modo audible.

—Cuatro minutos —dije lentamente—. Estoy contando.

Es posible que mi ira justificada me diera cierta autoridad. Es posible que ellos fueran menos valientes de lo que aparentaban. Uno por uno se se fueron poniendo de pie con dificultad y pasaron por delante de mí hacia la puerta de entrada. Cuando el último de los dos chicos se disponía a salir, soltó deliberadamente una lata en el suelo del recibidor de manera que la cerveza salió disparada sobre las paredes y la alfombra. Cerré la puerta detrás de él de una patada y la recogí. Cuando volví al salón a por Lily, estaba temblando de ira.

—¿A qué *demonios* te crees que juegas?

—Dios… Solo eran unos cuantos amigos, ¿vale?

—Este no es tu piso, Lily. No puedes traer a gente cuando te apetezca… —De repente, tuve un *flashback:* aquella extraña sensación en el ambiente cuando volví a casa una semana antes—. Ay, Dios. Ya has hecho esto en otra ocasión, ¿verdad? La semana pasada. Te trajiste a gente a casa y os marchasteis antes de que yo volviera.

Lily se puso de pie a trompicones. Se bajó la falda y se pasó la mano por la melena, tirando de los enredones. Tenía el lápiz de ojos corrido, y algo que parecía un cardenal, o tal vez un chupetón, en el cuello.

—Dios. ¿Por qué tienes que armar tanto lío por todo? Era gente, nada más, ¿vale?

—En *mi casa.*

—Bueno, decir «casa» es mucho decir, ¿no? No tiene muebles, ni nada personal. Ni siquiera hay fotos en las paredes. Es como… un garaje. Un garaje sin coche. De hecho, he visto gasolineras más acogedoras que esto.

—Lo que haga con mi casa no es asunto tuyo.

Soltó un eructo y abanicó el aire delante de su boca.

—Buf. Aliento de kebab. —Se fue hacia la cocina arrastrando los pies y abrió tres armarios hasta encontrar un vaso. Lo llenó y se bebió el agua de un solo trago—. Y ni siquiera tienes una televisión decente. No creía que alguien tuviera todavía teles de dieciocho pulgadas.

Empecé a recoger las latas de cerveza y a meterlas en una bolsa de plástico.

—¿Quiénes eran?

—No sé. Gente.

—¿Que no lo *sabes*?

—Amigos. —Sonaba irritada—. Gente que conozco de discotecas.

—¿Los conociste en una discoteca?

—Sí. Discotecas. Bla, bla, bla. Estás como... obtusa a propósito. Sí: amigos que conocí en una discoteca. Es lo que hace la gente normal, ¿sabes? Tiene amigos y sale con ellos.

Tiró el vaso en el barreño de los platos para lavar (oí cómo se rompía) y salió de la cocina con paso airado.

La miré, y de repente se me cayó el alma a los pies. Corrí a mi habitación y abrí el cajón superior de la cómoda. Rebusqué entre mis calcetines, buscando el pequeño joyero donde tenía la cadena de mi abuela y su alianza. Me detuve y respiré hondo, diciéndome que no los encontraba por el pánico. Los encontraría. Claro que sí. Empecé a sacar los contenidos del cajón, comprobando cuidadosamente cada uno y tirándolos luego sobre la cama.

—¿Han entrado aquí? —grité.

Lily apareció en el umbral de la puerta.

—¿Si han hecho qué?

—Tus amigos. ¿Han entrado en mi habitación? ¿Dónde están mis joyas?

Lily pareció despertar un poco.

—¿Joyas?

—Ay, no. No... —Abrí todos mis cajones, empecé a volcar todo su contenido en el suelo—. ¿Dónde está? ¿Dónde está mi dinero para los imprevistos? —Me volví hacia ella—. ¿Quiénes eran? ¿Cómo se llaman?

Lily se había quedado muda.

—¡Lily!

—No..., no lo sé.

—¿Qué quieres decir con que no lo sabes? Has dicho que eran tus amigos.

—Solo... amigos de la discoteca. Mitch. Y... Lise y... no me acuerdo.

Fui hacia la puerta, corrí por el pasillo y bajé a toda prisa los cuatro tramos de escaleras. Pero, cuando llegué abajo, no había nadie en el portal ni en la calle. Tan solo el autobús a Waterloo, que avanzaba lentamente, iluminado en medio del oscuro asfalto.

Me quedé en la puerta, jadeando. Entonces cerré los ojos, tratando de contener las lágrimas, y dejé caer las manos sobre las rodillas al darme cuenta de lo que había perdido: el anillo de mi abuela, la cadena de oro buena, con el pequeño colgante que llevaba desde que era niña. Sabía que ya nunca los volvería a ver. En mi familia heredábamos muy pocas cosas, y ahora había perdido hasta eso.

Subí las escaleras lentamente de vuelta al apartamento.

Lily estaba en el vestíbulo cuando abrí la puerta.

—Lo siento mucho —dijo en voz baja—. No sabía que iban a robar tus cosas.

—Vete, Lily —dije.

—Parecían muy majos. Debí..., debí pensar que...

—He estado trece horas trabajando. Tengo que saber qué es lo que he perdido y luego me quiero ir a dormir. Tu madre ya ha vuelto de vacaciones. Por favor, vete a casa.

—Pero yo...

—No. Basta. —Me enderecé poco a poco, tomándome un momento para recobrar la respiración—. ¿Sabes cuál es la verdadera diferencia entre tu padre y tú? Que, incluso en sus momentos más desgraciados, él nunca habría tratado así a nadie.

Fue como si le hubiera dado un tortazo. Y me daba igual.

—Ya no puedo seguir con esto, Lily. —Saqué un billete de veinte libras del bolso y se lo entregué—. Ahí tienes. Para el taxi.

Lo miró, luego me miró a mí, y tragó saliva. Se pasó una mano por el pelo y volvió lentamente al salón.

Me quité la chaqueta, y me quedé contemplando mi reflejo en el espejito encima de la cómoda. Estaba pálida, exhausta, derrotada.

—Y deja tus llaves —dije.

Hubo un breve silencio. Oí el ruido de las llaves al caer sobre el mostrador de la cocina, y entonces la puerta se cerró con un clic, y se fue.

16

*L*a he cagado, Will.

Me agarré las rodillas contra el pecho. Traté de imaginar qué habría dicho si me hubiera visto en ese momento, pero ya no podía oír su voz en mi cabeza, y eso me entristecía aún más.

¿Qué hago ahora?

Sabía que no podía quedarme en aquel apartamento comprado con el legado de Will. Estaba empapado de mis fracasos, era como un premio que no había conseguido merecerme. ¿Cómo crear un hogar en un sitio que te llega por todas las razones equivocadas? Lo vendería e invertiría el dinero en algo. Pero ¿adónde iría?

Pensé en mi trabajo, en cómo se me encogía ahora el estómago cada vez que oía el sonido de gaitas celtas, incluso en televisión; en lo inútil y despreciable que me hacía sentir Richard.

Pensé en Lily, y noté ese extraño peso que adquiría el silencio cuando sabías con certeza que ya no habría nadie más que tú en casa. Me pregunté dónde estaría, y aparté el pensamiento de la mente.

La lluvia amainó, fue cesando y se detuvo casi como una disculpa, como si el tiempo admitiera que no sabía por qué se había puesto así. Me puse algo de ropa, pasé la aspiradora por el apartamento y saqué las bolsas de basura de la fiesta. Fui hasta el mercado de flores, básicamente para obligarme a hacer algo. «Siempre es mejor salir y estar fuera», decía Marc. Tal vez me sintiera mejor en medio de Columbia Road, con sus llamativos arreglos de flores y la multitud de compradores moviéndose lentamente. Salí de casa con una sonrisa impostada, tanto que asusté a Samir cuando entré a comprar una manzana («¿Estás colocada, tía?») y zarpé hacia un mar de flores.

Pedí un café en una pequeña cafetería y me senté a contemplar el mercado a través de su ventana empañada, ignorando el hecho de que era la única que estaba sola en el local. Recorrí entero el puñetero mercado, respirando los aromas húmedos y embriagadores de los lirios, admirando los secretos recogidos de las peonías y las rosas, aún salpicadas por las gotas de lluvia, y me compré un ramo de dalias; y todo el tiempo tuve la sensación de estar actuando, como la protagonista del anuncio *Soltera de ciudad viviendo el sueño londinense*.

Volví hacia casa, acunando las dalias en un brazo y tratando de no cojear, y todo mientras intentaba ignorar las palabras: «Pero ¿a quién te crees que engañas?», que volvían una y otra vez a mi cabeza.

La tarde se hizo larga y pesada, como suelen serlo las tardes de soledad. Terminé de limpiar la casa, después de sacar colillas hasta del retrete, vi un poco la televisión y lavé mi uniforme. Me preparé un baño de espuma y a los cinco minutos me salí, temiendo quedarme a solas con mis pensamientos. No podía llamar a mi madre ni a mi hermana: sabía que con ellas no sería capaz de fingir alegría.

Por fin, abrí el cajón de mi mesilla y saqué la carta, la que Will había dispuesto que me llegara a París, cuando aún estaba llena de esperanza. Desdoblé cuidadosamente los pliegues desgastados. El primer año hubo épocas en las que la leía cada noche, tratando de que Will cobrara vida dentro de mí. Ahora me la racionaba: me decía a mí misma que no necesitaba verla. Tenía miedo de que perdiera su poder de talismán, que las palabras perdieran su significado. Pero ahora la necesitaba.

El texto escrito con ordenador, que amaba tanto como si fuera de su puño y letra, tenía rastros de su energía entre aquellas palabras imprimidas a láser.

Te vas a sentir incómoda en tu nuevo mundo durante un tiempo. Siempre es extraño vernos fuera del lugar donde estábamos cómodos... Hay anhelo en ti, Clark. Audacia. Solo la habías enterrado, como casi todo el mundo.

Vive bien. *Vive.*

Leí las palabras del hombre que una vez creyó en mí, hundí la cabeza en las rodillas y, por fin, rompí a llorar.

Sonó el teléfono, demasiado alto y demasiado cerca de mi cabeza, y me incorporé de una sacudida. Me estiré para descolgar, fijándome en la hora que era. Las dos de la madrugada. Aquel miedo familiar y reflexivo.

—¿Lily?

—¿Qué? ¿Lou?

El fuerte acento de Nathan inundó la línea telefónica.

—Son las dos de la madrugada, Nathan.

—Ay, tía, siempre me equivoco con la diferencia horaria. ¿Quieres que cuelgue?

Me obligué a enderezarme, frotándome la cara.

—No. No... Me alegro de saber de ti. —Encendí la luz de la mesilla—. ¿Cómo estás?

—¡Bien! De vuelta en Nueva York.

—Genial.

—Sí. Ha sido guay ver a los viejos y todo eso, pero después de un par de semanas me moría por volver. Esta ciudad es brutal.

Fingí una sonrisa, por si podía oírla.

—Qué bien, Nathan. Me alegro por ti.

—¿Sigues contenta en ese pub en el que curras?

—Está bien.

—¿No quieres... hacer otra cosa?

—Bueno, sabes que cuando las cosas no van bien te dices frases como: «Podría ser peor. Podría ser la que saca la caca de las papeleras para cacas de perro», ¿no? Pues ahora mismo preferiría ser la que saca la caca de las papeleras para cacas de perro.

—Tengo una proposición para ti.

—Eso me lo dicen muchos clientes, Nathan. Y la respuesta siempre es no.

—Ja, ja. Bueno. Hay una oferta de trabajo en la familia con la que vivo. Y eres la primera persona que me ha venido a la mente.

La esposa del señor Gopnik, según me explicó, no era una «Esposa de Wall Street». No era la típica que iba de «tiendas y comidas»; era una emigrante polaca con una leve tendencia depresiva. Se sentía sola, y la asistenta, que era guatemalteca, no le decía ni dos palabras seguidas.

Lo que el señor Gopnik quería era alguien de confianza para hacer compañía a su mujer y ayudar con los niños, para echar una mano cuando viajaban.

—Ser una especie de empleada de confianza para la familia. Alguien alegre y de fiar. Y alguien que no vaya a andar contando por ahí su vida privada.

—¿Sabe lo de…?

—Le hablé de Will la primera vez que conversamos, pero ya se había informado. No le echó para atrás. Al contrario, dijo que le impresionaba el hecho de que hubiéramos respetado los deseos de Will y no hubiéramos vendido la historia. —Nathan hizo una pausa—. He estado pensando en ello. Lou, a este nivel, la gente valora la confianza y la discreción por encima de todo. Quiero decir, evidentemente no puedes ser idiota, y tienes que hacer bien tu trabajo, pero sí, básicamente eso es lo que importa.

La cabeza me daba vueltas, era una especie de bailarín de vals descontrolado en un parque de atracciones. Me puse el teléfono delante de la cara y luego volví a llevármelo al oído.

—¿Es esto un…? ¿Sigo dormida?

—No es fácil. Son muchas horas y mucho trabajo. Pero te lo juro, tía, me lo estoy pasando en grande.

Me pasé la mano por el pelo. Pensé en el bar, con los hombres de negocios resoplando y la mirada penetrante de Richard. Pensé en el apartamento, en cómo las paredes se me caían encima noche tras noche.

—No sé. Es un poco… Quiero decir que todo es…

—Es un permiso de residencia, Lou. —Nathan se puso serio—. Es comida y alojamiento. *Es Nueva York.* Este tío hace lo que dice. Trabaja duro y cuidará de ti. Es listo, y es justo. Vente, demuéstrale lo que vales, y podrías acabar teniendo oportunidades que ni imaginas. En serio. No te lo plantees como un trabajo de niñera. Míralo como una *salida.*

—No sé…

—¿Hay algún tío por el que te quieras quedar…?

Dudé.

—No. Pero han pasado tantas cosas... No he estado...
—Parecía demasiado que explicar a las dos de la madrugada.

—Sé que lo que ocurrió te dejó fuera de combate. Pero nos pasó a todos. Tienes que seguir adelante.

—No digas que es lo que él hubiera querido.

—Vale —contestó. Los dos nos quedamos escuchando, y lo dijo con su silencio.

Intenté ordenar mis ideas.

—¿Tendría que ir a Nueva York para hacer una entrevista?

—Veranean en los Hamptons, así que quieren a alguien para empezar en septiembre. En seis semanas, básicamente. Si dices que te interesa, te haría una entrevista por Skype, arreglaría los papeles para traerte y nos pondríamos manos a la obra. Habrá otros candidatos. El trabajo es demasiado bueno. Pero el señor G confía en mí, Lou. Si yo digo que alguien es bueno, tiene muchas posibilidades. En fin, ¿te propongo? ¿Sí? Es un sí, ¿verdad?

Contesté casi antes de poder pensarlo.

—Eh... sí. Sí.

—¡Genial! Si tienes alguna pregunta, envíame un e-mail. Te mandaré unas fotos.

—¿Nathan?

—Me tengo que ir, Lou. El viejo me acaba de llamar.

—Gracias. Gracias por acordarte de mí.

Hubo una mínima pausa antes de contestar.

—No preferiría trabajar con nadie más, tía.

Después de colgar, no fui capaz de conciliar el sueño, con la mente bullendo por la magnitud de lo que tal vez me esperaba, preguntándome si no lo había imaginado todo. A las cuatro, me incorporé y escribí a Nathan un correo con unas cuantas preguntas, y me contestó de inmediato.

La familia está bien. Los ricos nunca son normales (!) pero estos son buena gente. Dramas, los mínimos.

Tendrías tu propio cuarto y tu propio baño. Compartiríamos la cocina con el ama de llaves. Está bien. Un poco mayor que nosotros. Ella va a lo suyo.

Las horas son las normales. Ocho al día, diez en el peor de los casos. A cambio te dan tiempo libre. ¡Tal vez te convenga aprender un poco de polaco!

Cuando ya empezaba a amanecer me dormí, por fin, con la mente llena de dúplex y calles atestadas en Manhattan. Cuando desperté, tenía un correo esperándome.

Querida señorita Clark:
Nathan me ha dicho que está usted interesada en venir a trabajar a nuestra casa. ¿Estaría disponible para hacer una entrevista por Skype el martes a las 17 h, hora de Londres (mediodía en Nueva York)?
Sinceramente,
Leonard M. Gopnik.

Me quedé mirándolo durante veinte minutos, para asegurarme de que no había sido todo un sueño. Luego me levanté y me di una ducha, preparé una taza de café cargado y redacté mi respuesta. Qué daño me haría una entrevista, me dije. No me darían el trabajo, si en Nueva York había tantos candidatos altamente cualificados. Pero al menos me serviría como práctica. Y me haría sentir que por fin estaba haciendo algo, avanzando.

Antes de irme a trabajar, cogí con mucho cuidado la carta de Will de la mesilla. La acerqué a mis labios, volví a doblarla con cuidado y la metí en el cajón.

«Gracias», le dije en silencio.

Aquella semana tuvimos una versión algo más ligera del Círculo del Avance. Natasha estaba de vacaciones, y también Jake, lo cual me hizo sentir enormemente aliviada y un poco descolocada de un modo que no sabía cómo tomarme. El tema de la sesión era «Si pudiera volver en el tiempo», y eso significó que William y Sunil estuvieron una hora y media tarareando o silbando la canción de Cher sin darse cuenta.

Escuché a Fred diciendo que desearía haber pasado menos tiempo trabajando, luego a Sunil deseando haber llegado a conocer mejor a su hermano («Es que das por hecho que siempre van a estar ahí, ¿verdad? Y de repente un día se han ido»), y me preguntaba si de verdad me merecía la pena estar allí.

Había habido un par de sesiones en las que pensé que el grupo me estaba ayudando de verdad. Pero la mayor parte del tiempo me sentía rodeada de gente con la que no creía tener nada en común, y que hablaba sin parar durante las pocas horas que tenían compañía. Estaba de mal humor y cansada, con la cadera dolorida de sentarme en aquella silla de plástico, y pensaba que podría haber conseguido el mismo esclarecimiento sobre mi estado mental viendo *EastEnders*. Además, al final era cierto que las galletas eran malísimas.

Leanne, una madre soltera, estaba contando cómo su hermana mayor y ella discutieron sobre unos pantalones de chándal dos días antes de morir la hermana.

—La acusé de llevárselos, porque siempre me estaba robando cosas. Ella dijo que no los había cogido, pero es que siempre lo negaba.

Marc esperó. Yo me pregunté si me quedaba algún calmante en el bolso.

—Y entonces, bueno, la atropelló el autobús, y la siguiente vez que la vi fue en la morgue. Y cuando me puse a buscar ropa oscura para el funeral, adivina lo que encontré en mi armario...

—Los pantalones de chándal —dijo Fred.

—Es difícil cuando quedan asuntos sin resolver —dijo Marc—. A veces, por nuestra propia salud mental tenemos que intentar verlo todo desde una perspectiva más amplia.

—Se puede querer a una persona y llamarla imbécil por cogerte los pantalones de chándal —dijo William.

Aquel día no me apetecía hablar. Solo seguía allí porque no era capaz de enfrentarme al silencio de mi pequeño apartamento. Empezaba a sospechar que podía convertirme fácilmente en una de esas personas que ansían tanto el contacto humano que hablan de manera inadecuada a otros pasajeros en el tren, o se pasan diez minutos para elegir en una tienda y así charlar con el dependiente. Estaba tan preocupada preguntándome si podía ser un síntoma el haber estado hablando sobre el vendaje de mi nuevo fisio con Samir en la tienda de la esquina que no prestaba atención cuando Daphne contó que desearía haber vuelto de trabajar una hora antes aquel día concreto, y cuando volví a mirarla vi que se había deshecho silenciosamente en lágrimas.

—¿Daphne?

—Lo siento. Pero llevo tanto tiempo pensando en los «y si»... ¿Y si no me hubiera parado a charlar con la señora en el puesto de flores? ¿Y si hubiera dejado el estúpido registro de compras y hubiera vuelto a casa antes? ¿Y si hubiera llegado a tiempo...? Tal vez podría haberle convencido de no hacer lo que hizo. Tal vez podría haber hecho algo que le convenciera de que merece la pena vivir.

Marc se inclinó hacia delante con una caja de pañuelos de papel y se la dejó cuidadosamente en el regazo a Daphne.

—Daphne, ¿había intentado Alan poner fin a su vida alguna vez?

Asintió y se sonó.

—Huy, sí. Varias veces. Desde que era joven tenía «la depre», así la llamaba él. Y no me gustaba dejarle solo cuando le pasaba, porque era como…, como si ya no te oyera. No importaba lo que le dijeras. Así que a menudo telefoneaba al trabajo y decía que estaba enferma para quedarme con él y alegrarle un poco, ¿sabes? Le preparaba su sándwich preferido. Me sentaba con él en el sofá. Cualquier cosa, en realidad, con tal de que supiera que estaba allí con él. Siempre pienso que por eso no me ascendieron en la empresa y a las otras chicas sí. Siempre me estaba tomando días libres.

—La depresión puede ser muy dura. Y no solo para el que la padece.

—¿Estaba medicado?

—No, no. Pero, bueno, no era…, ya sabes…, algo químico.

—¿Estás segura? En fin, la depresión no se diagnosticaba tanto en aquella…

Daphne levantó la cabeza.

—Era homosexual. —Dijo la palabra pronunciando claramente sus cuatro sílabas, y nos miró directamente a los ojos, un poco acalorada, como retándonos a contestarle—. Nunca se lo he dicho a nadie. Pero era homosexual, y creo que estaba triste porque era homosexual. Y era un hombre tan bueno y nunca quiso hacerme daño, así que nunca…, ya sabes…, nunca hizo nada. Porque pensaba que sería una humillación para mí.

—¿Qué te hace pensar que era gay, Daphne?

—Encontré cosas mientras buscaba una de sus corbatas. Esas revistas. Hombres haciendo cosas a otros hombres. En su cajón. No creo que nadie tenga esas revistas a no ser que sea…

Fred se tensó un poco.

—No, claro —dijo.

—Nunca se las mencioné —continuó Daphne—. Simplemente volví a dejarlas donde estaban. Pero todo empezó a encajar. Nunca le apetecían demasiado esta clase de cosas. Pero yo pensé que era una suerte, en fin, porque a mí tampoco. Por las monjas. Te hacían sentirte sucia prácticamente por todo. Así que, cuando me casé con un hombre bueno que no estaba encima de mí cada cinco minutos, pensé que era la mujer más afortunada del mundo. En fin, me hubiera gustado tener hijos. Eso habría estado bien. Pero... —suspiró— nunca llegamos a hablar de ello. En aquella época no se hacía. Ahora desearía haberlo hablado. Cuando miro atrás, pienso: qué desperdicio.

—¿Crees que si hubieras hablado abiertamente con él habría sido muy distinto?

—Bueno, los tiempos han cambiado, ¿no? No pasa nada por ser homosexual. El dueño de mi lavandería lo es y habla de su novio a cualquiera que entra en su local. Me habría dado pena perder a mi marido, sí, pero, si era infeliz porque se sentía atrapado, le habría dejado ir. Lo habría hecho. Yo nunca he querido tener atrapado a nadie. Lo único que quería era que fuera un poco más feliz.

Su cara se arrugó, y la rodeé con el brazo. Su pelo olía a laca y a estofado de cordero.

—Venga, chica —dijo Fred, y se puso de pie para darle una palmadita algo incómoda en el hombro—. Estoy seguro de que él sabía que solo querías lo mejor para él.

—¿Tú crees, Fred? —Su voz sonaba temblorosa.

Fred asintió con firmeza.

—Claro. Y tienes razón. En aquella época las cosas eran distintas. No es tu culpa.

—Has sido muy valiente al compartir esto, Daphne. Gracias. —Marc sonrió con empatía—. Te admiro mucho por recuperarte y avanzar. A veces sobrevivir cada día requiere una fuerza casi sobrehumana.

Cuando bajé la mirada, vi que Daphne me había cogido de la mano. Noté sus dedos regordetes entrelazados con los míos. Le devolví el apretón. Y, antes de darme cuenta, había empezado a hablar.

—He hecho algo que desearía cambiar. —Media docena de caras se volvieron hacia mí—. Conocí a la hija de Will. Podría decirse que apareció de la nada y se plantó en mi vida, y pensé que sería un modo de sentirme mejor ante su muerte, pero al final me siento...

Me observaban fijamente. Fred puso mala cara.

—¿Qué?

—¿Quién es Will?

—Dijiste que se llamaba Bill.

Me hundí ligeramente en la silla.

—Will es Bill. Me sentía rara utilizando su nombre real. —Se oyó un suspiro generalizado en la sala.

Daphne me dio una palmadita en la mano.

—No te preocupes, querida. Es solo un nombre. En el último grupo tuvimos a una mujer que se lo inventó todo. Dijo que su hijo había muerto de leucemia. Al final resultó que no tenía ni peces.

—Está bien, Louisa. Puedes contárnoslo. —Marc me regaló su Mirada Especial de Empatía. Le contesté con una leve sonrisa, solo para que viera que la había recibido y comprendido. Y que Will no era un pez. «¿Qué demonios?», pensé. Mi vida no era más desastrosa que la de cualquiera de ellos.

Así pues, les conté que Lily había aparecido, que pensé que podía encargarme de ella y conseguir que hubiera un reencuentro que contentara a todo el mundo, y que ahora me sentía estúpida por haber sido tan ingenua.

—Me da la sensación de que he decepcionado a Will, y a todo el mundo, otra vez —dije—. Y ahora ha desaparecido, y no dejo de preguntarme si podría haberlo hecho de otro modo, pero la verdad es que no aguantaba más. No fui lo suficientemente fuerte como para hacerme cargo de todo y arreglarlo.

—¡Pero qué pasa con tus cosas! ¡Te han robado tus cosas de valor! —Daphne dejó caer su otra mano regordeta y húmeda atrapando la mía—. ¡Tenías todo el derecho a enfadarte!

—El hecho de que no tenga padre no le da derecho a comportarse como una maleducada —dijo Sunil.

—Creo que fuiste muy amable con ella desde el principio dejando que se quedara en tu casa. Yo no sé si lo habría hecho —dijo Daphne.

—¿Qué crees que su padre podría haber hecho de otra manera, Louisa? —Marc se sirvió otra taza de café.

De repente, deseé que hubiera algo más fuerte para beber.

—No lo sé —contesté—. Pero tenía una capacidad para tomar las riendas de las cosas. Incluso cuando ya no podía mover los brazos ni las piernas, daba la sensación de que era capaz de hacerlo. Él habría conseguido que dejara de hacer estupideces. La habría enderezado de algún modo.

—¿Estás segura de que no lo estás idealizando? Tratamos la idealización en la semana número ocho —dijo Fred—. Yo no dejo de santificar a Jilly, ¿verdad, Marc? Olvido que se dejaba los sostenes colgados del riel de la ducha y que eso me ponía de los nervios.

—Es posible que su padre no hubiera sido capaz de ayudarla en absoluto. No puedes saberlo. Es posible que se hubieran odiado.

—Parece una jovencita complicada —dijo Marc—. Y es posible que le hayas dado todas las oportunidades que podías. Pero... a veces, Louisa, avanzar significa protegernos. Y tal vez en el fondo tú también lo sabías. Si Lily no hacía más que generar caos y negatividad en tu vida, es posible que hayas hecho lo único que podías hacer por ahora.

—Huy, sí. —Todos asintieron—. Sé amable contigo misma. Eres humana. —Se deshicieron en atenciones, sonriéndome de manera reconfortante, tratando de que me sintiera mejor.

Casi les creí.

El martes le pedí a Vera que me cubriera diez minutos (farfullé algo bastante abstracto sobre Problemas de Mujeres y asintió, como diciendo La Vida de la Mujeres No Es Más que Problemas, y que ya me contaría lo de sus miomas). Fui al aseo de señoras más tranquilo, el único sitio donde podía estar segura de que Richard no me vería, con el portátil en el bolso. Me puse una camisa encima del uniforme, coloqué el portátil en equilibrio entre dos lavabos y me enganché a la media hora de wi-fi gratis del aeropuerto, situándome cuidadosamente delante de la cámara. La llamada por Skype del señor Gopnik entró a las cinco en punto, justo cuando me estaba quitando la peluca de rizos de bailarina irlandesa.

Aunque solo hubiera visto la cara pixelada de Leonard Gopnik, habría podido decir que era rico. Tenía el pelo canoso perfectamente cortado, me miraba a través de la pantalla con una autoridad natural y hablaba sin malgastar una sola palabra. Bueno, eso y la pintura antigua con un marco dorado que tenía detrás.

No me preguntó nada de mis estudios, ni de mis títulos, ni de mi historia laboral, ni por qué estaba haciendo la entrevista al lado de un secador de manos. Revisó unos documentos, y luego me preguntó acerca de la relación con los Traynor.

—¡Era buena! Es decir, estoy segura de que le darán referencias. Les he visto a los dos recientemente, por un motivo u otro. Nos llevamos bien, a pesar de…, de las circunstancias de…

—De las circunstancias del fin de su contrato. —Su voz era grave, concluyente—. Sí, Nathan me ha explicado bastante esa situación. Debió de ser toda una experiencia.

—Sí. Lo fue —dije, tras un silencio breve e incómodo—. Pero me sentí privilegiada. De formar parte de su vida.

Se quedó un momento asimilándolo.

—¿Qué ha estado haciendo desde entonces?

—Eh, bueno, viajé un poco, sobre todo por Europa, lo cual fue... interesante. Está bien viajar. Y adquirir algo de perspectiva. Claro. —Intenté sonreír—. Y ahora estoy trabajando en un aeropuerto pero la verdad es que no... —Mientras hablaba, la puerta se abrió detrás de mí y entró una mujer con una maleta de ruedas. Moví el ordenador, tratando de que no se oyera el ruido de la mujer entrando en el cubículo—. No es exactamente lo que quiero hacer a largo plazo. —«Por favor, no haga mucho ruido al mear», le rogué silenciosamente.

Me hizo varias preguntas sobre mis responsabilidades actuales, y mi nivel salarial. Traté de obviar el ruido de la cadena, y, cuando la mujer salió del cubículo, la ignoré y mantuve la mirada al frente.

—¿Y qué le gustaría...? —Cuando el señor Gopnik estaba empezando a hablar, la mujer pasó a mi lado y encendió el secador de manos, que empezó a hacer un ruido atronador. Gopnik frunció el ceño.

—Espere un momento, por favor, señor Gopnik. —Puse el pulgar sobre lo que esperaba fuera el micrófono—. Perdone —grité a la mujer—, no puede usar ese secador. Está... roto.

Se giró hacia mí, frotándose las manos perfectamente arregladas, y luego volvió a mirar la máquina.

—No es verdad. A ver, ¿dónde está el cartel de «Fuera de servicio»?

—Se quemó. De repente. Horrible. Muy peligroso.

Me lanzó una mirada de desconfianza, luego miró al secador, quitó las manos de debajo, cogió su maleta y se fue. Encajé la silla contra la puerta para que no entrara nadie más, y moví el ordenador de nuevo para que el señor Gopnik pudiera verme.

—Lo siento de veras. Estoy en el trabajo y es un poco...

—Nathan me ha dicho que hace poco tuvo un accidente.

Tragué saliva.

—Sí. Pero ya estoy mucho mejor. Me encuentro perfectamente. Bueno, salvo una leve cojera.

—Pasa en las mejores familias —dijo con una sonrisilla.

Le devolví la sonrisa. Alguien intentó entrar. Me moví para apoyar mi peso sobre la puerta.

—¿Qué fue lo más difícil? —preguntó el señor Gopnik.

—¿Perdone?

—De trabajar con William Traynor. Parece que fue todo un desafío.

Vacilé. El baño me pareció muy silencioso de repente.

—Dejarle ir —contesté. Y al momento noté que tenía que contener las lágrimas.

Leonard Gopnik se quedó mirándome desde varios miles de kilómetros de distancia. Traté de contener la necesidad de enjugarme las lágrimas.

—Mi secretaria se pondrá en contacto con usted, señorita Clark. Gracias por su tiempo. —Y entonces, tras asentir con la cabeza, su rostro se congeló y la pantalla se puso en blanco, y yo permanecí un rato contemplándola, pensando en que, una vez más, la había cagado.

Aquella noche, de camino a casa, decidí no pensar en la entrevista. En su lugar me repetía las palabras de Marc como un mantra. Recordé lo que Lily había hecho, la gente que se trajo sin avisar, el robo, las drogas, las interminables noches llegando tarde, que cogiera mis cosas, y lo miré todo a través del prisma del consejo de mi grupo. Lily era caos, desorden, una chica que tomaba sin dar nada a cambio. Era joven, y estaba biológicamente emparentada con Will, pero eso no significaba que yo tuviera que asumir toda la responsabilidad por ella ni aguantar la agitación que generaba a su paso.

Ya me sentía un poco mejor. De verdad. Me obligué a recordar otra cosa que había dicho Marc: que ningún viaje para dejar atrás el dolor era fácil. Que habría días buenos y días malos. Hoy solo era un día malo, un rodeo en el camino que debía atravesar y superar.

Entré en el apartamento, solté el bolso y, de repente, agradecí el mero placer de que la casa estuviera tal y como recordaba. Dejaría que pasara el tiempo, me dije, y entonces le escribiría un mensaje, y me aseguraría de que en el futuro nuestras visitas estuvieran estructuradas. Centraría mis energías en encontrar otro trabajo. Pensaría en mí misma, para variar. Me permitiría recuperarme. En ese momento tuve que parar porque pensé que empezaba a sonar como Tanya Houghton-Miller.

Miré hacia la escalera de incendios. El primer paso sería subir a la estúpida azotea. Subiría allí sola sin tener un ataque de pánico y me quedaría media hora allí sentada, respirando el aire, para que aquella parte de mi hogar dejara de tener un poder tan absurdo sobre mi imaginación.

Me quité el uniforme, me puse unos pantalones cortos y, para darme un poco de confianza, el jersey fino de cachemir de Will, el que cogí de su casa después de morir él, para sentir el consuelo de su suavidad al contacto con mi piel. Fui a la entrada y abrí la ventana. Solo eran dos tramos de escaleras de hierro. Y estaría allí arriba.

—No va a pasar nada —me dije en alto, y respiré hondo. Al salir a la escalera de incendios noté que me flaqueaban las piernas, pero intenté convencerme de que solo era una sensación, un eco de la vieja ansiedad. La superaría, al igual que todo lo demás. Oí la voz de Will en mi oído.

Venga, Clark. Paso a paso.

Agarré la barandilla fuerte y con ambas manos, y empecé a subir. No miré abajo. No me permití pensar a cuánta altura estaba, ni en cómo la suave brisa me recordaba a otra ocasión en la que las cosas se torcieron, ni en el dolor de cadera que no parecía querer abandonarme. Pensé en Sam, y la rabia que me inundó me hizo seguir adelante. No tenía por qué ser la víctima, la persona a la que simplemente *le pasaban cosas*.

Diciéndome todo aquello, subí el segundo tramo de escaleras, y entonces mis piernas empezaron a temblar. Trepé el muro bajo con poca elegancia, temiendo que cediera con mi peso, y me dejé caer en la azotea sobre las manos y las rodillas. Me sentía débil y sudada. Me quedé a cuatro patas, con los ojos cerrados, mientras asimilaba el hecho de que estaba en la azotea. Lo había conseguido. Yo controlaba mi destino. Me quedaría allí todo el tiempo que fuera necesario hasta sentirme normal.

Me puse en cuclillas, buscando la solidez del muro a mi alrededor, y me recliné, respirando larga y profundamente. No se movía nada. Lo había conseguido. Entonces abrí los ojos y se me cortó el aliento.

La azotea era un auténtico estallido de flores. Las macetas muertas que había abandonado durante meses estaban llenas de flores rojas y violetas, que rebosaban por los bordes como pequeñas fuentes de color. Había dos tiestos nuevos cubiertos de nubes de diminutos pétalos azules y, junto a uno de los bancos, un arce japonés se erguía en una maceta decorativa, sus delicadas hojas temblaban con la brisa.

En el rincón soleado junto al muro sur, había dos bolsas de cultivo apoyadas contra el tanque de agua, con tomates cherry colgando de sus tallos, y una más sobre el asfalto con pequeñas hojas verdes rizadas brotando en el centro. Empecé a caminar lentamente hacia ellas, aspirando un aroma a jazmín; luego me detuve y me senté agarrándome al banco de hierro. Me dejé caer sobre el cojín que reconocí de mi salón.

Observé incrédula aquel pequeño oasis de tranquilidad y belleza que se había creado en mi yerma azotea. Me vino la imagen de Lily rompiendo una rama muerta de una maceta, cómo me había dicho con toda seriedad que era un crimen dejar morir a las plantas, y también su comentario casual en el jardín de la señora Traynor: «Rosas David Austin». Y entonces recordé los pequeños restos inexplicables de tierra en mi pasillo.

Y hundí la cabeza entre las manos.

17

Escribí dos mensajes a Lily. El primero para agradecerle lo que había hecho en mi azotea. «Esto es precioso. Ojalá me lo hubieras dicho». Un día después, le escribí para decir que sentía que las cosas se hubieran complicado tanto entre nosotras, y que si alguna vez quería hablar más de Will, haría lo posible para contestarle cualquier pregunta. También le dije que esperaba que fuera a ver al señor Traynor y al nuevo bebé, porque yo como todo el mundo sabía lo importante que es mantener el contacto con la familia.

No contestó. Y tampoco me sorprendió del todo.

Los dos días siguientes volví a subir a la azotea, con una preocupación nerviosa. Regaba las plantas con cierto sentimiento de culpa. Caminaba entre los capullos en flor, imaginando las horas que Lily debió de haber pasado allí a hurtadillas, subiendo las bolsas de abono y los tiestos de terracota por la escalera de incendios en las horas en las que yo estaba trabajando. Pero cada vez que recordaba cómo estábamos juntas, seguía dando vueltas en círculos. ¿Qué podía haber hecho? No podía obligar a los Traynor a aceptarla como ella necesitaba que la aceptaran. No podía hacerla más feliz. Y la única persona que tal vez pudiera haberlo hecho ya no estaba.

Había una moto aparcada delante de mi edificio. Cerré el coche con llave y atravesé la calle cojeando para comprar un cartón de leche después de mi turno, exhausta. Estaba lloviznando, y bajé la cabeza para protegerme de la lluvia. Cuando levanté la mirada, vi en mi portal un uniforme que me resultaba familiar, y el corazón me dio un vuelco.

Volví a cruzar la calle pasando delante de él mientras rebuscaba mis llaves en el bolso. ¿Por qué siempre tenía salchichas en vez de dedos en los momentos de nerviosismo?

—Louisa.

Las llaves se negaban a aparecer. Volví a buscar en el bolso, y esta vez cayeron un peine, fragmentos de kleenex, monedas sueltas y unos cuantos improperios. Me palpé los bolsillos, intentando pensar dónde estarían.

—Louisa.

Entonces, con náuseas en el estómago, caí en la cuenta: estaban en el bolsillo de los vaqueros que me había quitado justo antes de ir a trabajar. *Genial.*

—¿En serio? ¿Me vas a ignorar? ¿Así es como lo vamos a hacer?

Respiré hondo y le miré, enderezando un poco los hombros.

—Sam.

Él también parecía cansado, y tenía la barbilla cubierta de una barba entrecana de varios días. Probablemente acababa de terminar su turno. No era buena idea detenerme en esos detalles. Concentré mi atención en un punto a la izquierda de su hombro.

—¿Podemos hablar?

—No sé si tiene algún sentido.

—¿Que no tiene sentido?

—Capté el mensaje, ¿de acuerdo? Ni siquiera sé por qué estás aquí.

—Estoy aquí porque acabo de terminar un turno de mierda de dieciséis horas y he dejado a Donna aquí cerca, y se me ha ocurrido que podía intentar verte y averiguar qué pasó entre nosotros. Porque de verdad que no tengo ni idea.

—¿En serio?

—En serio.

Nos fulminamos con la mirada. ¿Por qué no había visto antes lo abrasivo que era? Lo desagradable. No lograba entender cómo había podido cegarme tanto el deseo hacia aquel hombre, cuando ahora mismo hasta el último trozo de mí quería huir de él. Hice una última intentona infructuosa en pos de mis llaves y tuve que contener las ganas de darle una patada a la puerta.

—En fin, ¿me vas a dar alguna pista, al menos? Estoy cansado, Louisa, y no me gustan los juegos.

—¿Que *a ti* no te gustan los juegos? —Las palabras salieron con una risilla de amargura.

Respiró hondo.

—Vale. Solo una cosa. Una cosa y me voy. Solo quiero saber por qué no contestas a mis llamadas.

Le miré con incredulidad.

—Porque puede que sea muchas cosas, pero no soy idiota del todo. Bueno, probablemente lo haya sido... Tendría que haber visto las señales de aviso, y las ignoré. Pero básicamente no he contestado a tus llamadas porque eres un auténtico imbécil. ¿Vale?

Me agaché a recoger las cosas que se me habían caído al suelo, sintiendo cómo el cuerpo se me calentaba de repente, como si de repente mi termostato se hubiera incendiado.

—Eres muy bueno, ¿sabes? Muy, muy bueno. Si no fuera todo tan patético y asqueroso, estaría muy impresionada. —Me enderecé, cerrando la cremallera del bolso—. *Mírale: Sam el padrazo. Tan cariñoso, tan intuitivo.* Pero ¿y la verdad? La verdad es que estás tan ocupado follándote a medio Londres que ni siquiera te das cuenta de lo infeliz que es tu propio hijo.

—Mi hijo.

—Sí, porque nosotros le escuchamos de verdad, ¿sabes? Quiero decir, se supone que no debemos contar a nadie de fuera lo que ocurre en el grupo. Y él no te lo dirá porque es un adolescente. Pero es infeliz, y no solo por haber perdido a su madre, sino porque tú te tragas tu dolor haciendo que un ejército de mujeres desfile por tu cama.

Estaba gritando, y mis palabras se amontonaban unas contra otras, mientras agitaba las manos en el aire. Podía ver a Samir y a su primo mirándome a través del escaparate. Me daba igual. Tal vez fuera mi última oportunidad de decir todo lo que tenía que decir.

—Y sí, lo sé: fui lo bastante estúpida como para ser una de esas mujeres. Así que por él y por mí, eres un imbécil. Y por eso no quiero hablar contigo ahora mismo. Ni ahora ni nunca.

Se frotó el pelo.

—¿Estamos hablando de Jake?

—Claro que estoy hablando de Jake. ¿Cuántos otros hijos tienes?

—Jake no es mi hijo.

Me quedé mirándole.

—Es el hijo de mi hermana. Era —dijo corrigiéndose—. Es mi sobrino.

Sus palabras tardaron varios segundos en calar de manera que pudiera comprenderlas. Sam me miraba atentamente, con el ceño fruncido como si él también intentara entender.

—Pero... tú le vas a buscar. Vive contigo.

—Le voy a buscar los lunes porque a su padre le toca trabajar ese turno. Y sí, a veces se queda en mi casa. Pero no vive conmigo.

—Jake... ¿no es tu hijo?

—No tengo hijos. No que yo sepa. Aunque toda esa historia con Lily da que pensar.

Recordé cómo abrazaba a Jake, me vinieron media docena de conversaciones.

—Pero le vi cuando nos conocimos. Y cuando tú y yo estábamos hablando entornó los ojos, como si...

Sam bajó la cabeza.

—Ay, Dios —dije. Me llevé la mano a la boca—. Esas mujeres...

—Mías no.

Nos quedamos allí, en medio de la calle. Samir estaba en la puerta, mirándonos. Se le había unido otro de sus primos. A nuestra izquierda, todo el mundo en la parada de autobús apartó la vista al ver que nos dábamos cuenta de que nos observaban. Sam señaló con un gesto de la cabeza hacia la puerta que había detrás de mí.

—¿Crees que podríamos hablar dentro?

—Sí, sí. Ay, no, no puedo —dije—. Creo que me he dejado las llaves.

—¿Hay otras?

—Dentro de casa.

Se pasó una mano por la cara, miró su reloj. Era evidente que estaba exhausto, derrotado. Di un paso atrás, hacia la puerta.

—Mira, vete a casa y descansa. Hablamos mañana. Lo siento.

De repente empezó a llover más fuerte, y se convirtió en un aguacero de verano, creando torrentes en las alcantarillas e inundando la calle. En la acera de enfrente, Samir y sus primos volvieron a meterse dentro.

Sam suspiró. Levantó la cara al cielo y luego me miró a los ojos.

—Espera.

Sam cogió un destornillador grande que le prestó Samir y me siguió por la escalera de incendios. Resbalé dos veces en el metal mojado y él me sostuvo con su mano. Cada vez que lo hizo, me recorrió una sensación caliente e inesperada. Cuando llegamos a mi piso, introdujo a fondo el destornillador por el marco de la ventana del vestíbulo y empezó a hacer palanca hacia arriba. Cedió rápido y con facilidad.

—Ya está. —Empujó la ventana hacia arriba sujetándola con una mano y me miró haciendo un gesto para que pasara, aunque con expresión de reproche—. Demasiado fácil para una chica que vive sola en esta zona.

—No pareces una chica que vive sola en esta zona.

—Lo digo en serio.

—Estoy bien, Sam.

—Tú no ves lo que yo veo. Quiero que estés segura.

Intenté sonreír, pero me temblaban las piernas, y sentía las palmas de las manos sudando sobre la barandilla de hierro. Fui a pasar por delante de él y me tambaleé un poco.

—¿Estás bien?

Asentí. Me cogió del brazo y casi levantándome me ayudó a entrar torpemente en casa. Me dejé caer sobre la alfombra junto a la ventana, esperando recobrar la sensación de normalidad. Llevaba días sin dormir bien y me sentía medio muerta, como si la furia y la adrenalina que me sostenían se hubieran evaporado.

Sam trepó por la ventana y la cerró detrás de sí, mirando la cerradura rota en la parte alta de la guillotina. La entrada estaba oscura, y se oía el repicar amortiguado de la lluvia en el tejado. Me quedé mirándole, mientras él rebuscaba en su bolsillo hasta encontrar un clavo pequeño entre otros restos. Cogió el destornillador y usó el mango para clavarlo en ángulo de modo que nadie pudiera abrir desde fuera. Luego se acercó con paso pesado hasta donde yo estaba sentada, y extendió la mano.

—Ventajas de ser albañil a tiempo parcial. Siempre tienes algún clavo por ahí. Vamos —dijo—. Si te sientas ahí, no te levantarás nunca.

Tenía el pelo aplastado por la lluvia y su piel brillaba bajo la luz del vestíbulo, mientras le dejé que me ayudara a levantarme. Hice un gesto de dolor, y lo vio.

—¿La cadera?

Asentí.

Suspiró.

—Ojalá me lo hubieras dicho. —Tenía la piel de debajo de los ojos amoratada del cansancio, y dos largos rasguños en el dorso de la mano izquierda. Me pregunté qué le habría pasado la noche anterior. Desapareció en la cocina y oí el agua corriendo. Cuando volvió traía dos pastillas y una taza—. No debería dártelas. Pero así tendrás una noche sin dolores.

Le miré agradecida. Él me miró mientras me las tragaba.

—¿Alguna vez respetas las reglas?

—Cuando creo que son razonables. —Me quitó la taza—. Bueno, ¿estamos en paz, Louisa Clark?

Asentí.

Soltó una larga exhalación.

—Te llamaré mañana.

Aunque más tarde no supe por qué lo hice, mi mano buscó la suya. Sentí sus dedos cerrarse sobre los míos.

—No te vayas. Es tarde. Y la moto es peligrosa.

Le quité el destornillador de la otra mano, y lo solté en la alfombra. Me miró un instante interminable, y luego se pasó una mano por la cara.

—No creo que esté para mucho ahora mismo.

—Entonces prometo no usarte para obtener gratificación sexual. —No apartaba la mirada de sus ojos—. Esta vez.

Su sonrisa tardó en salir, pero, cuando lo hizo, sentí que se me caía todo, como si hubiera estado llevando un peso sin saberlo.

Nunca sabes lo que va a pasar cuando te caes de una gran altura.

Pasó por encima del destornillador, y le llevé sigilosamente hacia mi habitación.

Tumbada en la oscuridad de mi apartamento, mi pierna estaba cruzada sobre el bulto de un hombre dormido, mientras su brazo me atrapaba deliciosamente, y yo le observaba.

«Paro cardiaco mortal, accidente de moto, adolescente suicida y un apuñalamiento durante una pelea de bandas en Peabody Estate. Es que algunos turnos son un poco...».

«Shhh, está bien. Duerme».

Apenas alcanzó a quitarse el uniforme. Se quitó todo menos la camiseta y los calzoncillos, me besó, luego cerró los ojos y cayó en un sueño profundo. Me pregunté si debería prepararle algo de comer, u ordenar la casa para que, cuando despertara, yo pareciera alguien capaz de llevar las riendas de su vida. Pero lo que hice fue desnudarme hasta la ropa interior y meterme en la cama con él. En ese breve instante solo quería estar a su lado, mi piel desnuda sintiendo su camiseta, mezclar mi aliento con el suyo. Me quedé tumbada escuchando su respiración, maravillada de que alguien pudiera estar tan quieto. Estudié el ligero bulto en el puente de su nariz, la variación tonal en la barba que oscurecía su mentón, la suave curva al final de sus oscurísimas pestañas. Recordé las conversaciones que habíamos tenido, pero a través de un filtro distinto, un

filtro que le mostraba como un hombre soltero, un tío cariñoso, y me entraron ganas de reírme de lo absurdo de la situación
y de darme cabezazos por mi equivocación.

Le acaricié el rostro dos veces, con suavidad, aspirando
el olor de su piel, el ligero aroma a jabón antibacterias, el ves-
tigio sexual primitivo del sudor masculino, y la segunda vez
que lo hice sentí su mano apretando mi cintura instintivamente. Me puse boca arriba, mirando las luces de la calle, sintiendo
por una vez que no era una extraña en esta ciudad. Y, por fin,
me quedé dormida...

Sus ojos se abren y me miran. Un instante después, comprende dónde está.

—Hola.

Una sacudida y despiertas. Ese extraño estado somno-
liento que baña la madrugada. *Está en mi cama. Su pierna contra la mía.* Una sonrisa me inunda la cara.

—Hola.

—¿Qué hora es?

Me retuerzo para ver la pantalla de mi despertador digital.

—Las cinco menos cuarto. —El tiempo se ordena, y
a regañadientes el mundo va cobrando sentido. Afuera, la oscuridad de la calle iluminada por las farolas. Los taxis y los
autobuses nocturnos gruñen al pasar. Aquí arriba estamos so-
los él y yo, en la noche, la cama calentita y el sonido de su
respiración.

—No recuerdo cómo llegué hasta aquí. —Se vuelve hacia
un lado, y las luces de la calle iluminan tenuemente su cara
arrugada por el sueño. Le observo mientras los recuerdos del
día anterior le van alcanzando poco a poco, en un silencioso
«Ah, ya» mental.

Vuelve la cabeza. Su boca, a centímetros de la mía. Su aliento, cálido y dulce.

—Te he echado de menos, Louisa Clark.

Quiero decírselo. Quiero decirle que no sé qué es lo que siento. Le deseo pero me da miedo desearle. No quiero que mi felicidad dependa enteramente de otra persona, ser un rehén de destinos que no puedo controlar.

Sus ojos recorren mi cara, leyéndome.

—Deja de pensar —dice.

Me acerca hacia sí, y me relajo. Este hombre se pasa todos los días ahí fuera, en el puente que separa la vida y la muerte. Lo entiende.

—Piensas demasiado.

Desliza su mano por un lado de mi cara. Me giro hacia él, un reflejo involuntario, y acerco los labios a la palma de su mano.

—¿Solo vivir?

Asiente, y entonces me besa larga, lenta y dulcemente, hasta que mi cuerpo se arquea y no soy más que necesidad, deseo y anhelo.

Su voz suena grave en mi oído. Mi nombre, atrayéndome. Hace que suene como algo precioso.

Los tres días siguientes fueron una nebulosa de noches robadas y encuentros breves. Me perdí la Semana de la Idealización en el Círculo del Avance porque, cuando estaba a punto de salir, Sam se presentó en casa y, no sé cómo, acabamos en un caos urgente de brazos y piernas, esperando a que sonara mi temporizador en forma de huevo para vestirse e ir a buscar a Jake. Me fue a esperar dos veces al terminar el turno en el trabajo, y entre sus labios en mi cuello y sus manos grandes sobre mis caderas, las humillaciones del Shamrock and Clover, si no olvidadas, al menos quedaban apartadas con los envases vacíos de la noche anterior.

Quería oponer algo de resistencia, pero no podía. Estaba embriagada, desconcentrada, insomne. Tuve cistitis y ni me importó. Me pasaba el turno del trabajo tarareando, coqueteaba con los hombres de negocios, y sonreía alegremente ante las quejas de Richard. Esta felicidad ofendía a mi jefe: lo notaba en cómo se mordía el interior del moflete y buscaba faltas cada vez más absurdas por las que echarme la bronca.

Me daba todo igual. Cantaba en la ducha, me quedaba despierta soñando. Me ponía mis viejos vestidos, mis chaquetas de colores vivos y mis bailarinas de satén, y me permití envolverme en una burbuja de felicidad, consciente de que las burbujas son algo temporal, hasta que estallan.

—Se lo he contado a Jake —dijo él. Tenía media hora de descanso, y Donna y él habían parado delante de mi casa con la comida antes de que yo me fuera a hacer el turno hasta la noche. Me senté a su lado en el asiento delantero de la ambulancia.

—¿Que le has dicho qué? —Había preparado sándwiches de mozzarella, tomate cherry y albahaca. Los tomates, que cultivaba en su casa, eran una explosión de sabor en mi boca. Le horrorizaban mis hábitos de comida cuando estaba sola.

—Que creías que yo era su padre. Hace meses que no le veía reírse tanto.

—No le has dicho que te conté que su padre llora después de tener relaciones sexuales, ¿verdad?

—Una vez conocí a un tipo al que le pasaba eso —dijo Donna—. Pero el tío sollozaba. La verdad es que daba un poco de vergüenza. La primera vez creí que le había roto el pene.

Me volví a mirarla, boquiabierta.

—Eso pasa. En serio. Hemos tenido un par en la ambulancia, ¿verdad?

—Verdad. Te sorprenderías con las lesiones coitales que vemos. —Sam asintió mirando mi sándwich, que estaba sobre mi regazo—. Te lo contaré cuando tengas la boca vacía.

—Lesiones coitales. Genial. Como si no hubiera ya suficientes cosas en la vida por las que preocuparme.

Me miró de reojo mientras daba un mordisco a su sándwich, para hacerme sonrojar.

—Créeme. Te lo haría saber.

—Para que quede claro, colega —dijo Donna, levantando una de las bebidas energéticas que siempre tomaba—. Yo no seré la primera en acudir a esa llamada, ni de broma.

Me gustaba estar en la cabina. Sam y Donna tenían esa actitud seria e irónica que tienen quienes han visto prácticamente toda condición humana, y la han tratado. Eran graciosos y reservados, y con ellos me sentía extrañamente en casa, como si mi vida, con todas sus rarezas, fuera bastante normal en realidad.

Estas fueron algunas de las cosas que aprendí en varias horas de la comida improvisadas entre salida y salida:

— Casi ningún hombre ni mujer de más de setenta años se queja del dolor o de su tratamiento, aunque tenga una pierna literalmente colgando.

— Esos hombres y mujeres casi siempre se disculpan por «tanto desbarajuste».

— «PBC» no es terminología científica, sino «Paciente Borracho que se ha Caído».

— Las embarazadas raramente dan a luz en una ambulancia. (Esta fue una decepción).

— Ya nadie utiliza el término «conductor de ambulancia», y menos los conductores de ambulancia.

— Siempre hay hombres que, cuando se les pregunta cuánto dolor sienten, del uno al diez, dicen «once».

Pero lo que más quedaba cuando Sam volvía después de un turno largo era la desolación: pensionistas solitarios, hombres obesos pegados a la pantalla de televisión, demasiado gruesos para levantarse y bajar las escaleras de su casa; jóvenes madres que no hablaban inglés, confinadas en sus apartamentos con un millón de niños pequeños, sin saber a quién llamar si lo necesitaban; y los deprimidos, los enfermos crónicos, los que no tienen quién les quiera.

Algunos días, decía, daba la sensación de que era como un virus; tenías que frotarte la piel para quitarte la melancolía junto con el olor a antiséptico. Y luego estaban los suicidas, vidas terminadas debajo de un tren o en silenciosos cuartos de baño, cuyos cuerpos a menudo pasaban inadvertidos durante semanas o meses hasta que alguien notaba su hedor, o se preguntaba por qué el buzón de fulanito estaba lleno.

—¿Alguna vez tienes miedo?

Su cuerpo rebosaba en mi pequeña bañera. El agua se había teñido ligeramente de rosa con la sangre de un herido de bala que le había puesto perdido. Me sorprendía la facilidad con la que me había acostumbrado a tener un hombre desnudo cerca. Especialmente uno que podía moverse por sí solo.

—No puedes hacer este trabajo si tienes miedo —contestó con sencillez.

Antes de unirse a los técnicos de emergencias sanitarias había estado en el ejército; era una trayectoria profesional habitual.

—Les gustamos porque no nos asustamos fácilmente, y hemos visto de todo. Aunque algunos de esos chavales borrachos me asustan más de lo que nunca me asustó un talibán.

Estaba sentada sobre el retrete a su lado y observaba su cuerpo en el agua teñida. A pesar de su tamaño y su fuerza, me puse a temblar.

—Hey —dijo al ver algo en mi expresión, y estiró un brazo para cogerme la mano—. No pasa nada. En serio. Tengo muy buen instinto para los problemas. —Cerró sus dedos alrededor de los míos—. Aunque no es muy buen trabajo para mantener las relaciones. Mi última chica no pudo soportarlo. Las horas. Las noches. El desorden.

—El agua de la bañera rosa.

—Sí, lo siento. Las duchas de la base no funcionaban. Debería haber pasado por casa antes. —Me miró de una forma que demostraba que le había sido imposible hacerlo. Tiró del tapón de la bañera para que se fuera un poco del agua y abrió los grifos para que saliera más.

—Bueno, ¿quién era tu última chica? —pregunté con la voz serena. No estaba dispuesta a ser una de *esas,* aunque al final resultara que él no era uno de *esos.*

—Iona. Agente de viajes. Buena chica.

—Pero no estabas enamorado de ella.

—¿Por qué dices eso?

—Nadie dice «buena chica» de alguien de quien estaba enamorado. Es como eso de «seguiremos siendo amigos». Quiere decir que no sentías lo suficiente.

Me miró sorprendido un momento.

—Entonces, ¿qué habría dicho si hubiera estado enamorado de ella?

—Te habrías puesto muy serio, y habrías dicho: «Karen. Una absoluta pesadilla», o te habrías cerrado en banda como diciendo: «No quiero hablar de ello».

—Quizá tengas razón. —Se quedó pensando un poco—. Francamente, tampoco creo que yo quisiera sentir mucho después de morir mi hermana. Estar con Ellen los últimos meses, ayudar a cuidarla, me dejó muy tocado. —Me miró—. El cáncer puede ser una forma bastante brutal de irse. El padre de Jake se derrumbó. A alguna gente le pasa. Así que pensé que me necesitaban allí. Si te soy sincero, probablemente mantuve el tipo para que no nos fuéramos todos al carajo. —Nos quedamos en silencio un momento. No sabía si sus ojos estaban enrojecidos por el dolor o por el jabón—. En fin, que sí. Probablemente no fui muy buen novio en ese momento. ¿Y el tuyo? —dijo cuando por fin volvió a mirarme.

—Will.

—Claro. Y desde entonces, ¿nadie?

—Nadie digno de mencionar —dije estremeciéndome.

—Todo el mundo tiene derecho a encontrar su manera de volver, Louisa. No te tortures por ello.

Su piel estaba caliente y húmeda, y me costaba cogerle los dedos. Los solté, y empezó a lavarse la cabeza. Me quedé allí sentada, mirándole, dejando que la atmósfera se aligerara, contemplando los músculos abultados en sus hombros, y el brillo de su piel mojada. Me gustaba su forma de lavarse el pelo, vigorosamente, con una especie de naturalidad, sacudiéndose el exceso de agua como un perro.

—Ah, he tenido una entrevista de trabajo —dije, cuando terminó—. Para una cosa en Nueva York.

—Nueva York —dijo él, arqueando una ceja.

—No me lo van a dar.

—Lástima. Siempre he querido tener una excusa para irme a Nueva York. —Se deslizó despacio bajo el agua de forma que solo quedó su boca sobre la superficie. Y sonrió—. Pero podrás quedarte con el disfraz de duende, ¿no?

Noté que la atmósfera cambiaba. Y, sin otro motivo que el de que él no lo esperaba, me metí en la bañera vestida y le besé mientras él se reía y salpicaba. De repente me alegraba su solidez, en un mundo en el que era tan fácil caerse.

Por fin hice un esfuerzo para arreglar el apartamento. En mi día libre compré una butaca, una mesa de café y un grabado enmarcado que colgué cerca de la televisión, tres cosas que de algún modo ayudaban a sugerir que alguien vivía allí. Compré también un juego de ropa de cama y dos cojines, y colgué toda mi ropa *vintage* en el armario, de forma que al abrirlo ahora había un estallido de formas y colores en lugar de varios pares de vaqueros baratos y un vestido de lúrex demasiado corto. Conseguí convertir mi anónimo apartamentito en algo que parecía, si no un hogar, al menos un lugar acogedor.

Por la benevolencia de los dioses que disponen los turnos, tanto Sam como yo teníamos el día libre. Dieciocho horas ininterrumpidas en las que él no tendría que escuchar una sirena, ni yo las gaitas ni las quejas sobre cacahuetes tostados. El tiempo que estaba con Sam parecía correr el doble de rápido que las horas que pasaba sola. Había pensado en el millón de cosas que podíamos hacer juntos, pero luego las descarté por ser demasiado «parejiles». No sabía si era inteligente pasar tanto tiempo juntos.

Mandé otro mensaje a Lily:

Lily, por favor, ponte en contacto conmigo. Sé que estás enfadada, pero llámame. ¡Tu jardín está precioso! Necesito que me enseñes a cuidarlo y que me digas qué debo hacer con las tomateras, que se han puesto muy altas (¿es eso bueno?). Quizás podíamos salir a bailar después. Bs

Di a «ENVIAR» y me quedé mirando la pantalla; al momento sonó el timbre.

—Hola. —Sam llenaba todo el vano de la puerta, entre su cuerpo, una caja de herramientas en una mano y una bolsa de comida en la otra.

—Oh, Dios mío —exclamé—. Eres la máxima fantasía femenina.

—Estanterías —dijo con rotundidad—. Necesitas estanterías.

—Uf, cariño. Sigue, sigue hablando…

—Y comida casera.

—Ya está. Acabo de llegar al orgasmo.

Se rio soltando las herramientas en la entrada para besarme, y, cuando por fin nos soltamos, pasamos a la cocina.

—He pensado en que podríamos ir al cine. Sabes que una de las ventajas de hacer turnos es poder acudir a sesiones matinales vacías, ¿no?

Miré mi móvil.

—Pero nada sangriento. Estoy un poco harto de la sangre.

Cuando levanté la mirada, me estaba observando.

—¿Qué? ¿No te apetece? ¿O es que te fastidio el plan de ver *Zombis Carnívoros Quince?*... ¿Qué?

Fruncí el ceño y dejé caer el brazo.

—No logro dar con Lily.

—Creía que dijiste que se había ido a casa...

—Lo hizo. Pero no contesta a mis llamadas. Creo que está muy cabreada conmigo.

—Sus amigos te robaron tus cosas. Tú eres la que tiene derecho a estar cabreada.

Empezó a sacar cosas de la bolsa, lechugas, tomates, aguacates, huevos, hierbas aromáticas, y las iba metiendo ordenadamente en la nevera casi vacía. Me miró mientras volvía a escribir un mensaje.

—Venga. Es posible que haya perdido el móvil en alguna discoteca, o que no le quede crédito. Ya sabes cómo son los adolescentes. O que solo sea una pataleta bestial. A veces tienes que dejar que se les pase.

Le cogí de la mano y cerré la puerta de la nevera.

—Tengo que enseñarte una cosa. —Sus ojos se iluminaron por un instante—. No, eso no, chico malo. Eso va a tener que esperar.

Sam estaba en la azotea contemplando las flores a su alrededor.

—¿Y no tenías ni idea?

—En absoluto.

Se dejó caer en el banco. Me senté a su lado y nos quedamos mirando el jardincillo.

—Me siento fatal —dije—. Básicamente la acusé de destruir todo lo que tocaba. Y todo ese tiempo había estado creando esto.

Se inclinó para tocar la tomatera, luego se enderezó, sacudiendo la cabeza.

—Vale. Pues iremos a hablar con ella.

—¿En serio?

—Sí. Primero comemos. Luego vamos al cine. Y después nos presentamos en su casa. Así no podrá evitarte. —Me cogió de la mano y se la llevó a los labios—. Venga. No estés tan preocupada. El jardín es una buena noticia. Demuestra que no está del todo mal de la cabeza.

Soltó mi mano y le miré con los ojos entornados.

—¿Cómo consigues arreglarlo todo siempre?

—Es que no me gusta verte triste.

No podía decirle que no estaba triste cuando estaba con él. No podía decirle que me hacía tan feliz que me daba miedo. Pensé en lo mucho que me gustaba que su comida estuviera en mi nevera, cómo miraba el teléfono veinte veces al día esperando sus mensajes, cómo imaginaba su cuerpo desnudo en los momentos de relax en el trabajo y luego tenía que pensar en abrillantador de suelos o en recibos de caja para no calentarme demasiado.

Para, me decía una voz de aviso. *No te acerques demasiado.*

Su mirada se ablandó.

—Tienes una sonrisa dulce, Louisa Clark. Es una de los centenares de cosas que me gustan de ti.

Me permití mirarle un largo instante. *Este hombre*, pensé. Y entonces me di una palmada fuerte en las rodillas.

—¡Venga! —dije enérgicamente—. Vamos a ver una peli.

El cine estaba prácticamente vacío. Nos sentamos en la última fila, en dos asientos sin separar por el reposabrazos porque alguien lo había roto. Sam me iba dando palomitas de un cubo de cartón del tamaño de una papelera, mientras yo intentaba no pensar en el peso de su mano sobre mi pierna desnuda, porque cuando lo hacía perdía el hilo del argumento.

La película era una comedia americana sobre una extraña pareja de policías que son tomados por criminales. No era muy graciosa, pero me reía de todas formas. Los dedos de Sam aparecieron delante de mí con una masa bulbosa de palomitas con sal, y me la comí, luego otra, y entonces se me ocurrió atrapar sus dedos entre mis dientes. Me miró y sacudió la cabeza lentamente.

Me acabé las palomitas y tragué.

—Nadie nos va a ver —susurré.

Él arqueó una ceja.

—Soy demasiado viejo para esto —murmuró. Pero cuando le giré la cara hacia mí en medio del aire oscuro y cálido, y empecé a besarle, él soltó las palomitas y su mano empezó a subir por mi espalda.

Y entonces sonó mi teléfono. Las dos personas que había delante chistaron con desaprobación.

—¡Perdón! ¡Perdón, pareja! —me disculpé, ya que solo estábamos ellos y nosotros en todo el cine. Me aparté del regazo de Sam y contesté. No reconocía el número.

—¿Louisa?

Tardé un momento en identificar la voz.

—Deme un segundo. —Le hice un gesto a Sam, y salí de la sala.

—Perdone, señora Traynor. Tenía que... ¿Sigue ahí? ¿Hola?

El vestíbulo estaba vacío, las zonas acordonadas para las colas, desiertas, y la máquina de sorbetes daba vueltas lánguidas al hielo coloreado detrás del mostrador.

—Oh, gracias a Dios. ¿Louisa? ¿Podría hablar con Lily? Me quedé inmóvil, con el teléfono apoyado en la oreja.

—He estado pensando en lo que ocurrió hace unas semanas y lo siento. Debí de parecer... —Vaciló—. Escucha, me preguntaba si tú crees que Lily estaría dispuesta a verme.

—Señora Traynor...

—Me gustaría darle una explicación. Este último año o así... Bueno, no he sido yo misma. He estado tomando unas pastillas que me dejan bastante atontada. Me sorprendió mucho encontraros en la puerta de casa, y luego simplemente no podía creer lo que me estabais diciendo. Todo parecía tan poco probable. Pero bueno... He hablado con Steven y me lo ha confirmado todo, y llevo días pensando y digiriéndolo, y creo... Will tuvo una hija. Tengo una nieta. No paro de repetírmelo. A veces creo que lo he soñado todo.

Escuché su inusitado aluvión de palabras.

—Lo sé —dije—. Yo también me sentía así.

—No puedo dejar de pensar en ella. Y quiero conocerla como debe ser. ¿Crees que accedería a verme otra vez?

—Señora Traynor, ya no está en mi casa. Pero sí. —Me pasé los dedos por el pelo—. Claro que se lo preguntaré.

No fui capaz de concentrarme durante el resto de la película. Y, al final, probablemente viendo que yo solo estaba contemplando la pantalla, Sam sugirió que nos marcháramos. Cuando estábamos en el aparcamiento junto a su moto le conté lo que había dicho la señora Traynor.

—¿Lo ves? —dijo, como si hubiera hecho algo de lo que enorgullecerme—. Vamos.

Se quedó esperando sobre la moto al otro lado de la calle mientras yo llamaba a la puerta. Levanté la barbilla, resuelta a que Tanya Houghton-Miller no me intimidara esta vez. Miré hacia atrás, y Sam asintió para darme ánimos.

La puerta se abrió. Tanya llevaba un vestido de lino color chocolate y sandalias griegas. Me miró de arriba abajo igual que el día en que nos conocimos, como si mi armario hubiera suspendido un examen invisible. (Lo cual era un poco irritante porque llevaba mi pichi preferido de algodón a cuadros). Mantuvo la sonrisa un nanosegundo, y entonces la borró.

—Louisa.

—Siento presentarme sin avisar, señora Houghton-Miller.

—¿Ha pasado algo?

Parpadeé.

—Pues, sí. —Me aparté el pelo de un lado de la cara—. Me ha llamado la señora Traynor, la madre de Will. Siento molestarla con este asunto, pero el caso es que querría ponerse en contacto con Lily, pero no coge el teléfono, así que, si no le importa decirle que me llame…

Tanya me miró bajo sus cejas perfectamente perfiladas.

Yo mantuve una expresión neutra.

—O tal vez podría hablar un momento con ella.

Hubo un breve silencio.

—¿Y por qué crees que iba a decírselo *yo*?

Respiré hondo, eligiendo las palabras con sumo cuidado.

—Sé que usted tiene una opinión muy firme sobre la familia Traynor, pero de veras creo que sería bueno para Lily. No sé si se lo habrá dicho, pero su primer encuentro la otra semana fue bastante difícil, y a la señora Traynor le gustaría tener la oportunidad de empezar de nuevo.

—Puedes hacer lo que quieras, Louisa. Pero no sé por qué esperas que yo me meta.

Traté de mantener un tono educado.

—Eh…, ¿porque es usted su madre?

—Con la que no se ha molestado en ponerse en contacto desde hace más de una semana.

Me quedé inmóvil. Una sensación fría y dura se asentó en mi estómago.

—¿Qué acaba de decir?

—Lily. No se ha molestado en ponerse en contacto conmigo. Pensé que al menos vendría a decir hola después de volver de vacaciones, pero no, es evidente que es demasiado para ella. Como siempre, hace lo que le apetece. —Extendió una mano para mirarse las uñas.

—Señora Houghton-Miller, se suponía que Lily estaba con usted.

—¿Cómo?

—Lily. Que volvía a su casa. Cuando llegaron de sus vacaciones. Se fue de mi casa… hace diez días.

18

Estábamos en la inmaculada cocina de Tanya Houghton-Miller y, mientras yo observaba su lustrosa cafetera de cien botones, que probablemente costaba más que mi coche, repasamos los acontecimientos de la semana por enésima vez.

—Eran sobre las doce. Le di veinte libras para un taxi y le pedí que dejara su llave. Simplemente asumí que vendría a su casa. —Sentía náuseas, mientras caminaba de un extremo al otro de la isleta de desayuno, con el cerebro a mil por hora—. Debería haberme asegurado. Pero solía entrar y salir cuando quería. Y bueno… habíamos discutido.

Sam estaba junto a la puerta, frotándose la frente.

—¿Y ninguna de las dos ha sabido nada de ella desde entonces?

—Yo le he escrito cuatro o cinco veces —dije—. Simplemente asumí que seguía enfadada conmigo.

Tanya no nos había ofrecido café. Fue hasta la escalera, miró hacia arriba y luego su reloj, como si estuviera esperando a que nos fuéramos. No tenía el aspecto de una madre que acabara de enterarse de que su hija había desaparecido. De vez en cuando se oía el rugido sordo de una aspiradora.

—Señora Houghton-Miller. ¿Alguien aquí ha tenido noticias de ella? ¿Puede ver en su teléfono si ha leído los mensajes?

—Te lo dije —contestó. Su voz sonaba extrañamente serena—. Te dije que ella es así. Pero no me quisiste escuchar.

—Creo que...

Tanya levantó una mano, haciendo callar a Sam.

—Esta no es la primera vez. Oh, no. Ya desapareció varios días, cuando se suponía que debía estar en el internado. La culpa fue de ellos, por supuesto. Habrían debido saber exactamente dónde estaba en todo momento. Pero no nos llamaron hasta que llevaba desaparecida cuarenta y ocho horas y entonces tuvimos que meter a la policía. Al parecer una de las niñas de su dormitorio la había encubierto. Lo que no me explico es cómo no fueron capaces de saber quién estaba y quién no, especialmente teniendo en cuenta las escandalosas tarifas que pagamos. Francis quería demandarles. Tuvo que salir de su reunión anual del comité para arreglarlo. Fue muy embarazoso.

Se oyó un estruendo arriba y alguien empezó a llorar. Tanya fue hasta la puerta de la cocina.

—¡Lena! ¡Llévatelos al parque, por Dios! —Volvió a entrar en la cocina—. Sabes que se emborracha, ¿no? Toma drogas. Me robó mis pendientes de diamantes de Mappin & Webb. Ella no lo admitiría, pero lo hizo. Valían miles de libras. No tengo ni idea de lo que hizo con ellos. También se ha llevado una cámara digital.

Volví a pensar en las joyas que me faltaban y de repente sentí que algo se tensaba y me dolía dentro.

—Así que... sí. Todo esto es bastante predecible. Te avisé. Y, ahora, si me disculpan, tengo que ir a poner orden entre los chicos. Están teniendo un día difícil.

—Pero va a llamar a la policía, ¿no? Tiene dieciséis años y ya han pasado casi diez días.

—No les interesará. Ya saben quién es. —Tanya levantó un dedo delgado—. Expulsada de dos colegios por hacer novillos. Advertencia por drogas duras. Embriaguez y alteración del orden público. Hurto. ¿Cómo es la frase? Mi hija tiene «antecedentes». Para ser totalmente sincera, aunque la policía la encuentre y la traiga hasta aquí, volverá a marcharse cuando le venga en gana.

Sentía como un cable tensándose en mi pecho, que me impedía respirar. ¿Dónde habría ido? ¿Tendría algo que ver aquel chico que rondaba mi casa? ¿O los chicos de la discoteca que estaban con ella la noche de la borrachera? ¿Cómo pude ser tan imprudente?

—Llamémosles de todas maneras. A pesar de todo, no deja de ser muy joven.

—No. No quiero que se meta la policía. Francis está pasando un momento delicado en el trabajo. Le está costando mantener su puesto en el consejo. Si se enteran de que está metido en cualquier asunto con la policía, será el fin.

A Sam se le tensó la mandíbula. Esperó un momento antes de hablar.

—Señora Houghton-Miller, su hija es vulnerable. Creo sinceramente que ha llegado el momento de recurrir a alguien más.

—Si les llaman, les diré exactamente lo que les acabo de comentar a ustedes.

—Señora Houghton-Miller.

—¿Cuántas veces la ha visto, señor Fielding? —Echó hacia atrás el cuello engalanado con una gargantilla—. ¿La conoce mejor que yo? ¿Se ha pasado noches en vela esperando a que volviera? ¿Ha perdido el sueño? ¿Ha tenido que dar explicaciones por su comportamiento a profesores y agentes de policía? ¿Disculparse ante dependientes por cosas que ha robado? ¿Pagar los gastos de su tarjeta de crédito?

—A veces los chicos más caóticos son los que más en riesgo están.

—Mi hija es una manipuladora nata. Estará con alguno de sus amigos. Igual que otras veces. Les garantizo que dentro de uno o dos días Lily se presentará aquí, borracha y berreando en plena noche, o llamará a la puerta de Louisa, o pedirá dinero, y probablemente tendrán motivos para desear que no hubiera vuelto. Alguien la dejará entrar y ella estará arrepentida y compungida y terriblemente triste, y unos días más tarde traerá a una panda de amigos a casa o robará algo. Y todo este círculo lamentable volverá a empezar.

Se apartó la melena dorada de la cara. Ella y Sam se miraron.

—He tenido que ir a terapia para sobrellevar el desastre que mi hija ha creado en mi vida, señor Fielding. Bastante difícil es ya lidiar con sus hermanos y sus... problemas de comportamiento. Pero una de las cosas que se aprende en terapia es que llega un punto en el que una tiene que cuidar de sí misma. Lily ya es mayorcita para tomar sus propias decisiones.

—Es una niña —dije yo.

—Ah, claro, es verdad. La niña que *tú* echaste de tu apartamento pasada la medianoche. —Tanya Houghton-Miller me mantuvo la mirada con la complacencia de alguien que acaba de probar que tiene razón—. No todo es blanco o negro. Por mucho que quisiéramos que así fuese.

—Ni siquiera le preocupa, ¿verdad? —dije.

Seguía manteniéndome la mirada.

—Sinceramente, no. Ya he pasado por esto demasiadas veces. —Fui a hablar pero se me adelantó—. Eres toda una salvadora, ¿no, Louisa? Bueno, pues mi hija no necesita que la salven. Y, si así fuera, tampoco me convencería demasiado tu historial hasta ahora.

Sam me rodeó con el brazo antes de que pudiera tomar aire. La réplica cobró forma, y tóxica, en mi boca, pero ella ya me había dado la espalda.

—Venga —dijo Sam, empujándome hacia la entrada—. Vámonos.

Estuvimos varias horas dando vueltas con la moto por el West End, frenando para asomarnos entre los grupos de chicas tambaleándose y silbando, y mirando con más discreción entre los que dormían en la calle. Luego aparcamos y estuvimos andando entre los oscuros arcos bajo los puentes. Nos asomamos a discotecas, preguntando si alguien había visto a la chica de las fotos de mi móvil. Fuimos al local donde me llevó a bailar, y a un par que Sam decía que eran conocidos por tener una clientela de bebedores menores de edad. Pasamos por paradas de autobús y sitios de comida rápida, y, cuanto más avanzábamos, más ridículo me parecía intentar encontrarla entre los miles de personas de las calles abarrotadas del centro de Londres. Podía estar en cualquier sitio. Parecía que estuviera en todas partes. Volví a escribirle un mensaje, y luego otro, para decirle que la estábamos buscando urgentemente, y, cuando volvimos a mi apartamento, Sam llamó a varios hospitales para asegurarse de que no estuviera ingresada.

—Me siento como la peor madre del mundo. Y ni siquiera soy madre.

Se inclinó hacia delante, apoyando los codos en las rodillas.

—No puedes culparte.

—Sí que puedo. ¿Qué clase de persona echa de su apartamento a una chica de dieciséis años de madrugada sin asegurarse de adónde va? —Cerré los ojos—. O sea, solo porque haya desaparecido antes no significa que ahora esté bien, ¿no? Será como uno de esos adolescentes que se van de casa y nadie sabe nada de ellos hasta que algún perro encuentra sus huesos mientras le sacan de paseo por el bosque.

—Louisa.

—Debería haber sido más fuerte. Debería haberla entendido mejor. Debería haber pensado más en lo joven que es. Era. ¡Ay, Dios! Si le ha pasado algo, no me lo perdonaré nunca. Y ahí fuera ahora mismo algún inocente pasea su perro sin saber que está a punto de cambiar su vida.

—Louisa. —Sam me puso una mano sobre la pierna—. Para. Estás dando vueltas en círculo. Por muy irritante que sea, es posible que Tanya Houghton-Miller tenga razón y que Lily se presente en tu puerta dentro de tres horas, que todos nos sintamos estúpidos y que lo olvidemos hasta que vuelva a empezar.

—Pero ¿por qué no contesta al teléfono? Tiene que saber que estoy preocupada.

—Tal vez por eso te esté ignorando. —Me lanzó una mirada irónica—. Puede que quiera hacerte sudar un poco. Mira, esta noche no podemos hacer mucho más. Y yo me tengo que ir. Mañana tengo turno temprano. —Recogió los platos y los puso en el fregadero, y luego se apoyó de espaldas sobre los armarios de la cocina.

—Perdona —dije—. No es la manera más divertida de empezar una relación.

Bajó la barbilla.

—¿Es que ahora es una relación?

Noté que me sonrojaba.

—Bueno, no quería decir…

—Es broma. —Estiró una mano y me acercó hacia sí—. Me encantan tus decididos intentos de convencerme de que básicamente me estás utilizando a cambio de sexo.

Olía bien. Un poco a anestesia, pero olía bien. Me besó en lo alto de la cabeza.

—La encontraremos —dijo, y se fue.

Después de que se fuera, subí a la azotea. Me senté en la oscuridad, inhalando el olor del jazmín que Lily había guiado por el borde del depósito de agua, y pasé la mano suavemente por encima de los pétalos violetas de las aubrietas que rebosaban de los tiestos de terracota. Me asomé por el pretil, para observar las calles titilantes de la ciudad, y ni siquiera me temblaron las piernas. Le escribí otro mensaje, y me dispuse a meterme en la cama, con el silencio del apartamento acechándome.

Miré mi teléfono por enésima vez, y luego mi correo, por si acaso. Nada. Pero sí había uno de Nathan:

¡Enhorabuena! ¡El viejo Gopnik me ha dicho esta mañana que te va a ofrecer el curro! ¡Nos vemos en Nueva York, tía!

19

Lily

eter está esperando otra vez. A través de la ventana, le ve de pie junto a su coche. Él la descubre, le hace un gesto con la mano y mueve los labios diciendo: «Me debes dinero».

Lily abre la ventana, mira al otro lado de la calle donde Samir está sacando una nueva caja de naranjas.

—Déjame en paz, Peter.

—Sabes lo que pasará…

—Ya te he dado bastante. Déjame en paz, ¿vale?

—Te estás equivocando, Lily. —Arquea una ceja. Espera lo justo para hacer que se sienta incómoda. Lou volverá a casa en media hora. Y Peter las ronda tan a menudo que está bastante segura de que él lo sabe. Finalmente, Peter se sube al coche y arranca hacia la calle principal sin siquiera mirarla. Mientras se aleja, saca el teléfono por la ventanilla del conductor. Un mensaje: «Te estás equivocando, Lily».

El juego de la botella. Suena muy inocente. Estaban ella y otras cuatro chicas de su colegio, que habían subido a Londres aprovechando un permiso. Robaron pintalabios en Boots, se compraron faldas demasiado cortas en Top Shop y entraron gratis en discotecas porque eran jóvenes y monas, y los gorilas no hacían demasiadas preguntas si eran cinco y todas jóvenes y monas, y una vez dentro, entre ron y Coca-Colas, conocieron a Peter y a sus amigos.

Acabaron a las dos de la mañana en casa de alguien en Marylebone. Lily no recordaba bien cómo llegaron hasta allí. Todo el mundo estaba sentado en círculo, fumando y bebiendo. Dijo sí a todo lo que le iban ofreciendo. Sonaba Rihanna por los altavoces. Un puf azul que olía a ambientador. Nicole vomitó en el cuarto de baño, la muy idiota. Las horas volaban; dos y media, tres y diecisiete, cuatro... Perdió la noción del tiempo. Entonces alguien propuso jugar a Verdad, Atrevimiento o Beso.

Hicieron girar la botella, que golpeó un cenicero haciendo que cayeran colillas y ceniza en la alfombra. Una chica a la que Lily no conocía eligió Verdad: en las vacaciones pasadas había tenido sexo por teléfono con su exnovio mientras su abuela dormía en la otra cama en la misma habitación. Los demás fingieron reaccionar horrorizados. Lily se rio.

—Qué puta —dijo alguien.

Peter la había estado mirando toda la noche. Al principio le hizo gracia: era con mucho el chico más guapo. Un hombre, incluso. Cuando la miraba, ella no apartaba los ojos. No quería ser como las otras chicas.

—¡Que gire!

Lily se encogió de hombros al ver que la botella la apuntaba directamente a ella.

—Atrevimiento —eligió—. Siempre Atrevimiento.

—Lily nunca dice que no a nada —sentenció Jemima. Y ahora se pregunta si había algo en su forma de mirar a Peter cuando lo hizo.

—Vale. Sabes lo que significa.

—¿En serio?

—¡No puedes hacer eso! —Pippa se llevó las manos a la cara como siempre que se ponía dramática.

—Bueno, pues Verdad.

—No, odio la verdad. —¿Y qué? Sabía que esos chicos se acobardarían. Se puso de pie, desafiante—. ¿Dónde? ¿Aquí?

—Ay, Dios, Lily.

—Gira la botella —dijo uno de los chicos.

Ni se le ocurrió ponerse nerviosa. Estaba un poco pedo y, de todas formas, le gustaba quedarse ahí de pie, impávida, mientras las otras aplaudían, gritaban y actuaban como idiotas. Eran unas farsantes. Las mismas que arreaban a cualquiera en el campo de hockey, hablaban de política y de cómo iban a desarrollar sus carreras de Derecho o de Biología marina, las mismas que se convertían en niñatas estúpidas de risa tonta en presencia de chicos, tocándose el pelo y retocándose el lápiz de labios, como si hubieran borrado espontáneamente lo más interesante de sí mismas.

—*Peter...*

—¡Pete, colega, eres tú!

Los chicos se pusieron a abuchear y silbar para esconder su decepción (o alivio) por no ser el elegido. Peter se puso de pie y la miró directamente con sus ojos rasgados de gato. Era distinto a los demás: su acento sonaba como de algún sitio más duro.

—¿Aquí?

Ella se encogió de hombros.

—Me da igual.

—Ahí. —Hizo un gesto hacia el dormitorio.

Lily pasó limpiamente por encima de las piernas de las chicas para ir hacia el dormitorio. Una de ellas la cogió del tobillo, diciéndole que no lo hiciera, pero se la quitó de encima. Caminaba con un ligero bamboleo, sintiendo las miradas de todos al pasar. *Atrevimiento. Siempre Atrevimiento.*

Peter cerró la puerta detrás de sí y ella miró a su alrededor. La cama estaba arrugada, con una horrible colcha estampada que se veía desde cinco metros que no habían lavado en siglos, y daba un leve olor a humedad al ambiente. Había un montón de ropa sucia en el rincón, y un cenicero lleno junto a la cama. La habitación estaba en silencio, y las voces afuera se habían callado temporalmente.

Ella levantó la barbilla. Se retiró el pelo de la cara.

—¿En serio quieres hacer esto? —dijo.

Él sonrió entonces, con una sonrisa lenta y burlona.

—Sabía que te rajarías.

—¿Quién dice que me estoy rajando?

Pero no quería hacerlo. Ya no le veía rasgos bonitos, solo aquel brillo frío en los ojos, y una mueca desagradable en la boca. Él se llevó las manos a la bragueta.

Se quedaron allí de pie un momento.

—No pasa nada si no quieres hacerlo. Salimos y decimos que eres una gallina.

—Yo nunca he dicho que no fuera a hacerlo.

—¿Entonces *qué* estás diciendo?

Lily no puede pensar. Siente un leve zumbido en la parte posterior de la cabeza. Desearía no haber entrado en esa habitación.

Él suelta un bostezo exagerado.

—Me estoy aburriendo, Lily.

Alguien aporrea la puerta con urgencia. Es la voz de Jemima.

—Lily, no tienes por qué hacerlo. Vamos. Ya nos podemos ir a casa.

—No tienes por qué hacerlo, Lily. —Su voz es una imitación burlona.

Calcula. ¿Qué es lo peor que puede ocurrir: dos minutos, como máximo? Dos minutos de su vida. No se rajará. Ya verá. Ya verán todos.

Él tiene una botella de Jack Daniels en una mano. Lily se la quita, la abre y le da un trago, con los ojos fijos en los de él. Entonces se la devuelve y le echa mano al cinturón.

O hay fotos o no pasó nada.

Oye la voz silbante del chico a pesar de que le zumban los oídos, a pesar del dolor que siente en el cuero cabelludo por los fuertes tirones. Para entonces ya es tarde. Demasiado tarde.

Justo cuando levanta la mirada, oye el clic de la cámara del teléfono.

Unos pendientes. Cincuenta libras en metálico. Cien. Pasan las semanas y él sigue exigiendo dinero. Le manda mensajes: «Me pregunto qué pasará si cuelgo esto en Facebook».

Cuando ve la foto le entran ganas de llorar. Vuelve a mandársela, una y otra vez: su cara, con los ojos inyectados en sangre, manchados de rímel. Y esa cosa en su boca. Cuando Louisa vuelve a casa tiene que esconder el móvil bajo los cojines del sofá. Se ha convertido en algo radiactivo y tóxico que tiene que mantener cerca.

«Me pregunto qué pensarán tus amigos».

Las otras chicas han dejado de hablarle desde entonces. Saben lo que hizo porque Peter enseñó la foto a todo el mundo en cuanto volvieron a la fiesta, mientras se subía ostentosamente la bragueta, mucho más tarde de lo que debía. Ella hizo como si le diera igual. Las chicas la miraron y apartaron los ojos, y, en cuanto vio su mirada, supo que todas sus historias sobre mamadas y sexo con desconocidos eran pura ficción. Eran unas impostoras. Le habían mentido en todo.

Nadie pensó que fuera tan valiente. Nadie la admiró por no rajarse. Solo era Lily, la puta, una chica con una polla en la boca. El estómago se le hacía mil nudos solo de pensarlo. Le dio más al Jack Daniels y al infierno todos.

«Te espero en el McDonald's de Tottenham Court Road».

Para entonces su madre había cambiado la cerradura de casa. No podía cogerle más dinero del bolso. Le habían bloqueado el acceso a su cuenta de ahorros.

«No tengo más».

«¿Crees que soy memo, niña rica?».

A su madre nunca le gustaron los pendientes de Mappin & Webb. Lily creía que ni siquiera notaría que habían desaparecido. Cuando Francis Caraculo se los regaló le puso caritas falsas de admiración, pero luego comentó que no entendía por qué le había comprado diamantes en forma de corazón, cuando todo el mundo sabía que eran vulgares, y que los de forma colgante le iban mucho mejor a su estructura ósea.

Peter se quedó mirando los brillantes como si le hubiera dado calderilla, y se los metió en el bolsillo. Se había comido un Big Mac y tenía mayonesa en la comisura de los labios. Lily sentía náuseas cada vez que le veía.

—¿Quieres venir a conocer a mis colegas?

—No.

—¿Algo de beber?

Ella negó con la cabeza.

—Ya está. Esto es lo último. Esos pendientes valen miles de libras.

Él torció el gesto.

—La próxima vez quiero dinero. Dinero de verdad. Sé dónde vives, Lily. Sé que lo tienes.

Sentía que nunca se libraría de él. Le mandaba mensajes a horas raras, la despertaba y no la dejaba dormir. Aquella foto, una y otra vez. La veía en negativo, grabada a fuego en sus retinas. Dejó de ir al colegio. Se emborrachaba con desconocidos, salía de discotecas hasta mucho más tarde de lo que le apetecía. Cualquier cosa para no estar a solas con sus pensamientos y el incesante *ping* del teléfono. Se había ido a donde él no pudiera encontrarla, pero la había encontrado, había aparcado enfrente del edificio de Louisa y le había escrito otro mensaje. Hasta pensó en contárselo a Louisa varias veces. Pero ¿qué podía hacer ella que era ya una catástrofe andante la mitad del tiempo? Así que Lily abría la boca, pero no le salía nada, y entonces Louisa empezaba a hablar de que debía conocer a su abuela o de si había comido algo, y Lily se daba cuenta de que estaba sola.

A veces se quedaba despierta pensando en cómo habría sido todo si su padre hubiese estado allí. Podía imaginárselo. Habría salido, habría agarrado a Peter del cuello y le habría dicho que nunca más se acercara a su niña. La habría abrazado y le habría dicho que todo iría bien, que estaba a salvo.

Pero no. Porque en realidad era un tetrapléjico cabreado que ni siquiera quería seguir vivo. Y si hubiera visto las fotos le habrían entrado náuseas.

Y no podía culparle por ello.

La última vez, cuando ya no tenía nada que darle, Peter se puso a gritarle en plena acera al lado de Carnaby Street, llamándola «inútil», «puta» y «zorra estúpida». Luego paró el coche y Lily tuvo que beberse dos whiskies dobles porque le daba miedo verle. Cuando él empezó a gritarle diciendo que mentía, ella se echó a llorar.

—Louisa me ha echado. Mi madre me ha echado. No tengo nada.

La gente pasaba de largo, apartando la mirada. Nadie decía nada, porque un hombre gritando a una chica borracha no era nada fuera de lo normal en el Soho un viernes por la noche. Peter maldijo y se giró como si fuera a marcharse, pero ella sabía que no lo haría. Y entonces un coche grande y negro se detuvo en medio de la calle y dio marcha atrás, con las luces blancas traseras brillando fuerte. El elevalunas eléctrico se bajó con un murmullo y...

—¿Lily?

Tardó varios segundos en reconocerle. Era el señor Garside, de la empresa de su padrastro. ¿Su jefe? ¿Un socio? La miró, y luego a Peter.

—¿Estás bien?

Lily miró a Peter, y asintió.

Pero no la creyó. Era evidente. Se detuvo junto a la acera, delante del coche de Peter, y se acercó lentamente con su traje negro. Tenía un aire de autoridad, como si nada pudiera perturbarle. Lily recordó vagamente que su madre le había contado que tenía un helicóptero.

—¿Quieres que te lleve a casa, Lily?

Peter levantó la mano en la que tenía el teléfono apenas un centímetro. Lo justo para que ella lo viera. Pero entonces abrió la boca y le salió.

—Tiene una foto horrible de mí en su teléfono y me está amenazando con enseñársela a todo el mundo y quiere dinero y ya no me queda nada. Le he dado lo que he podido y es que ya no me queda nada. Por favor, ayúdeme.

Los ojos de Peter se abrieron de par en par. No lo esperaba. Pero a Lily ya le daba igual lo que pasara. Estaba desesperada, y cansada, y no quería seguir con todo aquello sola.

El señor Garside se quedó mirando a Peter un momento. Peter echó los hombros hacia atrás, enderezándose como si estuviera pensando en salir corriendo hacia su coche.

—¿Es eso cierto? —dijo el señor Garside.

—No es un crimen tener fotos de chicas en el móvil —contestó Peter con una sonrisa de suficiencia y haciendo un gesto de bravuconería.

—Sí, lo sé. Sin embargo, sí es delito utilizarlas para extorsionar a alguien. —La voz del señor Garside sonaba grave y calmada, como si fuera totalmente razonable discutir sobre las fotos de una persona desnuda en medio de la calle. Se llevó la mano al bolsillo de la chaqueta—. ¿Qué hace falta para que se vaya?

—¿Qué?

—Su teléfono. ¿Cuánto quiere por él?

A Lily se le cortó la respiración en la garganta. Miró a un hombre y luego al otro. Peter lo observaba incrédulo.

—Le estoy ofreciendo dinero por el teléfono. Siempre y cuando esta sea la única copia de esa foto.

—No vendo mi teléfono.

—En tal caso, joven, le debo informar de que me pondré en contacto con la policía y le identificaré por la matrícula de su coche. Y tengo muchos amigos en el cuerpo de policía. Cargos bastante destacados. —Sonrió de un modo que nada tenía que ver con una sonrisa.

Al otro lado de la calle, había un grupo de personas a la puerta de un restaurante, riendo. Peter miró a Lily y luego otra vez al señor Garside. Levantó la barbilla.

—Cinco mil.

El señor Garside se metió la mano en el bolsillo de la chaqueta. Negó con la cabeza.

—Creo que no. —Sacó su cartera y contó un fajo de billetes—. Creo que con esto será suficiente. Parece que ya ha recibido una recompensa más que generosa. El teléfono, por favor.

Era como si Peter estuviera hipnotizado. Dudó solo un instante y le dio su teléfono al señor Garside. Así, sin más. El señor Garside comprobó que la tarjeta SIM estaba dentro, se lo metió en el bolsillo de la chaqueta y abrió la puerta de su coche a Lily—. Creo que es hora de marcharse, Lily.

Como una chica obediente, se subió al coche y oyó el sólido golpe de la puerta al cerrarse detrás de ella. Arrancaron y, deslizándose suavemente por la estrecha calle, dejaron a Peter anonadado (podía verle por el retrovisor), como si él tampoco pudiera creer lo que acababa de pasar.

—¿Estás bien? —El señor Garside no la miraba mientras hablaba.

—¿Ya…, ya está?

La miró de reojo, y luego otra vez hacia delante.

—Sí, creo que sí.

No podía creerlo. No podía creer que lo que la había martirizado durante varias semanas pudiera arreglarse así, sin más. Se volvió hacia él, de repente nerviosa.

—Por favor, no se lo cuente a mi madre y a Francis.

Frunció el ceño ligeramente.

—Si es eso lo que quieres.

Ella resopló larga y silenciosamente.

—Gracias —dijo en voz baja.

Le dio una palmadita en la rodilla.

—Menudo canalla. Debes tener cuidado con tus amigos, Lily.

Antes de que ella la notara, volvió a poner la mano en la palanca automática de cambios.

Cuando Lily le dijo que no tenía dónde quedarse, él ni siquiera pestañeó. La llevó a un hotel en Bayswater y habló discretamente con el recepcionista, que le entregó una llave. Fue un alivio que no sugiriera llevarla a su casa: no quería tener que dar explicaciones a nadie más.

—Te recogeré mañana, cuando estés sobria —dijo, metiéndose la cartera en el bolsillo interior de la chaqueta.

Lily subió con pasos pesados a la habitación 311, se tumbó en la cama con la ropa puesta y durmió catorce horas.

El señor Garside llamó para decir que iría a desayunar con ella. Se dio una ducha, cogió varias prendas de su mochila y las planchó un poco tratando de estar algo más presentable. Pero no se le daba bien la plancha: Lena era la que hacía esas cosas.

Cuando bajó al restaurante, él ya estaba allí, leyendo el periódico y con una taza de café a medias delante. Era mayor de lo que ella recordaba, con el pelo clareando en la coronilla y la piel de la nuca un poco arrugada; la última vez que le había visto había sido en un acto de empresa en las carreras, en el que Francis había bebido demasiado y su madre se había dirigido a él siseando furiosa cada vez que no había nadie cerca, y el señor Garside, que lo había visto, había mirado a Lily arqueando las cejas, como diciendo: «Los padres, ¿eh?».

Se deslizó en el asiento que había enfrente de él, y el señor Garside bajó un poco su periódico.

—Ajá. ¿Cómo te encuentras hoy?

Estaba avergonzada, como si la noche anterior hubiera estado demasiado melodramática. Como si hubiera armado un escándalo por nada.

—Mucho mejor, gracias.

—¿Has dormido bien?

—Muy bien, gracias.

La observó un instante por encima de las gafas.

—Qué formal.

Ella sonrió. No sabía qué otra cosa hacer. Era demasiado raro estar allí con el compañero de trabajo de su padrastro. La camarera le ofreció un café y se lo bebió. Miró el bufé de desayuno, preguntándose si tendría que pagarlo. Él pareció darse cuenta de su inquietud.

—Come algo. No te preocupes. Está pagado. —Y volvió a su periódico.

Lily se preguntaba si se lo contaría a sus padres. Se preguntaba qué habría hecho con el teléfono de Peter. Esperaba que hubiera parado el coche delante del Támesis, que hubiera bajado la ventanilla y lo hubiera arrojado a las corrientes del río. No quería volver a ver aquella foto. Se levantó y cogió un cruasán y varias piezas de fruta del bufé. Estaba hambrienta.

Él siguió leyendo mientras Lily comía. Se preguntaba qué parecerían vistos desde fuera: probablemente un padre con su hija. Se preguntó si el señor Garside tenía hijos.

—¿No tiene que ir a trabajar?

Él sonrió y aceptó otra taza de café de la camarera.

—Les he dicho que tenía una reunión importante. —Dobló cuidadosamente el periódico y lo dejó en la mesa.

Lily se removió incómoda en la silla.

—Tengo que buscar un trabajo.

—Un trabajo. —Se reclinó en su asiento—. Bueno. ¿Qué clase de trabajo?

—No sé. Los exámenes no me han ido bien.

—¿Y qué opinan tus padres?

—Ellos no… No puedo… Ahora mismo, no están muy contentos conmigo. He estado en casa de una amiga.

—¿Y no puedes volver allí?

—Ahora mismo, no. Mi amiga tampoco está demasiado contenta conmigo.

—Ay, Lily —dijo, y suspiró. Miró por la ventana, se quedó pensando un momento y luego miró su reloj caro. Volvió a pensar un instante y llamó a su oficina para decir que llegaría tarde de la reunión.

Lily esperó a ver qué decía.

—¿Has terminado? —Metió el periódico en su maletín, y se puso en pie—. Vamos, idearemos un plan.

No esperaba que él subiera a la habitación, y le daba vergüenza cómo la había dejado, con las toallas mojadas en el suelo y la televisión encendida con programas basura matinales. Llevó lo más abultado al baño y metió sus cosas rápidamente en la mochila. Él hizo como que no lo veía mientras miraba por la ventana y, cuando Lily se sentó en la silla, se volvió como si acabara de entrar en la habitación.

—No está mal, este hotel —dijo—. Solía quedarme aquí cuando no me sentía con fuerzas para conducir hasta Winchester.

—¿Vive allí?

—Mi mujer, sí. Mis hijos ya hace tiempo que son mayores. —Dejó su maletín en el suelo y se sentó al pie de la cama. Ella se levantó y cogió la libreta obsequio de la mesa camilla, por si tenía que tomar notas. Su móvil sonó una vez y lo miró. «Lily, llámame. Louisa. Bs».

Lo metió bruscamente en su mochila y se sentó, con la libreta sobre el regazo.

—Bueno, ¿qué opina?

—Que estás en una situación complicada, Lily. La verdad, eres un poco joven para buscar trabajo. No sé quién podría contratarte.

—Hay cosas que se me dan bien. Trabajo duro. Sé de jardinería.

—¡Jardinería! Bueno, pues tal vez podamos encontrarte un trabajo de jardinera. No sé si eso te dará suficiente para vivir, pero eso es otro asunto. ¿Tienes alguna referencia? ¿Algún empleo de vacaciones?

—No. Mis padres siempre me han dado la paga.

—Mmm... —Se dio unos golpecitos sobre las rodillas—. Tienes una relación difícil con tu padre, ¿no?

—Francis no es mi verdadero padre.

—Sí, lo sé. Sé que te fuiste de casa hace unas semanas. Parece una situación muy triste. Mucho. Debes de sentirte bastante aislada.

Lily sintió cómo se le hacía un nudo en la garganta y por un instante creyó que él iba a coger un pañuelo del bolsillo interior de su chaqueta, pero sacó un móvil. El móvil de Peter. Le dio una vez, luego otra, y Lily recordó de repente la foto. Se le cortó la respiración.

Él clicó sobre la imagen, agrandándola. A Lily se le subió todo el color a las mejillas. Se quedó mirando la foto durante lo que a ella le parecieron años.

—Has sido una chica bastante mala, ¿eh?

Lily agarró con los dedos la colcha de la cama y cerró el puño. Levantó la mirada hacia el señor Garside, con las mejillas ardiendo. Los ojos de él no se apartaban de la pantalla.

—Una chica muy mala. —Por fin levantó los ojos, la mirada serena, la voz suave—. Supongo que lo primero que tenemos que hacer es ver cómo puedes pagarme el teléfono y la habitación de hotel.

—Pero —empezó a decir ella—, usted no dijo…

—Vamos, Lily. ¿Una chica espabilada como tú? Tendrías que saber que no hay nada gratis. —Volvió a mirar la imagen—. Me da que lo sabes desde hace tiempo… Es evidente que se te da bien.

A Lily se le subió todo el desayuno a la garganta.

—Verás, yo podría serte muy útil. Conseguirte un sitio donde quedarte hasta que estés bien, un empujoncito en tu carrera. No tendrías que hacer mucho a cambio. *Quid pro quo*, ¿conoces esa expresión? Estudiaste latín en el colegio, ¿no?

Lily se levantó bruscamente y fue a coger su mochila. Él estiró la mano y la agarró del brazo. Con la mano libre volvió a meterse el móvil en el bolsillo.

—No nos precipitemos con esto, Lily. No querrás que tenga que enseñarle esta foto a tus padres, ¿verdad? A saber qué pensarían que has estado haciendo.

A Lily se le atascaron las palabras en la garganta.

Él dio unos golpecitos a su lado sobre la colcha.

—Yo me pensaría muy bien tu próximo paso. Ahora. ¿Por qué no…?

Lily sacudió el brazo, zafándose de él. Y entonces abrió la puerta de golpe y desapareció, corriendo a grandes zancadas por el pasillo del hotel, su mochila volando tras ella.

Londres rebosaba vida a última hora de la noche. Lily caminaba mientras los coches metían prisa a los autobuses nocturnos en las calles principales, los taxis sorteaban el tráfico, hombres trajeados volvían a casa o seguían en sus cubículos de oficina iluminados a medio camino del cielo, ignorando a los empleados de la limpieza que trabajaban sigilosamente a su alrededor. Caminaba con la cabeza baja y la mochila al hombro, y cuando paraba a cenar en alguna hamburguesería que cerraba tarde se aseguraba de cubrirse con la capucha o de tener algún periódico para hacer que leía: siempre había alguien que se sentaba a su mesa e intentaba hablarle. «Venga, cariño. Solo estoy siendo amable».

No dejaba de revivir lo ocurrido aquella mañana. ¿Qué había hecho? ¿Qué señal le había enviado? ¿Qué tenía ella que hacía que todo el mundo pensara que era una puta? Pensaba en las palabras que él le había dicho y le daban ganas de llorar. Y notaba cómo se hundía bajo la capucha, llena de odio hacia él. De odio hacia sí misma.

Con la tarjeta de estudiante, se metía en los vagones del metro hasta que el ambiente se volvía ebrio y febril. Entonces era más seguro quedarse en la superficie. El resto del tiempo caminaba, a través de las luces de neón de Piccadilly, bajando por Marylebone Road, con su aire cargado de plomo, alrededor de los bares de Camden que rebosaban vida hasta tarde, siempre con paso rápido, como si tuviera adonde ir, y ralentizándolo solo cuando los pies empezaban a dolerle por el asfalto inclemente.

Cuando se cansaba demasiado pedía favores. Una noche la pasó en casa de su amiga Nina, pero esta hacía demasiadas preguntas y el ruido de la conversación con sus padres en el piso de abajo mientras Lily yacía en la bañera, arrancándose la suciedad del pelo, hizo que se sintiera la persona más sola del mundo. Pasó dos noches en el sofá de una chica a la que conoció en una discoteca, pero compartía piso con tres hombres, y no llegó a relajarse lo suficiente como para dormir, y se quedaba sentada, vestida de pies a cabeza, abrazándose las piernas, viendo la televisión sin sonido hasta el amanecer. Otra noche durmió en un hostal del Ejército de Salvación, escuchando cómo dos chicas discutían en el cubículo de al lado, con la mochila agarrada al pecho bajo la manta. Le dijeron que podía darse una ducha, pero no quería dejar sus cosas en las taquillas mientras se lavaba. Se tomó la sopa gratis y se fue. Pero sobre todo caminaba, e iba gastando lo que le quedaba de dinero en cafés baratos y McMuffins de huevo, cada vez más cansada y hambrienta, hasta que empezó a costarle pensar, y no reaccionaba rápido cuando los hombres le soltaban comentarios sucios en los portales o el personal de las cafeterías le decía que ya había tardado demasiado en tomarse una taza de café, jovencita, y que ya era hora de irse.

Y todo ese tiempo se preguntaba qué estarían diciendo sus padres en ese momento y qué diría el señor Garside de ella cuando les enseñara las fotos. Podía imaginar la consternación de su madre, a Francis sacudiendo lentamente la cabeza, como si aquella nueva Lily no le sorprendiera nada.

Había sido tan estúpida...

Debería haberle quitado el móvil.

Debería haberlo aplastado.

Debería haberle aplastado a él.

No debería haber ido al maldito piso en aquel barrio, ni haberse comportado como una maldita imbécil ni haberse destrozado la maldita vida, y generalmente ese era el momento en que rompía a llorar y bajaba un poco más la capucha, y...

20

ue ha qué?
El silencio de la señora Traynor destilaba incredulidad y, tal vez (aunque puede que yo estuviera demasiado sen-
sible), un ligero eco de lo último que no había sido capaz de
cuidar para aquella mujer.

—¿Y has intentado llamarla?

—No coge el teléfono.

—¿Y tampoco se ha puesto en contacto con sus padres?

Cerré los ojos. Temía aquella conversación.

—Al parecer, no es la primera vez que lo hace. La señora
Houghton-Miller está convencida de que aparecerá en cualquier momento.

La señora Traynor digirió mis palabras.

—Pero tú no.

—Algo no va bien, señora Traynor. Sé que no soy madre, pero... —Mis palabras se quedaron suspendidas—. En
fin. Prefiero hacer algo que quedarme quieta. Así que voy a
salir a la calle a buscarla. Solo quería que supiera lo que está
pasando.

La señora Traynor se quedó en silencio un momento. Y luego, con la voz templada pero con una extraña determinación, dijo:

—Louisa, antes de irte, ¿te importaría darme el número de teléfono de la señora Houghton-Miller?

Llamé al trabajo para decir que estaba enferma, y en el gélido «Comprendo» de Richard Percival noté algo más amenazador que sus violentas protestas anteriores. Imprimí fotografías: una del perfil de Lily en Facebook, y uno de los selfies que se hizo conmigo. Me pasé la mañana conduciendo por el centro de Londres. Aparcaba junto a la acera, con las luces de emergencia puestas, y entraba en los pubs, restaurantes de comida rápida y discotecas donde los empleados de la limpieza que trabajaban en aquel aire rancio y viciado me miraban con ojos sospechosos.

«¿Ha visto a esta chica?».

«¿Quién pregunta?».

«¿Ha visto a esta chica?».

«¿Es usted policía? No quiero problemas».

Algunos parecían disfrutar haciéndome sufrir: «¡Ah! Esa chica… ¿Con el pelo castaño? Sí, ¿cómo se llamaba?… No, es la primera vez que la veo». Nadie parecía haberla visto. Y, cuanto más avanzaba, más descorazonada me sentía. ¿Qué mejor lugar para desaparecer que Londres? Una metrópoli atestada donde uno puede colarse en millones de portales, perderse entre interminables multitudes. Alzaba la vista a las torres de apartamentos y me preguntaba si estaría allí, tumbada en pijama en el sofá de alguna casa. Lily se ganaba a la gente con facilidad y no tenía miedo de pedir nada, podía estar con cualquiera.

Y, sin embargo…

No sabía exactamente qué era lo que me hacía seguir. Tal vez fuera mi ira fría por la actitud medio desentendida de Tanya Houghton-Miller. Tal vez fuera mi sentimiento de culpa por no haber logrado hacer aquello por lo que criticaba a Tanya. Tal vez fuera solo que sabía demasiado bien lo vulnerable que podía ser una chica joven.

Pero sobre todo era por Will. Caminaba, conducía y preguntaba, y caminaba, y mantenía interminables diálogos internos con él; hasta que la cadera empezaba a dolerme, y me paraba en el coche, y masticaba sándwiches rancios y chocolatinas de gasolinera, y tomaba calmantes para seguir tirando.

¿Adónde iría, Will?

¿Tú qué harías?

Y, una vez más: *Lo siento. Te he fallado.*

Escribí un mensaje a Sam.

¿Alguna noticia?

Me sentía rara hablándole mientras al mismo tiempo mantenía conversaciones mentales con Will, como si fuera una extraña infidelidad. Aunque no estaba segura de a quién estaba siendo infiel.

No. He llamado a todos los servicios de urgencias de Londres. ¿Y tú?

Un poco cansada.

¿La cadera?

Nada que no arreglen unos cuantos Nurofen.

¿Quieres que me pase cuando acabe el turno?

Creo que tenemos que seguir buscando.

No vayas a ningún sitio al que yo no iría. Bs.

Muy gracioso. Bss.

—¿Has probado en los hospitales? —Mi hermana me llamó desde la facultad aprovechando un descanso de quince minutos entre «Hacienda: el rostro cambiante de la recaudación de impuestos», e «IVA: una perspectiva europea».

—Sam dice que no ha habido ingresos con ese nombre en ningún hospital universitario. Tiene a gente buscándola. —Miré por encima del hombro mientras hablaba, como si en ese momento aun esperara verla aparecer de entre la multitud, caminando hacia mí.

—¿Cuánto tiempo llevas buscando?

—Varios días. —No le conté que apenas había dormido—. Me he... Me he tomado unos días libres en el curro.

—¡Lo sabía! Sabía que te iba a dar problemas. ¿Le ha molestado a tu jefe que te tomes días libres? Y por cierto, ¿qué pasó con el otro trabajo? ¿El de Nueva York? ¿Hiciste la entrevista? Por favor, no me digas que te olvidaste.

Tardé un momento en darme cuenta de a qué se refería.

—Ah, eso. Sí: me lo dieron.

—¿Que *qué*?

—Nathan dice que me lo van a ofrecer.

Westminster se estaba llenando de turistas, apiñados en puestos de baratijas horteras con la bandera británica, y sacando fotos de las Casas del Parlamento con sus móviles y sus cámaras caras. Vi a un agente de tráfico caminando hacia mí y me pregunté si habría alguna ley antiterrorista que prohibiera aparcar donde me había parado. Levanté una mano, para indicarle que ya me iba.

Hubo un breve silencio al otro lado de la línea.

—Espera…, no irás a decirme que…

—Ahora mismo ni siquiera puedo pensar en eso, Treen. Lily ha desaparecido. Tengo que encontrarla.

—¿Louisa? *Escúchame* un momento. Tienes que aceptar ese trabajo.

—¿Cómo?

—Es la oportunidad de tu vida. ¿Tienes idea de lo que daría yo por poder irme a Nueva York… con un trabajo asegurado? ¿Y un sitio donde vivir? ¿Y tú «no puedes pensar en eso ahora mismo»?

—No es tan sencillo.

El agente de tráfico definitivamente venía hacia mí.

—Ay, Dios. Es esto. *Esto* es de lo que te intentaba hablar. Cada vez que tienes una oportunidad de pasar página, boicoteas tu propio futuro. Es como…, como si simplemente no quisieras hacerlo.

—Treena, Lily *ha desaparecido.*

—Una chica de dieciséis años a la que apenas conoces, con dos padres y al menos dos abuelos, se ha escapado unos días. Algo que ya ha hecho antes. Y algo que los adolescentes hacen a veces. ¿Y tú vas a utilizarlo como excusa para tirar por la borda la que, probablemente, sea la mejor oportunidad que te van a dar en la vida? Jo. En el fondo ni siquiera quieres ir, ¿verdad?

—¿Qué quieres decir con eso?

—Es mucho más fácil quedarte en ese trabajucho deprimente y quejarte de él. Mucho mejor quedarte quieta y no arriesgarte, y llegar a la conclusión de que todo lo que te pasa es simplemente inevitable.

—No puedo marcharme sin más con lo que está pasando.

—Lou, eres responsable de tu vida. Pero actúas como si constantemente te zarandearan acontecimientos que no puedes controlar. ¿Qué es esto?, ¿sentimiento de culpa? ¿Crees que le debes algo a Will? ¿Renunciar a tu vida porque no pudiste salvar la suya?

—No lo entiendes.

—No. Lo entiendo perfectamente. Te entiendo mejor de lo que te entiendes tú misma. Su hija *no es tu responsabilidad.* ¿Me oyes? Nada de esto es responsabilidad tuya. Y, si no te vas a Nueva York, una posibilidad de la que ni siquiera puedo hablar porque me dan ganas de matarte, no te vuelvo a hablar. Jamás.

El agente de tráfico estaba delante de mi ventanilla. La bajé, con esa expresión universal que se pone cuando tu hermana está histérica al otro lado del teléfono y lo sientes mucho, pero no puedes pararla. Se dio unos golpecitos en el reloj y yo asentí, como para tranquilizarle.

—Ya está, Lou. Piénsalo. Lily no es tu hija.

Me quedé mirando el móvil. Le di las gracias al agente, y volví a subir la ventanilla. De repente, me vino una frase a la cabeza: *No soy su hija.*

Di la vuelta a la esquina, me detuve en una gasolinera y empecé a hojear el viejo callejero que vivía en el suelo de mi coche, tratando de recordar el nombre de la calle que Lily había mencionado. Pyemore, Pyecrust, *Pyecroft.* Con el dedo seguí la distancia hasta St. John's Wood, ¿tardaría unos quince minutos a pie hasta allí? Tenía que ser el mismo sitio.

Cogí el teléfono, busqué su apellido con el nombre de la calle, y allí estaba. En el número 56. Se me hizo un nudo en el estómago de la emoción. Arranqué el motor, metí la marcha y volví a salir a la calzada.

Aunque la distancia no llegaba a un kilómetro, la diferencia entre la casa de la madre de Lily y la de su antiguo padrastro no podía ser mayor. Mientras que en la calle de los Houghton-Miller eran todo casas imponentes de estuco blanco o ladrillo rojo, salpicadas con setos de tejo ornamentales y grandes coches que nunca parecían ensuciarse, la de Martin Steele parecía decididamente antiaburguesada, un rincón de Londres con edificios de dos plantas donde los precios de la vivienda estaban subiendo, pero cuyas fachadas se negaban a reflejarlo.

Conduje despacio, pasando por delante de coches cubiertos con lonas y un contenedor volcado, hasta que, finalmente, aparqué en un hueco cerca de una casita adosada victoriana de esas que forman las hileras características de todo Londres. Me quedé mirándola, y reparé en la pintura desconchada en la puerta y en una regadera de niño tirada sobre el escalón de la entrada. Por favor, que esté aquí, rogué. A salvo entre estas paredes.

Bajé del coche, lo cerré con llave y fui hasta la puerta.

Dentro se oía un piano, un acorde roto repetido una y otra vez, y voces amortiguadas. Dudé solo un instante y apreté el timbre. La música se detuvo de repente.

Pasos en el pasillo, y después la puerta se abrió. Era un hombre de cuarenta y tantos años, con camisa a cuadros, vaqueros y barba de un día.

—¿Sí?

—Hola… ¿Está Lily, por favor?

—¿Lily?

Sonreí y estiré una mano.

—Usted es Martin Steele, ¿verdad?

Se quedó mirándome un momento antes de contestar.

—Puede. Y usted ¿quién es?

—Soy amiga de Lily. He…, he estado intentando ponerme en contacto con ella y creo que podría estar aquí. O que usted puede saber dónde se encuentra.

Frunció el ceño.

—¿Lily? ¿Lily Miller?

—Bueno, sí.

Se frotó la mandíbula con la mano y miró hacia la pared que tenía detrás.

—¿Le importa esperar aquí un momento? —Volvió a entrar al pasillo, y oí cómo daba instrucciones a quienquiera que estuviese tocando el piano. Mientras volvía a la puerta, empezó a sonar una escala, primero vacilante y luego más resuelta.

Martin Steele cerró un poco la puerta tras de sí. Agachó la cabeza un momento, como si intentara encontrar sentido a lo que acababa de preguntarle.

—Lo siento. Estoy un poco desubicado. ¿Es usted amiga de Lily Miller? ¿Y por qué ha venido aquí?

—Porque Lily dijo que venía aquí a verle. Usted es…, bueno, era, su padrastro, ¿no?

—Técnicamente, no. Pero, sí. Hace mucho tiempo.

—Y es usted músico. Y la llevaba a la guardería, ¿no? Pero siguen en contacto. Me dijo que aún tenían mucha relación. Y lo mucho que eso irritaba a su madre.

Martin entornó los ojos.

—Señorita…

—Clark. Louisa Clark.

—Señorita Clark. Louisa. No he visto a Lily Miller desde que tenía cinco años. Cuando nos separamos, Tanya creyó mejor para todos que no tuviéramos ningún contacto.

Le miré fijamente.

—Entonces, ¿no ha estado aquí?

Se quedó pensando un instante.

—Vino una vez, hace años, pero no era buen momento. Acabábamos de tener un bebé y yo estaba intentando dar clases, y bueno, para serle sincero, no sabía qué era lo que quería de mí.

—¿Así que no la ha visto ni ha hablado con ella desde entonces?

—Aparte de aquella breve ocasión, no. ¿Está bien? ¿Está metida en algún problema?

Dentro, el piano seguía sonando: *Do re mi fa sol la si do. Do si la sol fa mi re do.*

Agité la mano y empecé a recular bajando los escalones.

—No, está bien. Me he equivocado. Siento haberle molestado.

Me pasé la tarde y parte de la noche recorriendo Londres, ignorando las llamadas de mi hermana y el correo de Richard Percival que decía URGENTE y PERSONAL. Conduje hasta que los ojos se me enrojecieron por el reflejo de las luces y me di cuenta de que estaba yendo a sitios en los que ya había estado, y se me había acabado el dinero para la gasolina.

Llegué a casa poco después de las doce, diciéndome que cogería la tarjeta del banco, me tomaría una taza de té, descansaría los ojos media hora y me echaría otra vez a las calles. Me quité los zapatos y me hice una tostada, pero no tenía hambre. En su lugar me tomé dos calmantes más y me dejé caer en el sofá, con la cabeza acelerada. ¿Qué era lo que no estaba viendo? Tenía que haber alguna pista. El cerebro me zumbaba del cansancio, y tenía el estómago hecho un nudo por la ansiedad. ¿Qué calles me había dejado? ¿Cabía la posibilidad de que se hubiera ido de Londres?

No me quedaba otra opción. Tenía que informar a la policía. Prefería que me creyeran una estúpida y una exagerada a correr el riesgo de que le sucediera algo a Lily. Me recosté y cerré los ojos cinco minutos.

Tres horas más tarde me despertó el ruido del teléfono. Me incorporé de un salto, sin saber dónde estaba por un ins-

tante. Entonces miré la pantalla encendida a mi lado, y me la
llevé a la oreja.

—¿Diga?

—La tenemos.

—¿Qué?

—Soy Sam. Tenemos a Lily. ¿Puedes venir?

Entre la multitud nocturna tras una derrota de la selección
inglesa de fútbol y las lesiones derivadas de los malos humo-
res y las borracheras, nadie se había percatado de la esbelta
figura que dormía sobre dos sillas en un rincón, con la cara
tapada por una capucha. Nadie la despertó hasta que una enfermera de triaje pasó preguntando uno por uno, cercorán-
dose de que cumplían con los requisitos de espera, y Lily le
confesó a regañadientes que solo estaba allí para estar calentita, seca y segura.

La enfermera le estaba haciendo una serie de preguntas
cuando Sam entró llevando a una anciana con problemas res-
piratorios y la vio en el mostrador. Discretamente, pidió a las
enfermeras de recepción que no la dejaran marcharse, y salió
corriendo a llamarme antes de que Lily le viera. Todo esto me
lo contó mientras entrábamos en Urgencias. La sala de espera
se había empezado a vaciar por fin, los niños con fiebre estaban
siendo atendidos en cubículos en compañía de sus padres, y los
borrachos iban camino de sus casas para dormir la mona.
A esas horas de la noche ya solo quedaban víctimas de accidentes de tráfico y apuñalamientos.

—Le han dado un poco de té. Parece exhausta. Creo que
no le importa demasiado quedarse aquí.

En ese momento debí de mostrar una expresión de angustia, porque Sam añadió:

—No pasa nada. No dejarán que se vaya.

Atravesé el pasillo iluminado con tubos fluorescentes medio caminando, medio corriendo, con Sam a mi lado. Y allí estaba, más menguada que antes, con el pelo recogido en una desastrosa trenza y un vaso de plástico entre sus delgadas manos. Había una enfermera sentada a su lado revisando un montón de carpetas que, al verme y reconocer a Sam, sonrió con un gesto cálido y se levantó para irse. Vi que Lily tenía las uñas negras de mugre.

—¿Lily? —dije. Sus ojos oscuros y ensombrecidos se posaron sobre mí—. ¿Qué…, qué ha pasado?

Me miró, y luego a Sam, con los ojos inmensos y un poco asustados.

—Te hemos estado buscando por todas partes. Estábamos… Ay, Dios, Lily. ¿Adónde has ido?

—Lo siento —susurró.

Sacudí la cabeza, intentando expresarle que no importaba. Que nada importaba, que lo único importante era que estaba a salvo, que estaba allí.

Abrí los brazos. Me miró a los ojos, dio un paso adelante y suavemente se apoyó contra mí. La abracé, sintiendo cómo sus sollozos mudos y temblorosos se hacían míos. Solo podía dar las gracias a un dios desconocido y decir estas palabras como una silenciosa oración: *Will. Will…, la hemos encontrado.*

21

Aquella primera noche puse a Lily en mi cama y durmió dieciocho horas; despertó por la tarde para tomar algo de sopa y darse un baño, y cayó redonda otras ocho. Yo dormí en el sofá, y cerré la puerta con llave, pues temía salir o incluso moverme, por si volvía a desaparecer. Sam se pasó dos veces, antes y después de su turno, para traernos leche y ver cómo estaba Lily, y nos quedamos susurrando en el vestíbulo, como si habláramos de una inválida.

Llamé a Tanya Houghton-Miller para comentarle que su hija había aparecido y que estaba sana y salva.

—Se lo dije. Y no me quiso hacer caso —afirmó con tono triunfal, y colgué antes de que pudiera añadir nada más. Ni yo tampoco.

También llamé a la señora Traynor, que reaccionó con un tembloroso suspiro de alivio y tardó en poder articular palabra.

—Gracias —dijo por fin, y sonó como si viniera de lo más profundo de sus entrañas—. ¿Cuándo podría ir a verla?

Por fin abrí el correo de Richard Percival, en el que me informaba de que «teniendo en cuenta que se le han dado los tres avisos necesarios, se considera que, dado su pobre historial de asistencia y el incumplimiento de los requisitos del contrato, su empleo en el Shamrock and Clover (Aeropuerto) finaliza con efecto inmediato». Me pedía que devolviera el uniforme («incluida la peluca») lo antes posible «o se le cobrará el total del precio de mercado».

Abrí un correo de Nathan preguntándome: «¿Dónde demonios estás? ¿Has leído mi e-mail anterior?».

Pensé en la oferta del señor Gopnik, y, con un suspiro, cerré el ordenador.

Al tercer día desperté en el sofá y Lily no estaba. Mi corazón dio un vuelco hasta que vi la ventana del vestíbulo abierta. Subí por la escalera de incendios y la encontré sentada en la azotea, mirando la ciudad. Llevaba sus pantalones del pijama, que le había lavado, y el jersey grande de Will.

—Hola —dije, acercándome a donde estaba ella.

—Tienes comida en la nevera —dijo.

—Sam el de la ambulancia.

—Y has regado todo.

—También, lo ha hecho casi todo él.

Asintió, como si fuera algo obvio. Me senté a su lado en el banco y compartimos un largo silencio, respirando el aroma de la lavanda, cuyas flores malvas habían despuntado de sus capullos verdes. Todo en aquel jardincillo de azotea había estallado de vida con estridencia; los pétalos y las hojas susurrantes daban color, movimiento y fragancia a la extensión de asfalto gris.

—Siento haberte quitado la cama.

—Te hacía más falta a ti.

—Has colgado toda tu ropa. —Dobló las piernas a lo indio, y se retiró el pelo detrás de la oreja. Aún estaba pálida—. La bonita.

—Bueno, supongo que me hiciste ver que no debía seguir teniéndola escondida en cajas.

Me lanzó una mirada de reojo y una sonrisilla triste que de algún modo me hizo sentir peor que si no hubiera sonreído. El aire auguraba un día abrasador, y los ruidos de la calle parecían amortiguados por el calor del sol. Podías ya sentirlo filtrándose por las ventanas, blanqueando el aire. Abajo, el camión de la basura retumbaba y gruñía en su lento avance junto a la acera, con los cláxones y las voces de la gente como acompañamiento de timbales.

—Lily —dije en voz baja cuando por fin desapareció a lo lejos—, ¿qué está pasando? —Intentaba que no sonara como un interrogatorio—. Sé que no me corresponde hacerte preguntas y que no soy de tu familia ni nada, pero algo está pasando y me siento... Siento que tengo... Bueno, es como si fuéramos familia, y solo quiero que confíes en mí. Quiero que sientas que puedes hablar conmigo.

Tenía la mirada fija en sus manos.

—No te voy a juzgar. No voy a comentar nada a nadie. Solo... Lily, cuando le cuentas la verdad a alguien, ayuda. Te lo prometo. Eso hace que las cosas vayan mejor.

—¿Quién lo dice?

—Yo. No hay nada que no puedas contarme, Lily. De verdad.

Me miró y luego apartó los ojos.

—No lo entenderías —dijo suavemente.

Y entonces lo supe. Lo supe.

La calle se había quedado extrañamente silenciosa, o tal vez fuera que ya no podía oír nada más allá de los pocos centímetros que nos separaban.

—Voy a contarte una historia —dije—. Solo hay una persona en el mundo que la conoce, porque durante muchos años creí que no lo podía compartir. Y contárselo a él cambió por completo mi manera de verlo, y mi manera de verme a mí misma. Y el caso es que no tienes que decirme nada, pero voy a confiar en ti lo bastante como para contarte mi historia de todos modos, por si te ayuda.

Esperé un momento, pero Lily no replicó, ni hizo gestos con los ojos, ni dijo que fuera a ser una *pesadez*. Se abrazó las rodillas y atendió. Me escuchó hablarle de aquella adolescente que una deliciosa noche de verano se divirtió más de la cuenta en un sitio que creía seguro, porque estaba rodeada de sus amigas y de algunos chicos que parecían de buena familia y que conocían las reglas; y de lo divertido que fue, lo divertido, loco y salvaje, hasta que unas copas más tarde se dio cuenta de que casi no quedaba ninguna chica y la risa se había esfumado y la broma, aparentemente, era con ella. Y, sin entrar mucho en detalle, le conté cómo acabó aquella noche: con la hermana de la chica llevándola a casa, sin zapatos, magullada en lugares secretos y con un enorme agujero negro en el sitio en el que tenían que estar sus recuerdos de aquellas horas, y los que había, borrosos y oscuros, acechándola día tras día para recordarle lo estúpida e irresponsable que había sido, y que se lo había buscado ella sola. Y cómo durante años la chica dejó que aquel pensamiento condicionara todo lo que hacía, adónde iba y aquello de lo que se creía capaz. Y que a veces solo hace falta que alguien diga algo tan sencillo como: «No. No fue tu culpa. De verdad, no fue tu culpa».

Terminé, y Lily seguía observándome. Su expresión no daba pista alguna de cómo reaccionaría.

—No sé qué te ha pasado, o qué te está pasando, Lily —dije cuidadosamente—. Puede que no tenga nada que ver con lo que te acabo de contar. Simplemente quiero que sepas que no hay nada tan malo que no me puedas contar. Y nada de lo que hagas me va a hacer volver a cerrarte la puerta.

Seguía sin hablar. Aparté la vista por encima de la azotea, evitando su mirada.

—¿Sabes? Tu padre me dijo algo que nunca he olvidado: «No puedes dejar que eso sea lo que te defina».

—Mi padre. —Levantó la barbilla.

Asentí.

—Sea lo que sea lo que ha pasado, aunque no me lo quieras contar, debes entender que tu padre tenía razón. Estas últimas semanas, estos meses, no tienen por qué ser lo que te defina. Incluso con lo poco que te conozco, veo que eres lista y divertida y buena e inteligente, y que, si logras sobreponerte a esto, sea lo que sea, tienes un futuro alucinante esperando.

—¿Cómo puedes saberlo?

—Porque eres como él. Hasta llevas puesto su jersey —añadí con voz muy baja.

Se acercó lentamente el brazo a la cara, rozando su mejilla con la suave lana, pensando.

Me recliné en el banco, preguntándome si habría ido demasiado lejos hablándole de Will.

Pero entonces Lily respiró hondo y, con un tono de voz bajo e inusitadamente apagado, me contó la verdad de dónde había estado. Me habló del chico, y del hombre, y de una imagen en un teléfono móvil que la obsesionaba, y los días que había vivido como una sombra en las calles entre las luces de neón de la ciudad. Mientras hablaba empezó a llorar, encogiéndose, arrugando la cara como una niña de cinco años, así que me deslicé hacia ella y la acerqué hacia mí, acariciándole el pelo mientras seguía hablando, ahora ya con palabras desordenadas, demasiado rápidas, demasiado llenas, rotas por sollozos e hipo. Cuando llegó al último día, estaba ya agazapada contra mí, engullida por el jersey, por su miedo, la culpa y la tristeza.

—Lo siento —dijo sollozando—. Lo siento mucho.

—No hay nada —respondí con fiereza—, *nada* que debas lamentar.

Esa noche vino Sam. Estuvo alegre, tierno y relajado en su trato con Lily, nos preparó pasta con bacon, champiñones y nata, porque ella dijo que no quería salir, y vimos una comedia sobre una familia que se perdía en la jungla, nosotros mismos un extraño facsímil de familia. Sonreí y me reí e hice té, pero por dentro estaba llena de una ira que no me atrevía a mostrar.

En cuanto Lily se fue a la cama le hice un gesto a Sam para ir a la escalera de incendios. Trepamos hasta la azotea, donde sabía que no nos oirían, y, cuando se sentó en el banco de hierro forjado, le dije lo que Lily me había contado en aquel mismo lugar, unas horas antes.

—Cree que le va a perseguir para siempre. Él tiene el móvil todavía, Sam.

No creía haber estado tan furiosa en mi vida. Toda la noche, mientras la televisión balbuceaba delante de mí, había estado recordando las últimas semanas desde una perspectiva distinta: pensé en todas las veces que aquel chico había rondado el edificio, la forma en la que Lily había escondido su móvil bajo los cojines del sofá cuando pensó que yo podía verlo, cómo se encogía al oír que le llegaba un mensaje. Pensé en sus palabras entrecortadas, en cómo describió su alivio al pensar que la habían salvado, y el horror de lo que ocurrió después. Pensé en la arrogancia de un hombre que encontró a una chica en apuros y vio en ello una oportunidad.

Sam me hizo un gesto para que me sentara, pero no podía estarme quieta. Iba de un lado para otro de la azotea, con los puños cerrados y el cuello tenso. Quería tirar cosas por el borde del tejado. Quería encontrar al señor Garside. Sam se acercó, se puso detrás de mí y me frotó los nudos en los hombros. Supongo que era una manera de hacer que me quedara quieta.

—Es que quiero matarle.

—Podemos arreglarlo.

Me volví a mirar a Sam para ver si estaba bromeando, y, cuando vi que así era, me quedé un poco decepcionada.

Empezaba a hacer fresco allí arriba con la brisa de la noche, y pensé que debería haber cogido una chaqueta.

—Tal vez deberíamos ir a la policía. Es soborno, ¿no?

—Él lo negará. Podría esconder el móvil en mil sitios. Y, si es verdad lo que dijo la madre de Lily, nadie creerá lo que diga sobre un tipo al que consideran un pilar de la comunidad. Así es como esta gente se sale con la suya.

—Pero ¿cómo le quitamos el móvil? Lily no va a poder pasar página mientras sepa que está ahí fuera, mientras la foto esté ahí fuera. —Estaba temblando. Sam se quitó la chaqueta y me la puso sobre los hombros. Tenía el calor de su cuerpo e intenté no parecer tan agradecida como en realidad estaba.

—No podemos presentarnos en su oficina sin que se enteren sus padres. ¿Podríamos mandarle un correo? ¿Decirle que o lo devuelve o…?

—No creo que lo devuelva así, sin más. Es posible que ni siquiera conteste a un correo; eso podría usarse como prueba.

—Ah, no hay manera. —Solté un largo gemido—. Tal vez no le quede otra que aprender a vivir con ello. Tal vez podamos convencerla de que a él le conviene olvidar lo ocurrido tanto como a ella. Porque es así, ¿no? Tal vez él se deshaga del móvil.

—¿Crees que se quedaría tranquila con eso?

—No. —Me froté los ojos—. No puedo. No soporto la idea de que se vaya a salir con la suya. Ese asqueroso, despreciable montón de mierda manipulador que va en limusina… —Me levanté y miré la ciudad ante mí, sintiéndome desesperada por un momento. Podía ver el futuro: Lily, salvaje y a la defensiva, intentando huir de la sombra de su pasado. Aquel teléfono era la clave para su actitud, para su futuro.

Piensa, me dije. *Piensa qué haría Will.* No habría dejado ganar a ese hombre. Tenía que planear una estrategia como lo habría hecho él. Miré cómo el tráfico avanzaba lentamente delante del portal de mi casa. Pensé en el coche negro del señor Garside, atravesando las calles del Soho. Pensé en un hombre que pasaba sigilosa y fácilmente por la vida, confiado en que siempre se amoldaría a él.

—¿Sam? —dije—. ¿Hay alguna droga que se pueda administrar para conseguir que el corazón de alguien se pare?

Dejó que mi pregunta se quedara suspendida en el aire un instante.

—Por favor, dime que estás de broma.

—No. Escucha. Tengo una idea.

Al principio Lily no dijo nada.

—Estarás segura —le expliqué—. Y así nadie tendrá que saber nada. —Lo que más me conmovió fue que no me preguntara lo que yo misma me estaba preguntando desde que le propuse el plan a Sam. *¿Cómo sabes que esto va a funcionar?*

—Lo tengo todo planeado, cariño —dijo Sam.

—Pero nadie más sabe...

—Nada. Solo que él te está molestando.

—¿No os vais a meter en un lío?

—No te preocupes por mí.

Se estiró de una manga y murmuró:

—Y no me dejaréis a solas con él. En ningún momento.

—Ni un segundo.

Se mordió el labio. Miró a Sam, y luego a mí. Y algo dentro de ella pareció apaciguarse.

—Vale. Hagámoslo.

Compré un teléfono de prepago, llamé al trabajo del padrastro de Lily y conseguí el número de móvil del señor Garside a través de su secretaria, fingiendo que habíamos quedado para tomar una copa. Aquella tarde, mientras esperaba a que llegara Sam, envié un mensaje al número de Garside.

> Señor Garside. Siento haberle pegado. Me asusté. Quiero arreglar las cosas. L.

Esperó media hora para contestar, probablemente para hacerla sufrir.

> ¿Por qué debería hablar contigo, Lily? Fuiste muy maleducada después de lo mucho que te ayudé.

—Capullo —murmuró Sam.

> Lo sé. Lo siento. Pero necesito su ayuda.

> Esto no es una calle de una sola dirección, Lily.

> Lo sé. Es que me asusté. Necesitaba tiempo para pensar. Veámonos. Le daré lo que quiere, pero antes tiene que devolverme el móvil.

> No creo que seas tú quien dicte las normas, Lily.

Sam me miró. Le devolví la mirada, y empecé a escribir.

> ¿Ni siquiera... si soy una chica muy mala?

Una pausa.

Eso ya es otra cosa.

Sam y yo nos miramos.

—Acabo de vomitar sin querer —dije. A continuación escribí:

Mañana por la noche. Le enviaré la dirección en cuanto confirme que mi amiga va a salir.

Cuando estuvimos seguros de que no contestaría, Sam se metió el móvil en el bolsillo, donde Lily no pudiera verlo, y me abrazó un rato largo.

Al día siguiente estaba casi enferma de los nervios, y Lily peor que yo. Apenas desayunamos nada, y dejé que fumara en casa, incluso estuve a punto de pedirle uno de sus cigarrillos. Vimos una película e hicimos mal un par de labores domésticas, y hacia las siete y media de la tarde, cuando llegó Sam, la cabeza me zumbaba de tal forma que casi no podía hablar.

—¿Le has mandado la dirección? —pregunté.

—Sí.

—¿A ver?

El mensaje solo ponía la dirección de mi apartamento y estaba firmado «L».

Él había contestado:

Tengo una reunión en la ciudad y estaré allí poco después de las ocho.

—¿Estás bien? —dijo él.

Se me hizo un nudo en el estómago. Apenas podía respirar.

—No quiero causarte problemas... Quiero decir... ¿Y si te descubren? Perderás tu trabajo.

Sam negó con la cabeza.

—Eso no va a ocurrir.

—No debería haberte metido en este lío. Has sido fantástico y me da la sensación de que ahora te lo agradezco poniéndote en peligro

—No nos va a pasar nada a ninguno. Respira —dijo con una sonrisa tranquilizadora, pero creí detectar algo de tensión en sus ojos.

Miró por encima de mi hombro, y me volví. Lily llevaba una camiseta negra, vaqueros cortos y medias negras, y se había maquillado de un modo que le hacía parecer preciosa y a la vez muy joven.

—¿Estás bien, cariño?

Asintió. Su tez, que casi siempre tenía un color aceitunado como la de Will, estaba inusualmente pálida. Y sus ojos relucían inmensos en su cara.

—Todo irá bien; me sorprendería que la cosa durase más de cinco minutos. Lou ya te lo ha explicado todo, ¿no? —La voz de Sam sonaba serena, tranquilizadora.

Lo habíamos ensayado diez veces. Quería que llegara un punto en el que no pudiera quedarse en blanco, que pudiera repetir las palabras sin pensar.

—Sé lo que tengo que hacer.

—Bien —dijo, dando una palmada—. Las ocho menos cuarto. Vamos a prepararnos.

Llegó puntual, eso hay que admitirlo. A las ocho y un minuto sonó el telefonillo. Lily respiró hondo, le apreté la mano, y entonces contestó por el auricular. «Sí, sí, se ha ido. Suba». No parecía imaginarse que aquello no era lo que se esperaba.

Lily le dejó pasar. Solo yo, que estaba observando a través de la rendija de la puerta del dormitorio, pude ver cómo le temblaba la mano al abrir el pestillo. Garside se pasó la mano por el pelo, y miró rápidamente el vestíbulo a su alrededor. Llevaba un traje gris de calidad y se metió las llaves del coche en el bolsillo de la chaqueta. No podía dejar de mirarle, su camisa cara, sus ojos pequeños y brillantes observando ávidamente el piso. Se me tensó la mandíbula. ¿Qué clase de hombre se sentía con derecho a acosar a una chica cuarenta años menor que él? ¿A chantajear a la hija de su propio colega?

Parecía incómodo, nada relajado.

—He aparcado el coche en la parte de atrás. ¿Será seguro?

—Creo que sí. —Lily tragó saliva.

—¿Lo *crees?* —Dio un paso hacia la puerta. Era de esa clase de hombres que consideran su coche como una prolongación de una parte minúscula de sí mismo—. ¿Y tu amiga? Quien sea que viva aquí. ¿No va a volver?

Contuve la respiración. Sentí la mano firme de Sam en la caída de mi espalda.

—No, no. No hay problema. —Lily sonrió, con repentina seguridad—. Tardará horas en volver. Pase. ¿Quiere algo de beber, señor Garside?

La miró como si la estuviera viendo por primera vez.

—Qué formalita. —Dio un paso hacia delante y por fin cerró la puerta detrás de sí—. ¿Tienes whisky?

—Voy a ver. Entre.

Lily fue hacia la cocina, y él la siguió mientras se quitaba la chaqueta del traje. Cuando entraron en el salón, Sam pasó por delante de mí y salió de la habitación, se dirigió a la entrada con sus botas pesadas, cerró la puerta de casa y, haciendo tintinear las llaves, se las guardó en el bolsillo.

Garside se giró sobresaltado y le vio. Donna se le había unido. Ahí estaban los dos, vestidos de uniforme, delante de la puerta. Les miró, luego volvió a mirar a Lily y vaciló, tratando de entender lo que estaba pasando.

—Hola, señor Garside —dije yo, saliendo de detrás de la puerta—. Tengo entendido que tiene algo que devolver a mi amiga.

Garside rompió a sudar, literalmente. Hasta entonces no creía que fuera físicamente posible. Sus ojos buscaron a Lily a toda velocidad, pero mientras yo salía a la entrada ella se había movido tan rápido que ya estaba medio oculta detrás de mí.

Sam dio un paso adelante. La cabeza del señor Garside le llegaba ligeramente por encima del hombro.

—El teléfono, por favor.

—No pueden amenazarme.

—No le estamos amenazando —dije con el corazón latiéndome con fuerza—. Solo queremos el teléfono.

—Me están amenazando por el mero hecho de obstaculizarme la salida.

—Oh no, señor —dijo Sam—. En realidad *amenazarle* implicaría decir que, si mi compañera y yo quisiéramos, podríamos tirarle al suelo e inyectarle Dihypranol, una sustancia que ralentiza el corazón hasta pararlo por completo. Eso *sí* sería una amenaza, especialmente porque nadie cuestionaría el trabajo de un equipo de emergencias que aparentemente intentaba salvarle. Y también porque el Dihypranol es una de las pocas drogas que no dejan huella en la sangre.

Donna tenía los brazos cruzados sobre el pecho y negaba tristemente con la cabeza.

—¡Qué lástima! Estos hombres de negocios de mediana edad caen como moscas.

—Todo tipo de problemas de salud. Beben demasiado, comen demasiado bien, no hacen suficiente ejercicio.

—Estoy segura de que el caballero no es así.

—Esperemos que no. Pero ¿quién sabe?

El señor Garside parecía haber encogido varios centímetros.

—Y ni se le ocurra amenazar a Lily. Sabemos dónde vive, señor Garside. Todos los técnicos de emergencias tienen acceso a esa información en cuanto la necesitan. Fascinante, lo que puede ocurrir cuando uno cabrea a un técnico de emergencias.

—Esto es intolerable. —Estaba resoplando furioso, sin una gota de color en el rostro.

—Sí, la verdad es que sí. —Extendí la mano—. El teléfono, por favor.

Garside volvió a mirar a su alrededor, y por fin echó mano a su bolsillo y me lo dio.

Se lo lancé a Lily.

—Compruébalo, Lily.

Aparté la mirada del teléfono mientras lo hacía, por respeto a Lily.

—Bórrala —le dije—. Bórrala y ya está. —Cuando volví a mirarla, tenía el teléfono en la mano, con la pantalla en blanco. Asintió ligeramente con la cabeza. Sam le hizo un gesto para que se lo lanzara. Lo dejó caer al suelo y lo aplastó con el pie derecho haciendo añicos el plástico. Lo pisoteó con tal violencia que el suelo tembló. Cada vez que su bota golpeaba el suelo, me estremecía por reflejo, y también el señor Garside.

Finalmente, Sam se agachó y cogió con delicadeza la diminuta tarjeta SIM, que se había deslizado debajo del sofá. La examinó, y se la puso delante de la cara a Garside.

—¿Es la única copia?

Garside asintió. El sudor ensombrecía el cuello de su camisa.

—Claro que es la única copia —dijo Donna—. Un miembro responsable de la comunidad no se arriesgaría a que algo así apareciera en ninguna parte, ¿verdad? Imagina qué diría la familia del señor Garside si se supiera su repugnante secretito.

La boca de Garside se había reducido a una fina línea fruncida.

—Ya tienen lo que quieren. Ahora dejen que me vaya.

—No. Me gustaría decir algo. —Noté vagamente que mi voz temblaba por el esfuerzo de contener la furia—. Es usted un hombrecillo ruin y patético. Y si...

Los labios del señor Garside se curvaron en una sonrisa burlona. Era de esa clase de hombres que nunca se han sentido amenazados por una mujer.

—Cállate ya, niñata ridícula...

Algo duro brilló en los ojos de Sam y se abalanzó sobre él. Estiré el brazo para pararle. Y no recuerdo echar mi otro puño hacia atrás, pero sí la sensación de dolor en los nudillos al golpear la cara de Garside. Se echó hacia atrás, embistiendo la puerta con el torso, y yo me tambaleé, sorprendida por la fuerza del impacto. Cuando se enderezó, me quedé asombrada al ver que le sangraba la nariz.

—Déjenme salir —dijo siseando, tapándose la boca con la mano—. *Ahora mismo.*

Sam me miró pestañeando, y abrió la puerta. Donna se apartó lo justo para dejarle pasar. Y se inclinó hacia él.

—¿Está seguro de que no quiere una tirita antes de irse?

Garside mantuvo el paso medido mientras se iba, pero, en cuanto la puerta se cerró detrás de él, oímos cómo aceleraba y echaba a correr con sus zapatos caros por el rellano. Nos quedamos en silencio hasta que dejamos de oírle. Y, entonces, se escuchó el suspiro de varias personas exhalando al mismo tiempo.

—Buen golpe, Cassius —dijo Sam, después de un segundo—. ¿Quieres que le eche un vistazo a esa mano?

No podía hablar. Estaba doblada, soltando improperios en silencio sobre mi pecho.

—Siempre duele más de lo que crees, ¿verdad? —dijo Donna, dándome una palmadita en la espalda—. No sufras, cariño —le dijo a Lily—. No sé lo que te habrá dicho, pero ese viejo no es nada. Se acabó.

—No volverá —dijo Sam.

Donna soltó una carcajada.

—Casi se caga encima. Creo que a partir de ahora no se te acercará ni a un kilómetro. Olvídale, cariño. —Abrazó bruscamente a Lily, como lo haría a alguien que se ha caído de una bici, y luego me dio los trozos de móvil roto para que los tirara—. Bueno. Prometí pasarme por casa de mi padre antes del turno. Nos vemos. —Dijo adiós con la mano y desapareció, con las botas golpeando alegremente el suelo del pasillo.

Sam empezó a revolver en su maletín en busca de una venda para mi mano. Lily y yo fuimos al salón y se dejó caer en el sofá.

—Has estado genial —le dije.

—Tú sí que has estado tremenda.

Observé mis nudillos ensangrentados. Cuando alcé la vista, vi una tímida sonrisa rondando sus labios.

—Eso sí que no se lo esperaba.

—Ni yo. Nunca había dado un puñetazo. —Me puse seria—. Aunque tú no deberías tomártelo como un ejemplo de comportamiento.

—Nunca te he tenido como ejemplo, Lou. —Sonrió, casi a regañadientes, y en ese momento Sam volvió a entrar con una gasa estéril y unas tijeras.

—¿Estás bien, Lily? —dijo arqueando las cejas.

Lily asintió.

—De acuerdo. Pasemos a algo más interesante. ¿A quién le apetecen unos espaguetis a la carbonara?

Cuando Lily salió del salón, Sam soltó un suspiro prolongado, luego miró al techo un momento como recobrando la compostura.

—¿Qué? —dije yo.

—Menos mal que le has dado tú antes. Tenía miedo de matarle.

Un rato después, cuando Lily ya se había ido a la cama, fui a la cocina con Sam.

Por primera vez en varias semanas había un poco de paz en mi casa.

—Ya está mejor. O sea, se ha quejado de la nueva pasta de dientes y ha dejado sus toallas tiradas por el suelo, pero, en lenguaje Lily, está mucho mejor.

Él asintió y vació el fregadero. Me gustaba tenerle en mi cocina. Le observé un momento, preguntándome cómo sería acercarme y rodear su cintura con mis brazos.

—Gracias —dije en lugar de abrazarle—. Por todo.

Se volvió, secándose las manos con el trapo.

—Tú también has estado bastante bien, Puñitos. —Extendió una mano y me acercó hacia él. Nos besamos. Había algo delicioso en sus besos; aquella suavidad comparada con la fuerza bruta del resto de su persona. Por un momento, me perdí en él. Pero...

—¿Qué? —dijo, echándose hacia atrás—. ¿Qué pasa?

—Te va a parecer raro.

—Eh, ¿más raro que esta noche?

—No dejo de pensar en todo eso del dihypranol. ¿Cuánto hace falta para matar a una persona de verdad? ¿Lo lleváis siempre encima? Es que... parece... muy chungo.

—No tienes por qué preocuparte —dijo él.

—Eso lo dices tú. Pero ¿qué pasaría si alguien te odiara de verdad? ¿Podría echártelo en la comida? ¿Podrían conseguirlo unos terroristas? O sea, ¿cuánto necesitarían?

—Lou. No existe.

—¿Cómo?

—Me lo inventé. No existe ningún dihypranol. Es una invención. —Sonrió al ver mi cara de asombro—. Es curioso, porque creo que nunca he tenido una droga que funcione tan bien.

22

Fui la última en llegar a la reunión del Círculo del Avance. Mi coche no arrancaba otra vez y tuve que esperar al autobús. Cuando entré, iban ya a cerrar la caja de galletas, señal de que el tema serio de la tarde estaba a punto de empezar.

—Hoy vamos a hablar sobre la fe en el futuro —dijo Marc. Murmurando una disculpa, me senté—. Ah, y solo vamos a estar una hora porque tengo una reunión de emergencia con los Scouts. Lo siento, chicos.

Marc nos dedicó a cada uno su Mirada Especial de Empatía. Era muy aficionado a su Mirada Especial de Empatía. A veces se me quedaba mirando tanto tiempo que me preguntaba si tendría algo en la nariz. Bajó la mirada, como reuniendo sus pensamientos, o tal vez porque le gustaba leer las frases de introducción en un guion que llevaba escrito.

—Cuando alguien a quien queremos nos es arrebatado, a veces parece muy difícil hacer planes. Algunos sienten que han perdido la fe en el futuro o se vuelven supersticiosos.

—Yo creía que iba a morir —dijo Natasha.

—Y morirás —contestó William.

—Eso no ayuda, William —dijo Marc.

—No, en serio. Los primeros dieciocho meses después de morir Olaf, pensé que tenía cáncer. Creo que fui al médico una docena de veces porque no me cabía duda de que estaba desarrollando un cáncer. Tumores cerebrales, cáncer de páncreas, de útero, hasta cáncer de meñique.

—El cáncer de meñique no existe —dijo William.

—¿Y tú qué sabrás? —saltó Natasha—. Crees que tienes respuesta para todo, William, pero a veces deberías cerrar la boca, ¿vale? Se hace muy pesado tener que escuchar tus comentarios mordaces sobre cada cosa que dice alguien en el grupo. Creí que tenía cáncer de meñique. Mi médico de cabecera me mandó hacer pruebas y al final no tenía nada. Puede que fuera miedo irracional, sí, pero no tienes por qué comentar todo lo que digo, porque, a pesar de lo que crees, no lo sabes todo, ¿vale?

Hubo un breve silencio.

—Lo cierto es —replicó William— que trabajo en una unidad de oncología.

—Me da lo mismo —dijo ella, tras un microsegundo—. Eres insufrible. Un agitador deliberado. Un dolor de muelas.

—Eso es verdad —convino William.

Natasha se quedó mirando al suelo. O tal vez lo hicimos todos. Difícil de saber, dado que yo misma lo estaba estudiando detenidamente. Se cubrió la cara con las manos por un instante, y luego le miró.

—No lo eres, William. Lo siento. Creo que tengo un mal día. No quería hablarte mal.

—Aun así, no puedes tener cáncer de meñique —dijo William.

—Bueno... —zanjó Marc, mientras intentábamos ignorar los improperios entre dientes de Natasha—. Me pregunto si alguno de vosotros ha llegado al punto en el que podéis pensar en vuestra vida dentro de cinco años. ¿Dónde os veis? ¿Qué pensáis que estaréis haciendo? ¿Os sentís bien imaginando el futuro ahora?

—Yo seré feliz si la vieja patata me sigue funcionando —dijo Fred.

—¿Le metes mucho estrés con todo ese sexo por internet? —preguntó Sunil.

—¡Oh, eso! —exclamó Fred—. Fue una auténtica pérdida de dinero. Con la primera página, me pasé dos semanas escribiendo a una mujer en Lisboa, una loca, y, cuando por fin le propuse que nos viéramos para «conocernos mejor», intentó venderme un apartamento en Florida. Y luego un tipo llamado Adonis Musculoso me mandó un mensaje privado advirtiéndome de que, en realidad, la mujer era un puertorriqueño con una sola pierna llamado Ramírez.

—¿Y las otras páginas, Fred?

—La única mujer dispuesta a conocerme en persona se parecía a mi tía abuela Elsie, la que guardaba sus llaves en las bragas. A ver, era muy maja, pero tan vieja que casi me dieron ganas de comprobar si de verdad era Elsie.

—No te rindas, Fred —dijo Marc—. Puede que estés buscando en el sitio equivocado.

—¿Mis llaves? No, no. Esas las cuelgo junto a la puerta.

Daphne pensaba que en los próximos años le gustaría retirarse a algún lugar en el extranjero.

—Aquí hace frío. Me duelen las articulaciones.

Leanne dijo que esperaba terminar su máster en filosofía. Todos nos miramos con esa expresión deliberadamente vacía que se pone cuando nadie quiere admitir que en el fondo creíamos que Leanne trabajaba en un supermercado. O, tal vez, en un matadero.

—Bueno, mejor que lo *Descartes* —dijo William.

Nadie se rio y, cuando William se dio cuenta de que ninguno teníamos intención de hacerlo, se reclinó en la silla, y puede que yo fuera la única que escuchó a Natasha murmurando «Ja, ja», como Nelson en *Los Simpson*.

Al principio, Sunil no quería hablar. Luego dijo que lo había pensado y que dentro de cinco años le gustaría estar casado.

—Tengo la sensación de que en estos dos últimos años he desconectado. En fin, ¿qué sentido tiene acercarte a una persona si vas a perderla? Pero el otro día empecé a pensar en qué es lo que quiero en la vida y me di cuenta de que es alguien a quien querer. Porque hay que seguir adelante, ¿no? Hay que ver algún futuro.

No había oído hablar tanto a Sunil desde que empecé a venir.

—Eso es muy positivo, Sunil —dijo Marc—. Gracias por compartirlo.

Oí a Jake hablar de ir a la universidad, y de que quería estudiar animación, y me pregunté distraídamente dónde estaría su padre dentro de cinco años. ¿Seguiría llorando a su difunta esposa? ¿O estaría felizmente repantingado con una nueva versión de ella? Sospechaba que lo segundo. Entonces pensé en Sam y me pregunté si mi comentario sobre tener una relación habría sido acertado. Y luego me pregunté qué éramos, si aquello no era una relación. Porque había relaciones y relaciones. Y, mientras le daba vueltas a esa idea, me di cuenta de que, si Sam me lo preguntaba, ni siquiera sabría decir en qué categoría encajábamos. No pude evitar preguntarme si la intensidad de la búsqueda de Lily había sido una especie de pegamento barato, uniéndonos demasiado rápido. ¿Qué teníamos en común, más allá de mi caída desde una azotea?

Dos días antes, había ido a esperar a Sam a la Base de Ambulancias, y Donna se quedó delante de su coche hablando conmigo mientras él cogía sus cosas.

«No juegues con él».

La miré, sin saber si la había oído bien.

Ella se quedó observando cómo descargaban una ambulancia por los laterales.

«Está bien. Para ser un tarugo. Y le gustas mucho».

No sabía qué decir.

«En serio. Ha estado hablando de ti. Y nunca habla de nadie. No le digas que te he dicho nada. Es solo que... es un buen tío. Solo quiero que lo sepas». Entonces me miró levantando las cejas, y asintió, como si se confirmara algo a sí misma.

—Me acabo de dar cuenta. No llevas tu vestido de bailarina —dijo Daphne.

Hubo un murmullo de aceptación.

—¿Te han ascendido?

Me sacaron de golpe de mis pensamientos.

—No, no. Me despidieron.

—¿Y dónde estás trabajando ahora?

—En ningún sitio. Por ahora.

—Pero ese vestido...

Llevaba mi vestidito negro con cuello blanco.

—Ah, esto. Es solo un vestido.

—Pensé que trabajabas en un bar temático de secretarias. O de señoritas francesas.

—¿Es que no paras nunca, Fred?

—No lo entiendes. A mi edad, la frase «Ahora o nunca» tiene cierta urgencia. Puede que ya no se me levante más de veinte veces.

—Algunos no llegaron ni a eso en toda su vida.

Paramos para que Fred y Daphne dejaran de reírse.

—¿Y tu futuro? Parece que estás en un momento de cambios —dijo Marc.

—Bueno... De hecho, me han ofrecido otro trabajo.

—¿De verdad? —Hubo un arranque de aplausos, que me hizo sonrojar.

—Eh, no lo voy a aceptar, pero está bien. El mero hecho de que me lo hayan ofrecido me hace pensar que ya he avanzado.

—¿En qué consiste el trabajo? —dijo William.

—Una cosa en Nueva York.

Todos se quedaron mirándome.

—¿Te han ofrecido un trabajo en Nueva York?

—Sí.

—¿Trabajo remunerado?

—Sí, y con alojamiento —contesté tímidamente.

—¿Y no tendrías que llevar un horrible vestidito verde chillón?

—Tampoco creo que mi uniforme fuera motivo suficiente para emigrar. —Solté una carcajada. Nadie me siguió—. Venga, hombre —dije.

Todos me miraban atentamente. Leanne tenía la boca medio abierta.

—¿Nueva York, *Nueva York?*

—Es que eso no es todo. No puedo irme ahora mismo. Tengo que arreglar lo de Lily.

—La hija de tu antiguo jefe... —Jake me miró con el ceño fruncido.

—Bueno, era más que mi jefe. Pero sí.

—¿Y no tiene ya una familia, Louisa? —Daphne se inclinó hacia delante.

—Es complicado.

Todos se miraron entre sí.

Marc se puso la tablet en el regazo.

—¿Cuánto crees que has aprendido realmente en estas sesiones, Louisa?

Había recibido el paquete de Nueva York: un montón de documentos, con formularios para inmigración y el seguro médico, unidos con un clip junto a una hoja de papel de carta color crema en la que el señor Leonard M. Gopnik me hacía una oferta formal para trabajar con su familia. Me encerré a leerla en el cuarto de baño, luego la leí por segunda vez, convertí el salario a libras, suspiré un poquito, y me prometí no buscar la dirección en Google.

Después de buscar la dirección en Google tuve que contener un breve impulso de tirarme al suelo en posición fetal. Luego me recompuse, me levanté y tiré de la cadena (por si Lily se preguntaba qué estaba haciendo allí), me lavé las manos (por costumbre), lo llevé todo al dormitorio para meterlo en un cajón debajo de mi cama y me prometí no volver a mirarlo nunca más.

Aquella noche Lily había llamado a la puerta de mi habitación poco después de medianoche.

«¿Puedo quedarme aquí? No quiero volver a casa de mi madre».

«Puedes quedarte todo el tiempo que quieras».

Se había tumbado en el otro lado de mi cama y se había hecho un ovillo. Miré cómo dormía, y la tapé con el edredón.

La hija de Will me necesitaba. Era así de sencillo. Y, dijera lo que dijera mi hermana, se lo debía. Así podría sentir que no había sido completamente inútil. Aún podía hacer algo por él.

Y aquel sobre demostraba que también era capaz de conseguir una oferta de trabajo decente. Eso era progreso. Tenía amigos, e incluso una especie de novio. Eso también era progreso.

Ignoré las llamadas perdidas de Nathan y borré sus mensajes en el contestador. Ya se lo explicaría todo en uno o dos días. Si no un plan, era lo más próximo a un plan que podía tener en esos momentos.

El martes se suponía que Sam regresaría poco después de que yo volviera a casa. Me mandó un mensaje a las siete diciendo que iba a llegar tarde. A las ocho y cuarto envió otro, diciendo que no sabía a qué hora estaría. Llevaba todo el día sintiéndome desinflada, luchando con el estancamiento de no tener un trabajo al que ir, la preocupación de no saber cómo iba a pagar mis facturas y el sentirme atrapada en un apartamento con alguien que tampoco tenía adónde ir y no quería irse sola. A las nueve y media sonó el telefonillo. Sam estaba en el portal, aún vestido de uniforme. Le dejé entrar y salí al rellano, cerrando la puerta detrás de mí. Apareció por la escalera y se me acercó con la cabeza baja. Estaba pálido del cansancio y desprendía una energía rara y revuelta.

—Creía que no vendrías. ¿Qué ha pasado? ¿Estás bien?

—Me han convocado ante el tribunal disciplinario.

—¿Qué?

—Otro equipo vio mi ambulancia fuera la noche que vimos a Garside. Informaron a Control. No he podido darles una respuesta convincente de por qué atendimos un asunto que no estaba en el sistema.

—¿Y qué ha pasado?

—Me la he inventado, les he dicho que alguien salió del edificio pidiéndonos ayuda. Y que, al final, resultó ser una broma. Donna me cubrió, gracias a Dios. Pero no están contentos.

—No puede ser muy serio...

—Y una de las enfermeras de Urgencias le preguntó a Lily que de qué me conocía. Y le dijo que la llevé de una discoteca a casa.

Me llevé una mano a la boca.

—¿Qué significa eso?

—El sindicato está discutiendo el caso. Pero, si votan en mi contra, me suspenderán. O algo peor. —Se le había dibujado una arruga nueva y profunda entre las cejas.

—Nosotras tenemos la culpa. Sam, lo siento mucho.

Sacudió la cabeza.

—Lily no podía saberlo.

Iba a acercarme para abrazarle, rodearle con mis brazos y apoyar mi cara contra la suya. Pero algo me retuvo: la imagen repentina e inesperada de Will apartándome la cara, inalcanzable en su infelicidad. Vacilé, y estiré la mano para acariciar el brazo de Sam, pero ya era demasiado tarde. Él la miró torciendo el gesto, y tuve la desconcertante sensación de que podía intuir lo que acababa de pasar por mi cabeza.

—Siempre puedes dejarlo y dedicarte a criar pollos. Construirte una casa. —Podía oír mi voz, algo forzada—. ¡Tienes opciones! Un hombre como tú. ¡Puedes hacer cualquier cosa!

Respondió con una sonrisa a medias que no alcanzó a sus ojos. Seguía mirando mi mano.

Se quedó allí de pie un incómodo instante.

—Debería irme. Ah —dijo, sacando un paquete—. Alguien ha dejado esto en el portal. No creo que dure mucho allá abajo.

—Entra, por favor. —Se lo cogí, con la sensación de que le había decepcionado—. Déjame prepararte algo asqueroso para comer. Venga.

—Debería irme a casa.

Y desapareció por el rellano antes de que pudiera decir nada más.

Desde la ventana, vi cómo se marchaba, caminando tieso hacia su moto, y de repente sentí una nube acechándome de nuevo.

No te acerques demasiado. Y entonces recordé el consejo de Marc al término de la última sesión: «Comprende que tu mente está viviendo la angustia y el duelo, y solo está respondiendo a picos de cortisol. Es completamente natural que tengas miedo de acercarte a alguien». Algunos días, sentía como si tuviera dos consejeros de dibujos animados discutiendo constantemente dentro de mi cabeza.

En el salón, Lily apartó los ojos de la televisión.

—¿Era Sam el de la ambulancia?

—Sí.

Volvió a mirar la televisión. Luego se fijó en el paquete.

—¿Qué es eso?

—Ah. Estaba en el portal. Es para ti.

Lo miró con suspicacia, como si fuera demasiado consciente de la posibilidad de una sorpresa desagradable. Entonces quitó las capas de papel del envoltorio y encontró un álbum de fotos de cuero, con la tapa delantera grabada con las palabras: «Para Lily (Traynor)».

Lo abrió lentamente, y allí, en la primera página, cubierta por el papel de seda, había una foto en blanco y negro de un bebé. Debajo, una anotación a mano.

Tu padre pesó 4 kilos y 63 gramos. Estaba absolutamente furiosa con él por ser tan grande, pues me habían dicho que iba a tener un niño pequeñito. Era un niño muy malhumorado y me tuvo varios meses hecha polvo. Pero cuando sonreía... ¡Oh! Las señoras mayores cruzaban la calle para hacerle carantoñas en las mejillas (lo cual yo detestaba, por supuesto).

Me senté junto a ella. Lily pasó dos páginas y allí estaba Will, con su uniforme y su gorra azul marino de la escuela primaria, mirando a la cámara malhumorado. El pie de foto decía:

Will odiaba de tal forma aquella gorra del colegio que la escondió en la cesta del perro. La siguiente la «perdió» en un estanque. La tercera vez su padre le amenazó con retirarle la paga, y estuvo cambiando cromos por dinero para compensarlo. Ni siquiera el colegio fue capaz de obligarle a ponérsela: creo que estuvo castigado todas las semanas hasta que cumplió trece años.

Lily acarició su cara.

—Cuando era pequeña me parecía a él.

—Bueno —dije—. Es que es tu padre.

Se permitió una leve sonrisa, y pasó a la página siguiente.

—Mira. Mira esta.

En la siguiente foto Will sonreía dirigiéndose a la cámara: la misma foto de unas vacaciones de esquí que tenía en su habitación cuando nos conocimos. Observé su preciosa cara y me recorrió una ola de tristeza familiar. Y, entonces, de repente, Lily se echó a reír.

—¡Mira! ¡Mira esta! —Will, con la cara cubierta de barro después de un partido de rugby, otra en la que iba vestido de diablo, saltando de un almiar. Una página de gamberradas: Will como un bromista, riendo, humano. Pensé en la hoja que Marc me había dado después de perderme la Semana de la Idealización: «Es importante no convertir a los muertos en santos. Nadie puede caminar a la sombra de un santo».

Quería que vieras a tu padre antes de su accidente. Era muy ambicioso y profesional, es cierto, pero también le recuerdo riéndose hasta caerse de la silla, o bailando con el perro, o volviendo a casa cubierto de moratones por una ridícula apuesta. Una vez metió la cara de su hermana en un cuenco lleno de bizcocho de jerez (imagen derecha) solo porque ella dijo que no se atrevería, y yo quería enfadarme con él porque había tardado siglos en preparar el bizcocho, pero la verdad es que era imposible estar mucho tiempo enfadada con Will.

No, no era posible. Lily hojeó las siguientes fotos, todas ellas con notitas escritas al lado. Aquel Will que salía de las páginas no era ningún titular de dos frases en un periódico, ni una cuidadosa esquela, ni una fotografía solemne ilustrando una triste historia en un largo debate legal; aquel era un hombre: vivo, en tres dimensiones. Y yo observé detenidamente cada foto, lejanamente consciente de cada nudo en mi garganta según me subía y lo iba pasando.

Una tarjeta cayó del álbum y se deslizó por el suelo. La recogí y leí el mensaje de dos líneas.

—Quiere venir a verte.

Lily apenas podía apartar los ojos del álbum.

—¿Qué opinas? Lily, ¿quieres?

Tardó un momento en oírme.

—Creo que no. Quiero decir, es un detalle, pero…

El ambiente cambió de repente. Cerró la tapa de cuero, dejó el álbum con cuidado en un extremo del sofá y se puso a mirar otra vez la televisión. Unos minutos más tarde, sin mediar palabra, se acercó a donde yo estaba en el sofá y dejó caer su cabeza sobre mi hombro.

Aquella noche, después de que Lily se fuera a la cama, escribí un correo a Nathan:

Lo siento. No puedo aceptarlo. Es una larga historia, pero tengo a la hija de Will viviendo conmigo y han pasado muchas cosas, y no puedo marcharme sin más y dejarla. Tengo que hacer lo correcto. Intentaré explicártelo en breve…

Y terminaba.

Gracias por pensar en mí.

Escribí al señor Gopnik, agradeciéndole su oferta y diciendo que, debido a un cambio de circunstancias, lo sentía mucho, pero no iba a poder aceptar el trabajo. Quería escribir más, pero aparentemente el inmenso nudo en mi estómago había consumido toda la energía de mis dedos.

Esperé una hora, pero ninguno me respondió. Cuando volví al salón vacío para apagar las luces, el álbum de fotos ya no estaba.

23

Vaya, vaya… Si es la empleada del año…

Dejé la bolsa con el uniforme y la peluca encima de la barra. Las mesas del Shamrock and Clover ya estaban llenas a la hora del desayuno; un rechoncho hombre de negocios de unos cuarenta y tantos años, cuya cabeza gacha era señal de que había empezado a darle fuerte a hora temprana, levantó la vista hacia mí con gesto aletargado, rodeando una copa con sus rollizos dedos. Vera estaba al fondo, apartando mesas y pies de la gente con aire malhumorado para barrer por debajo como si estuviese cazando ratones.

Yo llevaba puesta una camisa azul de estilo masculino —había llegado a la conclusión de que infundía más aplomo vestir con ropa de hombre— y reparé vagamente en que era casi del mismo color que la de Richard.

—Richard, quería hablar contigo de lo que ocurrió la semana pasada.

El aeropuerto estaba medio lleno de pasajeros de día festivo; había menos trajes que de costumbre y cierta perturbación de críos llorando. Detrás de la caja, un nuevo cartel anunciaba:

«¡Dale un buen comienzo a tu viaje! ¡Café, cruasán y chupito!». Richard se desenvolvía con brío en el bar, colocando tazas de café recién hecho y barritas de cereales con envoltorios de plástico en una bandeja, con el ceño fruncido en ademán concentrado.

—No te molestes. ¿Está limpio el uniforme?

Alargó la mano por delante de mí para sacar de la bolsa de plástico mi vestido verde. Lo escudriñó a conciencia bajo los tubos fluorescentes con una ligera mueca, como si esperara encontrar manchas desagradables. Llegué a pensar que terminaría olisqueándolo.

—Por supuesto que está limpio.

—Ha de estar en perfectas condiciones para que le sirva a la nueva empleada.

—Lo lavé ayer —contesté indignada.

De repente me di cuenta de que estaba sonando una nueva versión de *Gaitas celtas.* Con menos acordes de arpa. Con predominio de flauta.

—Bien. En el almacén hay unos documentos que tienes que firmar. Voy a por ellos, lo puedes hacer aquí. Y listo.

—¿Y si hacemos esto en un lugar con un poco más de… privacidad?

Richard Percival ni me miró.

—Me temo que estoy muy ocupado. Tengo cientos de cosas que hacer y hoy cuento con un miembro del equipo menos. —Pasó apresuradamente por delante de mí con aire diligente y se puso a contar en voz alta las bolsas de palitos crujientes con sabor a langostino que estaban colgadas junto al dispensador de bebidas.

—Seis…, siete… Vera, ¿puedes atender a ese caballero de ahí, por favor?

—Sí, bueno, de eso quería hablar contigo. Me preguntaba si habría alguna posibilidad de que…

—Ocho…, nueve… La peluca.

—¿Qué?

—¿Dónde está la peluca?

—Ah, aquí. —Metí la mano en mi bolso y la saqué. La había cepillado antes de guardarla en su bolsa. Yacía, como un animal atropellado de pelaje rubio, a la espera de causar picor en la cabeza de alguien.

—¿La has lavado?

—¿Lavar la peluca?

—Sí. Es antihigiénico que alguien se la ponga sin lavarla previamente.

—Está fabricada con fibras sintéticas más baratas que las de una Barbie de saldo. Di por sentado que prácticamente se fundiría en una lavadora.

—Si no está en condiciones adecuadas para que la use un futuro miembro del equipo, no voy a tener más remedio que cobrarte el importe de una nueva.

Me quedé mirándolo.

—¿Que me vas a cobrar la peluca?

La sostuvo en alto y, a continuación, la metió de cualquier manera en la bolsa.

—Veintiocho libras con cuarenta. Por supuesto, te daré el recibo.

—Oh, Dios mío. Me vas a cobrar la peluca en serio.

Me reí. Me quedé paralizada en medio del atestado aeropuerto, mientras los aviones despegaban, y pensé en lo que se había convertido mi vida al trabajar para este hombre.

—Muy bien —dije—. ¿Veintiocho libras con cuarenta, dices? Vamos a hacer una cosa: voy a redondear a treinta, para incluir los gastos de los trámites administrativos, ya sabes.

—No hace falta que…

Conté los billetes y los puse de un palmetazo encima de la barra.

—¿Sabes una cosa, Richard? Me gusta trabajar. Si te hubieras parado cinco minutos a mirar más allá de tus malditos objetivos, te habrías dado cuenta de que soy una persona que de hecho ha puesto empeño en las cosas. He trabajado mucho. Me he puesto tu espantoso uniforme, a pesar de que me producía electricidad estática en el pelo y que me convertía en el hazmerreír de los críos en la calle. He hecho todo lo que me has pedido, incluso limpiar los aseos de hombres, lo cual casi seguro que no figuraba en mi contrato, y lo cual, con la legislación laboral vigente, seguro que exigía el suministro de, como mínimo, un traje estanco. He hecho turnos extra mientras buscabas nuevos camareros porque has conseguido ahuyentar hasta el último miembro del equipo que ha ido cruzando esa puerta, y he vendido tus condenados cacahuetes tostados a pesar de que huelen como alguien tirándose pedos.

»Pero no soy un robot. Soy humana y tengo una vida, y, debido a las responsabilidades que he tenido durante un cierto periodo, no he podido estar a la altura de la empleada que tú, o yo, deseábamos. Hoy he venido a pedirte que me renueves el contrato; es más, a suplicártelo, pues sigo teniendo responsabilidades y quiero trabajar. *Necesito* trabajar. Pero acabo de darme cuenta de que no quiero este trabajo. Preferiría trabajar gratis antes que pasar un día más en este miserable y deprimente bar con ritmos horteras de zampoñas. Preferiría limpiar aseos *gratis* antes que trabajar un día más para ti.

»Así que gracias, Richard. Aunque parezca mentira, me has animado a tomar la primera decisión positiva que recuerdo desde hace siglos. —Metí la cartera bruscamente en mi bolso, empujé la peluca hacia él e hice amago de marcharme—. Te puedes meter el puesto por el mismo sitio que esos cacahuetes. —Di media vuelta—. ¡Ah! ¿Y eso que te haces en el pelo? ¿Todo ese potingue y el tupé ese de maniquí? Un horror. Hace que te parezcas a Action Man.

El hombre de negocios que había sentado en un taburete junto a la barra se puso derecho y aplaudió. Richard se llevó la mano a la cabeza inconscientemente.

Miré al hombre de negocios y, acto seguido, a Richard.

—Por cierto, olvida lo último que he dicho. Ha sido mezquino.

Y me fui.

Cuando iba cruzando a grandes zancadas el vestíbulo del aeropuerto, con el corazón aún desbocado, oí su voz.

—¡Louisa! ¡Louisa!

Richard venía medio caminando, medio corriendo, a mi encuentro. Sopesé la idea de ignorarle, pero al final me detuve junto a la franquicia de perfumes.

—¿Qué? —dije—. ¿Falta una miga de cacahuete?

Se detuvo resoplando ligeramente. Examinó el escaparate de la tienda durante unos segundos, como si estuviera pensando. A continuación, me miró a la cara.

—Tienes razón, ¿vale? Tienes razón.

Lo miré fijamente.

—El Shamrock and Clover. Es horrible. Y me consta que no he sido precisamente una maravilla de jefe. Pero lo único que te puedo decir es que, por cada miserable directriz que te doy, la central me aprieta las tuercas diez veces más. Mi mujer me odia porque nunca estoy en casa. Los proveedores me odian porque me veo obligado a reducir sus márgenes todas y cada una de las semanas debido a las presiones de los accionistas. El responsable de área dice que las unidades que tengo asignadas rinden por debajo de los objetivos y que, como no espabile, me van a trasladar a la sucursal del transbordador de pasajeros del norte de Gales. Llegados a ese punto, mi mujer seguro que me abandona. Y no se lo reprocharé.

»Odio dirigir a la gente. Tengo las dotes sociales de una farola, razón por la cual no consigo que nadie aguante en el puesto. Vera únicamente se queda porque es durísima de pelar y sospecho que en el fondo aspira a mi puesto. Ya ves. Lo siento. De hecho, me gustaría mucho volver a contratarte porque, a pesar de lo que te haya dicho antes, lo has hecho bastante bien. Gustas a los clientes.

Suspiró y echó un vistazo a la multitud que pululaba a nuestro alrededor.

—Pero ¿sabes qué, Louisa? Más te vale que corras mientras puedas. Eres guapa, eres lista, trabajadora; podrías conseguir algo muchísimo mejor que esto. Si no estuviera atado a una hipoteca que apenas puedo permitirme, a un bebé que está en camino y a los plazos de un condenado Honda Civic que me hace sentir como si tuviera ciento veinte años, créeme, me largaría de aquí más rápido que uno de esos aviones. —Alargó la mano para entregarme una nómina—. Tu paga de vacaciones. Vete ya. En serio, Louisa. Lárgate.

Bajé la vista al pequeño sobre ocre que me había entregado. A nuestro alrededor, los pasajeros caminaban a paso de tortuga, deteniéndose junto a los escaparates de las franquicias, hurgando en busca de sus pasaportes, ajenos a lo que ocurría entre ellos. Y yo sabía, con un sentimiento de cansada e inevitable certeza, lo que iba a ocurrir.

—Richard, te lo agradezco, pero... ¿podría seguir en el puesto a estas alturas? ¿Aunque fuera por poco tiempo? Sinceramente, lo necesito como el comer.

A juzgar por su expresión, Richard no daba crédito. Tras unos instantes, dio un suspiro.

—Si pudieras trabajar durante un par de meses, sería un alivio tremendo. Estoy, como se suele decir, con la soga al cuello. De hecho, si pudieras empezar ahora podría acercarme a los mayoristas a recoger los nuevos posavasos de marcas de cerveza.

Hubo un intercambio de circunstancias; un pequeño vals de mutua decepción.

—Llamaré a casa —contesté.

—Oh, toma —dijo. Nos miramos fijamente durante unos instantes y, seguidamente, me dio la bolsa de plástico con el uniforme.

—Supongo que necesitarás esto.

Richard y yo creamos una especie de rutina. Él me trataba con algo más de consideración; únicamente me pedía que limpiara los aseos de caballeros los días en que Noah, la nueva limpiadora, faltaba al trabajo, y no me comentaba si, en su opinión, me pasaba demasiado tiempo de cháchara con los clientes (aunque parecía un pelín contrariado). Yo, por mi parte, me mostraba alegre, era puntual y estaba pendiente de vender lo máximo cuando tenía ocasión. Sentía una rara responsabilidad hacia sus cacahuetes.

Un día me llamó aparte y me dijo que, aunque posiblemente fuese un poco prematuro, la central le había comunicado que estaban planteándose ascender a uno de los trabajadores con contrato a jornada completa al puesto de ayudante de dirección y que, si las cosas continuaban a ese ritmo, estaba dispuesto a proponerme a mí. («No puedo arriesgarme a ascender a Vera. Sería capaz de echarme friegasuelos en el té con tal de conseguir mi puesto»). Le di las gracias e intenté aparentar más entusiasmo del que sentía.

Lily, mientras tanto, le pidió trabajo a Samil, y este le dijo que accedería a tenerla un día de prueba siempre y cuando fuera gratis. Le di un café a las siete y media y me aseguré de que saliera del apartamento vestida y lista para llegar a tiempo de empezar su jornada a las ocho. Cuando volví a casa aquella tarde, por lo visto había conseguido el trabajo, si bien es cierto que a 2,73 libras la hora, lo cual descubrí que era la tarifa más baja que legalmente se podía cobrar. Se había pasado prácticamente todo el día moviendo cajas en la trastienda y poniendo precios a las latas con una pistola etiquetadora de pegatinas del año de la pera, mientras Samil y su primo veían el fútbol en su iPad. Estaba mugrienta, extenuada y, curiosamente, feliz.

—Dice que, si aguanto un mes, se planteará ponerme en la caja.

Como tuve un cambio de turno, el jueves por la tarde a primera hora fuimos a St. John's Wood a casa de los padres de Lily; aguardé en el coche mientras Lily entraba a por más ropa y la lámina de Kandinsky que —según me había prometido— quedaría bien en mi apartamento. Apareció al cabo de veinte minutos con gesto furioso y taciturno. Tanya salió al porche con los brazos cruzados y observó en silencio cómo Lily abría el maletero y dejaba caer en el interior una bolsa de viaje y, con más cuidado, la lámina. A continuación, subió al asiento del copiloto y clavó los ojos en la calzada desierta. Cuando Tanya fue a cerrar la puerta tras de sí, me pareció ver que tal vez se estuviera secando los ojos.

Le di a la llave de contacto.

—Cuando sea mayor —dijo Lily, y tal vez solo yo pude notar un inapreciable temblor en su voz—, no pienso parecerme en *nada* a mi madre.

Esperé un momento y, seguidamente, puse el coche en marcha y regresamos en silencio a mi apartamento.

¿Te apetece ir al cine esta noche? No me vendría mal evadirme un poco.

Creo que no debería dejar sola a Lily.

¿Y si la traes?

Mejor no. Lo siento, Sam. Bs

Esa noche encontré a Lily en la escalera de incendios. Miró hacia arriba al oírme abrir la ventana e hizo un ademán con un cigarrillo.

—He pensado que está un poco mal que siga fumando en tu apartamento, dado que tú no fumas.

Le puse un calce a la ventana para que no se cerrase, me encaramé a ella con cuidado y me senté en los peldaños de hierro a su lado. Abajo, el aparcamiento hervía con el calor de agosto; el olor que despedía el asfalto impregnaba la quietud del aire. El equipo de sonido de un coche con el capó levantado emitía una música de bajo a todo volumen. El metal de los peldaños conservaba la calidez de un mes de tardes soleadas; me recliné y cerré los ojos.

—Pensé que todo saldría bien —comentó Lily.

Los abrí.

—Pensé que el mero hecho de conseguir que Peter se alejara de mí solucionaría todos mis problemas. Pensé que encontrando a mi padre tendría la sensación de pertenecer a algo. Y, aunque Peter ya no está, ni tampoco Garside, y he sabido de mi padre y te tengo a ti, me da la sensación de que no se han cumplido mis expectativas.

Estuve a punto de decirle que no dijese tonterías. Estuve a punto de hacer hincapié en que había avanzado muchísimo en muy poco tiempo, que tenía su primer trabajo, perspectivas, un futuro brillante —las responsabilidades propias de un adulto—. Pero me parecían frases trilladas y condescendientes.

Al final de la calle había unos cuantos empleados de oficinas arremolinados en torno a una mesa de metal junto a la puerta trasera del pub. Más tarde se llenaría a rebosar de *hipsters* y balas perdidas de la City que derramarían bebidas sobre la acera y cuyas estentóreas voces se filtrarían por mi ventana abierta.

—Sé a lo que te refieres —dije—. Yo no acabo de ser yo misma desde que tu padre murió. Básicamente siento como si me limitase a dejarme llevar por la corriente por inercia. Sigo viviendo en este apartamento, en el que dudo que algún día llegue a sentirme como en un hogar. He sufrido una experiencia cercana a la muerte, pero la verdad es que no me ha dado más sabiduría ni agradecimiento por la vida, ni nada. Voy a un grupo de terapia para el duelo lleno de gente tan estancada como yo. Pero en realidad no he hecho nada.

Lily se quedó pensativa.

—Me has ayudado.

—Eso es prácticamente a lo único a lo que me aferro la mayoría de los días.

—Y tienes novio.

—No es mi novio.

—Claro, Louisa.

Observamos el tráfico que avanzaba lentamente en dirección a la City. Lily le dio una última calada al cigarrillo y lo apagó sobre el peldaño de metal.

—Ese es mi próximo objetivo —dije.

Tuvo la gentileza de simular cierto remordimiento.

—Ya. Lo dejaré. Lo prometo.

El sol había comenzado a deslizarse entre las azoteas y el aire gris plomizo del atardecer en la City tamizaba su brillo anaranjado.

—¿Sabes, Lily? Quizá algunas cosas simplemente tardan más que otras. No obstante, creo que lo conseguiremos.

Entrelazó su brazo por debajo del mío y apoyó la cabeza en mi hombro. Contemplamos la apacible puesta de sol y las sombras que avanzaban, cada vez más alargadas, hacia nosotras, y pensé en la silueta urbana de Nueva York y en que nadie era verdaderamente libre. Tal vez la plena libertad —física, personal— solo era posible a costa de alguien o de algo ajeno.

El sol se desvaneció y el cielo naranja empezó a tornarse azul petróleo. Al ponernos de pie, Lily se estiró la falda y se quedó mirando la cajetilla que llevaba en la mano. Sacó bruscamente los cigarrillos del envoltorio, los partió por la mitad y los lanzó al aire, creando un confeti de tabaco y papel blanco. Me miró con gesto triunfal y levantó la mano.

—Hala. Soy oficialmente un espacio libre de humos.

—¿Por las buenas?

—¿Por qué no? Dijiste que hay cosas que tardan más de lo previsto. Pues listo, este es mi primer paso. ¿Y el tuyo?

—Oh, Dios. Si pudiera persuadir a Richard de no tener que ponerme esa espantosa peluca de nailon...

—Ese sería un excelente primer paso. No estaría mal dejar de recibir descargas eléctricas al tocar los picaportes de tu apartamento.

Su sonrisa era contagiosa. Le quité el paquete de tabaco, para evitar que lo tirara también al aparcamiento, y me eché hacia atrás para que saltase por la ventana. Ella se detuvo y se volvió hacia mí, como si súbitamente se hubiese acordado de algo.

—¿Sabes qué? Enamorarse de alguien no significa que quisieras menos a mi padre. No tienes por qué estar triste solo por mantener el vínculo con él.

Me quedé mirándola.

—No es más que una opinión. —Se encogió de hombros y saltó al interior.

Al despertarme al día siguiente Lily ya se había ido a trabajar. Había dejado una nota diciendo que traería pan a mediodía porque andábamos un poco escasas. Acababa de tomar café, desayunar y ponerme las zapatillas de deporte para ir a dar un paseo (Marc: «¡El ejercicio es tan bueno para tu espíritu como para tu cuerpo!»), cuando sonó en mi móvil un número desconocido.

—¡Hola!

Tardé un minuto en reaccionar.

—¿Mamá?

—¡Asómate a la ventana!

Crucé la sala de estar y miré fuera. Mi madre estaba en la acera saludándome enérgicamente con la mano.

—¿Qué…, qué haces aquí? ¿Dónde está papá?

—En casa.

—¿Está bien el abuelo?

—El abuelo se encuentra estupendamente.

—Pero nunca vienes sola a Londres. Si no vas más allá de la gasolinera sin que papá te siga a la zaga.

—Bueno, ya iba siendo hora de cambiar, ¿no? ¿Subo? No quiero que se consuman los minutos de mi teléfono nuevo.

Pulsé el botón del telefonillo para abrirle y le di un repaso rápido a la sala de estar, recogiendo el desaguisado de la cena de la víspera; cuando llegó a la puerta, yo ya estaba en el umbral, con los brazos abiertos, lista para darle la bienvenida.

Llevaba puesto su anorak bueno, el bolso cruzado en bandolera («Para ponérselo difícil a los carteristas») y el pelo peinado en suaves ondas alrededor del cuello. Sonreía radiante, con los labios cuidadosamente perfilados con un lápiz rosa coral, y llevaba en la mano el mapa de Londres de la familia, que se remontaba a allá por 1983.

—No puedo creer que hayas venido por tus propios medios.

—¿A que es maravilloso? La verdad es que me siento bastante aturdida. Le he dicho a un pasajero joven que era la primera vez en treinta años que viajaba en metro sin ir agarrada de la mano de alguien, y se ha cambiado a cuatro asientos más allá en el vagón. Me ha dado un ataque de risa histérica. ¿Pones la tetera al fuego? —Se sentó, al tiempo que se quitaba el abrigo, y se fijó en las paredes—. ¡Vaya! El verde es… interesante.

—Elección de Lily. —Me pregunté fugazmente si su presencia allí era una broma pesada y si papá estaría a punto de entrar por la puerta como un bólido, riéndose de mí por ser una tonta de remate al creer que Josie era capaz de ir sola a algún sitio. Puse una taza delante de ella.

—No lo entiendo. ¿Por qué no ha venido papá contigo?

Bebió un sorbo de té.

—Huy, qué bueno. El té siempre te ha salido exquisito. —Lo dejó encima de la mesa, no sin antes colocar con cuidado un libro en rústica debajo—. Verás, al despertarme esta mañana me he puesto a pensar en todo lo que tenía que hacer (poner una lavadora, limpiar las ventanas de atrás, cambiar la cama del abuelo, comprar pasta de dientes) y, de repente, he dicho: de eso nada. No puedo hacerlo. No voy a desperdiciar un espléndido sábado en hacer lo mismo que llevo haciendo treinta años. Voy a lanzarme a la aventura.

—La aventura.

—Así que se me ha ocurrido que podríamos ir a un espectáculo.

—Un espectáculo.

—Sí…, a un espectáculo. ¡Louisa, pareces un loro! La señora Cousins, de la compañía de seguros, me ha comentado que hay un quiosco en Leicester Square donde puedes comprar entradas baratas para funciones que no estén completas. Pensaba que a lo mejor te apetecía acompañarme.

—¿Y Treena?

Mi madre agitó la mano en el aire.

—Oh, andaba liada. Bueno, ¿qué dices? ¿Vemos si podemos conseguir entradas?

—Tengo que avisar a Lily.

—Pues ve a avisarla. Apuro el té, tú puedes arreglarte esas greñas, y andando. ¿Sabes qué? ¡Tengo un abono de transporte para un día! ¡Podría pasarme todo el día subiendo y bajando del metro!

Conseguimos localidades a mitad de precio para *Billy Elliot*. Era eso o una tragedia rusa, y mi madre dijo que los rusos no le hacían mucha gracia desde que le sirvieron sopa de remolacha fría con el pretexto de que así era como la tomaban los rusos.

Sentada a mi lado, se pasó embelesada toda la función, y en los entreactos me daba con el codo y cuchicheaba: «Recuerdo aquella huelga de mineros, Louisa. Fue muy duro para aquellas pobres familias. ¡Margaret Thatcher! ¿Te acuerdas de ella? Uf, menuda era. Aunque siempre llevaba bolsos bonitos, todo sea dicho». Cuando el joven Billy hizo una cabriola en el aire, aparentemente alimentado por sus ambiciones, mi madre se puso a llorar en silencio a mi lado, tapándose la nariz con un pulcro pañuelo blanco.

Mientras observaba a la profesora de baile del chico, la señora Wilkinson, una mujer cuyas ambiciones nunca la habían sacado más allá de los confines de su ciudad natal, traté de obviar los paralelismos con mi propia vida. Yo era una mujer con trabajo y un medio novio, sentada en un teatro del West End un sábado por la tarde. Sumé estas circunstancias como si se tratasen de pequeñas victorias sobre algún enemigo al que no acababa de identificar.

Salimos a la luz del atardecer atontolinadas y con el ánimo por los suelos.

—Bien —dijo mi madre, asiendo firmemente el bolso bajo el brazo (hay cosas que nunca cambian)—. Té en un hotel. Andando. Un día es un día.

No pudimos entrar en ninguno de los hoteles de más categoría, pero encontramos uno agradable cerca de Haymarket con una selección de té a la que mi madre dio el visto bueno. Pidió una mesa en medio de la sala y se pasó el rato haciendo comentarios sobre todas y cada una de las personas que entraban, fijándose en sus indumentarias, en si parecía que venían del «extranjero», en su falta de consideración al ir en compañía de niños pequeños, o de perritos que parecían ratas.

—¡Vaya, qué gusto! —exclamaba de vez en cuando, cada vez que se hacía un silencio—. Qué delicia, ¿verdad?

Pedimos té negro (mamá: «Es la forma pija de llamar al té inglés corriente, ¿no? No llevará sabores raros de esos, ¿verdad?») y la «Fuente capricho vespertina», y tomamos diminutos sándwiches sin corteza, buñuelos calientes de mermelada que no estaban tan buenos como los de mi madre y pastelillos con envoltorios dorados. Mi madre se pasó media hora comentando *Billy Elliot* y cómo, en su opinión, todos deberíamos hacer eso una vez al mes o así, y apostó a que, si lográramos convencerlo, a mi padre le encantaría ir allí.

—¿Cómo está papá?

—Oh, muy bien. Ya conoces a tu padre.

Tenía ganas de preguntárselo, pero me daba miedo. Cuando alcé la vista, me observaba con una expresión un tanto inquisitiva.

—Y, no, Louisa, no me estoy depilando. Y, no, no le hace gracia. Pero en la vida hay cosas más importantes.

—¿Qué opina de que hayas venido hoy?

Resopló y lo disimuló con un ligero golpe de tos.

—Creía que no vendría. Se lo dije al subirle el té esta mañana y le hizo gracia, y, si te digo la verdad, me irrité tanto que me vestí y me fui tan campante.

Me quedé pasmada.

—¿No se lo dijiste?

—Ya se lo había dicho. El muy necio lleva todo el día dejándome mensajes en el teléfono. —Escudriñó la pantalla y, a continuación, se lo metió con cuidado en el bolsillo.

Me quedé mirando cómo cogía otro buñuelo con el tenedor y lo dejaba con delicadeza en su plato. Al darle un bocado cerró los ojos con gesto de placer.

—Esto está divino.

Tragué saliva.

—Mamá, no os vais a divorciar, ¿verdad?

Abrió los ojos de par en par.

—¿Divorciar? Soy una buena chica católica, Louisa. Nosotras no nos divorciamos; ¡hacemos que nuestros hombres sufran hasta el más allá!

Pagué la cuenta y enfilamos hacia los aseos de señoras, una sala grande y tenebrosa enlucida en mármol color arena y con flores caras, custodiada por una silenciosa encargada apostada junto a los lavabos. Mi madre se lavó las manos dos veces, a conciencia, y después se puso a oler las diversas lociones de manos colocadas en la encimera y a hacer muecas frente al espejo dependiendo de si le gustaban o no.

—Está feo que lo diga, dada mi oposición al patriarcado y todo eso, pero ojalá alguna de vosotras dierais con un hombre en condiciones.

—He conocido a alguien —dije, de manera inconsciente.

Se volvió hacia mí con un frasco de loción en la mano.

—¡No me digas!

—Es técnico de emergencias sanitarias.

—¡Vaya, eso es fantástico! ¡Un técnico de emergencias sanitarias! Viene a ser casi tan práctico como un fontanero. ¿Y cuándo nos lo vas a presentar?

Me flaquearon las fuerzas.

—¿Presentároslo? No estoy segura de que sea...

—¿Qué?

—En fin... O sea, es un poco precipitado. Dudo que sea de esa clase de...

Mi madre desenroscó la capucha de su barra de labios y clavó la vista en el espejo.

—Solo es sexo. ¿Es eso lo que quieres decir?

—¡Mamá! —Miré fugazmente a la encargada.

—Bueno, entonces explícate.

—Aún no estoy segura de estar preparada para una relación seria.

—¿Por qué? ¿Qué más tienes a la vista? Se te va a pasar el arroz, ¿sabes?

—Oye, ¿por qué no ha venido Treena? —pregunté de improviso, para cambiar de tema.

—No ha encontrado canguro para Thom.

—Antes has dicho que andaba liada.

Mi madre clavó los ojos en mi imagen en el espejo. Apretó los labios y echó la barra de labios al bolso bruscamente.

—Por lo visto está un poco enfadada contigo, Louisa. —Activó la visión de rayos X maternal—. ¿Os habéis peleado?

—No sé por qué siempre tiene que entrometerse en todo lo que hago. —Oí mi propia voz, el tono enfurruñado de una quinceañera.

Me miró con gesto inquisitivo.

Así que se lo conté. Me senté en la encimera de mármol, mi madre se acomodó en el sillón y la puse al corriente de la oferta de trabajo y de los motivos que me impedían aceptarlo, de cómo habíamos perdido a Lily y habíamos vuelto a encontrarla, y que por fin estaba saliendo del bache.

—He organizado un segundo encuentro con la señora Traynor. De modo que estamos avanzando. Pero Treena hace oídos sordos, aunque si Thom estuviese atravesando la misma situación sería la primera en decirme que no me desentendiese de él.

Me alivió contárselo a mi madre. Ella entendería, más que nadie, las ataduras de la responsabilidad.

—Así que por eso no me dirige la palabra.

Mi madre me miraba fijamente.

—¡Jesús, María y José! ¿Has perdido la chaveta?

—¿Cómo?

—¿Un trabajo en Nueva York con todos los lujos y te quedas aquí para trabajar en ese horrendo local del aeropuerto? —Se dirigió a la encargada—. ¿Qué le parece? No puedo creer que sea mi hija. Juro por Dios que no me explico qué ha sido de los sesos con los que nació.

La encargada meneó la cabeza de lado a lado lentamente.

—Mal asunto —dijo.

—¡Mamá! ¡Estoy haciendo lo correcto!

—¿Para quién?

—¡Para Lily!

—¿Acaso crees que nadie excepto tú podría haber ayudado a esa chica a entrar en vereda? Bueno, ¿has hablado con ese tipo de Nueva York para preguntarle si puedes aplazar tu incorporación al puesto unas semanas?

—No es de ese tipo de trabajos.

—¿Y tú qué sabes? El que no llora, no mama. ¿O no?

La encargada asintió lentamente.

—Oh, señor. Cuando me paro a pensarlo…

La encargada le tendió a mi madre una toalla de manos, con la que se abanicó enérgicamente el cuello.

—Escúchame, Louisa. Tengo una hija que es una joya atrapada en casa y agobiada por la responsabilidad porque tomó una mala decisión hace tiempo; ya sabes que quiero a Thom con locura, pero una cosa te digo: se me parte el corazón cuando pienso adónde habría llegado Treena si hubiera dado a luz un poco más adelante. Yo estoy atada al cuidado de tu padre y el abuelo, y no hay ningún problema. Me conformo. Pero mi caso no debería ser la máxima aspiración de tu vida, ¿entendido? Nada de entradas a mitad de precio y un té con florituras de vez en cuando. ¡Deberías lanzarte! ¡Eres la única de la familia que tiene una condenada oportunidad decente! ¡Y me vienes con que la has tirado por la borda por una niña que apenas conoces!

—He hecho lo *correcto*, mamá.

—Puede que sí. O puede que en realidad no fuera cuestión de elegir un sí o un no.

—El que no llora, no mama —terció la encargada.

—¿Ves? Esta señora sí que sabe lo que se dice. Tienes que volver a ponerte en contacto con este señor norteamericano para preguntarle si hay alguna posibilidad de que puedas incorporarte un poco más adelante... Ni se te ocurra mirarme así, Louisa. He sido demasiado condescendiente contigo. No te he presionado cuando debería haberlo hecho. No te queda más remedio que dejar ese trabajo sin futuro que tienes y empezar a vivir.

—He perdido mi oportunidad, mamá.

—Y una porra frita vas a perder tu oportunidad. ¿Acaso has preguntado?

Negué con la cabeza.

Mamá bufó y se ajustó el pañuelo que llevaba liado al cuello. Sacó dos libras de la cartera y se las puso en la mano a la encargada.

—¡Vaya, todo sea dicho, ha hecho un trabajo espléndido! Se podría comer en el suelo. Y todo huele absolutamente de maravilla.

La encargada le sonrió afectuosamente, y entonces, como si hubiera tenido una ocurrencia en el último momento, levantó el dedo índice. Se asomó a la puerta, se dirigió al armario, sacó un manojo de llaves y lo abrió rápidamente. Al darse la vuelta, le puso una pastilla de jabón de flores en las manos a mi madre presionando suavemente.

Mamá la olió y suspiró.

—Caramba, esto es *divino*. Un auténtico pedacito de cielo.

—Para usted.

—¿Para mí?

La mujer cerró las manos de mi madre en torno a la pastilla.

—Vaya, es todo un detalle por su parte. ¿Cómo se llama?

—Maria.

—Maria, soy Josie. Le aseguro que la próxima vez que venga a Londres usaré su baño sin falta. ¿Ves, Louisa? Nunca se sabe lo que pasa cuando uno se abre un poco. ¡Quién me lo iba a decir! ¡Y mi encantadora nueva amiga Maria me ha regalado una pastilla de jabón maravillosa! —Se dieron un fuerte apretón de manos con el fervor propio de viejos conocidos a punto de separarse, y nos marchamos del hotel.

No podía decírselo. No podía decirle que no me quitaba ese trabajo de la cabeza desde el mismísimo instante en que me despertaba hasta que me iba a dormir. Dijera lo que dijese a cualquiera, yo sabía que siempre lamentaría en lo más profundo haber perdido la ocasión de vivir y trabajar en Nueva York. Que, por mucho que me dijera en mi fuero interno que surgirían otras oportunidades, otros lugares, esta sería la oportunidad desperdiciada que llevaría, como un bolso barato que te arrepientes de haber comprado, dondequiera que fuese.

Y, efectivamente, después de dejarla a bordo del tren que la conduciría hacia mi, sin duda, pasmado y furioso padre, y mucho después de prepararle una ensalada a Lily con las cuatro cosas que había dejado Sam en la nevera, al abrir mi correo aquella noche había un mensaje de Nathan.

No es que me parezca bien que digamos, pero entiendo lo que estás haciendo. Supongo que Will estaría orgulloso de ti. Eres una buena persona, Clark. Bs

24

Estas son las cosas que aprendí por el hecho de ser madre, aunque en realidad no fuera madre: que hicieras lo que hicieses, probablemente te equivocarías. Si te comportabas con crueldad o desdén, dejarías secuelas. Si mostrabas tu apoyo y cariño, animándolos y elogiándolos incluso por sus logros más insignificantes —levantarse de la cama a su hora, por ejemplo, o conseguir no fumar durante un día entero—, se echarían a perder en uno u otro sentido. Aprendí que si eras madre de facto todas estas cosas se aplicaban, pero carecías de la autoridad natural que razonablemente cabría esperar por el hecho de dar de comer y cuidar de otra persona.

Con todo esto en mente, metí en el coche a Lily en mi día libre y le anuncié que íbamos a almorzar. Seguramente saldría fatal, dije en mi fuero interno, pero al menos cargaríamos a medias con la responsabilidad.

Como Lily estaba tan absorta con su móvil y los auriculares conectados, pasaron como mínimo cuarenta minutos hasta que miró por la ventanilla. Frunció el ceño conforme nos aproximábamos a un poste indicador.

—Este no es el camino para ir a casa de tus padres.

—Ya.

—Entonces, ¿adónde vamos?

—Te lo he dicho. A almorzar.

Cuando me miró el tiempo suficiente como para asumir que no iba a dar explicaciones, se puso a mirar por la ventanilla con los ojos entrecerrados.

—Dios, a veces me cabreas.

Al cabo de media hora paramos delante del Crown and Garter, un hotel de ladrillo rojo enclavado en una finca de cuatro mil metros cuadrados situada a unos veinte minutos al sur de Oxford. Había decidido que lo más inteligente era buscar un terreno neutral. Lily bajó del coche y cerró la puerta con especial ahínco para lanzarme la indirecta de que la situación *seguía cabreándola bastante*.

La ignoré, me apliqué un poco de barra de labios y entré en el restaurante, dejando a Lily detrás.

La señora Traynor ya estaba sentada a una mesa. Al verla, Lily dejó escapar un leve quejido.

—¿Volvemos a lo mismo? ¿Por qué?

—Porque las cosas cambian —respondí, y la empujé para que avanzara.

—Lily. —La señora Traynor se puso de pie. Era evidente que había ido a la peluquería, pues llevaba un precioso corte y peinado como antaño. También iba discretamente maquillada, y la combinación de ambas cosas le confería el aire de la señora Traynor de antes: una persona con presencia, alguien que entendía que las apariencias eran, si no todo, como mínimo el fundamento de algo.

—Hola, señora Traynor.

—Hola —dijo entre dientes Lily. No le estrechó la mano, y se acomodó en el asiento contiguo al mío.

La señora Traynor reparó en ello, pero esbozó una tenue sonrisa, se sentó y llamó al camarero.

—Este restaurante era uno de los favoritos de tu padre —dijo, al tiempo que extendía la servilleta sobre su regazo—. En las raras ocasiones en las que lo convencía para que saliera de Londres, aquí era donde quedábamos. La comida es bastante buena. Tiene una estrella Michelin.

Eché un vistazo a la carta —*quenelles* de rodaballo con franchipán de mejillones y langostino, pechuga de pato ahumada con *cavolo nero* y cuscús israelí— y recé para que, en vista de que la señora Traynor había sugerido comer en este restaurante, pagase ella.

—Parece un poco rimbombante —dijo Lily, sin levantar la cabeza de la carta.

Miré fugazmente a la señora Traynor.

—Will habría dicho exactamente lo mismo. Pero es muy bueno. Creo que tomaré codorniz.

—Yo voy a pedir lubina —dijo Lily, y cerró la carta encuadernada en piel.

Me quedé mirando la lista que tenía delante. No había nada que pudiese identificar. ¿Qué era colinabo? ¿Qué eran los raviolis de tuétano e hinojo marino? ¿Podría pedir un sándwich?

—¿Les tomo nota ya? —El camarero apareció a mi lado. Esperé mientras ellas recitaban de un tirón sus respectivos platos. Entonces di con una palabra que me sonaba de mi época en París—. ¿Podría traerme *joues de boeuf confites*, por favor?

—¿Con ñoquis de patata y espárragos? Cómo no, *madame.*

Ternera, pensé. Opto por lo seguro.

Charlamos de cosas triviales mientras llegaban los entrantes. Le dije a la señora Traynor que aún seguía trabajando en el aeropuerto, pero que estaban considerando ascenderme, e intenté que sonara como una opción profesional halagüeña en vez de una llamada de auxilio. Le comenté que Lily había encontrado trabajo y, cuando se enteró de lo que se trataba, la señora Traynor no se estremeció, tal y como yo temía que hiciera, sino que asintió.

—Parece sumamente sensato. No viene mal pringarse un poco en los comienzos.

—No tiene ningún futuro —afirmó Lily, categórica—. A menos que cuentes con que te van a permitir trabajar en la caja.

—Bueno, tampoco lo tiene repartir periódicos. Y tu padre lo hizo durante dos años antes de terminar el bachillerato. Inculca el valor del trabajo.

—Y la gente siempre necesita latas de salchichas de Fráncfort —señalé.

—¿De veras? —inquirió la señora Traynor, súbitamente horrorizada.

Vimos cómo se acomodaba en la mesa contigua una anciana a la que ayudaban a sentarse con muchos aspavientos y ademanes dos parientes varones.

—Recibimos su álbum de fotos —dije.

—Ah, ¿sí? Me cabía la duda. ¿Te..., te gustó?

Lily la miró fugazmente.

—Fue un detalle, gracias —respondió.

La señora Traynor bebió un sorbo de agua.

—Quería enseñarte otra faceta de Will. A veces me da la impresión de que su vida prácticamente quedó eclipsada por lo ocurrido cuando murió. Solo quería mostrar que su vida fue más que una silla de ruedas. Más que las circunstancias de su muerte.

Hubo un breve silencio.

—Fue un detalle, gracias —repitió Lily.

Llegó la comida, y Lily se volvió a quedar callada. Los camareros revoloteaban con aire formal, rellenando copas de agua cuando sus niveles descendían un centímetro. Nos ofrecieron una tabla para cortar el pan, la retiraron y la volvieron a ofrecer a los cinco minutos. El restaurante se llenó de gente como la señora Traynor: bien vestida, de hablar educado, gente para quien el *quenelles* de rodaballo era un plato corriente y no un tema para originar un debate. La señora Traynor preguntó por mi familia y habló con cariño de mi padre.

—Hizo un trabajo encomiable en el castillo.

—Debe de resultarle extraño no volver —dije, y acto seguido me estremecí por dentro al preguntarme si me había extralimitado.

Sin embargo, la señora Traynor se limitó a clavar la vista en el mantel.

—Sí que lo es —convino. Asintió con una sonrisa de compromiso y seguidamente bebió un poco de agua.

La conversación mantuvo la misma tónica mientras tomábamos los entrantes (salmón ahumado para Lily, ensalada para la señora Traynor y para mí), se estancaba y reanudaba a trancas y barrancas, como al aprender a conducir. Sentí cierto alivio al ver al camarero aproximarse con los primeros platos. Se me borró la sonrisa de los labios cuando colocó el mío delante. No parecía ternera. Parecían discos marrones pasados en una espesa salsa marrón.

—Disculpe —dije al camarero—. ¿No pedí ternera?

Su mirada se cernió sobre mí durante unos instantes.

—Esta es la ternera, *madame*.

Ambos nos quedamos mirando mi plato.

—¿*Joues de boeuf*? —dijo él—. ¿Carrillada de ternera?

—¿Carrillada de ternera?

Ambos nos quedamos mirando mi plato y se me revolvió ligeramente el estómago.

—Ah, claro —dije—. Es que... Sí. Carrillada de ternera. Gracias.

Carrillada de ternera. Me daba demasiado miedo preguntar de qué lado procedía. No estaba segura de cuál sería peor.

Sonreí a la señora Traynor y me armé de valor para picotear mis ñoquis.

Comimos prácticamente en silencio. Tanto a la señora Traynor como a mí se nos estaban agotando los temas de conversación. Lily hablaba poco y, cuando comentaba algo, era con retintín, como poniendo a prueba a su abuela. Jugueteaba con la comida, como una quinceañera arrastrada a regañadientes a un almuerzo de postín con los adultos. Yo comía con desgana, tratando de hacer caso omiso a la vocecilla que me chillaba al oído sin cesar: «¡Estás comiendo carrillada! ¡Carrillos auténticos!».

Finalmente pedimos café. Cuando el camarero se alejó, la señora Traynor retiró la servilleta de su regazo y la dejó sobre la mesa.

—Ya no puedo más.

Lily levantó la cabeza. Me miró y volvió la vista de nuevo hacia la señora Traynor.

—La comida está muy rica y es muy agradable que me pongáis al corriente de vuestros trabajos y todo eso, pero en realidad esto no conduce a ninguna parte, ¿verdad?

Me planteé si se marcharía, si Lily se había pasado de la raya. Percibí el asombro en la expresión de Lily y noté que pensaba lo mismo que yo. Sin embargo, la señora Traynor apartó el platillo con la taza y se inclinó hacia delante.

—Lily, no he venido para impresionarte con un almuerzo por todo lo alto. He venido a pedirte perdón. Me cuesta explicar cómo me encontraba cuando te presentaste sin previo aviso aquel día, pero aquel desafortunado encuentro no fue culpa tuya, y quiero pedirte disculpas por el hecho de que tu presentación a tu familia paterna fuese semejante... desatino.

El camarero se acercó a retirar las tazas; la señora Traynor le dio el alto con la mano sin apartar la vista de Lily.

—¿Nos permite un par de minutos, por favor?

Él reculó rápidamente con la bandeja. Yo permanecí inmóvil. La señora Traynor, con el gesto tenso y el tono de voz apremiante, tomó aliento.

—Lily, yo perdí a mi hijo, a tu padre, y lo cierto es que probablemente lo perdiera antes de que falleciera. Su muerte me arrebató todos los pilares de mi vida: mi rol de madre, mi familia, mi carrera, incluso mi fe. Francamente, me he sentido como si me hubiese tragado un agujero negro. Sin embargo, al descubrir que él tenía una hija, que tengo una nieta, me he replanteado que tal vez no esté todo perdido.

Tragó saliva.

—No voy a decir que contigo le he recuperado en parte, pues eso sería injusto para ti. Tú posees, como ya he comprobado, tu propia personalidad. Contigo tengo una nueva persona por la que preocuparme. Espero que me des una segunda oportunidad, Lily. Porque me gustaría mucho…, no, maldición, me *encantaría* que pasásemos tiempo juntas. Louisa me ha comentado que tienes mucho carácter. Pues bien, no debes olvidar que es cosa de familia. De modo que seguramente tendremos más de un encontronazo, igual que los tuve con tu padre. En dos palabras, si nuestro encuentro de hoy no llegara a nada más, quería que supieras esto.

Posó la mano sobre la de Lily y la apretó.

—Estoy contentísima de haberte conocido. No sabes hasta qué punto has cambiado todo con tu mera existencia. Mi hija, tu tía Georgina, cogerá un avión el mes que viene para conocerte, y ya me ha estado preguntando si algún día podríamos ir las dos a Sídney a pasar una temporada con ella en su casa. En el bolso llevo una carta suya para ti.

Su tono de voz decayó.

—Soy consciente de que jamás podremos compensar la ausencia de tu padre y también de que no estoy…, en fin, aún sigo saliendo del bache, pero… ¿crees que… tal vez… podrías hacer un hueco a una abuela algo difícil?

Lily se quedó mirándola.

—¿Podrías al menos... darme una oportunidad?

A la señora Traynor se le quebró la voz con esta última frase. Hubo un largo silencio. Los latidos de mi corazón me retumbaban en los oídos. Lily me miró y, tras lo que se me antojó una eternidad, miró a la señora Traynor.

—¿Te gustaría... que fuera y me quedara a dormir contigo?

—Si quieres... Sí, me gustaría mucho.

—¿Cuándo?

—¿Cuándo puedes venir?

Jamás había visto a Camilla Traynor perder un ápice de serenidad, pero en ese momento se vino abajo. Arrastró la otra mano por la mesa. Tras un fugaz instante de vacilación, Lily agarró su mano y entrelazaron los dedos con fuerza sobre el mantel de hilo blanco, como si fueran supervivientes de un naufragio, mientras el camarero permanecía inmóvil sujetando la bandeja, preguntándose cuándo podría volver a abordarnos sin correr peligro.

—Te la devolveré mañana por la tarde.

Me quedé expectante en el aparcamiento mientras Lily permanecía junto al coche de la señora Traynor. Se había tomado dos postres, sus natillas de chocolate y las mías (a esas alturas yo había perdido el apetito por completo) y se examinaba con aparente indiferencia la cinturilla de los vaqueros.

—¿Seguro? —No sabía a ciencia cierta a quién de las dos le preguntaba esto. Era consciente de lo frágil que era esta nueva *entente cordiale,* de lo fácil que sería que saltara por los aires y se fuera al garete.

—Estaremos estupendamente.

—No tengo que trabajar mañana, Louisa —gritó Lily de lejos—. Los domingos le toca al primo de Samir.

A pesar de que Lily sonreía de oreja a oreja, me resultaba extraño dejarlas allí. Me dieron ganas de advertirle: «No fumes», «No bebas» y puede que incluso: «¿Y si lo dejamos para otra ocasión?», pero Lily me dijo adiós con la mano y se plantó en el asiento del copiloto del Golf de la señora Traynor prácticamente sin mirar atrás.

Listo. Ya no estaba en mis manos.

La señora Traynor se dio la vuelta para subir al coche.

—¡Señora Traynor! ¿Le puedo hacer una pregunta?

Se detuvo.

—Camilla. Creo que podemos dejarnos de formalidades, ¿no te parece?

—Camilla. ¿Llegaste a hablar con la madre de Lily?

—Ah, sí. —Se agachó para arrancar un minúsculo hierbajo de un arriate—. Le dije que confiaba en pasar mucho tiempo con Lily en el futuro. Y que era bastante consciente de que en su opinión yo no debía de ser una madre ejemplar ni mucho menos, pero que, para ser sinceros, aparentemente ninguna de las dos era la idónea para ejercer ese rol, y que le incumbía a ella plantearse detenidamente, por una vez, el anteponer la felicidad de su hija a la suya.

Es posible que me quedara un pelín boquiabierta.

—«Incumbir» es una palabra excelente —dije al recuperar el habla.

—¿A que sí? —Se puso derecha. Percibí en el brillo de sus ojos un atisbo de malicia apenas visible—. Sí. En fin, las Tanyas Houghton-Miller de este mundo no me intimidan lo más mínimo. Creo que Lily y yo vamos a congeniar a las mil maravillas.

Hice amago de dirigirme a mi coche, pero esta vez fue ella quien me detuvo.

—Gracias, Louisa.

Dejó la mano posada en mi brazo.

—No he hech...

—Sí lo has hecho. Soy muy consciente de que tengo muchísimo que agradecerte. Espero que en alguna ocasión pueda corresponderte.

—Oh, no hay necesidad. No pasa nada.

Sus ojos escudriñaron los míos, y esbozó una tenue sonrisa. Me fijé en sus pulcros labios pintados.

—Bueno, te llamaré mañana antes de llevar a Lily.

La señora Traynor se metió el bolso bajo el brazo y se dirigió a su coche, donde Lily aguardaba.

Cuando perdí de vista el Golf, llamé a Sam.

Un águila ratonera planeaba en círculos perezosamente sobre el campo, con sus enormes alas suspendidas en el resplandeciente cielo celeste. Me había ofrecido a ayudarle a hacer unos remates con la albañilería, pero solo habíamos terminado una hilera de ladrillos (yo se los iba pasando). Hacía tal bochorno que sugirió que tomásemos una cerveza fría en el descanso y, no sé por qué, después de llevar un rato recostados sobre la hierba, nos resultó imposible levantarnos. Yo le relaté la anécdota de la carrillada de ternera, lo cual provocó que se estuviera riendo un minuto entero e intentara recomponer el gesto ante mis protestas de que «Si al menos lo hubieran llamado de otro modo» y «A ver, es como si te dicen que estás comiendo trasero de pollo o algo así». En ese momento estaba tendida a su lado, escuchando el canto de los pájaros y el tenue susurro de la hierba, contemplando el sol de color melocotón deslizándose suavemente en dirección al horizonte y, cuando conseguí dejar de preocuparme de si Lily habría usado la palabra «calzonazos» en alguna ocasión, pensé que la vida no estaba tan mal.

—A veces, en días así, me da por pensar que tal vez no debería molestarme en construir la casa —comentó Sam—. Podría quedarme tumbado en el campo hasta hacerme viejo.

—Buen plan. —Yo mordisqueaba una brizna de hierba—. Con el inconveniente de que las duchas de agua de lluvia resultarán mucho menos agradables en enero.

Me fijé en el ruido sordo y quedo de su risa.

Inexplicablemente desconcertada ante la ausencia de Lily, me había ido derecha a verle desde el restaurante. No me apetecía estar a solas en el apartamento. Al aparcar junto al portón de la parcela de Sam, me había quedado observándole en el coche mientras escuchaba el sonido del motor apagándose, feliz consigo mismo, untando argamasa en cada ladrillo y pegándolo con fuerza al siguiente, secándose el sudor de la frente con su camiseta gastada, y había sentido que algo se desataba dentro de mí. Él no hizo ningún comentario sobre la leve torpeza de nuestras últimas conversaciones, lo cual era de agradecer.

Una nube solitaria surcaba el cielo. Sam acercó su pierna a la mía. Tenía los pies el doble de grandes que los míos.

—Me pregunto si la señora T habrá vuelto a sacar las fotos. Ya sabes, para Lily.

—¿Fotos?

—Portarretratos. Te lo comenté. No había ni uno de Will por ningún sitio aquella vez en que Lily yo fuimos a su casa. Me sorprendió bastante que enviara el álbum, porque en parte había temido que se hubiese deshecho de todas.

Se quedó callado, pensativo.

—Es raro. Aunque, al reflexionar sobre ello, caí en la cuenta de que yo tampoco tengo a la vista ninguna foto de Will. A lo mejor cuesta cierto tiempo... ser capaz de tenerlas observándote de nuevo. ¿Cuánto tardaste en volver a poner la foto de tu hermana en la mesilla de noche?

—No la llegué a quitar de en medio. Me gusta tenerla allí, especialmente porque su aspecto es como..., es tal y como era. —Colocó el brazo por encima de su cabeza—. No se cortaba un pelo conmigo. La típica hermana mayor. Cuando creo que he hecho algo mal, miro esa foto y escucho su voz. «Sam, cabeza de chorlito, a ver si maduras de una vez». —Ladeó la cara hacia mí—. Y..., ¿sabes? Es bueno que Jake la tenga presente. Es preciso que sienta que no hay nada malo en hablar de ella.

—A lo mejor pongo una a la vista. A Lily le vendrá bien tener fotos de su padre en el apartamento.

Las gallinas estaban sueltas y a pocos metros de distancia dos de ellas bullían en un claro de hierba, sacudiéndose y agitando las plumas, levantando nubecillas de polvo. Por lo visto, las aves de corral tienen personalidad. Estaba la gallina mandona de Marans, la cariñosa de cresta picaza, la enana de Bantam que había que coger del árbol cada noche para encerrarla en el gallinero.

—¿Y si le mando un mensaje? ¿Para ver cómo va la cosa?

—¿A quién?

—A Lily.

—Déjalas. Estarán estupendamente.

—Sé que tienes razón. Es curioso, al observarla en el restaurante me di cuenta de que se parece muchísimo más a él de lo que pensaba en un principio. Creo que la señora Traynor —Camilla— también reparó en ello. Parpadeaba ante los gestos de Lily, como si de pronto reconociese a Will en ellos. En un momento dado Lily enarcó una ceja, y ninguna de las dos pudimos apartar la vista de ella. Lo hizo tal y como él lo hacía.

—Oye, ¿qué te apetece hacer esta noche?

—Pues... me da igual. Tú decides. —Al estirarme, la hierba me hizo cosquillas en la nuca—. No me importaría quedarme tumbada aquí. Me conformaría con que en un momento dado te dejaras caer encima de mí como quien no quiere la cosa.

Esperaba que se echase a reír, pero no lo hizo.

—Entonces..., ¿hablamos de... lo nuestro?

—¿Lo nuestro?

Deslizó entre los dientes una brizna de hierba.

—Ajá. Solo me planteaba…, en fin, me preguntaba lo que opinas de esta situación.

—Haces que suene como un problema de matemáticas.

—Solo intento asegurarme de evitar más malentendidos, Lou.

Vi cómo dejaba caer la brizna de hierba y cogía otra.

—Creo que estamos bien —dije—. A ver, que esta vez no voy a echarte en cara que tengas un hijo abandonado. Ni una retahíla de novias imaginarias.

—Pero sigues teniendo reservas.

Aunque lo dijo con tacto, me sentó como una patada.

Me incorporé para apoyarme con el codo y bajé la vista para mirarle.

—Estoy aquí, ¿o no? Eres la primera persona a la que llamo al terminar la jornada. Nos vemos cuando podemos. No diría que eso es tener reservas.

—Ya. Nos vemos, nos acostamos juntos, disfrutamos comiendo.

—Pensaba que básicamente ese era el ideal de relación para cualquier hombre.

—Yo no soy cualquier hombre, Lou.

Nos quedamos callados mirándonos fijamente un minuto. Ya no estaba relajada. Me sentía desubicada, a la defensiva.

Suspiró.

—No pongas esa cara. No quiero casarme ni mucho menos. Lo único que estoy diciendo es que… nunca he conocido a una mujer que tenga menos ganas de hablar sobre una relación. —Se llevó la mano a la frente para no deslumbrarse con el sol, y entrecerró ligeramente los ojos—. Me parece bien que no aspires a que esta sea una relación duradera. Bueno, vale, no es así, pero lo único que quiero es hacerme una idea de lo que piensas. Supongo que, a raíz de la muerte de Ellen, me di cuenta de que la vida es corta. No quiero…

—¿No quieres qué?

—Desperdiciar el tiempo en algo que no va a ninguna parte.

—¿*Desperdiciar el tiempo?*

—Un desatino de palabras. No se me da bien esto. —Tomó impulso para erguirse.

—¿Qué necesidad hay de *definir* esto? Lo pasamos bien juntos. ¿Por qué no podemos dejar simplemente que las cosas sigan su curso y, no sé, ver lo que ocurre?

—Porque soy humano. ¿Vale? Y ya de por sí me cuesta ir detrás de alguien que sigue enamorada de un fantasma como para que encima se comporte como si solo me utilizase a cambio de sexo. —Levantó la mano para protegerse los ojos—. Por Dios, no puedo creer que haya dicho esto en voz alta.

Cuando recuperé el habla, se me quebró un poco la voz.

—No estoy enamorada de un fantasma.

Esta vez no me miró. Apoyó las manos para sentarse y se frotó la cara.

—Entonces deja que se vaya, Lou.

Se puso de pie con desgana y echó a andar hacia el vagón de tren, dejándome estupefacta.

Lily llegó a la noche siguiente, ligeramente quemada por el sol. Al entrar en el apartamento pasó de largo por la cocina, donde yo estaba sacando la ropa de la lavadora y barajando por enésima vez la idea de llamar a Sam, y se dejó caer en el sofá. Mientras la observaba desde la encimera, vi que subía los pies a la mesa de centro, cogía el mando a distancia y encendía la televisión.

—Bueno, ¿qué tal? —pregunté, al cabo de unos instantes.

—Bien.

Esperé a que añadiese algo, a que empuñara el mando a distancia y lo tirara, a que mascullara con indignación: «Esa familia es imposible». Pero se limitó a cambiar de un canal a otro.

—¿Qué habéis hecho?

—Nada del otro mundo. Charlamos un poco. Más que nada, hemos estado trabajando en el jardín. —Se dio la vuelta y puso los codos sobre el respaldo del sofá para apoyar la barbilla—. Oye, Lou. ¿Quedan cereales de esos con frutos secos? Estoy muerta de hambre.

25

¿Hablamos?

Claro. ¿Qué quieres decirme?

A veces reflexiono sobre las vidas de las personas de mi entorno y me pregunto si no estaremos todos destinados a dejar un rastro de daño a nuestro paso. Tu madre y tu padre no fueron los únicos que la jodieron contigo, como dijo el poeta. Miré detenidamente a mi alrededor, como a quien de repente se le enciende la bombilla, y vi que prácticamente todo el mundo soportaba el tremendo lastre del amor, ya fuera perdido, arrebatado o sencillamente desaparecido en una tumba.

Entonces fui consciente de las secuelas que Will nos había dejado a todos. No fue su intención, pero, con el mero hecho de negarse a vivir, lo hizo.

Amé a un hombre que me abrió a un mundo, pero que no me quiso lo suficiente como para quedarse en él. Y ahora me asustaba demasiado amar a un hombre que a lo mejor sería capaz de amarme si es que... ¿si es que qué? Le daba vueltas a la cabeza en las horas de quietud cuando Lily se retiraba a su habitación con sus refulgentes distracciones digitales.

Sam no me llamó. No podía reprochárselo. En cualquier caso, ¿qué iba a decirle? La verdad es que no quería hablar de lo que había entre nosotros porque ni yo misma lo sabía.

No es que no me encantara estar con él. Sospechaba que me ponía un pelín empalagosa en su presencia: mi risita bobalicona, mis bromas tontas y pueriles, mi pasión impetuosa y sorprendente incluso para mí. Me sentía mejor en su compañía, más cerca de la persona que deseaba ser. Más cerca de todo. Y sin embargo...

Y sin embargo...

Comprometerme con Sam significaba comprometerme a otra posible pérdida. Estadísticamente, la mayoría de las relaciones acababan mal y, teniendo en cuenta mi estado durante los dos últimos años, llevaba todas las de perder. Podíamos darle vueltas a ello, podíamos dejarnos llevar en momentos puntuales, pero a la larga el amor conllevaba más sufrimiento. Más secuelas... en mí, o peor aún, en él.

¿Quién era lo bastante fuerte como para afrontar eso?

Últimamente me volvía a costar conciliar el sueño. Así que no oí cuando sonó el despertador y, a pesar de pisar a fondo en la autopista, llegué tarde al cumpleaños del abuelo. Para celebrar sus ochenta años, papá había sacado la carpa desmontable que habíamos utilizado para el bautizo de Thomas, la cual cimbreaba, mohosa y endeble, en el extremo del jardín donde, por la puerta que conducía al callejón, entraban y salían vecinos sin cesar para traer dulces o felicitarle. El abuelo, sentado en una silla de plástico en medio del trajín, asentía con la cabeza a gente que ya no reconocía, y muy de vez en cuando observaba con añoranza su ejemplar del *Racing Post* doblado.

—Entonces, ¿qué significa exactamente —Treena estaba a cargo del té, sirviéndolo de una olla descomunal y repartiendo tazas— ese ascenso?

—Bueno, me asignan responsabilidades. Cuadro la caja al final de cada turno y soy la encargada de un juego de llaves. «Esto es una gran responsabilidad —había dicho Richard Percival, cediéndomelas con tanta solemnidad y boato como si estuviera entregándome el Santo Grial—. Úsalas con prudencia». Pronunció esas palabras literalmente. «Úsalas con prudencia». Me dieron ganas de decir: «¿Para qué otra cosa voy a querer yo un juego de llaves de un bar? ¿Para arar un terreno?».

—¿Pasta? —Me pasó una taza y le di un sorbo.

—Una libra por cada hora extra.

—Pfff... —No le pareció nada del otro mundo.

—Y ya no tengo que seguir poniéndome ese uniforme.

Escudriñó el mono de *Los ángeles de Charlie* que me había puesto esa mañana para la ocasión.

—En fin, supongo que menos da una piedra. —Le hizo una señal a la señora Laslow en dirección a los sándwiches.

¿Qué más podía decir? Era un trabajo. Algo así como un paso hacia delante. Me guardé para mí que había días en los que se me antojaba una peculiar forma de tortura trabajar en un sitio donde me veía obligada a presenciar cómo cada avión rodaba por la pista, haciendo acopio de energía como un ave de gran calibre, y, a continuación, se lanzaba al cielo. Me reservé para mí que ponerme aquel polo verde cada mañana en cierto modo me parecía una pequeña derrota.

—Mamá me ha comentado que tienes novio.

—En realidad no es mi novio.

—También lo ha comentado. ¿Entonces qué es? ¿Un ligue para echar un polvo de vez en cuando?

—No. Somos buenos amigos...

—De modo que es un callo.

—No es un callo. Está buenísimo.

—Pero flojo en la cama.

—Es maravilloso. No es asunto tuyo. Y es inteligente, casi más que tú…

—O sea, que está casado.

—No está casado. Por Dios, Treen. ¿Me quieres dejar que te lo explique? Me gusta, pero no estoy segura de desear implicarme en una relación justo ahora.

—¿Por la de tíos buenos solteros con trabajo que hacen cola para pescarte?

Me quedé mirándola.

—Era por si acaso. Ya sabes, a caballo regalado…

—¿Cuándo te dan las notas del examen?

—No cambies de tema. —Suspiró y abrió otro cartón de leche—. Dentro de un par de semanas.

—¿Qué pasa? Vas a sacar las mejores notas. Lo sabes perfectamente.

—¿Y qué? Estoy estancada.

Fruncí el ceño.

—En Stortfold no hay trabajo. Pero no puedo permitirme los alquileres de Londres, pues encima necesitaría una guardería para Thom. Y nadie se forra en los comienzos, ni siquiera con excelentes notas.

Se sirvió otra taza de té. Me dieron ganas de protestar, de objetar que no era así, pero sabía de sobra lo duro que era el mercado laboral.

—Entonces, ¿qué vas a hacer?

—De momento quedarme aquí, supongo. Igual voy y vengo. Espero que la metamorfosis feminista de mamá no impida que siga recogiendo a Thom del colegio. —Esbozó una mueca de sonrisa que estaba muy lejos de ser una sonrisa.

Jamás había visto a mi hermana de bajón. Aunque lo estuviera, seguía adelante, como un autómata, como una firme defensora de la filosofía de «un paseíto y arriba ese ánimo» contra la depresión. Mientras intentaba pensar en algo que decir, de pronto se formó un alboroto en la mesa de la comida. Al mirar de dónde procedía, vimos a mis padres enzarzados por una tarta de chocolate. Hablaban con ese tono bajo y sibilante propio de la gente que quiere evitar que los demás se den cuenta de que están discutiendo, pero no lo bastante como para dejar de discutir.

—¿Mamá? ¿Papá? ¿Todo bien? —Me acerqué a ellos.

Mi padre hizo un gesto hacia la mesa.

—La tarta no es casera.

—¿Qué?

—La tarta. No es casera. Mira.

Me fijé en ella: era una tarta de chocolate grande, con un magnífico baño de fondant, decorada con botones de chocolate entre las velas.

Mi madre, sulfurada, meneó la cabeza.

—Tenía que entregar un trabajo.

—Un trabajo. ¡No estás en el colegio! Siempre preparas una tarta casera para el abuelo.

—Es una buena tarta. La he comprado en Waitrose. A papá no le importa que no sea casera.

—Sí que le importa. Es tu padre. ¿A que sí te importa, abuelo?

El abuelo desvió la vista del uno al otro y meneó ligeramente la cabeza. Las conversaciones decayeron hasta interrumpirse a nuestro alrededor. Nuestros vecinos se miraban entre ellos, nerviosos. Bernard y Josie Clark nunca reñían.

—Solo lo dice por no herir tus sentimientos —gruñó mi padre.

—Si no he herido sus sentimientos, Bernard, ¿por qué demonios voy a herir los tuyos? Es una tarta de chocolate. Ni que se me hubiera pasado por alto su fiesta de cumpleaños.

—¡Lo único que quiero es que des prioridad a tu familia! ¿Acaso es pedir demasiado, Josie? ¿Una tarta casera?

—¡Estoy aquí! ¡Hay tarta, con velas! ¡Aquí están los sándwiches de las narices! ¡No estoy tomando el sol en las Bahamas! —Mi madre dejó caer bruscamente la pila de platos sobre la mesa de caballete y se cruzó de brazos.

Cuando mi padre hizo amago de contestar, se lo impidió alzando una mano.

—A ver, Bernard, tú que eres un hombre tan abnegado con la familia, dime, ¿me puedes indicar exactamente en qué has colaborado en este tinglado, eh?

—Oh-oh... —Treena se acercó un pelín más a mí.

—¿Le compraste a papá un pijama nuevo? ¿Eh? ¿Se lo envolviste? No. No tendrías ni puñetera idea de la talla que usa. Ni siquiera sabes tu maldita talla de pantalón porque TE LOS COMPRO YO. ¿Te has levantado a las siete de la mañana para recoger el pan para los sándwiches porque algún necio al llegar anoche del pub no tuvo otra ocurrencia que tomar una ración doble de tostadas y dejar el resto de la hogaza fuera para que se echara a perder? No. Has estado con el culo sentado leyendo las páginas de deportes. Llevas semanas dándome la tabarra sin parar porque me he atrevido a exigir el veinte por ciento de mi vida para mí misma, para tratar de dilucidar si hay algo más que pueda hacer antes de pasar a mejor vida y, mientras yo sigo haciéndote la colada, cuidando del abuelo y fregando los platos, tú continúas dale que te pego por una maldita tarta comprada. Pues bien, Bernard, puedes coger esa tarta de las narices que por lo visto es una señal tan tremenda de dejadez y falta de respeto y metértela por el... —soltó un gruñido—, por el..., esto... ¡Ahí tienes la cocina, ahí tienes la condenada fuente para la masa, prepara una tú mismo y a hacer puñetas!

Al decir eso, mamá volteó el plato con la tarta, que aterrizó boca abajo delante de papá; se limpió las manos con el delantal y salió airada del jardín en dirección a la casa.

Se detuvo al llegar al patio, se quitó el delantal y lo tiró al suelo.

—¡Ah! ¡Treena! Será mejor que le digas a tu padre dónde están los libros de cocina. Solo lleva viviendo aquí veintiocho años. Es imposible que lo sepa.

A partir de ahí, la fiesta del abuelo no se alargó mucho. Los vecinos se fueron yendo, haciendo comentarios en voz queda, y dándonos las gracias efusivamente por la *preciosa* fiesta, al tiempo que lanzaban miradas furtivas a la cocina. Noté que estaban tan atónitos como yo.

—Se avecinaba desde hace semanas —cuchicheó Treena, mientras recogíamos la mesa—. Él se siente abandonado. Ella no entiende por qué no la deja crecer un poco de una vez por todas.

Eché un vistazo a papá, que recogía con gesto malhumorado servilletas y latas de cerveza vacías del césped. Parecía estar con el ánimo por los suelos. Me acordé de mi madre en el hotel de Londres, rebosante de vida.

—¡Con lo mayores que son! ¡Se supone que ya deberían tener solucionados todas las dificultades de su relación!

Mi hermana enarcó las cejas.

—¿No te parece…?

—Por supuesto que no —repuso Treena. Pero no me sonó tan convincente como podría haberlo sido.

Ayudé a Treena a recoger la cocina y jugué diez minutos a Super Mario Bros. con Thom. Mi madre se recluyó en su habitación, supuestamente para ultimar su trabajo, y el abuelo se escabulló con cierto alivio para encontrar un infalible consuelo en las carreras de Canal 4. Me pregunté si papá se habría ido al pub otra vez, pero, justo cuando salía por la puerta para marcharme, lo encontré sentado al volante de su furgoneta de trabajo.

Di unos golpecitos en la ventanilla y se sobresaltó. Abrí la puerta y me senté a su lado. Pensaba que a lo mejor estaría escuchando los resultados deportivos, pero la radio se encontraba apagada.

Dejó escapar un largo suspiro.

—Seguro que piensas que soy un viejo tonto.

—No eres un viejo tonto, papá. —Le di un golpecito con el codo—. Bueno, no eres viejo.

Nos quedamos callados, observando a los críos de los Ellis dando vueltas de un lado a otro de la calle con sus bicicletas, y apretamos los dientes al unísono cuando el más pequeño giró derrapando demasiado rápido y patinó en medio de la calzada.

—Quiero que las cosas sigan tal cual. ¿Acaso es pedir demasiado?

—Nada sigue tal cual, papá.

—Es que…, es que echo de menos a mi mujer. —Parecía muy abatido.

—Mira, podrías disfrutar del hecho de estar casado con alguien que sigue teniendo sangre en las venas y punto. Mamá está entusiasmada. Siente como si estuviera viendo el mundo con nuevos ojos. Solo tienes que dejarle un poco de espacio.

Su boca dibujaba una adusta línea.

—Sigue siendo tu mujer, papá. Te quiere.

Finalmente se volvió para mirarme.

—¿Y si llega a la conclusión de que soy yo quien no tiene vida? ¿Y si pierde la cabeza con toda esta nueva historia…? —Tragó saliva—. ¿Y si me deja plantado?

Le apreté la mano. Después lo pensé mejor y me eché hacia delante para darle un achuchón.

—Tú no permitirás que eso ocurra.

La lánguida sonrisa que esbozó permaneció conmigo durante todo el trayecto a casa.

Lily entró justo cuando me disponía a ir al Círculo del Avance. Había estado con Camilla otra vez, y llegó a casa —como ahora tenía por costumbre— con las uñas negras de arreglar el jardín. Le habían hecho un arriate entero a una vecina, comentó en tono alegre, y la mujer había quedado tan encantada que le había dado treinta libras a Lily.

—De hecho, también nos regaló una botella de vino, pero dije que debía quedársela la abuela. —Reparé en la naturalidad con la que dijo «la abuela»—. ¡Ah! Y anoche hablé con Georgina por Skype. O sea, allí era de día, porque es Australia, pero fue muy agradable. Va a enviarme por e-mail un montón de fotos de cuando mi padre y ella eran pequeños. Dice que me parezco muchísimo a él. Es bastante guapa. Tiene un perro llamado Jacob que aúlla cuando ella toca el piano.

Mientras charlaba, le puse un bol de ensalada, pan y queso encima de la mesa. Sopesé la idea de decirle que Steven Traynor había llamado de nuevo, la cuarta vez en no sé cuántas semanas, con la esperanza de convencerla de que fuera a ver al bebé. «Todos formamos una familia. Y Della se siente mucho más *relajada* ante la situación ahora que el bebé ha nacido sin ningún contratiempo».

Tal vez no fuese el momento oportuno para esa conversación. Alargué la mano para coger mis llaves.

—¡Ah! —dijo—. Antes de que te vayas: voy a retomar los estudios.

—¿Cómo?

—Voy a volver al internado que hay cerca de la casa de la abuela. ¿Te acuerdas del que te hablé? ¿En el que me encontraba muy a gusto? De lunes a viernes. Solo los dos años que me quedan para terminar el instituto. Y los fines de semana los pasaré en casa de la abuela.

Se me había escapado algo.

—Vaya.

—Lo siento. Tenía intención de decírtelo, pero todo ha ocurrido tan deprisa. Lo estaba comentando y, de buenas a primeras, la abuela llamó al internado por si acaso y le dijeron que sería bien recibida, y... ¿a que no adivinas una cosa? ¡Mi amiga Holly sigue allí! Hablé con ella por Facebook y dijo que se moría de ganas de que volviera. Bueno, no le conté todo lo que ha pasado, y es probable que no lo haga, pero fue genial. Me conoció antes de que todo se echara a perder. Ella es..., bueno, tú me entiendes.

Mientras escuchaba su animada charla, me debatí internamente contra la sensación de estar mudando de piel.

—¿Para cuándo está previsto?

—Bueno, tengo que estar allí cuando comiencen las clases en septiembre. La abuela considera que sería conveniente que me mudase pronto. Igual la semana que viene.

—¿La semana que viene? —Me quedé sin resuello—. ¿Qué..., qué opina tu madre?

—Está contentísima de que vuelva al instituto, sobre todo teniendo en cuenta que la abuela corre con los gastos. Ha tenido que ponerles un poco al corriente sobre mi curso en el internado anterior y sobre el hecho de que no me he presentado a los exámenes, y está claro que a la abuela no le cae demasiado bien, pero no ha puesto ningún inconveniente. «Si eso va a hacer que estés realmente contenta, adelante, Lily. Ni que decir tiene que confío en que no vayas a tratar a tu abuela como has tratado al resto».

Se rio socarronamente de su propia imitación de Tanya.

—Me llamó la atención el gesto de la abuela cuando mi madre hizo este comentario porque, aunque enarcó solamente

414

una pizca las cejas, estaba más claro que el agua lo que pensaba. ¿Te he dicho que se ha teñido el pelo? Una especie de castaño. Ahora presenta bastante buen aspecto; ya no tiene tanto ese aire de enferma de cáncer.

—¡Lily!

—No pasa nada. Le hizo gracia cuando se lo dije. —Sonrió ante su propia ocurrencia—. Fue el tipo de comentario que habría hecho mi padre.

—En fin —murmuré, al recobrar el aliento—, suena como si ya lo tuvieras todo arreglado.

Me fulminó con la mirada.

—No lo digas de esa manera.

—Perdona. Es que... te echaré de menos.

De pronto esbozó una sonrisa radiante.

—No me echarás de menos, tonta, porque estaré por aquí en vacaciones y fechas así. Si me paso todo el tiempo en el condado de Oxford con gente mayor, me volveré loca. Pero está bien. Es que estar con ella... es como estar en familia. No me resulta incómodo. Pensé que lo sería, pero no es así. Eh, Lou... —Me dio un achuchón—. Seguiremos siendo amigas. Para mí eres la hermana que nunca he tenido.

Le correspondí al efusivo abrazo procurando mantener la sonrisa en mi rostro.

—Al fin y al cabo, necesitas intimidad. —Se despegó de mí, se sacó un chicle de la boca y lo envolvió con cuidado en un trozo de papel—. La verdad es que ha sido bastante desagradable haber tenido que escucharte follando con el tío bueno de la ambulancia en el pasillo.

Lily se va.

¿Se va? ¿Adónde?

A vivir con su abuela. Me siento rara. Está contentísima ante la expectativa. Lo siento. No es mi intención sacar siempre temas de conversación referentes a Will, pero la verdad es que no tengo a nadie más a quien contárselo.

Lily hizo la maleta, despojando alegremente mi dormitorio de invitados de prácticamente cualquier rastro de su presencia allí, salvo la lámina de Kandinsky y la cama plegable, un montón de revistas de papel satinado y un bote de desodorante vacío. La llevé en coche a la estación, mientras escuchaba su incesante cháchara y trataba de disimular mi consternación. Camilla Traynor la esperaría a su llegada.

—Deberías venir por allí. Hemos dejado preciosa mi habitación. En la granja de al lado hay un caballo y el dueño dice que puedo montar. Ah, y hay un pub bastante agradable.

Se puso de puntillas y alzó la vista hacia el panel de salidas; de repente vio la hora.

—¡Joder! Mi tren. Vale. ¿Dónde está el andén 11? —Echó a correr con ímpetu entre el gentío, con la bolsa de viaje colgada en bandolera y sus largas piernas enfundadas en medias negras. Me quedé ahí de pie, helada, observando cómo se alejaba. Sus zancadas eran cada vez más grandes.

De pronto se giró y, al divisarme junto a la entrada, saludó con la mano, su sonrisa amplia, el pelo ondeándole sobre la cara.

—¡Eh, Lou! —gritó—. Quería decirte que seguir adelante no significa que dejes de querer a mi padre en lo más mínimo, ¿sabes? Casi seguro que hasta él te diría lo mismo.

Y acto seguido la perdí de vista, tragada por la multitud.

Su sonrisa era como la de Will.

Jamás te perteneció, Lou.

Ya. Es que supongo que ella era ese algo que me servía de aliciente.

Solo hay una persona que te pueda servir de aliciente.

Me concedí un minuto para asimilar estas palabras.

¿Podemos quedar? ¿Por favor?

Esta noche estoy de servicio.

¿Y si vienes a mi casa después?

Quizá otro día de esta semana. Te llamaré.

El detonante fue ese «quizá». Tenía algo de final, el lento cerrarse de una puerta. Miré absorta el móvil mientras los pasajeros de los trenes de cercanías pululaban a mi alrededor y algo se removió en mi interior también. Tenía la opción de irme a casa a lamentar una nueva pérdida, o bien abrazar una repentina libertad. Fue como si se hubiera encendido una luz: la única manera de evitar quedarme tirada era empezar a moverme.

Me fui a casa, me preparé un café y miré ensimismada la pared verde. A continuación, saqué mi ordenador portátil.

Estimado señor Gopnik:

Me llamo Louisa Clark y el mes pasado tuvo la gentileza de ofrecerme un trabajo que me vi obligada a rechazar. Me hago cargo de que a estas alturas habrá cubierto el puesto, pero si no le digo esto lo lamentaré el resto de mi vida.

Deseaba profundamente ese trabajo. Si la hija de mi anterior jefe no se hubiera presentado de improviso en apuros, no habría dudado un instante en aceptarlo. No pretendo culparla de mi decisión, pues fue un privilegio contribuir a arreglar su situación. No obstante, solo quería decirle que, si en el futuro volviese a necesitar a alguien, espero de corazón que considere la posibilidad de ponerse en contacto conmigo.

Me consta que es un hombre ocupado, de modo que no me extenderé más. Tan solo necesitaba que lo supiera.

Saludos cordiales,

Louisa Clark

No estaba segura de lo que hacía, pero al menos estaba haciendo algo. Pulsé la tecla «ENVIAR» y, con esa minúscula acción, de repente sentí que volvía a tener un aliciente. Fui disparada al baño y abrí el grifo de la ducha, me quité la ropa y di un traspié con los bajos de mis pantalones con las prisas por quitármelos y meterme bajo el agua caliente. Me puse a enjabonarme el pelo y ya estaba haciendo planes. Iría al parque de ambulancias y buscaría a Sam y….

Sonó el timbre de la puerta. Maldije y empuñé una toalla.

—Hasta aquí hemos llegado —dijo mi madre.

Tardé un momento en asimilar que era ella en persona la que estaba ahí de pie, con una bolsa de viaje en ristre. Me ajusté la toalla alrededor del cuerpo, mientras mi pelo mojado goteaba en la moqueta.

—¿Que hemos llegado a dónde?

Entró y cerró la puerta.

—Tu padre. Sigue rezongando constantemente por todo lo que hago. Comportándose como si fuera una ramera o algo así por el mero hecho de querer un poco de tiempo para mí.

Así que le he dicho que me venía para acá a tomarme un pequeño respiro.

—¿Un respiro?

—Louisa, es que no te lo puedes imaginar. Está todo el rato como un cascarrabias. No soy de piedra, ¿sabes? Todo el mundo tiene derecho a evolucionar. ¿Por qué yo no?

Me daba la impresión de haberme incorporado en mitad de una conversación que había empezado hacía horas. Posiblemente en un bar. A las tantas de la madrugada.

—Cuando comencé ese curso de conciencia feminista, lo encontré un pelín exagerado. ¿El dominio patriarcal del hombre sobre la mujer? ¿Incluso como una actitud inconsciente? Pues bien, no conocían la mitad del percal. Tu padre no me ve como una persona salvo para poner la mesa o abrirme de piernas en la cama, ni más ni menos.

—Eh...

—Huy. ¿Me he pasado?

—Posiblemente.

—Vamos a debatir el tema con un té. —Mi madre se me adelantó y fue a la cocina—. Vaya, esto está un poquito mejor. No obstante, ese verde sigue sin convencerme. Echa para atrás. Por cierto, ¿dónde guardas las bolsitas de té?

Mi madre se sentó en el sofá y, mientras el té se le enfriaba, escuché su letanía de frustración procurando no mirar el reloj. Sam acudiría a su turno en media hora. Yo tardaría veinte minutos en llegar al parque de ambulancias. Y en breve mi madre alzaría la voz y acabaría llevándose las manos a algún punto cercano a las sienes; concluí que no iba a ir a ninguna parte.

—¿Sabes lo agobiante que resulta que te digan que no vas a ser capaz de cambiar jamás? ¿En el resto de tu vida? ¿Porque nadie te lo permite? ¿Sabes lo terrible que es sentirse estancada?

Asentí con énfasis. Lo sabía. De buena tinta.

—Estoy convencida de que papá no desea que te sientas así…, pero, mira, yo…

—Hasta le sugerí que se apuntase a un curso en la escuela nocturna. A algo que pudiera gustarle…, ya sabes, de restauración de antigüedades o de dibujo al natural, cosas así. ¡No me importa que vea a mujeres en cueros! ¡Pensé que podíamos crecer juntos! Esa es la clase de mujer a la que aspiro ser, a la que le da igual que su marido vea a mujeres en cueros si es en aras de la cultura… Pero él, erre que erre con que «¿Y qué pintaría yo allí?». Es como si tuviera la puñetera menopausia. ¡Y para colmo la cantinela por no depilarme las piernas! Oh, por favor. Es de lo más hipócrita. ¿Sabes lo largos que tiene los pelos de la nariz, Louisa?

—N-no.

—¡Pues te lo digo yo! Podría limpiar el plato con ellos. Llevo quince años diciéndole al barbero que le dé un repaso ahí, ¿sabes? Como si él no fuera mayorcito. ¿Y me importa? ¡No! Porque él es así. ¡Es humano! ¡Con pelos en las narices y todo! ¡Pero si me atrevo a no estar tan suave como el puñetero culito de un bebé, actúa como si me hubiese convertido en el jodido Chewbacca!

Eran las seis menos diez. Sam se pondría en marcha a las seis y media. Suspiré y me ajusté la toalla.

—Entonces…, esto…, ¿cuánto tiempo calculas que te quedarás aquí?

—Bueno, en fin, no lo sé. —Mamá le dio un sorbo al té—. Ahora los servicios sociales le están llevando al abuelo el almuerzo, así que no es que tenga que estar allí todo el tiempo. A lo mejor me quedo unos días. La última vez que vine lo pasamos fenomenal, ¿a que sí? Mañana podríamos ir a ver a Maria, la de los aseos. ¡Cómo nos divertiríamos!

—Genial.

—Bien. Bueno, voy a hacer la cama supletoria. ¿Dónde está la cama supletoria?

El timbre volvió a sonar justo cuando acabábamos de ponernos de pie. Abrí la puerta, suponiendo que sería un repartidor de pizza que se había equivocado de dirección, pero me topé con Treena y Thom y, detrás de ellos, con las manos metidas hasta el fondo de los bolsillos de sus pantalones como un adolescente incorregible, mi padre.

Treena ni se molestó en mirarme. Se limitó a pasar por delante de mí.

—Mamá. Esto es ridículo. No puedes huir de papá sin más. ¿Es que tienes catorce años?

—No estoy huyendo, Treena. Me estoy dando espacio para respirar.

—Vale, nos vamos a sentar aquí hasta que arregléis esta absurda situación. ¿Sabes que papá ha estado durmiendo en su furgoneta, Lou?

—¿Qué? No me lo has dicho —afirmé, dirigiéndome a mi madre.

Alzó la barbilla.

—No me has dado tregua, con tanta cháchara.

Mis padres se quedaron ahí de pie sin mirarse el uno al otro.

—De momento no tengo nada que comentar a tu padre —dijo.

—Sentaos —ordenó Treena—. Los dos. —Se acercaron al sofá arrastrando los pies, al tiempo que se lanzaban recíprocas miradas de resentimiento. Treena se dirigió a mí—. Bien. Vamos a preparar té. Y después vamos a solucionar esto como una familia.

—¡Una idea estupenda! —exclamé, aprovechando la oportunidad—. Hay leche en el frigorífico. El té está en la encimera. Como si estuvierais en vuestra casa. Vuelvo en media hora. —Y, antes de que alguien pudiese impedirlo, me enfundé unos vaqueros y una camiseta y salí pitando del apartamento con las llaves del coche.

Lo vi nada más meter el coche en el aparcamiento del parque de ambulancias. Iba dando grandes zancadas hacia la ambulancia, con el equipo colgado del hombro, y noté una sacudida en mi interior. Era consciente de la deliciosa solidez de ese cuerpo, de los delicados ángulos de ese rostro. Al volverse hacia mí trastabilló, como si yo fuera la última persona a la que esperara encontrar allí. A continuación, se giró hacia la ambulancia y abrió las puertas traseras de par en par.

Caminé a su encuentro por el asfalto.

—¿Podemos hablar?

Levantó un tanque de oxígeno como si fuera un bote de laca para el pelo y cerró la válvula de seguridad.

—Claro. Pero tendrá que ser en otra ocasión. Debo irme.

—No puede esperar.

Su expresión no se alteró. Se agachó para coger un paquete de gasa.

—Mira. Solo quería explicarte… lo que estábamos hablando. Me gustas. Me gustas muchísimo. Es que… tengo miedo.

—Todos tenemos miedo, Lou.

—Tú no tienes miedo a nada.

—Sí. Claro que sí. Solo que a cosas que te pasan desapercibidas.

Bajó la vista a sus botas. Y entonces vio que Donna corría a su encuentro.

—Oh, mierda. Tengo que irme.

Subí de un brinco a la parte trasera de la ambulancia.

—Voy con vosotros. Cogeré un taxi donde me dejéis.

—No.

—Por favor.

—¿Para que me complique aún más la existencia con los de medidas disciplinarias?

—Código rojo 2, aviso de apuñalamiento, varón joven. —Donna lanzó su equipo a la parte de atrás de la ambulancia.

—Tenemos que irnos, Louisa.

Lo estaba perdiendo. Lo percibía en su tono de voz, en su mirada evasiva. Bajé de un salto de la ambulancia, maldiciendo mi tardanza. Pero Donna me cogió del codo y me condujo a la cabina.

—Por el amor de Dios —dijo, al tiempo que Sam hacía amago de protestar—. Has estado de un humor de perros toda la semana. Arregla esto de una vez por todas. La dejaremos antes de llegar allí.

Sam fue a paso ligero hacia la puerta del copiloto, la abrió y echó un vistazo a la oficina de control.

—Sería una estupenda asesora de terapia de pareja. —Su tono de voz se endureció—. Si esto fuera una relación, claro.

No hizo falta que me lo dijera dos veces. Sam subió al asiento del conductor y me miró como si fuese a añadir algo, pero cambió de opinión. Donna se puso a preparar el equipo. Sam le dio a la llave de contacto y encendió la luz azul.

—¿Adónde vamos?

—*Nosotros*, al área residencial. A unos siete minutos de distancia, con la sirena puesta. *Tú*, a la calle principal, a dos minutos de Kingsbury.

—¿Entonces tengo cinco minutos?

—Y una larga caminata de vuelta.

—Vale —dije. Al acelerar, caí en la cuenta de que en realidad no tenía ni idea de lo que decir a continuación.

26

*B*ueno, pues ahí va eso —dije. Sam puso el intermitente y giró en redondo para incorporarse a la carretera. Tuve que alzar la voz por encima del ruido de la sirena.

Se concentró en la calzada. Echó un vistazo al texto de la pantalla digital del salpicadero.

—¿Qué tenemos, Don?

—Posible apuñalamiento. Dos avisos. Varón joven desplomado en el hueco de una escalera.

—¿De veras piensas que es un momento oportuno para hablar? —pregunté.

—Depende de lo que tengas intención de decir.

—No es que no quiera una relación. Es que sigo estando un poco confusa.

—A todo el mundo le pasa lo mismo —dijo Donna—. Todos los tíos con los que salgo empiezan diciendo en la primera cita que tienen problemas de confianza. —Miró a Sam—. Huy. Perdón. Haced como si yo no estuviera.

Sam mantuvo la mirada al frente.

—Primero dices que soy un gilipollas porque, según tú, me estoy acostando con otras mujeres. A la primera de cambio guardas las distancias conmigo porque sigues enganchada de alguien. Es demasiado...

—Will ya no está. Soy consciente de ello. Pero soy incapaz de pasar página como tú, Sam. Me da la sensación de que empiezo a levantar cabeza después de un largo tiempo de..., no sé..., estaba hecha una mierda.

—Sé que estabas hecha una mierda. Yo recogí esa mierda.

—En todo caso, me gustas demasiado. Me gustas tanto que, si saliera mal, volvería a sentirme así. Y no estoy segura de ser lo bastante fuerte.

—¿Y en qué te basas para pensar *eso*?

—A lo mejor dejo de gustarte. A lo mejor cambias de parecer. Eres un tío guapo. Igual otra mujer se cae de un edificio y aterriza sobre ti y te atrae. Podrías enfermar. Podrían arrollarte con esa moto.

—El tiempo estimado de llegada es de dos minutos —dijo Donna, mirando el navegador vía satélite—. No estoy escuchando, de veras.

—Eso podría pasarle a cualquiera. ¿Y qué? ¿Nos quedamos apoltronados el día entero sin hacer nada para evitar accidentes? ¿Acaso es esa la manera de vivir? —Dio tal volantazo a la izquierda que tuve que agarrarme al asiento.

—Sigo siendo un donut, ¿vale? —dije—. Quiero ser un bollo. De veras. Pero sigo siendo un donut.

—¡Por el amor de Dios, Lou! ¡Todos somos donuts! ¿Acaso crees que no fui testigo de cómo el cáncer devoraba a mi hermana y que no sabía que se me rompería el corazón, no solo por ella, sino por su hijo, cada día de mi vida? ¿Acaso crees que no sé lo que se siente? Solo hay una respuesta, y lo digo porque lo veo cada día. Se *vive*. Y te lanzas a por todas intentando no pensar en las consecuencias.

—Oh, qué bonito —dijo Donna, al tiempo que asentía.

—*Lo intento*, Sam. No tienes ni idea de lo lejos que he llegado.

Entonces llegamos allí. El cartel del área residencial de Kingsbury se alzaba frente a nosotros. Cruzamos un enorme pasaje, pasamos por un aparcamiento y nos internamos en un patio oscuro, donde Sam aparcó y despotricó en voz baja.

—Maldita sea, tendríamos que haberte dejado antes.

—No quería interrumpir —dijo Donna.

—Os esperaré aquí. —Me crucé de brazos.

—No vale la pena. —Sam saltó del asiento del conductor y empuñó su equipo—. No estoy dispuesto a pasarlas canutas con tal de convencerte. Oh, mierda. No han puesto las malditas señales. A saber dónde está.

Observé los edificios de ladrillo granate. Debía de haber veinte huecos de escaleras en aquellos bloques y en ninguno de ellos convenía merodear sin compañía de un corpulento guardaespaldas.

Donna forcejeó para ponerse la chaqueta.

—La última vez que estuve por aquí, un ataque al corazón, no encontramos el bloque en cuestión hasta el cuarto intento, y el acceso estaba cerrado con llave. Tuvimos que buscar a un portero para que abriera y pasar con la unidad móvil. Para cuando logré localizar la vivienda, el paciente había muerto.

—El mes pasado hubo aquí dos tiroteos entre bandas.

—¿Quieres que pida una escolta policial? —preguntó Donna.

—No. No hay tiempo.

Reinaba un silencio estremecedor, pese a que apenas eran las ocho. Había áreas residenciales en ciertas partes de la ciudad donde hacía solo unos cuantos años los niños podían jugar al aire libre con sus bicicletas, fumar a escondidas y llamarse a silbidos hasta bien entrada la noche. Ahora los residentes cerraban a cal y canto sus puertas mucho antes del anochecer, y las ventanas estaban blindadas con rejas metálicas de adorno. Habían destrozado a tiros la mitad de las farolas y, de quedar alguna, parpadeaba intermitentemente, como si dudase de si resultaba seguro alumbrar o no.

Sam y Donna, ya fuera de la cabina, hablaban en voz baja. Donna abrió la puerta del copiloto, estiró el brazo y me dio una chaqueta reflectante.

—Bien. Ponte esto y acompáñanos. No se queda tranquilo dejándote aquí.

—¿Y por qué no...?

—¡Uf, vaya par! ¡Por el amor de Dios! Mira, yo voy a ir por este lado, tú síguelo por allí. ¿Vale?

Me quedé mirándola.

—Arregladlo después. —Se alejó a grandes zancadas, con el walkie-talkie crepitando en la mano.

Seguí de cerca a Sam conforme cruzábamos un callejón tras otro.

—Savernake House —dijo entre dientes—. ¿Cómo demonios se supone que vamos a saber cuál es? —El radiotransmisor emitió un silbido—. Control, necesitamos indicaciones. No hay letreros en estos edificios y no tenemos ni idea de dónde está el paciente.

—Lo siento —se disculpó la voz—. En nuestro mapa no figuran los nombres específicos de los edificios.

—¿Quieres que vaya por allí? —dije, apuntando al frente—. Así cubriremos tres callejones. Llevo el móvil encima. —Nos detuvimos al pie de una escalera que hedía a orines y a grasa rancia de viejos cartones de comida para llevar. Los pasillos estaban a oscuras; solo el esporádico parloteo amortiguado de alguna televisión al otro lado de las ventanas sugería algo de vida en el interior de cada pequeña vivienda. Me había figurado que una conmoción lejana, alguna vibración en el aire, nos conduciría hasta el herido. Pero había un sosiego inquietante.

—No. No te separes de mí, ¿vale?

Me di cuenta de que mi presencia le ponía nervioso. Sopesé la idea de marcharme, pero no quería buscar la salida sola.

Sam se detuvo al final del pasillo. Se dio la vuelta y negó con la cabeza, apretando los labios. La voz de Donna crepitó por el radiotransmisor.

—Este lado está despejado.

Y entonces oímos un grito.

—Allí —dije, guiada por la procedencia del sonido. Al otro lado de la plaza, en la penumbra, vimos una figura agazapada, un cuerpo en el suelo bajo las farolas.

—Allá vamos —dijo Sam, y echamos a correr.

La velocidad era crucial en este trabajo, me había comentado en una ocasión. Era una de las primeras cosas que enseñaban a los técnicos de emergencias sanitarias: la diferencia que unos segundos podían suponer en las posibilidades de supervivencia de una persona. Si el paciente estaba desangrándose, había sufrido un derrame cerebral o un infarto, esos segundos críticos podían mantenerle con vida. Cruzamos disparados los pasillos de cemento, bajamos por las malolientes y sórdidas escaleras y corrimos por el césped devastado en dirección a la figura postrada.

Donna ya estaba de rodillas junto a ella.

—Una chica. —Sam soltó su equipo—. Estoy segura de que dijeron que era un hombre.

Mientras Donna la examinaba para localizar las heridas, él llamó a control.

—Sí. Varón joven, de unos veinte años, de aspecto afrocaribeño —confirmó el informante.

Sam apagó su radiotransmisor.

—Deben de haberlo entendido mal. Algunos días es como el maldito juego del teléfono loco.

La chica rondaba los dieciséis, tenía el pelo pulcramente trenzado, el cuerpo despatarrado como si acabara de desplomarse. Despedía una extraña serenidad. Me pregunté fugazmente si sería ese mi estado cuando Sam acudió a atenderme.

—¿Me oyes, cariño?

No se movió. Sam le examinó las pupilas, el pulso, las vías respiratorias. Respiraba y, a simple vista, no había rastro de heridas. Sin embargo, daba la impresión de que no reaccionaba a ningún estímulo. Examinó su estado por segunda vez y se quedó mirando el material sanitario.

—¿Está viva?

Sam y Donna se cruzaron la mirada. Él se irguió y echó un vistazo alrededor, pensativo. Alzó la vista hacia las ventanas del edificio. Estas nos observaban fijamente como ojos impasibles y hostiles. A continuación, nos hizo una seña para que nos acercásemos a él y dijo en voz baja:

—Aquí hay algo que no me gusta. Mirad, voy a hacer el test de caída de la mano. Cuando lo haga, quiero que os vayáis rápido al furgón y que arranquéis el motor. Si es lo que creo que es, no tendremos más remedio que largarnos de aquí.

—¿Una emboscada para conseguir drogas? —dijo entre dientes Donna, mirando de reojo a mis espaldas.

—Puede ser. O por cuestión de territorio. Deberían habernos proporcionado un mapa de localización. Estoy seguro de que es aquí donde Andy Gibson acudió al aviso del tiroteo.

Traté de hablar con voz serena.

—¿Qué es el test de caída de la mano?

—Voy a levantar su mano y a dejarla caer sobre su cara. Si es una artimaña, la moverá para esquivar el golpe. Siempre lo hacen. Es como un reflejo. Pero, si alguien nos observa, no quiero que capte que no hemos mordido el anzuelo. Louisa, haz como si fueras a por más material médico, ¿vale? Lo intentaré una vez que me hayas mandado un mensaje confirmándome que estás en el furgón. Si hay alguien merodeando, no subas. Date la vuelta como si nada y ven directa para acá. Donna, recoge tu material y prepárate. Tú vas detrás. Si ven que nos vamos dos, se darán cuenta.

Me dio las llaves. Cogí una bolsa, como si fuera mía, y eché a andar a paso ligero hacia la ambulancia. De pronto fui consciente de que nos observaban en la penumbra; los latidos de mi corazón retumbaban en mis oídos. Traté de mantener el semblante impasible y de moverme con determinación.

El recorrido por la explanada con el eco de mis pasos se me hizo eterno. Al llegar a la ambulancia, dejé escapar un suspiro de alivio. Cogí las llaves, abrí la puerta y, al hacer amago de subir, una voz emergió entre las sombras.

—Señorita. —Miré hacia atrás. Nada—. Señorita.

Un muchacho asomó por detrás de una columna de hormigón, con otro a la zaga, con una capucha que le ensombrecía el rostro. Di un paso hacia el furgón con el corazón desbocado.

—Vienen refuerzos de camino —dije, procurando mantener la voz serena—. Aquí no hay drogas. Tenéis que retroceder. ¿Vale?

—Señorita. Está al lado de los contenedores. No quieren que lo localicéis. Está desangrándose, señorita. Por eso la prima de Emeka está fingiendo esa artimaña. Para despistaros. Para que os vayáis.

—¿Qué? ¿Qué quieres decir?

—Está al lado de los contenedores. Tiene que ayudarle, señorita.

—¿Cómo? ¿Dónde están los contenedores?

El chico echó un vistazo hacia atrás con cautela y, al volverme para preguntarle de nuevo, se había internado en la penumbra.

Miré a mi alrededor, intentando averiguar a qué lugar se refería. Y entonces lo vi, junto a los garajes: el borde saliente de un contenedor de basura de plástico verde claro. Fui avanzando poco a poco por el umbrío pasillo de la planta baja, fuera de la vista de la plaza principal, hasta que atisbé un portón abierto que daba a la zona de residuos. Eché a correr en esa dirección y, allí, semiocultas tras el contenedor de reciclaje, asomaban unas piernas abiertas, con las perneras de un pantalón de chándal empapadas de sangre. El resto del cuerpo yacía desplomado bajo los contenedores. Me puse en cuclillas; el chico ladeó la cabeza y gimió en voz baja.

—¿Hola? ¿Me oyes?

—Me han dado.

La sangre brotaba pegajosa hacia sus piernas desde lo que parecían ser dos heridas.

—Me han dado...

Empuñé el teléfono para llamar a Sam y le dije en voz baja y apremiante:

—Estoy junto a los contenedores, a tu derecha. Por favor, ven rápido.

Podía verle, mirando a su alrededor despacio, hasta que me localizó. Dos ancianos, samaritanos de una época pasada, habían aparecido a su lado. Vi que le hacían preguntas, con la preocupación patente en sus rostros, acerca de la chica que había tirada en el suelo. Él tapó con una manta a la chica que fingía, les pidió que cuidaran de ella, y seguidamente se dirigió a paso ligero al furgón con su bolsa, simulando que iba en busca de más material. No había rastro de Donna.

Abrí la bolsa que me había dado, rasgué un paquete de gasa y se la puse en la pierna al chico, pero había muchísima sangre.

—Oye, ya vienen a atenderte. Enseguida te meteremos en la ambulancia. —Sonó como una frase de una mala película. No se me ocurrió qué otra cosa decir. *Vamos, Sam.*

—Tienes que sacarme de aquí —gimió el chico. Posé la mano en su brazo, intentando que mantuviera la calma. *Vamos,*

Sam. ¿Dónde diablos te has metido? Y de repente oí que la ambulancia arrancaba, y ahí estaba, enfilando marcha atrás por los garajes en mi dirección a cierta velocidad, con el gañido del motor protestando. Dio un frenazo en seco y Donna bajó de un salto. Abrió las puertas de atrás de par en par y vino corriendo a mi encuentro.

—Ayúdame a meterlo —dijo—. Nos vamos pitando.

No había tiempo para camillas. Oí gritos a lo lejos, numerosos pasos. Cargamos con el chico a cuestas hacia la ambulancia y lo metimos con gran esfuerzo en la parte de atrás. Donna cerró de un portazo; yo fui disparada hacia la cabina, con el corazón a cien por hora, me metí a toda prisa y bloqueé las puertas. Entonces los vi, una banda de hombres corriendo a toda velocidad en nuestra dirección por la primera planta, sujetando en las manos... ¿Qué? ¿Pistolas? ¿Navajas? Noté que algo se fundía en mis entrañas. Miré por la ventanilla. Sam venía caminando por la explanada mirando hacia arriba: los había visto también.

Donna se dio cuenta antes que él: la pistola que el hombre empuñaba en alto. Maldijo en voz alta, cerró de un portazo dando marcha atrás con la ambulancia, giró a la altura de los garajes y avanzó directamente hacia la zona de césped por donde venía Sam. Lo vislumbré a duras penas, con el uniforme verde cada vez más grande en el espejo retrovisor.

—¡Sam! —exclamé a voz en grito por la ventanilla.

Me miró fugazmente y, acto seguido, alzó la vista hacia ellos.

—Dejad en paz la ambulancia —gritó a los hombres por encima del chirrido del vehículo que iba marcha atrás—. Atrás, ¿entendido? Solo cumplimos con nuestro trabajo.

—Ahora no, Sam. Ahora no —dijo entre dientes Donna.

Los hombres siguieron a la carrera, asomándose como para calcular cuál era el camino más rápido para llegar abajo, avanzando, sin tregua, como una marea. Uno saltó un muro con agilidad y salvó un tramo de escaleras como si tal cosa. Era tal mi desesperación por salir de allí derrapando que me abandonaron las fuerzas.

Sin embargo, Sam seguía caminando hacia ellos, dándoles el alto con las manos.

—Chicos, dejad en paz la ambulancia, ¿vale? Solo venimos a echar una mano. —Lo dijo en tono sereno y autoritario, sin manifestar ni una pizca del temor que yo sentía. Entonces vi por la luna trasera que el hombre aflojaba el paso. Ahora no corrían, caminaban. En un rincón recóndito de mi interior pensé: *Oh, gracias a Dios.* El muchacho yacía detrás de nosotras, gimoteando.

—Ya está —dijo Donna, girándose hacia atrás—. Vamos, Sam. Adelante. Ven para acá ya. Para largarnos pi…

Bang.

El sonido cortó el aire y, al amplificarse en el espacio desierto, sentí súbitamente como si toda mi cabeza se expandiera y se contrajera. Y, acto seguido…

Bang.

Chillé.

—¡Qué co…! —gritó Donna.

—¡Hay que largarse de aquí, tío! —chilló el chico.

Miré hacia atrás, deseando con todas mis fuerzas que Sam entrara. *Entra de una vez. Por lo que más quieras.* Pero Sam no estaba. No, sí que estaba. Había algo en el suelo: una chaqueta reflectante. Una mancha amarilla sobre el cemento gris.

Todo se paralizó.

No, pensé. No.

La ambulancia paró en seco con un chirrido. Donna bajó a toda prisa; yo eché a correr detrás de ella. Sam estaba inerte y había sangre, muchísima sangre, que manaba a su alrededor formando un charco cada vez más amplio. A lo lejos, los dos ancianos, rígidos, echaron a andar renqueando para refugiarse en su casa, mientras la chica —supuestamente inmóvil— corría por el césped a la velocidad de un atleta. Y los hombres continuaban acercándose hacia nosotros a toda prisa por el pasillo de arriba. Noté un sabor metálico en la boca.

—¡Lou! ¡Agárralo! —Cargamos con Sam hacia la ambulancia. Pesaba como el plomo, como si opusiera resistencia adrede. Tiré del cuello de su uniforme, lo agarré por debajo de las axilas, con jadeos entrecortados. Tenía la cara blanca como el papel, enormes ojeras negras, los ojos entornados, como si no hubiera dormido en siglos. Su sangre adherida a mi piel. ¿Cómo no me había dado cuenta de lo tibia que es la sangre? Donna, subida ya en la ambulancia, tiraba de él, empujábamos, levantándolo del suelo a duras penas; un sollozo emergió de mi garganta mientras tiraba de sus brazos, de sus piernas.

—¡Ayuda! —gritaba, como si alguien pudiera oírme—. ¡Ayuda!

Por fin lo metimos, con la pierna torcida, y las puertas se cerraron de un portazo tras de mí.

¡Crac! Algo golpeó el techo del furgón. Solté un grito y me agazapé. Algo en mi interior pensó distraídamente: «¿Es el fin? ¿Es así como voy a morir, con los vaqueros viejos, mientras a pocos kilómetros de aquí mis padres discuten por una tarta de cumpleaños delante de mi hermana?». El chico se desgañitaba en la camilla, con el temor patente en la estridencia de su voz. Entonces la ambulancia derrapó hacia delante y giró a la derecha cuando los hombres se aproximaron por la izquierda. Vi una mano alzada, y me pareció oír un disparo. Me agazapé instintivamente.

—¡Hostias! —maldijo Donna, y volvió a girar.

Levanté la cabeza. Vislumbré la salida. Donna dio un volantazo hacia la izquierda, acto seguido a la derecha, y la ambulancia prácticamente dobló la esquina a dos ruedas. El espejo lateral topó contra un coche. Alguien se abalanzó sobre nosotros, pero Donna torció una vez más y siguió su camino. Oí un fuerte puñetazo en un lateral. Y acto seguido salimos a la carretera, con los jóvenes pisándonos los talones, aflojando la carrera hasta un trote furioso de derrota conforme veían que nos alejábamos.

—Madre mía.

La sirena puesta, Donna dando parte al hospital por la emisora, palabras que no lograba descifrar debido al zumbido ensordecedor de mis oídos. Tenía acurrucada contra mi pecho la cara de Sam, macilenta y con una fina capa brillante, los ojos vidriosos. Yacía en un absoluto silencio.

—¿Qué hago? —pregunté a Donna a voz en grito—. *¿Qué hago?* —Los neumáticos chirriaron al derrapar en una rotonda y Donna giró fugazmente la cabeza en mi dirección—. Localiza la herida. ¿Qué hay?

—Está en su estómago. Hay un orificio. Dos orificios. Hay muchísima sangre. Oh, Dios, hay muchísima sangre. —Al apartar las manos, vi que las tenía rojas y brillantes. Resollaba de forma entrecortada. Por un momento me sentí al borde del desmayo.

—Louisa, ahora necesito que te tranquilices, ¿vale? ¿Respira? ¿Le notas el pulso?

Al comprobarlo, algo en mi interior se ablandó, aliviada.

—Sí.

—No puedo parar. Estamos muy cerca. Ponle los pies en alto, ¿vale? Dóblale las rodillas. Para que la sangre circule hacia el pecho. Ahora déjale el torso al descubierto. Arráncale la camisa de un tirón. Como sea, rápido. ¿Puedes describirme la herida?

Ese vientre, que en otro momento había descansado, tibio, suave y sólido contra el mío, ahora era un enorme amasijo rojo. Se me escapó un sollozo.

—Oh, Dios...

—Louisa, ahora no te dejes llevar por el pánico. ¿Me oyes? Ya casi estamos allí. Tienes que ejercer presión. Venga, puedes hacerlo. Coge gasa del paquete. La grande. Lo que sea con tal de impedir que se desangre. ¿Entendido?

Volvió la vista hacia la calzada y metió la ambulancia en dirección contraria por una calle de sentido único. El chico, sumido ya en su universo paralelo de dolor, maldecía en voz baja desde la camilla. Por delante, los coches se apartaban diligentemente del camino en la calzada iluminada con bombillas de sodio, como olas rompiendo desde el asfalto. Una sirena, una sirena incesante.

—¡Disparo a un técnico de emergencias! ¡Repito: disparo a un técnico de emergencias. Herida de bala en el abdomen! —vociferó Donna por la emisora—. Tiempo estimado de llegada tres minutos. Hay que preparar un carro de parada.

Desenvolví las vendas con manos temblorosas y le rasgué la camisa a Sam, al tiempo que me asía con fuerza cuando la ambulancia doblaba esquinas a toda velocidad. ¿Cómo era posible que este fuera el hombre que discutía conmigo tan solo quince minutos antes? ¿Cómo podía alguien tan sólido estar consumiéndose sin más delante de mí?

—¿Sam? ¿Me oyes? —Me había colocado de rodillas, agachada sobre él; mis vaqueros se oscurecían de rojo. Cerró los ojos. Al abrirlos, daba la impresión de que tenía la mirada perdida en un punto lejano. Agaché la cabeza de manera que mi cara ocupara justo su campo de visión y, por un segundo, al mirarnos a los ojos vi un atisbo de algo que pudiera ser reconocimiento.

Le agarré la mano, tal y como él hizo una vez conmigo en otra ambulancia, hace un millón de años.

—Vas a salir de esta, ¿me oyes? Vas a salir de esta.

Nada. Daba la impresión de que ni siquiera reconocía mi voz.

—¿Sam? Mírame, Sam.

Nada.

Me hallaba allí, de nuevo en aquella habitación de Suiza. La cara de Will apartándose de la mía. Perdiéndole.

—No. Ni se te ocurra. —Pegué mi cara a la suya, dejando salir mis palabras sobre su oído—. Sam. Quédate conmigo, ¿me oyes? —Mi mano descansaba sobre el vendaje de gasa, mi cuerpo sobre el suyo, sacudiéndome con el vaivén de la ambulancia. Percibí el sonido de sollozos en mis oídos y me di cuenta de que eran míos. Le ladeé la cara, obligándole a mirarme—. ¡Quédate conmigo! ¿Me oyes? ¿Sam? ¡Sam! ¡Sam! —Jamás había sentido un miedo semejante. Era la quietud de su mirada, la sensación de humedad tibia de su sangre, una creciente oleada de pánico.

El cierre de una puerta.

—¡Sam!

La ambulancia había parado.

Donna subió de un brinco a la parte de atrás. Rasgó una bolsa de plástico transparente y se puso a sacar medicamentos, parches blancos y una jeringuilla para inyectarle algo en el brazo. Con manos temblorosas le puso un gotero con suero y le colocó una mascarilla de oxígeno sobre la cara. Percibí los pitidos de fuera. Me estaban dando espasmos.

—¡No te muevas! —ordenó cuando hice amago de apartarme—. Sigue presionando. Eso es... Muy bien. Lo estás haciendo fenomenal. —Acercó la cara a la de Sam—. Vamos, colega. Vamos, Sam. Ya casi estamos. —Escuché sonidos de sirenas mientras ella trajinaba, sin dejar de hablar, manejando con rapidez y destreza el equipo, sin descanso, sus manos en constante movimiento—. Vas a ponerte bien, amigo mío. No te me vayas, ¿vale? —El monitor titilaba en verde y negro. El sonido de un pitido.

Entonces las puertas se abrieron de nuevo y una luz de neón titilante entró a raudales en la ambulancia; aparecieron técnicos de emergencias sanitarias, uniformes verdes, batas blancas, que sacaron al muchacho, aún gimiendo y maldiciendo, y después a Sam, a quien despegaron de mí con delicadeza para internarse en la oscuridad de la noche. El suelo de la ambulancia estaba encharcado de sangre y, al levantarme, resbalé y apoyé una mano en el suelo para incorporarme. Se me puso roja.

Las voces se desvanecieron. Acerté a ver fugazmente el semblante de Donna, lívida de angustia. Una orden a gritos: «¡Derecho a quirófano!». Me dejaron de pie entre las puertas de la ambulancia, mirando cómo corrían con él, con las fuertes pisadas de sus botas sobre el asfalto. Las puertas del hospital se abrieron y se lo tragaron y, al volver a cerrarse, me quedé sola en el silencio del aparcamiento.

27

*L*as horas que se pasan en los asientos de los hospitales poseen una cualidad extraña y elástica. Durante mis esperas en el transcurso de los chequeos de Will, apenas reparé en ello; leía revistas, me entretenía con los mensajes del móvil, bajaba sin prisa por las escaleras al vestíbulo a por un café de hospital demasiado fuerte y de precio desorbitado, me preocupaba por los tiques del aparcamiento. Rezongaba sin realmente pretenderlo por lo mucho que siempre tardaban estas cosas.

Ahora estaba sentada en un asiento de plástico de forma cóncava, con la mente en blanco, la mirada clavada en una pared, incapaz de calcular cuánto tiempo llevaba allí. No podía pensar. No podía sentir. Me limitaba a existir: yo, la silla de plástico, el chirriante linóleo bajo mis deportivas ensangrentadas.

Los tubos fluorescentes del techo eran una desagradable constante que iluminaba a las enfermeras que pasaban con paso resuelto, prácticamente sin fijarse en mí. Al rato de mi llegada, una de ellas había tenido la amabilidad de conducirme a un baño para poder lavarme las manos, pero aún se apreciaba la sangre de Sam en las hendiduras del contorno de mis uñas, cutículas de color herrumbroso que daban una vaga idea de una atrocidad no tan lejana. Pedacitos de él en pedacitos de mí. Pedacitos de él donde no debían estar.

Al cerrar los ojos oí las voces, el golpe seco de la bala al dar en el techo de la ambulancia, el eco del disparo, la sirena, la sirena, la sirena. Vi su rostro, el instante fugaz en el que miró con los ojos carentes de expresión; sin inquietud, nada, si acaso un leve desconcierto al encontrarse tendido en el suelo, incapaz de moverse.

Y seguía viendo aquellas heridas, no pequeños orificios definidos como las heridas de bala de las películas, sino algo vivo, latiente, expulsando sangre como tratando maliciosamente de arrebatársela.

Permanecí inmóvil en aquel asiento de plástico porque no sabía qué otra cosa hacer. En algún lugar al fondo de ese pasillo se hallaban los quirófanos. Él estaba allí dentro. O estaba vivo, o muerto. O le estaban trasladando en camilla a algún ala lejana, rodeado de compañeros aliviados chocando las palmas, o bien alguien le estaba cubriendo con esa tela verde…

Hundí la cara entre mis manos y escuché mi respiración, dentro y fuera. Dentro y fuera. Mi cuerpo despedía un extraño olor: a sangre y antiséptico con un rescoldo amargo de miedo visceral. Cada dos por tres observaba fríamente mis manos trémulas, pero no estaba segura de si era debido a un bajón de azúcar o al agotamiento y, de alguna manera, el pensar en ir a buscar algo para comer me superaba con creces. El mero movimiento me superaba.

Mi hermana me había mandado un mensaje hacía un rato.

¿Dónde estás? Vamos a cenar pizza. Están hablando, pero te necesito aquí como a los cascos azules.

No le había respondido. No se me ocurría qué decir.

Él ha vuelto a sacar el tema de sus piernas peludas. Por favor, ven. La cosa puede ponerse fea. Temo que ella le ataque con una bolsa de masa.

Cerré los ojos e intenté recordar la sensación de la semana anterior, tumbada sobre el césped junto a Sam, cómo sus piernas estiradas eran mucho más largas que las mías, el reconfortante olor de su cálida camisa, el timbre quedo de su voz, el sol en mi cara. Su cara, ladeada hacia la mía para robarme besos, la forma en que él me miraba íntimamente satisfecho después de cada uno. El modo en el que caminaba, echado un poco hacia delante y sin embargo perfectamente centrado, el hombre más sólido que jamás había conocido…, como si fuese imbatible.

Noté un zumbido y saqué el móvil de mi bolsillo para leer el mensaje de mi hermana.

¿Dónde estás? Mamá ya empieza a preocuparse.

Miré la hora: las 22:48. No podía concebir que fuera la misma persona que tras despertarme por la mañana había llevado a Lily a la estación. Me recliné en el asiento, medité durante unos instantes y me puse a teclear:

Estoy en el hospital de la City. Ha habido un accidente. Estoy bien. Volveré cuando sepa

cuando sepa

Mi dedo permaneció vacilante sobre las teclas. Parpadeé y, tras unos instantes, pulsé «ENVIAR».

Y cerré los ojos y comencé a rezar.

Recobré la noción de la realidad de un respingo con el sonido de las puertas batientes. Mi madre venía caminando hacia mí por el pasillo con aire resuelto, con el abrigo bueno puesto, los brazos extendidos para abrazarme.

—¿Qué demonios ha ocurrido? —Treena iba a la zaga, tirando de Thom, que llevaba un anorak encima del pijama—. Mamá no quería venir sin papá y yo no me iba a quedar allí sola. —Thom me miró medio dormido y me saludó con una mano humedecida.

—¡No teníamos la menor idea de lo que te había pasado! —Mi madre se sentó a mi lado, escrutándome—. ¿Por qué no has dicho nada?

—¿Qué ha ocurrido?

—Han disparado a Sam.

—¿Disparado? ¿Al de emergencias?

—¿Con una pistola? —dijo Treena.

Fue en ese momento cuando mi madre se fijó en mis vaqueros. Se quedó mirando las manchas rojas, atónita, y se volvió, enmudecida, hacia mi padre.

—Yo estaba con él.

Se tapó la boca con las manos.

—¿Estás bien? —Y, cuando vio que sí, al menos físicamente, preguntó—: ¿Está…, está bien él?

Tenía a los cuatro de pie delante de mí, con sus semblantes ateridos a causa del shock y la inquietud. De repente me sentí tremendamente aliviada por tenerlos allí.

—No lo sé —respondí, y, cuando mi padre dio un paso al frente para estrecharme entre sus brazos, por fin rompí a llorar.

Estuvimos sentados un siglo, mi familia y yo, en aquellas sillas de plástico. O casi. Thom se quedó dormido en el regazo de Treena, con su cara pálida bajo los tubos fluorescentes y su manoseado gato de peluche apretado contra el sedoso pliegue entre su barbilla y su cuello. Mi padre y mi madre estaban sentados a mis dos lados, y de vez en cuando uno de ellos me agarraba la mano o me acariciaba la mejilla y me decía que todo iba a salir bien. Apoyé la cabeza contra mi padre y dejé que las lágrimas se derramaran en silencio; mi madre me secó la cara, cómo no, con un pañuelo limpio. Cada dos por tres emprendía una expedición de reconocimiento por el hospital en busca de bebidas calientes.

—Hace un año ni se le habría pasado por la cabeza hacer eso —comentó mi padre la primera vez que se ausentó. Me resultaba imposible saber si lo decía con admiración o con pesadumbre.

Hablamos poco. No había nada que decir. Las palabras se repetían en mi cabeza como un mantra: *Que salga de esta. Que salga de esta. Que salga de esta.*

Esto es lo que provoca una catástrofe: borra de un plumazo las pifias y el ruido de fondo, el «Debería...» y el «Pero ¿y si...?». Yo quería a Sam. Lo tenía más claro que el agua. Quería sentir cómo me estrechaba entre sus brazos, oírle hablar, y sentarme en la cabina de su ambulancia. Quería que me preparara una ensalada con lo que cultivaba en su huerto y quería sentir cómo su cálido torso desnudo se elevaba y descendía a un ritmo constante debajo de mi brazo mientras dormía. ¿Por qué no había sido capaz de decírselo? ¿Por qué había desperdiciado tantísimo tiempo preocupándome por tonterías?

Entonces, cuando mi madre entró por las puertas del fondo con una caja de cartón con cuatro tazas de té, las puertas de los quirófanos se abrieron y apareció Donna, con el uniforme aún embadurnado de sangre, atusándose el pelo. Me puse de pie. Aflojó el paso al acercarse a nosotros, la expresión grave, los ojos, enrojecidos y extenuados. Por un momento pensé que iba a desmayarme. Me miró a los ojos.

—Es duro de pelar, el menda.

Cuando se me escapó un sollozo involuntario, me agarró del brazo.

—Lo has hecho muy bien, Lou —dijo, y dio un largo suspiro entrecortado—. Esta noche lo has hecho muy bien.

Pasó la noche en la unidad de cuidados intensivos y, por la mañana, fue trasladado al área de alta dependencia. Donna avisó a los padres de Sam y les dijo que, después de dar una cabezada, pasaría por su casa para echar de comer a las gallinas. Entramos juntas a verle poco después de la medianoche, pero estaba dormido, con el semblante aún ceniciento, como una máscara que le oscurecía toda la cara. Me dieron ganas de acercarme más a él, pero temía tocarle, pues se encontraba conectado a un montón de cables, tubos y monitores.

—¿De verdad que se pondrá bien?

Ella asintió. Una enfermera se acercó en silencio a su cama a comprobar sus constantes vitales, a tomarle el pulso.

—Menos mal que el modelo de pistola era antiguo. Ahora un montón de chavales se las apañan para conseguir semiautomáticas. Eso habría supuesto su fin. —Se frotó los ojos—. Seguramente saldrá en las noticias, si no ocurre nada más. Ojo, que anoche avisaron a otra unidad por el asesinato de una mujer y su bebé en Athena Road, así que igual ni siquiera es noticia.

Aparté la vista de él y me volví hacia ella.

—¿Vas a seguir?

—¿Seguir?

—De técnico de emergencias sanitarias.

Hizo una mueca, como si no hubiera entendido bien la pregunta.

—Claro que sí. Es mi trabajo. —Me dio una palmadita en el hombro y se dirigió hacia la puerta—. Duerme un poco, Lou. De todas formas, es probable que no se despierte hasta mañana. Justo ahora alrededor de un ochenta y siete por ciento de él es Fentanyl.

Mis padres aguardaban cuando salí al pasillo. No dijeron nada. Asentí ligeramente con la cabeza. Papá me agarró del brazo y mamá me dio palmaditas en la espalda.

—Vamos a llevarte a casa, cielo —dijo ella—. Y a ponerte ropa limpia.

Hay un determinado tono de voz que emplea un jefe que, varios meses antes, no había tenido más remedio que escuchar que no podías ir a trabajar, porque te habías caído de una azotea, y, ahora, que te gustaría cambiar de turno, porque al hombre que puede que sí, o puede que no, sea tu novio le han dado dos tiros en el vientre.

—¿Que tú..., que él..., qué?

—Ha recibido dos disparos. Le han sacado de la unidad de cuidados intensivos, pero me gustaría estar allí esta mañana cuando recobre el conocimiento. Así que me preguntaba si me podrías cambiar el turno.

Hubo un breve silencio.

—De acuerdo... Eh... Vale. —Titubeó—. ¿De veras le han disparado? ¿Con una pistola de verdad?

—Puedes venir a examinar los orificios, si lo estimas oportuno. —Lo dije en un tono tan sereno que me hizo gracia.

Cerramos un par de detalles de logística —llamadas pendientes, una visita de la oficina central— y, antes de colgar el teléfono, Richard se quedó callado unos instantes. Tras la pausa, añadió:

—Louisa, ¿tu vida siempre es así?

Reflexioné sobre la persona que había sido tan solo dos años y medio antes, mis días medidos en el corto trayecto a pie entre la casa de mis padres y el café; la rutina de ver a Patrick correr o cenar con mis padres los martes por la noche. Bajé la vista a la bolsa de basura del rincón, donde había metido las deportivas manchadas de sangre.

—Posiblemente. Aunque me gustaría pensar que solo se trata de una racha.

Después del desayuno, mis padres se marcharon a casa. Mi madre puso objeciones, pero le aseguré que me encontraba estupendamente y que no sabía dónde estaría en los días siguientes, de modo que no tenía mucho sentido que siguiera allí. También le recordé que la última vez que el abuelo se quedó solo más de veinticuatro horas se zampó dos tarros de mermelada de frambuesa y una lata de leche condensada en vez de comer como es debido.

—La verdad es que estás bien. —Posó la mano en mi mejilla. Lo dijo como si no se tratase de una pregunta, aunque parecía claro que lo era.

—Mamá, estoy estupendamente.

Meneó la cabeza e hizo amago de coger el bolso.

—No sé, Louisa. Desde luego, vaya ojo que tienes con los hombres.

Se quedó de piedra cuando me reí. Igual fue por las secuelas de mi aturdimiento. Pero me gusta pensar que fue en ese instante cuando caí en la cuenta de que ya no albergaba ningún temor.

Me duché, procurando no mirar el agua rosácea que chorreaba por mis piernas, me lavé el pelo, compré el ramo de flores menos mustio que pude encontrar en la tienda de Samir y me puse en marcha para estar en el hospital a las diez. La enfermera me dijo, mientras me acompañaba a la puerta, que los padres de Sam habían ido unas horas antes. Habían pasado por el vagón de tren con Jake y su padre a coger unas cosas para Sam.

—No estaba muy allá cuando vinieron, pero ahora parece más espabilado —me comentó—. Es lo normal cuando acaban de salir del quirófano. Hay quienes se recuperan antes que otros.

Aflojé el paso al llegar a la puerta. Lo vi a través del cristal; tenía los ojos cerrados, al igual que la noche anterior; su mano vendada, conectada a varios monitores, yacía inerte junto a su cuerpo. Tenía una barba incipiente y, a pesar de que seguía con una palidez fantasmal, empezaba a recuperar su semblante habitual.

—¿Seguro que no pasa nada por entrar?

—Eres Louisa, ¿no? Ha preguntado por ti. —Sonrió y arrugó la nariz—. Avísanos si te cansas de él. Es un encanto.

Al empujar la puerta despacio, abrió los ojos y giró la cara levemente. Entonces me miró, como si estuviera tomando conciencia de quién era, y algo en mi interior se reblandeció de alivio.

—Algunos son capaces de cualquier cosa con tal de ganarme en el torneo de las cicatrices. —Cerré la puerta al entrar.

—Sí. Ya ves. —La voz le salió ronca—. Me retiro de ese juego. —Esbozó una media sonrisa cansada.

Me quedé vacilante, basculando el peso del cuerpo de un pie a otro. Odiaba los hospitales. Sería capaz de hacer casi cualquier cosa con tal de no volver a poner el pie en ninguno.

—Ven aquí.

Dejé las flores sobre la mesilla y me acerqué a él. Hizo un ademán con el brazo para que me sentase a su lado en la cama. Lo hice y, como no me parecía adecuado estar mirándole desde arriba, me tendí con cuidado de no desconectar nada o hacerle daño. Apoyé la cabeza sobre su hombro y noté el agradable peso de la suya descansando sobre la mía. Levantó el antebrazo para arroparme con ternura. Nos quedamos allí tumbados en silencio durante un rato, escuchando el tenue murmullo de las enfermeras arrastrando los pies fuera, el lejano rumor de conversaciones.

—Pensé que habías muerto —dije con un hilo de voz.

—Por lo visto una mujer increíble que no debía estar en la ambulancia se las ingenió para contener mi pérdida de sangre.

—Qué pedazo de mujer.

—Eso me pareció a mí.

Cerré los ojos, sintiendo el roce de su piel tibia contra mi mejilla, el inoportuno olor a desinfectante químico que emanaba de su cuerpo. Puse la mente en blanco. Simplemente me dejé llevar por el momento, por el inmenso placer de estar junto a él, de sentir el peso de su cuerpo a mi lado, el espacio que ocupaba en el ambiente. Giré la cabeza para besar la suave piel de la cara interior de su brazo, y noté que sus dedos se enredaban en mi pelo.

—Me diste un susto, Sam el de la ambulancia.

Hubo un largo silencio. Pude oír el millón de cosas que pensaba y que optó por no decir.

—Me alegro de que estés aquí —dijo por fin.

Permanecimos tendidos un poco más, en silencio. Y, cuando la enfermera finalmente entró y enarcó una ceja ante mi proximidad a varios tubos y cables importantes, bajé de la cama a regañadientes y, obedeciendo sus órdenes, fui a desayunar mientras ella cumplía su cometido. Le besé, un poco cohibida, y, al acariciarle el pelo, las comisuras de sus ojos se alzaron tenuemente, y fui consciente, con gratitud, de que significaba algo para él.

—Volveré al acabar mi turno —dije.

—A lo mejor te encuentras con mis padres —dijo a modo de advertencia.

—No pasa nada —repuse—. Me aseguraré de no llevar puesta mi camiseta de «Que se joda la pasma».

Se echó a reír y, acto seguido, hizo una mueca, como si eso le doliera.

Mientras las enfermeras le atendían, me entretuve un poco con las cosas que se acostumbra a hacer junto a las camas de los pacientes cuando se busca un pretexto para quedarse rondando: saqué un poco de fruta, me deshice de un pañuelo de papel, ordené unas revistas a sabiendas de que Sam no las leería. Y entonces llegó la hora de irse. Ya estaba en el umbral cuando me dijo:

—Te oí.

Tenía la mano en el pomo, lista para abrir la puerta. Me di la vuelta.

—Anoche. Cuando me estaba desangrando. Te oí.

Nos miramos fijamente. Y en ese instante todo cambió. Fui consciente de mi hazaña. Me di cuenta de que podía ser el centro de atención de alguien, su razón para vivir. Me di cuenta de que podía ser un aliciente. Avancé hacia él, sujeté su cara entre mis manos y le besé apasionadamente, notando las lágrimas tibias que le corrían a raudales por el rostro, mientras me estrechaba con fuerza para corresponderme al beso. Apreté mi mejilla contra la suya, entre risas y sollozos, totalmente ajena a las enfermeras, a cualquier cosa excepto al hombre que tenía delante. Después, por fin, me di la vuelta y bajé por las escaleras, secándome la cara, riéndome de mis propias lágrimas, ignorando los semblantes de curiosidad de la gente con la que me cruzaba.

Hacía un día precioso, incluso a la luz de los tubos fluorescentes. Fuera los pájaros cantaban, amanecía un nuevo día, la gente vivía y crecía y se recuperaba y confiaba en envejecer.

Pedí un café y una empalagosa magdalena que saboreé como la mayor delicia que nunca había tomado. Mandé mensajes a mis padres y a Treena, y a Richard para decirle que no tardaría. Le mandé otro a Lily:

Me ha parecido oportuno decirte que Sam está en el hospital. Le han disparado, pero se encuentra bien. Sé que le haría mucha ilusión que le mandases una tarjeta. O un simple mensaje, si andas ocupada.

El pitido con la respuesta sonó segundos después. Sonreí. ¿Cómo se las apañaban las chicas de esa edad para teclear tan rápido cuando todo lo demás lo hacían tan despacio?

OMG. Se lo acabo de decir a las chicas y prácticamente he pasado a ser la persona más guay que conocen. Fuera de bromas, dale un beso de mi parte. Si me das la dirección, le compraré una tarjeta al salir de clase. Ah, y siento lo de aquella vez que me lucí en ropa interior delante de él. No lo hice con mala intención. Vamos, que lo hice sin malicia. Espero que seáis muy, muy felices, chicos. Bsss.

No me lo pensé dos veces para responder. Eché un vistazo a la cafetería del hospital, a los pacientes, que caminaban arrastrando los pies, y al radiante cielo azul que se veía a través del tragaluz y mis dedos golpearon las teclas antes de saber lo que estaba diciendo.

Lo soy.

28

Jake aguardaba bajo el porche cuando llegué al Círculo del Avance. Llovía a cántaros; densas nubes del color del brezo desataron repentinamente una tormenta eléctrica que rebosó canalones y me empapó en los diez segundos que tardé en cruzar corriendo el aparcamiento.

—¿No vas a entrar? Hace un día de pe...

Dio un paso al frente y, con sus larguiruchos brazos, me envolvió en un repentino y torpe abrazo cuando me disponía a abrir la puerta.

—¡Huy! —Hice un ademán con las manos en alto, pues no deseaba ponerlo empapado.

Me soltó y retrocedió.

—Donna nos ha contado lo que hiciste. Solo quería..., ya sabes, quería darte las gracias.

Tenía los ojos cansados y apagados; fui consciente de lo que los últimos días habían supuesto para él, teniendo en cuenta la reciente pérdida de su madre.

—Es fuerte —dije.

—Es de teflón, el puñetero —dijo él, y nos reímos con cierto pudor, como suelen hacer los británicos al experimentar emociones intensas.

En la sesión, Jake comentó con una inusitada locuacidad el hecho de que su novia no entendía hasta qué punto le afectaba el dolor.

—Le choca que algunas mañanas solo tenga ganas de quedarme en la cama con la cabeza escondida debajo del edredón. O que me entre un poco el pánico por cosas que le ocurren a la gente que quiero. A ella nunca le ha pasado, literalmente, nada. Jamás. Hasta el conejo que tiene de mascota sigue vivo y tendrá, no sé, nueve años.

—Creo que la gente se harta del dolor —terció Natasha—. Es como si tácitamente te concedieran un tiempo, seis meses, quizá, y a partir de entonces les irritara un pelín que no te encuentres *mejor*. Es como si fueras demasiado indulgente contigo mismo por aferrarte a tu desgracia.

—¡Sí! —Hubo un murmullo de aprobación por parte de todos.

—A veces pienso que sería más fácil si aún tuviésemos que ir de luto —señaló Daphne—. Así todo el mundo sabría que sigues de duelo.

—A lo mejor con indicadores como los que usan los novatos al volante para que, ya me entendéis, te dieran colores diferentes cada año. A lo mejor pasar del negro al morado oscuro —comentó Leanne.

—Recorriendo toda la gama hasta el amarillo cuando volvieses a sentirte plenamente feliz. —Natasha esbozó una sonrisa burlona.

—Oh, no. El amarillo me sienta fatal por el color de mi tez. —Daphne sonrió discretamente—. No me quedará más remedio que seguir un pelín triste.

Escuché sus historias en el frío y húmedo salón parroquial: los intentos por salvar pequeños obstáculos emocionales.

Fred se había apuntado a una liga de bolos y disfrutaba del hecho de tener otra razón para salir los martes que no implicase hablar de su difunta esposa. Sunil había accedido a que su madre le presentara a una prima lejana de Eltham.

—La verdad es que no soy muy partidario de todo ese rollo de las bodas concertadas, pero, para ser sincero, no estoy teniendo suerte con otros métodos. No dejo de repetirme a mí mismo que es mi madre. Sería de extrañar que me endosara a algún callo.

—Creo que es una idea fantástica —dijo Daphne—. Mi madre seguramente se dio cuenta de qué pie cojeaba Alan mucho antes que yo. Era única calando a la gente.

Los contemplé como si estuviera fuera de escena. Me hacían gracia sus bromas, me daba vergüenza ajena escuchar sus relatos de lágrimas inoportunas o comentarios mal interpretados. Pero la conclusión que saqué mientras estaba sentada en la silla de plástico tomándome un café instantáneo es que, en cierto modo, me encontraba al otro lado. Había cruzado un puente. Su lucha ya no era la mía. Ya no se trataba de que algún día dejase de lamentar la pérdida de Will, o de quererle, o de añorarle, sino de que mi vida, de alguna manera, había vuelto al presente. Y con una creciente satisfacción descubrí que, a pesar de estar sentada allí con personas a las que conocía y en quienes confiaba, deseaba encontrarme en otro lugar: al lado de un corpulento hombre en la cama de un hospital, que —yo era consciente de ello, por lo cual me sentía inmensamente agradecida— incluso en ese momento estaría levantando la vista hacia el reloj del rincón, preguntándose cuánto tardaría en ir a su encuentro.

—¿Ningún comentario por tu parte esta noche, Louisa?

Marc me miraba con una ceja enarcada.

Negué con la cabeza.

—Estoy bien.

Sonrió, tal vez percibiendo algo en mi tono de voz.

—Me alegro.

—Sí. De hecho, creo que ya no necesito seguir viniendo. Estoy... bien.

—Sabía que tenías un aire distinto —señaló Natasha, inclinándose hacia delante para observarme casi con recelo.

—Es el folleteo —dijo Fred—. Seguro que eso lo cura todo. Apuesto a que habría asumido lo de Jilly mucho más rápido follando a diestro y siniestro.

Natasha y William intercambiaron una extraña mirada.

—Me gustaría seguir viniendo hasta el final del trimestre, si no hay inconveniente —le dije a Marc—. Es que... a estas alturas os considero mis amigos. Quizá ya no lo necesite, pero aun así me gustaría continuar un poco más. Solo para quedarme tranquila. Y, bueno, para veros a todos.

Jake esbozó una tenue sonrisa.

—Seguramente deberíamos salir a bailar —sugirió Natasha.

—Puedes seguir viniendo el tiempo que quieras —dijo Marc—. Para eso estamos aquí.

Mis amigos. Una pandilla variopinta, pero, al fin y al cabo, como la mayoría de los amigos.

Orecchiette al dente, piñones, albahaca, tomates cultivados en casa, aceitunas, atún y queso parmesano. Había preparado la ensalada de pasta según la receta que Lily me había dado por teléfono conforme su abuela le iba dictando.

—Buena comida para convalecientes —gritó Camilla desde su cocina—. De fácil digestión si pasa mucho tiempo tumbado.

—En mi caso, le compraría comida para llevar —masculló Lily—. El pobre ya ha sufrido demasiado. —Añadió socarronamente—: De todas formas, pensaba que preferías que estuviese tumbado.

Esa noche crucé el pasillo del hospital sintiéndome orgullosa en mi fuero interno de mi fiambrerita de comida casera. Había preparado la cena la noche anterior y ahora la llevaba en las manos alardeando como si fuese una insignia de honor, en parte con la esperanza de que alguien me abordase para preguntar qué era. *Sí, mi novio se está recuperando. Le traigo comida todos los días. Cosillas que le pueden apetecer. ¿Sabes que estos tomates son de mi propia cosecha?*

Las heridas de Sam empezaban a cicatrizar, el daño interno, a remitir. Hacía demasiados intentos por levantarse, y estaba gruñón por hallarse postrado en la cama y por la preocupación por sus gallinas, pese a que Donna, Jake y yo habíamos organizado un turno de cría de animales razonablemente bueno.

Entre dos y tres semanas, calcularon los especialistas. Siempre y cuando hiciera lo que le indicaban. Dado el alcance de sus heridas, había tenido suerte. Más de una conversación había tenido lugar en mi presencia en la que los facultativos habían murmurado: «Un centímetro hacia el lado contrario y...». En el transcurso de aquellas conversaciones, entonaba un «la-la-la-la-la-la» en mi cabeza.

Al llegar a su pasillo, pulsé el interfono para entrar, me limpié las manos con loción antibacteriana, y empujé la puerta con la cadera.

—Buenas noches —dijo la enfermera con gafas—. ¡Llegas tarde!

—Tuve que ir a una reunión.

—Pues hace nada que ha salido su madre. Le ha traído un pastel de carne regado con cerveza con una pinta buenísima. Se olía en toda el ala. Todavía estamos salivando.

—Oh. —Bajé la fiambrera—. Qué detalle.

—Daba gusto verle darse un atracón. El especialista pasará consulta dentro de media hora más o menos.

Estaba a punto de guardar la fiambrera en mi bolso, cuando sonó el móvil. Pulsé para responder mientras seguía forcejeando con la cremallera.

—¿Louisa?

—¿Sí?

—Soy Leonard Gopnik.

Tardé dos segundos en identificarle. Hice amago de hablar, pero me quedé paralizada, echando un vistazo a mi alrededor como una tonta por si había alguien cerca.

—Señor Gopnik.

—Recibí tu e-mail.

—Bien. —Puse la fiambrera encima del asiento.

—Fue interesante leerlo. Me sorprendió bastante que rechazaras mi oferta de trabajo. Y a Nathan. Daba la impresión de que eras la persona adecuada.

—Es lo que le decía en mi e-mail. Sí que lo quería, señor Gopnik, pero…, el caso es que... las cosas vinieron así.

—Entonces, ¿a esa chica le va bien ahora?

—¿A Lily? Sí. Está estudiando. Está contenta. Está con su familia. Su nueva familia. Solo fue un periodo de… adaptación.

—Te lo tomaste muy en serio.

—No soy de esa clase de personas capaces de dejar tirados a los demás.

Hubo un largo silencio. Me alejé de la habitación de Sam y, al asomarme a la ventana que daba al aparcamiento, observé cómo un todoterreno maniobraba intentando aparcar sin éxito en una plaza demasiado pequeña. Adelante y atrás. Estaba claro que no cabía.

—Te llamo por lo siguiente, Louisa. La cosa no marcha bien con nuestra nueva empleada. No está a gusto. Por motivos que no vienen al caso, mi mujer y ella no tienen demasiada afinidad. Por mutuo acuerdo, se marcha a finales de este mes. Lo cual me plantea un problema.

Escuché.

—Me gustaría ofrecerte el puesto. Pero huyo de las complicaciones, especialmente si afectan a personas allegadas a mí. De modo que supongo que te llamo para tratar de hacerme una idea más concreta de tus verdaderas aspiraciones.

—Oh, estaba muy interesada en el puesto, pero yo...

Noté una mano en el hombro. Al girarme bruscamente me topé con Sam, apoyado contra la pared.

—Yo..., esto...

—¿Has conseguido otro trabajo?

—Me han ascendido.

—¿Es un puesto que deseas conservar?

Sam me escrutaba el rostro.

—N-no necesariamente. Pero...

—Pero es obvio que tienes que evaluar los pros y los contras. Vale. Bueno, me figuro que esta llamada seguramente te ha pillado por sorpresa. No obstante, según lo que me escribiste, si realmente sigues interesada me gustaría ofrecerte de nuevo el puesto. Con las mismas condiciones, para empezar cuanto antes. Siempre y cuando, no hace falta decirlo, estés convencida de que es lo que realmente deseas. ¿Crees que podrías darme una confirmación en cuarenta y ocho horas?

—Sí. Sí, señor Gopnik. Gracias. Gracias por llamar.

Oí el clic cuando colgó. Levanté la vista hacia Sam. Llevaba puesta una bata de hospital encima de una camisola de hospital demasiado corta. Ninguno de los dos hablamos durante unos instantes.

—¿Qué haces levantado? Deberías estar en la cama.

—Te he visto por el ventanal.

—Una brisa inoportuna y serás la comidilla de esas enfermeras hasta Navidad.

—¿Era el tío de Nueva York?

Curiosamente, me sentía por los suelos. Me guardé el móvil en el bolsillo y cogí la fiambrera.

—Me han vuelto a ofrecer el puesto. —Vi cómo apartaba la mirada fugazmente—. Pero es que... acabo de recuperarte. Así que voy a rechazarlo. Oye, ¿crees que podrás hacer un hueco para un poco de pasta después de tu legendario pastel de carne? Sé que seguramente estarás lleno, pero es tan poco habitual que consiga cocinar algo que realmente sea pasable...

—No.

—No está tan mal. Al menos podías probar...

—No me refiero a la pasta, sino al trabajo.

Nos quedamos mirándonos el uno al otro. Se atusó el pelo, al tiempo que echaba un vistazo al pasillo.

—Tienes que lanzarte, Lou. Lo sabes tan bien como yo. Tienes que cogerlo.

—Intenté marcharme en una ocasión y lo único que conseguí fue perder aún más el norte.

—Porque era demasiado pronto. Estabas huyendo. Esto es distinto.

Le miré a los ojos. Me odié a mí misma por ser consciente de lo que deseaba hacer. Y lo odiaba a él por saberlo. Nos quedamos de pie en el pasillo del hospital en silencio. Y en un momento dado noté que empalidecía inesperadamente.

—Tienes que tumbarte.

No rechistó. Lo agarré del brazo para conducirle a la cama. Hizo una mueca de dolor al recostarse con cuidado sobre los almohadones. Aguardé hasta que recobró el color de su cara, y después me tendí a su lado y le agarré la mano.

—Me da la sensación de que acabamos de arreglarlo todo. Entre nosotros. —Puse la cabeza sobre su hombro y noté que me atenazaba la garganta.

—Efectivamente.

—No deseo estar con nadie más, Sam.

—Bah, como si lo hubiera puesto en entredicho alguna vez.

—Pero las relaciones a distancia rara vez perduran.

—¿O sea, que tenemos una relación?

Empecé a protestar y sonrió.

—Es broma. Algunas. *Algunas* no perduran. Sin embargo, supongo que otras sí. Supongo que eso depende del empeño que pongan ambas partes.

Me rodeó por el cuello con su largo brazo para que me pegara a él. Me di cuenta de que estaba llorando. Me limpió con ternura las lágrimas con el pulgar.

—Lou, no sé qué ocurrirá. Nadie lo sabe. Una mañana cualquiera puede que te levantes y que te atropelle una moto, y toda tu vida cambia. Puedes ir a realizar un trabajo rutinario y que te dispare un adolescente que piensa que eso es echarle valor para ser un hombre.

—Puedes caer al vacío desde lo alto de un edificio.

—Claro. O puedes ir a ver a un tío que lleva puesto un camisón en un hospital y conseguir el mejor trabajo que puedas imaginar. Así es la vida. No sabemos qué ocurrirá. Por eso debemos aprovechar las oportunidades que se presentan. Y... considero que esta podría ser la tuya.

Cerré los ojos con fuerza para no escucharle, para no reconocer que estaba en lo cierto. Me limpié los ojos con las palmas de las manos. Él me tendió un pañuelo de papel y esperó a que me quitara los manchurrones negros de la cara.

—Los ojos de panda te sientan bien.

—Creo que a lo mejor estoy un pelín enamorada de ti.

—Apuesto a que eso se lo dices a todos los hombres de cuidados intensivos.

Me giré y le besé. Al abrir los ojos, me observaba.

—Por mí, le damos una oportunidad a lo nuestro, si tú estás dispuesta —dijo.

El nudo que tenía en la garganta tardó un poco en deshacerse lo suficiente como para poder articular alguna palabra.

—No lo sé, Sam.

—¿No sabes qué?

—La vida es corta, ¿no? Ambos lo sabemos. Pues bien, ¿y si eres mi oportunidad? ¿Y si eres lo que realmente me va a hacer más feliz?

29

Cuando la gente dice que el otoño es su época del año favorita, creo que se refiere a días como este: una neblina al amanecer que se disipa para alumbrar una luz totalmente límpida; hojas amontonadas en rincones; el agradable aroma mohoso a vegetación que se marchita gradualmente. Hay quienes opinan que en la ciudad no se aprecia con nitidez el paso de las estaciones, que nunca se acusa una gran diferencia debido a la infinidad de edificios grises y el microclima creado por el humo del tráfico; que solamente cabe la alternativa de estar bajo techo o al aire libre, o lluvia o tiempo seco. Sin embargo, en la azotea era evidente. No solo por la inmensidad del cielo, sino por las tomateras de Lily, que llevaban semanas dando unos hermosos frutos rojos, los maceteros colgantes con fresas que proporcionaban un surtido esporádico de delicias dulces. Las flores brotaban, florecían y se doraban, los nuevos tallos verdes de principios del verano se convertían en ramitas y ocupaban espacio donde antes había follaje. En lo alto de la azotea ya se apreciaba una brisa apenas perceptible que anunciaba el inminente invierno. Un avión estaba dejando una estela de vapor en el cielo y me di cuenta de que las farolas continuaban encendidas desde la noche anterior.

Mi madre apareció en la azotea con sus pantalones de sport, echó un vistazo a los invitados y se puso a sacudirse de los pantalones las gotitas de humedad que se le habían adherido en la escalera de incendios.

—Este espacio que tienes es una maravilla, Louisa. Aquí arriba caben cien personas. —Llevaba una bolsa con varias botellas de champán, y la soltó con cuidado—. ¿Te he dicho que creo que eres muy valiente por armarte de valor para subir aquí de nuevo?

—Sigo sin poder explicarme cómo es posible que te cayeras —señaló mi hermana, que había estado rellenando copas—. Solo tú podrías caer desde un espacio tan amplio como este.

—Bueno, estaba borracha como una cuba, cielo, ¿recuerdas? —Mamá fue hacia la escalera de incendios—. ¿De dónde has sacado todo este champán, Louisa? Da la impresión de que has tirado la casa por la ventana.

—Me lo ha regalado mi jefe.

Unas cuantas noches antes, mientras hacíamos caja, estuvimos de cháchara (ahora charlábamos bastante, sobre todo desde el nacimiento de su bebé. Yo me encontraba más al tanto de la retención de líquidos de la señora Percival de lo que seguramente ella habría aceptado). Al comentarle mis planes, Richard se esfumó, como si no lo hubiera oído. Iba a anotarlo como un mero ejemplo más de que Richard seguía siendo, fundamentalmente, un pelín petardo, cuando asomó desde la bodega al cabo de unos minutos cargado con una caja de media docena de botellas de champán.

«Toma. Sesenta por ciento de descuento. Las últimas del pedido». Me tendió la caja y se encogió de hombros. «De hecho… Al carajo. Llévatelas. Vamos. Te las has ganado».

Le di las gracias tartamudeando y él dijo entre dientes algo así como que no era de una gran cosecha, sino que se trataba del último de la fila, pero las orejas se le pusieron de un rojo revelador.

—Podías intentar aparentar una pizca de alegría por el hecho de que al final no me matara. —Le pasé a Treena una bandeja con copas.

—Bah, ya superé el rollo de «Ojalá fuera hija única» hace siglos. Bueno, quizá hará un par de años.

Mi madre se acercó con un paquete de servilletas. Cuchicheó con ademán exagerado:

—Oye, ¿crees que son adecuadas?

—¿Por qué no iban a serlo?

—Se trata de los Traynor, ¿no? Ellos no usan servilletas de papel. Tendrán de hilo. Probablemente con un bordado del escudo de armas o algo por el estilo.

—Mamá, han viajado al este de Londres para subir a la azotea de un antiguo bloque de oficinas. Dudo que esperen un servicio exquisito.

—Por cierto —dijo Treena—. Me he traído la funda nórdica y la almohada de sobra de Thom. Pensé que igual podíamos empezar a traer cosillas cada vez que vengamos. Mañana tengo una cita en ese club de actividades extraescolares.

—Es maravilloso que tengáis todo arreglado, chicas. Treena, si quieres, puedo hacerme cargo de Thom en tu ausencia. No tienes más que decírmelo.

Nos afanamos colocando copas y platos de papel, hasta que mamá fue en busca de más servilletas de papel inadecuadas. Bajé la voz para que no nos oyera.

—¿Treen? ¿Papá definitivamente no va a venir?

Mi hermana hizo una mueca, y yo procuré disimular mi consternación.

—¿De verdad la cosa no ha mejorado?

—Tengo la esperanza de que cuando me marche no tendrán más remedio que hablar entre ellos. La mayor parte del tiempo se limitan a evitarse y a hablar conmigo o con Thom. Es desesperante. Y mamá sigue fingiendo que le da igual que no nos haya acompañado, cuando me consta que no es así.

—La verdad es que pensaba que vendría.

Había visto dos veces a mi madre desde el tiroteo. Se había apuntado a un nuevo curso —poesía inglesa contemporánea— en el centro de educación de adultos y ahora se ponía nostálgica viendo símbolos en todas partes. Cada hoja que arrastraba el viento era una señal de decrepitud inminente, cada pájaro que surcaba el cielo, una señal de esperanzas y sueños. En una ocasión fuimos a una lectura poética en South Bank, donde escuchó embelesada y aplaudió dos veces a destiempo; y en otra fuimos al cine y después a los aseos del hotel selecto, donde compartió sándwiches con Maria en las dos butacas de los baños. En ambas ocasiones, cuando nos encontrábamos a solas, se mostró extrañamente crispada. «Vaya, ¿a que lo estamos pasando fenomenal?», repetía sin cesar, como retándome a discrepar. Y luego se quedaba callada o ponía el grito en el cielo por el precio de los sándwiches en Londres.

Treena tiró del banco y mulló los cojines que había subido de mi apartamento.

—Es el abuelo quien me preocupa. Le afecta toda esta tensión. Se cambia de calcetines cuatro veces al día y ha roto dos botones del mando a distancia por apretar demasiado.

—Dios..., ahora que lo pienso: ¿a quién le concederían la custodia?

Mi hermana fijó sus ojos en mí, horrorizada.

—A mí no me mires —dijimos al unísono.

Fuimos interrumpidas por los primeros integrantes de Círculo del Avance, Sunil y Leanne, que asomaron por los peldaños de hierro, haciendo comentarios sobre las dimensiones de la terraza, sobre el inesperado y magnífico panorama del este de la City.

Lily llegó a las doce en punto, se lanzó hacia mis brazos y dejó escapar un leve gruñido de felicidad.

—¡Me *encanta* ese vestido! ¡Estás espectacular! —Parecía ligeramente bronceada, tenía el rostro despejado y pecoso, el tenue vello de sus brazos aclarado por el sol, e iba ataviada con un vestido celeste y sandalias romanas. La observé mientras contemplaba la terraza, obviamente encantada de estar allí de nuevo. Camilla, que subió despacio las escaleras después, se estiró la chaqueta y avanzó a mi encuentro con una expresión de cierto enfado en el rostro.

—Podías haber esperado, Lily.

—¿Por qué? No eres ninguna anciana.

Camilla y yo intercambiamos miradas irónicas y, entonces, casi impulsivamente, me eché hacia delante y la besé en la mejilla. Olía a grandes almacenes caros y llevaba el pelo impecable.

—Cuánto me alegro de que hayas venido.

—Pero, bueno, si has cuidado de mis plantas. —Lily estaba examinándolo todo—. Di por sentado que echarías todas a perder. ¡Oh, mira esto! Me gustan. ¿Son nuevos? Señaló dos tiestos que había comprado en el mercado de flores la semana anterior, para decorar hoy la terraza. No quería flores cortadas ni nada que pudiera morir.

—Son geranios —dijo Camilla—. Será mejor que no los dejes aquí arriba durante el invierno.

—Los podría cubrir con vellón. Esos maceteros de terracota pesan una barbaridad como para bajarlos.

—Aun así, se marchitarán. Están demasiado a la intemperie.

—De hecho —dije—, Thom va a mudarse aquí y seguramente no es conveniente que suba a la azotea en vista de lo que me ocurrió a mí, de modo que la vamos a cerrar. Si os los queréis llevar luego...

—No —dijo Lily, tras una pausa—. Déjalos ahí. Será bonito recordarla como ahora. Tal cual está.

Me ayudó con una mesa de caballete e hizo algún que otro comentario sobre el internado —estaba a gusto allí, pero el estudio se le hacía un poco cuesta arriba— y sobre su madre, que por lo visto le había echado el ojo a un arquitecto español llamado Felipe que había comprado la casa de al lado en St. John's Wood.

—Casi me da lástima Caraculo. No sabe la que está a punto de caerle encima.

—¿Y tú te encuentras bien?

—Genial. La vida me va bastante bien. —Se echó una patata frita a la boca—. La abuela me obligó a ir a ver al bebé... ¿Te lo dije?

Debí de reflejar mi asombro.

—Ya ves. Dijo que alguien tenía que comportarse como un adulto. De hecho, me acompañó. Fue un puntazo. Se supone que no lo sé, pero se compró una chaqueta de Jaeger para la ocasión. Me da que necesitaba más confianza de la que aparentaba. —Miró fugazmente a Camilla, que estaba dándole palique a Sam junto a la mesa de la comida—. La verdad es que me dio un poco de lástima mi abuelo. Cuando creía que nadie miraba, la observaba fijamente, como si le apenara cómo acabó todo.

—¿Y cómo era el bebé?

—Pues un bebé. A ver, todos tienen el mismo aspecto, ¿o no? No obstante, creo que ellos se portaron mejor que nunca. Todo fue un poco «¿Y cómo te van los estudios, Lily? ¿Quieres que fijemos una fecha para que vengas a pasar unos días? ¿Quieres coger en brazos a tu tía?». Como si *eso* no sonara totalmente disparatado.

—¿Irás a verlos otra vez?

—Seguramente. Son buena gente, supongo.

Eché un vistazo a Georgina, que estaba hablando educadamente con su padre. Él se rio en un tono algo estridente. Prácticamente no se había separado de ella desde que esta llegó.

—Él me llama dos veces a la semana para ponernos al día, y Della no deja de repetir las ganas que tiene de que el bebé y yo «forjemos una relación», como si los bebés pudieran hacer otra cosa aparte de comer y berrear y hacer cacotas.

Hizo una mueca.

Me hizo gracia.

—¿Qué?

—Nada —dije—. Es que me alegro de verte.

—Ah, y te he traído una cosa.

Aguardé mientras sacaba una cajita del bolso, y me la dio.

—La vi en una feria de antigüedades de esas que son un auténtico peñazo a la que la abuela me obligó a ir y me acordé de ti.

Abrí la cajita con cuidado. Dentro, entre terciopelo azul oscuro, había una pulsera *art déco*, con sus cuentas cilíndricas que alternaban azabache y ámbar. La saqué y la extendí en la palma de mi mano.

—Es un poco extravagante, ¿no? Pero me recordó...

—Las medias.

—Las medias. Es para darte las gracias. Por..., ya sabes..., por todo. Eres prácticamente la única persona que conozco a quien le podría gustar. O a mí, por lo que pasó. Aquella vez. De hecho, te va de muerte con el vestido.

Estiré un brazo y me la puso en la muñeca. La hice girar lentamente.

—Me encanta.

Dio golpecitos con la punta del pie en el suelo y por un momento adoptó una expresión seria.

—En fin, tengo la impresión de que te debo unas joyas.

—No me debes nada.

Miré a Lily, con su recién adquirida confianza y los ojos de su padre, y pensé en todo lo que me había dado sin ser mínimamente consciente de ello. Y entonces me golpeó en el brazo.

—Ya está bien. Deja de ponerte rarita y emotiva. O me vas a echar a perder por completo el rímel. Vamos abajo a coger lo que queda de comida. Uf, ¿sabías que hay un póster de Transformers colgado en mi dormitorio? ¿Y otro de Katy Perry? ¿A quién *demonios* te has buscado para compartir piso?

Llegó el resto de miembros del Círculo del Avance, subiendo por los peldaños de hierro con distintos grados de temor o risa; Daphne apareció en la azotea aliviada haciendo enérgicos aspavientos, Fred sujetándola del brazo, William saltando con aire despreocupado el último peldaño, Natasha poniendo los ojos en blanco a sus espaldas. Otros se detuvieron para prorrumpir en exclamaciones de admiración ante el racimo de globos de helio blancos que se mecían en la tenue luz. Marc me besó la mano y me comentó que, en todo el tiempo que llevaba dirigiendo el grupo, hasta ahora jamás se había organizado algo semejante. Me hizo gracia cuando me fijé en que Natasha y William se pusieron a charlar un rato a solas.

Pusimos la comida en la mesa de caballete y Jake, a cargo de las bebidas, servía el champán con un aire curiosamente satisfecho ante tamaña responsabilidad. Lily y él se rehuyeron al principio, simulando que el otro era invisible, como suelen hacer los adolescentes cuando se hallan en una pequeña reunión y son conscientes de que todo el mundo está a la espera de que entablen conversación. Cuando ella por fin se acercó a él, le tendió la mano con un ademán de cortesía desmesurado y él la miró durante unos instantes antes de esbozar una lenta sonrisa.

—Por un lado, me gustaría que se hicieran amigos. Por otro, me parece de lo más aterrador —me cuchicheó Sam al oído.

Deslicé la mano en el bolsillo trasero de su pantalón.

—Ella está feliz.

—Es preciosa. Y él acaba de cortar con su novia.

—¿Y qué fue de lo de vivir la vida a tope, caballero?

Dejó escapar un leve gruñido.

—Él está a salvo. Lily está ahora interna en el condado de Oxford durante la mayor parte del año.

—Nadie está a salvo con vosotras dos. —Inclinó la cabeza para besarme y me di el lujo de dejarme llevar durante un par de segundos.

—Me gusta ese vestido.

—¿No es demasiado frívolo? —Extendí los pliegues de la falda a rayas. Esta zona de Londres estaba llena de tiendas de ropa *vintage*. Me había pasado el sábado anterior perdida entre percheros de sedas y plumas de épocas pasadas.

—Me gusta lo frívolo. Aunque estoy un pelín triste porque no te has puesto el modelito de elfo sexy. —Se apartó de mí al acercarse mi madre con otro paquete de servilletas de papel.

—¿Cómo estás, Sam? ¿Tu recuperación marcha bien? —Había ido dos veces a ver a Sam al hospital. Le había conmovido la difícil situación de quienes no tenían más remedio que confiar en la calidad del *catering* del hospital y le había llevado perritos calientes y sándwiches de huevo con mayonesa caseros.

—Ahí voy, gracias.

—No te esfuerces demasiado hoy. No cargues con peso. Las chicas y yo podemos apañárnoslas estupendamente.

—Creo que deberíamos empezar —señalé.

Mi madre volvió a mirar la hora y después recorrió con la vista la terraza.

—¿Esperamos cinco minutos más? ¿Para asegurarnos de que todo el mundo tenga algo de beber?

Su sonrisa —perenne y demasiado radiante— me rompía el corazón. Sam se dio cuenta. Dio un paso al frente y la agarró del brazo.

—Josie, ¿podrías decirme dónde has puesto las ensaladas? Me acabo de acordar de que he olvidado abajo el aliño.

—¿Dónde está Josie?

Hubo un cambio en el tono de conversación del pequeño grupo congregado junto a la mesa. Nos volvimos hacia la estentórea voz.

—Cielo santo, ¿de veras es aquí arriba o es una artimaña de Thommo para escabullirse de mí?

—¡Bernard! —Mi madre dejó las servilletas sobre la mesa.

Mi padre asomó la cara por encima del parapeto, inspeccionando el tejado. Subió el último de los peldaños de hierro con los carrillos henchidos mientras contemplaba las vistas. Una fina capa de sudor brillaba sobre su frente.

—No me explico por qué has tenido que organizar la puñetera fiesta aquí arriba, Louisa. Jesús.

—¡Bernard!

—No estamos en una iglesia, Josie. Y tengo que enseñarte algo importante.

Mi madre echó un vistazo a su alrededor.

—Bernard. Este no es el...

Mi padre se agachó y, con un exagerado ademán, se remangó los pantalones. Primero la pernera izquierda y, a continuación, la derecha. Desde mi ubicación al otro lado del depósito del agua, alcancé a ver que tenía las espinillas de un tono pálido y con leves manchas sonrosadas. En la azotea se hizo el silencio. Todo el mundo le observaba. Estiró una pierna.

—Vamos, Josie, toca.

Mi madre, nerviosa, dio un paso al frente, se agachó y deslizó los dedos por la espinilla de mi padre. Se la palpó.

—Dijiste que me tomarías en serio si me hacía la cera en las piernas. Pues bien, aquí tienes. Hecho.

Mi madre se quedó mirándolo atónita.

—¿Te has hecho la cera en las *piernas*?

—Ajá. Y si hubiera tenido la más mínima idea de que estabas sufriendo semejante calvario, cariño, me habría dado un punto en la puñetera boca. ¿Qué maldita tortura es esa? ¿A quién diablos se le ocurre pensar que *eso* es buena idea?

—Bernard...

—Me trae sin cuidado. He pasado por un infierno, Josie. Pero volvería a hacerlo con tal de que las cosas vuelvan a ser como antes. Te echo de menos. *Muchísimo.* Me trae sin cuidado que hagas cien cursos en la universidad: de política feminista, de estudios sobre Oriente Próximo, de macramé para perros, lo que sea, siempre y cuando estemos juntos. Y, para demostrarte literalmente hasta dónde sería capaz de llegar por ti, he pedido cita para volver la semana que viene, para un combinado de espalda, ingles y... ¿cómo es?

—Zona perineal —apuntó mi hermana con desgana.

—Oh, Dios. —Mi madre se llevó la mano al cuello.

Sam se estremeció a mi lado.

—Haz que paren —murmuró—. Se me van a saltar los puntos.

—Me haré el lote completo. Me quedaré pelado como un condenado pollo con tal de demostrarte lo que significas para mí.

—Oh, por todos los santos, Bernard.

—Lo digo en serio, Josie. Mi desesperación llega hasta ese punto.

—Y he aquí por qué a nuestra familia no le va el romanticismo —dijo Treena entre dientes.

—¿Qué es un ingles, espalda y cera? —preguntó Thomas.

—Oh, cariño, te he echado muchísimo de menos. —Mi madre le echó los brazos al cuello y le besó. El alivio en el semblante de mi padre fue casi palpable. Hundió la cabeza en el hombro de mi madre y la volvió a besar, en la oreja, en el pelo, aferrado a sus manos como un crío.

—Qué asco —dijo Thomas.

—¿Entonces no es necesario que me…?

Mi madre le acarició la mejilla.

—Lo primero que haremos será cancelar tu cita.

Mi padre reflejó un alivio patente.

—Bueno —dije, cuando las aguas volvieron a su cauce y estaba claro, a juzgar por el semblante lívido de Camilla Traynor, que Lily le acababa de explicar con detalle lo que mi padre estaba dispuesto a padecer en aras del amor—, ¿y si echamos un último vistazo a las copas de todo el mundo y si os parece… empezamos?

Con todo el júbilo ante el sublime gesto de mi padre, el explosivo cambio de pañales del bebé de los Traynor y la noticia de que Thomas había estado tirando sándwiches de huevo al balcón del señor Antony Gardiner (y en su flamante tumbona de mimbre de Conran) debajo, pasaron otros veinte minutos hasta que se hizo el silencio en la azotea. Entre ojeadas furtivas a sus notas y carraspeos de garganta, Marc se colocó en el centro. Era más alto de lo que pensaba; siempre lo había visto sentado.

—Bienvenidos todos. En primer lugar, me gustaría dar las gracias a Louisa por habernos ofrecido este precioso espacio para nuestra ceremonia de clausura del trimestre. Mira por dónde, estamos mucho más cerca del cielo… —Hizo una pausa para las risas—. Esta es una ceremonia poco habitual para nosotros (por primera vez hay algunas caras que no forman parte del grupo), pero creo que es una idea bastante bonita para abrirnos y celebrarlo entre amigos. Todos los presentes sabéis lo que significa haber amado y perdido. De modo que hoy todos somos miembros honorarios del grupo.

Jake estaba de pie junto a su padre, un hombre pecoso de pelo color arena a quien, por desgracia, no era capaz de mirar sin imaginármelo haciendo pucheros después del coito. En ese momento extendió el brazo y tiró de su hijo hacia sí. Jake se fijó en mí y entornó los ojos. Pero risueño.

—Me gusta decir que, aunque nos hacemos llamar el Círculo del Avance, ninguno de nosotros avanza sin mirar atrás. Siempre seguimos adelante teniendo presentes a quienes hemos perdido. A lo que aspiramos en nuestro pequeño grupo es a cerciorarnos de que tenerlos presentes no suponga una carga imposible de sobrellevar, un lastre que nos mantenga estancados en el mismo sitio. Queremos que su presencia sea como un regalo.

»Y lo que aprendemos al compartir con los demás nuestros recuerdos y nuestra tristeza y nuestros pequeños logros es que no pasa nada por sentirse triste. O perdido. O enojado. No pasa nada por sentir infinidad de cosas que puede que otras personas no entiendan, y a veces durante largo tiempo. Cada cual realiza su propio camino. Nosotros no juzgamos.

—Excepto las galletas —masculló Fred—. Yo juzgo esas galletas digestivas. Eran un horror.

—Y que, por imposible que pueda parecer al principio, cada uno de nosotros alcanzará un punto en el que se sentirá dichoso por el hecho de que cada persona de la que hemos hablado, a la cual añoramos y cuya pérdida lloramos, estuvo aquí, caminando entre nosotros; y, aunque nos la arrebataran a los seis meses o a los sesenta años, fuimos afortunados de tenerla. —Asintió—. Fuimos afortunados de tenerla.

Miré a mi alrededor las caras con las que me había encariñado, que escuchaban embelesadas, y me acordé de Will.

Cerré los ojos y evoqué su rostro, su sonrisa y su risa, y recordé lo que había costado amarle, pero, por encima de todo, lo que me había dado.

Marc observó a nuestro pequeño grupo. Daphne se estaba dando toquecitos a hurtadillas en la comisura del ojo.

—Así que... lo que normalmente hacemos ahora es simplemente decir unas breves palabras reconociendo en qué punto nos encontramos. No hay que extenderse demasiado. Se trata sencillamente de cerrar un capítulo en este pequeño trecho de vuestra andadura. Y no es obligatorio, pero si lo hacéis, puede ser un bonito gesto.

El grupo intercambió sonrisas cohibidas y, por un momento, dio la impresión de que nadie iba a decir ni mu. Entonces Fred tomó la iniciativa. Se ajustó el pañuelo que lucía en el bolsillo de su *blazer* y se irguió un poco.

—Tan solo me gustaría darte las gracias, Jilly. Fuiste una fantástica esposa y yo un hombre afortunado durante treinta y ocho años. Te echaré de menos todos los días, mi amor.

Retrocedió con cierta torpeza y Daphne le dijo articulando claramente para que le leyera los labios:

—Muy bonito, Fred. —Tras recolocarse el pañuelo de seda, dio otro paso al frente—. Solo quería decir... lo siento. A Alan. Eras tan buena persona... Ojalá hubiésemos sido capaces de sincerarnos del todo. Ojalá hubiese sido capaz de ayudarte. Ojalá..., bueno, espero que estés bien y eso, que tengas un buen amigo, dondequiera que estés.

Fred le dio una palmadita en el brazo a Daphne.

Jake se frotó la nuca y seguidamente se adelantó, rojo como un tomate, y miró a su padre.

—Ambos te echamos de menos, mamá. Pero vamos tirando. No quiero que te preocupes por nada. —Al terminar, su padre lo abrazó, le besó en la cabeza y parpadeó con fuerza. Sam y él intercambiaron tenues sonrisas de complicidad.

Leanne y Sunil fueron los siguientes; cada uno dijo unas palabras, clavando los ojos en el cielo para ocultar lágrimas inoportunas o asintiendo en silencio para infundirse ánimo recíprocamente.

William dio un paso adelante y depositó una rosa blanca a sus pies en silencio. Insólito en él, enmudeció, se quedó mirándola unos instantes con el rostro impasible, y, acto seguido, retrocedió. Natasha le dio un achuchoncito y de repente él tragó saliva, de forma audible, y se cruzó de brazos.

Marc me miró, y noté que Sam me apretaba la mano. Le sonreí y negué con la cabeza.

—Yo no. Pero, si no te importa, a Lily le gustaría decir unas palabras.

Lily se mordió el labio al colocarse en el centro. Echó una ojeada a la nota que había escrito y, acto seguido, cambió de opinión y la hizo un ovillo.

—Esto…, le pregunté a Louisa si podía intervenir a pesar de que, como sabéis, no soy miembro de vuestro grupo. No conocí a mi padre en persona y no tuve la oportunidad de despedirme de él en su funeral y pensé que estaría bien decir unas palabras ahora que me da la sensación de que lo conozco un poquito mejor. —Sonrió nerviosa y se apartó un mechón de pelo de la cara—. Bien. Will… Papá. Al enterarme de que eras mi verdadero padre, sinceramente, flipé un poco. Tenía la esperanza de que mi verdadero padre fuera de esos hombres sensatos, guapos, con ganas de enseñarme cosas y protegerme y llevarme de viaje y mostrarme lugares alucinantes que le encantaban. Y, en realidad, me encontré con un hombre irritado en una silla de ruedas que…, bueno, se suicidó. Pero gracias a Lou, y a tu familia, a lo largo de los últimos meses he llegado a entenderte un poquito mejor.

»Siempre me dará pena y quizá hasta siga enfadada por no haber llegado a conocerte, pero ahora también quiero darte las gracias. Sin saberlo, me has dado mucho. Creo que me parezco a ti en muchos sentidos, algunos buenos y otros no tan buenos. He heredado de ti los ojos azules y el color de pelo y el hecho de que opine que la pasta para untar Marmite es repugnante y la destreza para esquiar en las pistas negras y..., bueno, por lo visto también he heredado ciertas dosis de tu carácter temperamental (por cierto, eso es lo que opinan los demás, no yo).

Hubo una pequeña cascada de risas.

—Pero, por encima de todo, me has dado una familia que ignoraba que tenía. Y eso es genial. Porque, si te digo la verdad, la cosa no iba *muy* allá antes de que aparecieran de improviso. —Su sonrisa titubeó.

—Nosotros estamos muy contentos de que *tú* aparecieras de improviso —exclamó Georgina.

Noté que los dedos de Sam apretaban los míos. No le convenía estar de pie tanto rato, pero, como de costumbre, se negó a sentarse. «No soy un jodido inválido». Apoyé la cabeza en él mientras pugnaba por deshacer el nudo que se me había hecho en la garganta.

—Gracias, G. Bueno, esto..., Will..., *papá:* no voy a seguir dale que te pego porque los discursos son un tostón y también porque ese bebé va a ponerse a llorar de un momento a otro, lo cual estropeará por completo el ambiente. Pero solo quería decirte gracias, de parte de tu hija, y que... te quiero y que siempre te echaré en falta; y espero que, si me estás viendo desde allí arriba, te alegres. Porque existo. Porque el hecho de que esté aquí es como si *tú* siguieras aquí, ¿o no? —A Lily se le quebró la voz y se le llenaron los ojos de lágrimas. Dirigió la vista hacia Camilla, que asintió levemente con la cabeza. Lily se sorbió la nariz y alzó la barbilla.

—¿Os parece que es un buen momento para que todo el mundo suelte su globo?

Hubo un suspiro apenas perceptible, unos cuantos pasos arrastrando los pies. Detrás de mí, los escasos integrantes del Círculo del Avance se pusieron a cuchichear entre ellos mientras se acercaban al racimo de globos, que se mecía suavemente, a por un hilo.

Lily fue la primera en tomar la iniciativa con su globo de helio blanco. Levantó el brazo y, a continuación, de buenas a primeras, cogió un diminuto aciano azul de uno de sus tiestos y lo prendió con cuidado al hilo. Después alzó la mano y, tras unos segundos de titubeo, soltó el globo.

Observé a Steven Traynor dejando que volara el suyo, y vi que Della le apretaba suavemente el brazo. Camilla liberó el suyo, y luego Fred, Sunil, y después Georgina, agarrada al brazo de su madre. Mi madre, Treena, mi padre —sonándose la nariz de forma audible con su pañuelo— y Sam. Nos quedamos en silencio en la azotea contemplando cómo se elevaban, uno a uno, en el límpido cielo azul, haciéndose cada vez más pequeños hasta desvanecerse en algún lugar remoto del infinito.

Solté el mío.

30

El hombre de la camisa salmón iba por el cuarto bollo cubierto de azúcar, metiéndose grandes pedazos glaseados en la boca abierta con sus rechonchos dedos, tragando cada dos por tres para bajarlo con una pinta de cerveza rubia fría.

—Desayuno de campeones —masculló Vera al pasar por delante de mí con una bandeja de vasos, e hizo un ruido simulando una arcada. Por un momento di gracias de corazón por no estar ya a cargo de los aseos de caballeros.

—¡Oye, Lou! ¿Qué hay que hacer para que atiendan a un hombre aquí? —A pocos metros de distancia, mi padre contemplaba la escena desde un taburete, apoyado en la barra, mientras examinaba el surtido de cervezas—. ¿Hace falta que enseñe la tarjeta de embarque para pedir un trago?

—Papá...

—¿Una escapadita a Alicante? ¿Qué opinas, Josie? ¿Te apetece?

Mi madre le dio con el codo.

—Deberíamos planteárnoslo este año. Desde luego que sí.

—¿Sabes?, no está mal este garito una vez que consigues obviar la absurda idea de que permitan la entrada a menores en un pub. —Mi padre se encogió de hombros y volvió la vista hacia un matrimonio joven, cuyo vuelo obviamente se había retrasado, que tenía esparcido sobre la mesa un revoltijo de piezas de Lego y uvas pasas mientras mataba el tiempo tomando dos cafés—. Bueno, ¿qué me recomiendas, cielo? ¿Eh? ¿Algo que merezca la pena en esos viejos tiradores de cerveza?

Miré a Richard, que se estaba acercando con su portapapeles.

—Todas están bien, papá.

—Aparte de esos disfraces —señaló mi madre, fijándose en la minúscula falda de lúrex verde de Vera.

—Órdenes de la oficina central —aclaró Richard, que ya había aguantado dos peroratas de mi madre acerca del trato vejatorio a la mujer en el lugar de trabajo—. Yo no tengo nada que ver.

—¿Hay alguna cerveza negra por ahí, Richard?

—Tenemos Murphy's, señor Clark. Es muy parecida a la Guinness, si bien no le diría tal cosa a un purista.

—Yo no soy nada purista, hijo. Con que esté fresca y ponga «cerveza» en la etiqueta, me conformo.

Papá se relamió los labios en ademán de aprobación y le pusieron el vaso delante. Mi madre aceptó un café utilizando su tono *social.* Ahora lo empleaba casi en todas partes en Londres, como un dignatario de visita en un recorrido por una cadena de producción: «De modo que eso es un *lah-tay,* ¿no? Caramba, es una preciosidad. Y qué máquina más inteligente».

Mi padre dio unas palmaditas en el taburete que había al lado de mi madre.

—Ven a sentarte, Lou. Vamos. Deja que invite a mi hija a tomar algo.

Eché un vistazo a Richard.

—Tomaré un café, papá —dije—. Gracias.

Permanecimos callados junto a la barra mientras Richard nos servía; mi padre se encontraba a sus anchas, cosa que ocurría en cada bar al que iba, asintiendo a modo de saludo a los parroquianos de la barra, acomodado en su taburete como si se tratara de su sillón favorito. Era como si la presencia de una hilera de dispensadores de bebidas y una superficie dura sobre la que apoyar los codos crease automáticamente un hogar espiritual. Y en todo momento se mantenía en un radio de milímetros de mi madre, dándole palmaditas en la pierna cariñosamente o agarrando su mano. Últimamente apenas se separaban el uno del otro, con las cabezas pegadas, soltando risitas como quinceañeros. Según mi hermana, era totalmente vomitivo. Antes de irse a trabajar me comentó que casi prefería la época en la que no se dirigían la palabra. «El sábado pasado tuve que ponerme tapones para dormir. ¿Te imaginas qué horror? El abuelo estaba bastante demacrado en el desayuno».

Fuera, un avión de pasajeros de pequeño calibre redujo la velocidad en la pista de aterrizaje y se aproximó a la terminal, mientras un hombre con chaleco reflectante agitaba las palas en el aire para indicarle. Mi madre, sentada con el bolso en equilibrio sobre su regazo, se quedó mirando.

—A Thom le encantaría esto —comentó—. ¿Verdad que sí, Bernard? Imagino que se pasaría todo el día de pie junto a ese cristal.

—Bueno, ahora puede venir, ¿o no? Como vive al final de la carretera… Treena podría traerlo el fin de semana. Si la cerveza merece la pena, a lo mejor vengo yo también.

—Has tenido un bonito gesto al dejar que se muden a tu apartamento. —Mi madre observó el avión hasta que se perdió de vista—. Sabes que eso supondrá un cambio drástico para Treena, con su sueldo inicial y eso.

—En fin, era lógico.

—Por mucho que los echemos de menos, somos conscientes de que no va a vivir con nosotros eternamente. Me consta que lo valora. Aunque no siempre lo manifieste.

En realidad no me importaba que no diese muestras de ello. Desde el momento en que Thom y ella cruzaron mi puerta con sus maletas llenas de cosas personales y pósteres, con papá a la zaga con la caja de plástico donde Thom guardaba sus Predacons y Autobots favoritos, me di cuenta de una cosa. Fue en ese preciso instante cuando al fin me sentí bien con el apartamento pagado con el dinero de Will.

—¿Te ha comentado Louisa que su hermana va a mudarse aquí, Richard? —Mi madre ahora actuaba partiendo de la base de que prácticamente cualquiera con quien entablaba relación en Londres se convertía en su amigo, y que por lo tanto tendría interés en conocer todos los tejemanejes de la familia Clark. Esa mañana había pasado diez minutos dándole consejos a Richard sobre la mastitis de su mujer, y no veía ningún motivo por el que no pudiese pasarse a ver al bebé. Pero, claro, Maria, la de los aseos del hotel, de hecho iba a ir con su hija a tomar té a Stortfold dos semanas después, de modo que mi madre no iba tan desencaminada.

—Nuestra Katrina es una gran chica. Más lista que el hambre. Si algún día necesitas ayuda con la contabilidad, no te lo pienses.

—Lo tendré en cuenta. —Richard me miró y después apartó la vista.

Alcé la vista hacia el reloj. Las doce menos cuarto. Noté una sacudida en mi interior.

—¿Estas bien, cielo?

Había que quitarse el sombrero: a mi madre no se le escapaba una.

—Muy bien, mamá.

Me apretó la mano.

—Estoy orgullosísima de ti. Lo sabes, ¿verdad? Por todo lo que has logrado estos últimos meses. Sé que no ha sido fácil. —Y entonces señaló con el dedo—. ¡Oh, mira! Sabía que vendría. Ahí lo tienes, mi vida. ¡Aprovecha!

Y ahí estaba. Le sacaba una cabeza a todo el mundo; venía caminando con cierta vacilación entre la multitud, con el brazo ligeramente adelantado a modo de protección, como si incluso a esas alturas no se fiara de que alguien chocara con él. Lo vi antes que él a mí, y una sonrisa espontánea asomó en mi rostro. Agité la mano con entusiasmo y, al verme, asintió.

Cuando me volví hacia mi madre, estaba observándome con una tenue sonrisa en los labios.

—Este sí que vale la pena.

—Lo sé.

Me miró fijamente durante largo tiempo; su expresión denotaba una mezcla de orgullo y de algo más complejo. Me dio unas palmaditas en la mano.

—Bien —dijo, al tiempo que bajaba del taburete—. Hora de disfrutar de tus aventuras.

Dejé a mis padres en el bar. Era mejor así. Resultaba difícil ponerse emotiva delante de un hombre dado a citar párrafos del manual de gestión de xD. Sam mantuvo una breve charla con mis padres —mi padre no dejó de interrumpir con algún que otro sonidito de *nii-noo*— y Richard preguntó a Sam por sus heridas y se rio nerviosamente cuando mi padre mencionó que al menos había salido mejor parado que mi último novio. Mi padre tuvo que hacer tres intentos para convencer a Richard de que no, no bromeaba sobre lo de Dignitas y sobre el amargo trago que había sido todo ese asunto. Tal vez fuera ese el momento en el que Richard llegó a la conclusión de que en realidad se alegraba bastante de que me marchase.

Tras lograr zafarme del abrazo de mi madre, nos pusimos a caminar por los pasillos en silencio. Agarrada al brazo de Sam, intentaba ignorar que mi corazón latía desbocado y que mis padres probablemente seguirían observándome. Me volví hacia Sam ligeramente acelerada. Pensaba que tendríamos más tiempo.

Él miró la hora en su reloj y levantó la vista al panel de salidas.

—Está sonando tu melodía. —Me pasó mi pequeña maleta con ruedines. La cogí y traté de esbozar una sonrisa.

—Bonito modelito para viajar.

Bajé la vista hacia mi blusa de estampado de leopardo y hacia las gafas de Jackie O que había metido en el bolsillo de la pechera.

—Me he decantado por el rollo de la *jet set* de los años setenta.

—Tienes buena pinta. Para ir en un *jet*.

—Bueno —dije—, nos vemos dentro de cuatro semanas... Por lo visto el otoño en Nueva York es bonito.

—Será bonito, sea como sea. —Meneó la cabeza de lado a lado—. Por Dios. «Bonito». Odio la palabra «bonito».

Miré nuestras manos, que estaban entrelazadas. Me dio por quedarme absorta contemplándolas, como si tuviese que memorizar el tacto de la suya contra la mía, como si hubiese olvidado repasarlo para algún examen crucial que me habían adelantado. Un pánico inaudito se estaba apoderando de mí, y creo que se dio cuenta, porque me apretó la mano.

—¿Llevas todo? —Gesticuló con la cabeza hacia mi otra mano—. ¿Pasaporte? ¿Tarjeta de embarque? ¿Dirección de destino?

—Nathan me recogerá en el JFK.

No deseaba soltarle. Me sentía como un imán descolocado, atraído hacia dos polos. Me aparté a un lado mientras otras parejas avanzaban juntas hacia la puerta de salidas, hacia sus aventuras, o se despegaban de los brazos del otro con lágrimas en los ojos.

Él también les observaba. Se apartó de mí con delicadeza y me besó los dedos antes de soltar mi mano.

—Hora de irse —dijo.

Tenía un millón de cosas que decir y ninguna que supiera cómo. Di un paso adelante y le besé, como la gente se besa en los aeropuertos, con pasión y ardor, besos que deben quedar grabados en el receptor para el viaje, las semanas, los meses venideros. Con ese beso traté de que supiera hasta qué punto me importaba. Traté de demostrarle que él era la respuesta a la pregunta que ni siquiera había sido consciente de estar formulando. Traté de agradecerle su deseo de que fuera yo misma por encima de su deseo de retenerme. Lo cierto es que seguramente lo único que percibió fue que me había tomado dos cafés sin cepillarme los dientes después.

—Cuídate, ¿vale? —dije—. No te apresures en volver al trabajo. Y nada de albañilería.

—Mi hermano viene mañana a relevarme con la albañilería.

—Y, cuando te reincorpores, que no te hieran. Se te da de pena esquivar balas.

—Lou. Estaré estupendamente.

—Lo digo en serio. Cuando llegue a Nueva York le voy a enviar un e-mail a Donna para decirle que, si te ocurre alguna otra cosa, la hago a ella responsable. O igual hasta le digo a tu jefe que te asigne un puesto en oficinas. O que te traslade a una unidad al norte de Norfolk para morirte de aburrimiento. O, si no, que te obligue a llevar chaleco antibalas. ¿Se han planteado suministrar chalecos antibalas? Apuesto a que podría comprar uno bueno en Nueva York, si...

—Louisa. —Me apartó un mechón de pelo de los ojos. Y noté que se me arrugaba la cara. La pegué a la suya, apreté los dientes y aspiré su olor, intentando absorber parte de aquel aplomo en mi ser. Y, entonces, antes de arrepentirme, dejé escapar un «adiós» ahogado que pudo haber sonado como un sollozo o un carraspeo o una risa atropellada, creo que ni yo misma habría podido definirlo. Y me di la vuelta y eché a caminar con determinación hacia el control de seguridad, arrastrando la maleta, antes de arrepentirme.

Mostré el nuevo pasaporte, el permiso de residencia, que era la llave de mi futuro, a un oficial uniformado cuyo rostro distinguí a duras penas detrás de mis lágrimas. Y, después, mientras me indicaban que avanzase, casi sin pensarlo, me giré en redondo. Ahí estaba, de pie apoyado en la barrera, aún observando. Nos miramos fijamente; él alzó una mano, con la palma extendida, y yo correspondí al gesto levantando la mía despacio. Grabé esa imagen suya en un rincón de mi imaginación —su porte ligeramente adelantado, el reflejo de su pelo, la expresión imperturbable siempre que me miraba—, donde pudiera contemplarla en días de soledad. Porque habría días de soledad. Y malos días. Y días en los que me preguntaría en qué demonios había aceptado embarcarme. Porque eso también formaba parte de la aventura.

«Te quiero», articulé con los labios, sin siquiera tener la certeza de que él pudiera leerlos desde donde se encontraba.

Y, entonces, apretando el pasaporte en la mano, me di la vuelta.

Él estaría ahí, observando cómo mi avión ganaba velocidad y se elevaba en la inmensidad del cielo azul. Y, con suerte, estaría ahí, esperando, a mi regreso.

AGRADECIMIENTOS

Gracias, como siempre, a mi agente, Sheila Crowley, y a mi editora, Louise Moore, por su constante fe en mí y por su incondicional apoyo. Gracias a las numerosas personas con talento de Penguin/Michael Joseph que me ayudaron a convertir un manuscrito sin pulir en un libro lustroso colocado en innumerables estantes, en especial a Maxine Hitchcock, Francesca Russell, Hazel Orme, Hattie Adam-Smith, Sophie Elletson, Tom Weldon, y a todos los héroes olvidados que contribuyeron a darnos visibilidad a los autores. Me encanta formar parte de vuestro equipo.

Un inmenso agradecimiento por vuestro apoyo a todos los que trabajáis con Sheila en Curtis Brown, especialmente a Rebecca Ritchie, Katie McGowan, Sophie Harris, Nick Marston, Kat Buckle, Raneet Ahuja, Jess Cooper, Alice Lutyens, Sara Gad y, por supuesto, a Jonny Geller. En Estados Unidos, gracias al inimitable Bob Bookman. ¡Está en el horno, Bob!

Gracias, por vuestra amistad, asesoramiento y almuerzos llenos de sabiduría relacionados con asuntos afines, a Cathy Runciman, Maddy Wickham, Sarah Millican, Ol Parker, Polly Samson, Damian Barr, Alex Heminsley, Jess Ruston, y a todo el equipo de Writersblock. Sois la bomba.

Ya más cerca de casa, gracias a Jackie Tearne (¡me pondré al día con el e-mail en algún momento, lo prometo!), Claire Roweth, Chris Luckley, Drew Hazell, y a todos los que me ayudáis a hacer lo que hago.

Mi gratitud también al equipo de *Antes de ti.* Fue un extraordinario privilegio contar con vosotros a medida que mis personajes se hacían de carne y hueso, y nunca lo olvidaré. Fuisteis todos, sin excepción, geniales (pero sobre todo vosotros: Emilia y Sam).

Mi agradecimiento y cariño a mis padres —Jim Moyes y Lizzie Sanders— y, por encima de todo, a Charles, Saskia, Harry y Lockie. Mi mundo.

Y un último agradecimiento a la infinidad de personas que escribieron, a través de Twitter o Facebook o de mi página web, porque Lou les preocupaba tanto como para interesarse por lo que había sido de ella. Puede que no me hubiese planteado escribir este libro si ella no hubiese seguido tan viva en vuestra imaginación. Me alegro mucho de que así fuera.

JojoMoyes es periodista y escritora. Trabajó durante diez años en el diario *The Independent* hasta que decidió dedicarse por completo a la literatura. Sus novelas han recibido maravillosas críticas e incluyen *best sellers* como *The Girl You Left Behind*, *Honeymoon in Paris*, *Uno más uno* (Suma de Letras, 2015) y el fenómeno internacional *Yo antes de ti* (Suma de Letras, 2014), que ha vendido más de siete millones y medio de ejemplares hasta la fecha y ocupó el número 1 de las listas en nueve países. La novela ha sido además llevada al cine en una adaptación protagonizada por Emilia Clarke (*Juego de tronos*) y Sam Claflin (*Los juegos del hambre*). Jojo vive en Essex con su marido y sus tres hijos.

31901060553031